Tamás Kiss
Früher im Licht

«Es gibt kein anderes Leben. Man muss verlieren können.»

György Petri

Copyright © 2009 by Salis Verlag AG, Zürich

1. Auflage 2013
© 2013 by Europa Verlag AG, Zürich
Lizenzausgabe mit freundlicher Genehmigung des Salis Verlag AG, Zürich

Lektorat: Marion Elmer, Zürich
Korrektorat: Ina Serif, Freiburg im Breisgau
Gestaltung und Satz: Christine Paxmann Text • Konzept • Grafik, München
Druck und Bindung: Aalexx Buchprodutkion GmbH, Großburgwedel

ISBN 9783-3-905811-68-1

Die Personen und Handlungen des vorliegenden Kriminalromans sind frei erfunden.
Jede Ähnlichkeit mit realen Personen, Institutionen oder Begebenheiten ist rein zufällig.

Tamás Kiss
Früher im Licht

Für Swap.

1

Irgendwas machte «klick», und plötzlich schien alles wie in Zeitlupe abzulaufen. Varga sah den Mündungsblitz, dann dröhnte sein Kopf vom ohrenbetäubenden Knall eines Schusses. Er ging zu Boden und noch im Fallen hörte er, wie das Echo des Knalls von den Betonwänden hallte. Auf dem Asphalt liegend hielt er nach dem Schützen Ausschau, aber seine Welt verwandelte sich in ein schwarzes Loch. Für einen Moment glaubte er, eine Art Nosferatu am Rand seines Sichtfeldes erkennen zu können, sicher war er sich jedoch nicht, Konturen gab es für ihn keine mehr. Vor Schmerz biss er die Zähne zusammen und konzentrierte sich darauf, regelmäßig Luft in seine Lungen zu pumpen. Das Letzte, was er wahrnahm, waren grelle blaue Lichter, die von den Wänden und einem niedrigen Himmel prallten.

Varga war zurück in seiner Kindheit. In kurzen Hosen stand er im lautlosen Blau des Mittags und fixierte einen flimmernden Punkt am Horizont. In der flachen Landschaft näherte sich auf der sandigen Landstraße ein Pferdekarren, eine fahle Staubwolke im Schlepp. Außer dem Schrei einer Krähe war nichts zu hören, kein schweres Schnaufen, kein Knarren des Zaumzeugs, kein Klirren des Geschirrs. Sobald Varga die große, dünne, aufrecht sitzende Gestalt auf dem Bock erkannt hatte, rannte er über das versengte Gras auf die Straße und wartete. Es dauerte lange, bis er das Klappern der Hufe und das Schnauben der beiden Pferde hörte. Varga sah, dass Schmetterlinge den Wagen begleiteten und lief auf ihn zu. Die Gestalt auf dem Bock winkte. Kurz darauf hielt der Karren, die Pferde bis zu den Fesseln im Staub, auf der Ladefläche quiekende Ferkel. Der Fuhrmann drehte sich zur Seite, befestigte die Zügel an der Pritsche und stieg ab.

«Tag, Kleiner», sagte Onkel Jenö, strich ihm mit einer Hand über den Kopf und nahm mit der anderen eine grüne Botanisierbüchse von der Pritsche: «Da, für dich.»

Varga nahm die Büchse in beide Hände, öffnete den Deckel und schaute hinein: «Hirschkäfer!»

Onkel Jenö schob seine Krumme in den Mundwinkel und sagte: «Pass bloß auf, dass sie dich nicht in deinen Hintern zwacken.» Und dann, während Varga die beiden Käfer dabei beobachtete, wie sie sich aus ihren Ecken heraus belauerten: «Komm, es ist Essenszeit. Sitz auf.»

Varga saß schweigend am Küchentisch und schaute Tante Klári zu, wie sie Schmalzbrote strich. Fenster und Tür der kleinen, weißen Küche standen offen, das Licht des Sommers flutete in den Raum. Onkel Jenö saß mit nacktem Oberkörper am Tisch, füllte sich ein Glas mit Schnaps, drehte es in der Hand, kippte es sich in den fast zahnlosen Mund und sah dann durch die Tür hinaus auf den Bahndamm. Tante Klári fragte Varga, ob er sich die Hände gewaschen habe. Varga nickte, doch die Tante durchschaute ihn und schickte ihn trotzdem ins Bad. Als Varga den Stuhl zurückschob, zwinkerte ihm sein Onkel zu: «Vergiss nicht, die Käfer zu füttern.»

Varga lief ins Bad, verriegelte die Türe, zog sich am Fensterbrett hoch, steckte seinen Kopf durchs Fenster und ließ seinen Blick über die vertrauten weißen Häuser schweifen, die leere Straße, den Ziehbrunnen und die Schweine, die im Schatten des Brunnens lagen und schliefen. Das kleine Nest brütete in der Mittagshitze. Von Dezsö und Zsolt keine Spur. Er atmete die warme Sommerluft ein, in der ein süßer Hauch von Akazie lag, und beobachtete zwei Fliegen, die übereinander am Gitter hingen. Dann suchte er den Bahndamm ab. Vom Zug aus Budapest war nichts zu sehen. Varga schaute in den Himmel und hatte plötzlich feuchte Augen. Er war gern hier draußen auf dem Land, weit weg von der großen grauen Stadt. Da, wo jedes Haus, jeder Garten und jeder Baum eine eigene Welt und ein eigenes Mysterium war, fühlte er sich so frei wie die Helden aus den Geschichten seines Vaters. Als er seine Tante nach ihm rufen hörte, stand er am Waschbecken und spritzte sich Wasser ins Gesicht.

Tante Klári teilte die Brote aus, dazu gab es Wurst, Paprika und Hefegurken. Sie stellte sich neben den Tisch, aß stehend und schaute Onkel Jenö und Varga dabei zu, wie sie die Teller leerten. Während des Essens erzählte der Onkel von einem ungarischen Wunderkind, das bei einem Schachturnier in Triest einen Großmeister geschlagen hatte. Varga hörte ihm zu, bemerkte aber plötzlich, wie sich die Atmosphäre im Raum veränderte. Als er ins Gesicht seiner Tante schaute, wusste er, dass auch sie die Veränderung wahrgenommen hatte. Ein Geräusch war zu hören – das Geräusch eines unsichtbaren Zuges. Blitzschnell stand Varga auf und stellte sich in den Türrahmen. Erst gedämpft und von fern, aber mit jeder Sekunde deutlicher, war das Stampfen des herannahenden Zuges zu hören. Tante Klári sagte etwas, aber Varga konnte sie nicht mehr verstehen. Er rannte hinaus und über die gelbbraune Wiese in Richtung Bahndamm. Am Himmel sah er die dünne Rauchsäule, in seinen Ohren klopfte das Gestänge der schweren Schnellzuglok. Als er den Bahndamm erklommen hatte, ließ er sich schwitzend und schwer atmend neben den Schienen auf die Erde fallen. Der Zug überquerte die Brücke und legte sich fauchend und funkensprühend in die Kurve. Varga fixierte mit zusammengekniffenen Augen die vierachsige 424er und bedeckte sein Gesicht erst dann mit den Händen, als sie auf seiner Höhe war und wie ein Drache vor ihm raste. In diesem Moment veränderte sich alles für ihn. Er schloss die Augen und löste sich in einer Wolke aus gleißendem Licht und eisiger Kälte auf. Dann erfasste ihn ein seltsamer Frieden und trug ihn rasend schnell mit sich fort.

Universitätsspital Zürich Krankenakte Patient Varga:
Alter: 59 Jahre alt
Größe: 177 cm
Gewicht: 80 kg
Wohnort: Zürich
Bürgerort: Zürich
Nationalität: schweizerisch-ungarischer Doppelbürger
Beruf: Kommissar, Kriminalpolizei Zürich

Krankengeschichte:
Patient wird am Samstag, 7. November, um 10.35 Uhr mit einer schweren Schusswunde am Kopf eingeliefert.

1. *Stabilisierung durch diverse Maßnahmen (Notfallteam, Dr. Essmann): Erfolg zufriedenstellend*
2. *Notoperation (Prof. Gorica): Patient komatös und moribund*
3. *Verlegung auf Intensivstation, Betreuung durch Neurologie (Dr. Orlow)*

Diagnose:
Computertomographie und MRI zeigen ausgedehnte Läsionen kortikal und subkortikal. Multiple sekundäre Hämorrhagien.
Voll ausgeprägtes Koma (4. Grad): Patient nicht ansprechbar, zeigt keinerlei Reaktionen auf äußere Reize, seien dies Schmerz, Berührung, Geschmack, Geräusche oder optische Stimulation. Hält die Augen geschlossen, hat keinen Schlaf-Wach-Rhythmus und muss künstlich beatmet werden. Kardiopulmonal stabil.
Achtung: Hirnströme (und Herzfrequenzänderungen) weisen darauf hin, dass sich der Patient in einem Locked-in-Zustand befindet.

Varga erwachte aus einem schwarzen, leeren, tunnelhaften Schlaf in ein lautloses Dunkel. Wo bin ich?, fragte er stumm. Innerlich fluchend suchte er nach Licht und einem Bild, das ihm Halt gab. Das Einzige, was kam, schien ihm der Ausläufer eines Traums einer langen, qualvollen Nacht zu sein: Er sah sich kauernd im Innern seines eigenen Schädels, der so groß und leer war wie der Ballsaal eines alten, verlassenen Palastes. Varga wollte seine Lider öffnen und sich umsehen, staunend durch die Halle spazieren, die weißfleckigen Knochenwände untersuchen, doch seine Augen blieben blind, seine Beine taub. Er wollte sich die Augen reiben, doch spürte er seine Arme so wenig wie seine Hände und Finger. Überhaupt spürte er nichts, nicht eine einzige Faser seines Körpers. Er wollte sich umdrehen, Jutkas ruhigem Atem lauschen, doch konnte er sich weder bewegen noch hörte er das kleinste

Geräusch. Er wollte aufstehen und das Übel abschütteln, wie rasend aus dem Bett stürzen und erfahren, was ihm fehlte. Doch er lag nur da und musste irgendwann realisieren, dass mit ihm nichts mehr stimmte.

Es war früher Morgen, als Varga und sein Vater auf die Vörösváry utca traten. Mit steifen Gliedern tauchten sie aus der Haustür. Erst blickten sie die Straße auf und ab, dann in den Himmel. Über Budapest wölbte sich bereits eine heiße Sonne durch den dünnen Rauch und zeigte ihnen, dass das Leben nach einem nächtlichen Bombardement weiterging. Varga schaute an der Fassade ihres Mietshauses hoch. Hinter keiner der schmutzigen Scheiben zeigte sich Leben. Alles war still. Vargas Vater steckte sich eine Zigarette an und fluchte auf Hitler und die Alliierten. Varga ging ein paar Schritte die Straße hinunter und fragte sich, wo die Bomben wohl eingeschlagen hatten. Einige Meter vor ihm lag ein rissiger Blumenkübel auf der Straße. Die Pflanze war noch grün, sie musste in der Nacht von einem Balkon gefallen sein. Varga nahm sie auf, drehte sich um und stieg dann mit seinem Vater hoch in die Wohnung im dritten Stock. Sein Vater öffnete die Fenster, suchte in der Küche nach einer Flasche Milch und setzte sich mit ihr auf die Liege. «Trink», sagte er müde.

Varga legte die Pflanze ab, nahm die Flasche und ging mit ihr ans Fenster. Der Blick aus dem Fenster fiel auf die ausgestorbene Straße. Er hatte das Gefühl, dass dort unten jeden Moment etwas geschehen konnte. Als nichts geschah, lehnte er sein Gesicht an den Fensterrahmen und ließ sich von den ersten Sonnenstrahlen wärmen. Seine braunen Augen funkelten im hellen Morgenlicht und er dachte daran, wie sie in der Nacht in den Keller hinuntergeeilt waren, die Treppe hinab. In jenem Moment, mitten im Krieg, hatte er zum ersten Mal eine leise Ahnung davon gehabt, was alles vor ihm lag – all die unbestimmten, ängstigenden Versprechungen des Lebens.

Varga war, als hätte er nach langem Absinken den Grund eines Brunnens erreicht. Kein Licht färbte die Dunkelheit, eine schwarze

Sonne stand direkt über der Öffnung. Die Finsternis nahm er wahr wie einen stummen Schrei, der ihm unter die Haut ging. Noch immer dachte er an einen Traum. Doch später, als er schon lange im Dunkeln ausgeharrt hatte und sich nichts regte, wurde ihm klar, dass er nicht träumte. Und auch wenn sein Mut sank, wurde er immer ruhiger. Immerhin funktionierte sein Gehirn. Seine Lider zu öffnen, zu sprechen, sich zu bewegen oder aufzustehen versuchte er gar nicht erst. Er hatte begriffen, dass es sinnlos war.

Den ganzen Nachmittag hatte Varga im Park des Gymnasiums verbracht. Er hatte auf dem Grund der drei Bombentrichter so viele Frösche gefangen, bis sie einen zerbeulten Emaileimer füllten und oben wieder hinaushüpften. Nun, nach dem Abendessen, lag er im Bett und wartete darauf, dass ihm sein Vater eine Geschichte erzählte oder ein Gedicht vorlas. Trotz der Dunkelheit konnte er den Vater am Bettrand erkennen, wie er den Staub vom Rücken eines kleinen Buches blies und dabei aussah, als suche er nach Bildern aus einer Zeit, in der er sich selber noch davor gefürchtet hatte, dass Vampire an seinem Fenster landeten.

«Stinkt hier etwa ein toter Frosch?», fragte sein Vater, und sie lachten beide. Sein Vater leerte ein kleines Glas Schnaps, das er unter das Bett geschoben hatte, und las ein Gedicht vor.

Später schloss Varga die Augen. Sein Vater blieb noch eine Weile am Bettrand sitzen, als wollte er das Zimmer bewachen. Varga hörte seine Stimme bis tief in die Nacht. Er mochte es, wenn der Vater am Küchentisch saß und lauthals über Politiker, Fußballtrainer und Nachbarn schimpfte. Varga lag dann im Bett, lauschte und dachte sich Geschichten aus. Oft spann er die Geschichte weiter, die ihm sein Vater erzählte hatte, schmückte sie aus, dichtete etwas dazu, ließ etwas weg. Manchmal stand er auch auf und streifte in seinem Schlafanzug durchs Zimmer, stellte sich ans offene Fenster, streckte seinen Kopf hinaus und beobachtete die Straße.

Allmählich wich seine Schummrigkeit; sein Gehirn ballte sich wie eine Faust in ihm zusammen. Er irrte noch eine Weile im Finstern herum, dann gab er auf. In ihm brannte nur ein einziges fahles Licht. Er hatte keine Ahnung, wo er war. Er hatte keine Ahnung, wie er an diesen Ort gelangt war. Und er hatte keine Ahnung, ob und wie er ihn je wieder würde verlassen können. Eine Spur zurück ins Leben, einen Hoffnungsschimmer sah er nicht. Nichts konnte er sehen. Er lauschte, konnte aber nichts hören. Irgendetwas Furchtbares war mit ihm geschehen. Er versuchte, aus seinem Schädel auszubrechen und im Dunkel etwas zu spüren: nichts, kein Widerstand, keine Berührung, kein Lufthauch. Er sah sich aufstehen, seine Hosen ausklopfen und langsam auf weißen Knochen vorantappen.

Es war vor Mittag am Freitag, den 23. Oktober, Jahrestag der ungarischen Revolution. Ein starker Wind fegte Schneeregen, Zeitungen und leere Bierdosen durch die Stadt, vor dem Fenster bibberten zerzauste Spatzen auf den kahlen Ästen der Bäume. Varga saß in seinem Büro im ersten Stock, im Gebäude der Zürcher Kriminalpolizei, drehte aus einer Büroklammer ein Schweizerkreuz und dachte bereits ans Mittagessen. Er holte einige Akten aus einem Regal und legte sie auf den Tisch, damit während seiner Abwesenheit jeder feststellen konnte, wie viel er zu tun hatte. Dann stand er auf, nahm seinen Mantel vom Haken, schaute aus der Tür, ob der Korridor leer war, und ging langsam zum Lift. Dort standen Kollegen in kleinen Grüppchen, einer, dessen Gesicht jeden im Haus an Louis de Funès erinnerte, drückte wie ein Besessener auf den Liftknopf, einige hatten die Mäntel an, andere trugen sie über dem Arm, Männer und Frauen auf dem Weg in die Mittagspause, die üblichen Verdächtigen. Varga war einen Moment lang unschlüssig, ob er die Treppe nehmen sollte, aber als er auf den Stufen zwei dicke Frauen erblickte, die kleine Plastikbehälter trugen und über die Kantine schimpften, stieg er in den modrig riechenden Lift ein. Als er im Erdgeschoss die Tür aufdrückte, stand Oswald, sein Assistent, steif und gerade vor ihm.

«Chef», sagte Oswald, «vergiss die Eglifilets.»
Er schaute an Varga vorbei in den Lift, obwohl dort nichts zu sehen war außer einem fleckigen Spiegel. «Wir haben einen Toten in Schwamendingen.»

Laci, Roby, Sándor, Varga und ein paar andere aus der Straße trafen sich jeden Abend nach dem Essen im Hof. Meist blieben sie im Hof und spielten Fußball, solange es noch so hell war, dass sie den Ball erkennen konnten. Ab und zu ging es in die anderen Höfe und auf die Straße, im Sommer manchmal bis zum Donauufer. Budapest war für die Jungs ein großes graues Labyrinth, in dem Trams ratterten und es nach ranzigem Fett, Kohle und Urin roch. Wenn sie nicht wie Sioux um die Häuser schlichen oder über die Dächer kletterten, lagen sie irgendwo im Gras, schauten in den Himmel oder auf den Fluss und träumten davon, dass ihre nächste Expedition sie nicht in einen Kohlekeller oder das Magazin der Metzgerei, sondern in den afrikanischen Dschungel führen würde. Varga saß bei den Einsatzbesprechungen in ihrer geheimen Kommandozentrale nie in der ersten Reihe; den Blick in den Himmel gerichtet, wartete er darauf, dass Laci oder ein anderes Großmaul bekanntgab, wie die nächste Operation ausgeführt wurde. Oft wirkte er wie in Gedanken versunken, manchmal schien es sogar, als wäre er sich der Anwesenheit der anderen kaum bewusst. Aber immer verstand er es als seine Aufgabe, die Phantasie ihres Anführers anzuregen, indem er ihm mehr oder auch weniger sinnlose Vorschläge unterbreitete. Jahre später verglich ihn Sándor mit dem stillen, unscheinbaren Trickfilm-Jungen aus dem Fernsehen, der nachts, wenn sich seine Eltern schlafen gelegt hatten, auf das Dach des Hauses stieg, um von dort aus in einem aufblasbaren Raumschiff zu Abenteuern im Weltraum zu starten.

Varga stieg Treppen hoch, klopfte an Türen, wartete, spähte durch Fenster, die so blind waren wie die Augen von Toten. Sein Schatten lag in einem schrägen Licht auf dem Boden und folgte ihm. Er blieb stehen und rief. Nach einer Weile ging er wieder Treppen hinauf, Treppen hinab, lief durch offene Türen hinein in leere Fluchten, leere Räume, blieb stehen, sah in die Runde und lauschte; nichts regte sich. Als er sich im Ballsaal wiederfand, flatterte hinter ihm etwas auf wie eine Gruppe von Waldrappen, müde und schwerfällig. Varga erkannte sofort, was es war – Erinnerungen.

Einmal im Herbst hatte sich Varga erkältet, zu lange hatte er abends mit den Barbaren, wie sein Vater die Jungs nannte, im Hof gespielt. Jetzt lag Varga im Bett, mit schweißnasser Stirn und roten Wangen, die Augen geschlossen. Bevor er eingeschlafen war, hatte er nach seinem Vater gefragt. Magyar, ein Nachbar, holte den Vater, als es schon Nacht war, aus seiner Farben- und Lackfabrik. Sie kamen spät, und als der Vater Varga sah, blieb er lange vor seinem Bett stehen und betrachtete ihn. Magyar musste ihm einen Schnaps anbieten, damit er sich endlich umdrehte, in den Hof ging und ein paar Gläser trank. Als Varga am nächsten Morgen die Augen öffnete, stand sein Vater in der Tür. Auf seinen Armen hatte er einen jungen Foxterrier. Er trat ans Bett, beugte sich vor und legte Varga den kleinen Hund auf die Decke. Und während Varga sich aufsetzte, den Hund zu sich heranzog und sich von ihm das Gesicht lecken ließ, setzte sich sein Vater langsam auf einen Stuhl und nickte ihm zu: «Csibi heißt er.»
Varga saß auf dem feuchten Kissen und beobachtete seinen Hund. Wie er mit dem Schwanz wedelte. Wie er sich mit einem Hinterbein zwischen den Ohren kratzte. Wie er ihn mit seinen Knopfaugen anschaute und dabei zu lachen schien.
«Ein Hund! Ein Hund!», rief Varga und sprang aus dem Bett, Csibi hinter ihm her.

Immer wieder erwachte Varga aus einem Dämmerschlaf, irrte halb betäubt durch seinen Schädel, stolperte über Erinnerungen, seinen Vater, seine Freunde, seinen Hund, seine Stadt, umgeben von Licht. Dann wieder schlich er endlos lange durchs Düstere, suchend, ohne zu finden, horchend, ohne zu hören. Nachdem er lange in einem tiefschwarzen Flur verharrt hatte, schwebend wie ein Dieb in der Nacht, wurde ihm allmählich klar, dass er sich in einem toten Haus befand.

Draußen war es dunkel und kein Sonnenstrahl würde je wieder durch die Fenster fallen, der Saal für immer und ewig leer bleiben.

Mit neun oder zehn hatte Varga angefangen, nachmittags die Schule zu schwänzen und sich in eines der Kinos des Viertels zu schleichen. Zuhause sagte er, er wolle nicht rechnen und lesen lernen, um später einmal Ingenieur oder Richter zu werden, er wolle auch nicht mit den anderen Jungs im Schulgarten Zwiebeln anpflanzen. Lieber wolle er nach dem Mittagessen Csibi holen, mit ihm zum «Orion» spazieren, sich durch einen der Seitenausgänge in den dunklen, verrauchten Saal schieben, sich in einen roten Sessel setzen und die Filme anschauen, die gespielt wurden. Er sah stundenlang Nachrichten in einer Sprache, die er nicht kannte, und auf Vaters Drängen spielte er abends Staatsoberhäupter, Minister und Generäle nach, die mit ernsten Gesichtern Reden gehalten, Verträge unterzeichnet, Paraden abgenommen oder Fabriken eröffnet hatten. Oder er gab im Wohnzimmer so lange einen sterbenden Indianer, bis sein Vater schrie, Herrgottim-himmel, du machst uns noch verrückt mit diesem Unsinn, hör endlich auf damit. Varga schaute sich mehrmals die Woche einen Film an, nach dem Abspann lief er mit Csibi zum Donauufer hinunter, wo er Filmmelodien pfiff und Stöckchen warf. Einmal stand der Schuldirektor vor der Türe, als er abends nach Hause kam. Varga drückte sich an ihm vorbei und stellte sich hinter seinen Vater in den Flur, die Hände tief in den Hosentaschen, den Blick gesenkt, als wisse er nicht, worum es ging. Als der Direktor weg war, fragte Varga seinen Vater, ob er wieder in die Schule müsse. Der Vater sah Varga an, legte seine Hand auf sein Haar, lächelte und erwiderte, wer nicht in die Schule gehe, bleibe dumm wie ein Kohlkopf. Und dann, nach einer Pause: «Komm, wir bringen Csibi bei, wie er Pfötchen geben kann.»

In der Zeit, als Varga das József-Attila-Gymnasium besuchte, fuhren sie im Sommer jedes Wochenende nach Ráczkeve. Onkel Jenö hatte sich dort auf einer Insel in der Donau ein Grundstück gekauft und darauf mit Freunden ein kleines Haus gebaut. Vor dem Haus stand ein Tisch, an dem Klári Holundersirup, Sodawasser, Mohnkuchen und Nusscreme servierte, später dann auch Schnaps. Varga lag mit Csibi stundenlang auf einem Holzsteg in der Sonne, vor seinen Augen floss das Wasser träge und braun Richtung Schwarzes Meer. Wenn Varga nicht mit Csibi spielte, las oder schlief, streunte er über die Insel, zerschnitt sich die Finger am Schilf, pinkelte auf das Gerippe eines alten Ruderbootes, warf Hemd und Hose auf den Steg, sprang ins Wasser, tauchte unter und kam prustend und schnaubend wieder hoch. Sein Vater und Csibi saßen am Ufer und schauten ihm zu, wie er auf dem Rücken durch den Fluss schwamm und in den blauen Himmel schaute.

«Weißt du, wie eine Arschbombe geht?», fragte sein Vater. «Damit kannst du zuhause die Damenwelt beeindrucken.»

Varga lachte und seine Zähne sahen nun, wo er braun war wie die Planken des Stegs, noch weißer aus. Später saßen sie zusammen im Sand und schauten in den Himmel, bis sich vereinzelte Wolken rot färbten. Der Onkel lag laut schnarchend auf dem Rücken, er hatte gefischt und dabei eine Flasche Schnaps geleert. «Der vertreibt sogar die Egel», sagte sein Vater und zündete sich eine Zigarette an. Am Abend waren alle krank von der Sonne. Klári rieb Vargas Rücken mit einer Creme ein und hielt seinem Vater vor, dass er zu wenig auf seinen Sohn aufpasse. «Auf Huckleberry Finn hat auch keiner aufgepasst», sagte der Vater so, dass Klári es nicht hören konnte.

2

War das sein Herzschlag? Angestrengt lauschte Varga in die Dunkelheit, in seinen Ohren hallte es und er versuchte, die kleinen Geräusche zu fassen, die aus seinem Körper hervorbrachen, als er weiter durch den leeren Palast irrte. Er musste sich gegen eine Wand lehnen, um nicht umzufallen, so aufgeregt war er, aber da waren keine Geräusche, kein Herzschlag, nichts. Sein Körper war Geschichte, und hinter der dünnen Schale der Ohnmacht hatte sich sein Geist verkrochen, wie eine Larve oder eine Schnecke. Dort aber glühte er und wies die toten Zehen an, sich zu bewegen. Die Muskeln sollten sich anspannen, die Augen sich öffnen und sehen. Varga tastete sich weiter und fluchte wortlos darüber, dass sich die Ahnung, die er hatte, nicht verdichten wollte. Erst konnte er es nicht fassen, aber dann wurde ihm nach und nach bewusst, dass er Mensch, Ungar, Kriminalkommissar, Anhänger des FC Zürich und Sterbender war.

«Ein Toter in Schwamendingen?»

Varga blickte in eine Ecke der Liftkabine und zog die Mundwinkel herunter. «Kennst du den Fall mit dem chinesischen Hilfskoch, der vor Jahren den pensionierten Quartierpräsidenten mitsamt Gattin zu Chop Suey verarbeitet hat?»

«Klar.»

«Erinnerst du dich auch noch an den Irren, der am Weihnachtstag seine ganze Familie aus den Hochhäusern am Hirzenbach geworfen hat, weil seine Frau im Streit behauptet hatte, seine Eltern seien Geschwister?»

«Mhm.»

«Das war beides in Schwamendingen.» Und nach einer Pause: «Schwamendingen hat mir noch nie Glück gebracht.»

Oswald sah seinen Chef ungerührt an.

«Kein Chop Suey dieses Mal, und die Türme sind auch ein Stück weg.»

«Scheiße, ich hab mich so auf die Eglis gefreut.»

Zum ersten Mal verliebte sich Varga in jenem Sommer, in dem es nur ein einziges Mal regnete und er die Schule noch öfter als sonst schwänzte, um ziellos mit Csibi durch die Straßen von Budapest zu streifen oder auf der Margaretheninsel die Barbaren zu treffen. Csibi pisste gerade an einen Baum, als sie ihm an einer Haltestelle auffiel. Er sah ihr dabei zu, wie sie in ein Tram stieg, durch den schmalen Gang nach hinten ging, zu einem freien Platz, und ihn hinter der staubgrauen Scheibe entdeckte. Sie lächelte ihn an und drehte sich, als die Bahn anfuhr, ganz langsam zu ihm um, schaute durchs Fenster zu ihm, wie er dastand, mit seinem Hund, den Blick auf das gelbe Tram gerichtet, das sie wegbrachte, unter einem glühenden Himmel, von dem Vargas Vater sagte, er würde die Stadt irgendwann noch versengen. Als die Straßenbahn bei der Konditorei um die Ecke verschwunden war, ließ Varga Csibi von der Leine und dann rannten sie die Häuser entlang, über die Straße, hinter dem Tram her. Varga spürte den heißen Asphalt unter seinen Sohlen, nahm die erstaunten Blicke der Passanten wahr und fragte sich, ob sie an der Endstation aussteigen und ob sie ihn zu Atem kommen lassen würde, wenn er sie erwischt hatte. Auf dem großen Platz, wo die Trams wendeten, sah er sie dann schon von weitem stehen, neben dem Billetthäuschen, sie stand ganz allein, mit verschränkten Armen, und warf einen kleinen Schatten. Varga ging langsam auf sie zu, fasste sich ein Herz, grüßte sie, und fragte nach ihrem Namen.

«Katalin», sagte sie, lächelte wissend und kraulte Csibi zwischen den Ohren.

Vargas Magen protestierte, als Oswald den Dienstvolvo über die nassen Straßen jagte. Er verspürte ein quälendes Unwohlsein, doch er konnte den Wagen nicht anhalten lassen, rutschte auf dem Sitz herum. Ein Hungerast, dachte er sachlich, das wird schon wieder. Als der Wagen die Kornhaus-Brücke hinauffraste, rief er die Zentrale an und fragte nach, wer von der Staatsanwaltschaft zum Tatort ausrückte.

«Egloff!», brüllte der Diensthabende, nachdem ihn Varga dreimal nicht verstanden hatte, und: «Zu viel Funkverkehr ist ungesund, im Fall.»

«Egloff ist wenigstens keiner dieser verdammten Paragraphenreiter», sagte Varga mehr zu sich selbst als zu Oswald, sank ins Polster zurück, schüttelte den Kopf, als würde er damit klarer werden, und schaute wieder aus dem Fenster. Sein Assistent fuhr jetzt langsamer, und Varga stellte einmal mehr fest, dass Schwamendingen auf flachem Land lag und das Quartier deshalb dem Wind schutzlos ausgesetzt war. Heute war so ein Tag, an dem die Straßen regelrecht sauber gefegt wurden, in strengen Wintern häuften dieselben Winde den Schnee zwischen den großen Häuserblocks dieser Vorstadt manchmal hüfthoch auf. Die grauen Straßen, durch die sie fuhren, waren fast ausgestorben, nur die Lichter der Ampeln an den Kreuzungen leuchteten grell und farbig, einige Taxifahrer fielen ihm auf, die an ihren Ständen auf Kundschaft warteten, außerdem waren ein paar Hausfrauen unterwegs, die Kopftücher trugen und Kinder, Einkaufswägelchen oder beides hinter sich herzogen. Wahrscheinlich hocken jetzt alle hinter ihren Fenstern beim Bier oder haben sich hingelegt und starren an die Decke, viele hier draußen sind ja wahrscheinlich arbeitslos und haben Zeit, vermutete Varga und ärgerte sich sogleich über seine Vorurteile.

«Wir müssen runter an die Glatt», sagte Oswald und ließ den Volvo träge an einer Motorradstreife vorbeirollen, die am Straßenrand stand und Dampfwolken in die Luft blies. Über dem Weg, der ans Flussufer hinunterführte, schwebte ein heller Schleier, der Wind hatte sich gelegt, die Luft schien milder. Kälte würde sie aber trotzdem empfangen, wenn sie bei den drei Polizeiwagen hielten und ausstiegen. Oswald parkte am Wegesrand, stellte den Motor ab und informierte Varga knapp. Er wusste aus Erfahrung, dass sein Chef es hasste, während einer Dienstfahrt ins Bild gesetzt zu werden.

«Viel wissen wir so kurz nach dem Fund der Leiche noch nicht: ein unbekannter Toter in einem Mietwagen, Kopfschuss, keine Waffe. Gefunden hat ihn ein Spaziergänger, der wird hier noch irgendwo sein.»

Varga nickte, betrachtete kurz sein Gesicht im Rückspiegel, dann schaute er durch das Fenster auf die Szenerie, die vor ihm lag. Er fand nichts Beunruhigendes, und doch nahm er deutlich eine Unruhe in sich wahr, als sie ausstiegen.

«Komm, wir gehen an die Donau», sagte Katalin, und zu dritt spazierten sie vom großen Platz hinunter bis zum Fluss, wo sie sich vor ein Reiterdenkmal setzten. Katalin legte ihre Beine über Vargas, holte sich eine Zigarette aus der Hosentasche und zündete sie an. Dann legte sie ihre Hände über die Augen und schaute auf die Donau, die grün oder grau oder braun aussah an diesem Nachmittag.

«Sieh mal», sagte sie und zeigte auf einen verkratzten, fleckigen Schlepper, der gerade eine schäumende Bugwelle unter die Kettenbrücke schob. Varga aber konnte sich nicht von Katalins Anblick lösen, wollte sich dieses Bild merken, wie ein leiser Wind in ihr feines Haar fuhr, in diesem Wind die Asche glühte, der Rauch sich vor ihrem Gesicht teilte, sie die Augen schloss und die Sonne genoss. Katalin sah aus wie eine italienische Schauspielerin aus einer dieser Zeitschriften, die Varga bei Ági, einer Nachbarin, angeschaut hatte. Sie hatte kastanienbraunes Haar, das sie schulterlang trug, und grüne Augen, die blitzten, wenn sie lachte. Nun, da sie still saß, entdeckte Varga auf ihrer Nase rote Punkte und auf ihren braunen Armen und Beinen goldene Härchen. Er glaubte nicht, je zuvor jemanden gesehen zu haben, der ihn so faszinierte wie Katalin. Viele Stunden später, als sie das Gefühl hatten, zu viel Sonne erwischt zu haben, gingen sie barfuß durch die noch warmen Straßen, Varga trug ihre Schuhe in seinen Händen. Trams fuhren keine mehr, aber das war egal, lieber drückten sie sich auf ihrem Weg in schummrige Hauseingänge, huschten an Portierslogen vorbei in Innenhöfe und küssten sich, bevor sie wieder hinausliefen auf die Straßen. Als Varga nach Hause kam, lag sein Vater auf dem Sofa und lächelte im Schlaf. Varga ging in sein Zimmer, zog sich aus, warf sich aufs Bett, schaute zur Decke und dachte an Katalin.

Einsam stand ein silberner Audi in einer Mulde am Wegrand. In dieser Gegend gab es nichts Interessantes, das Clubhaus eines Hundezüchtervereins, leere Grundstücke, vernachlässigtes Brachland. Varga stellte fest, dass es hier am Fluss sibirisch kalt war. Er ging einige Schritte, und der Boden klang hart unter seinen Absätzen, das Geräusch vibrierte bis hinauf in seinen Nacken. Das Kopfweh war immer noch da. Er musste dringend etwas essen. Varga blieb stehen, schaute sich um und teilte das vor ihm liegende Gelände in drei Abschnitte auf. Dann schritt er jede Zone einzeln ab und untersuchte sie gründlich. Links von ihm lag eine sanfte Böschung, die in die schnell fließende Glatt mündete. Direkt vor ihm stand der Audi, neben dem Wagen froren eine Handvoll Männer und ein Hund, hinter ihnen erkannte Varga eine lockere Baumreihe. Rechts von ihm versperrte ein Zaun den Weg zu einer Art Schrottplatz, auf dem wildes Gestrüpp wucherte und Müll lagerte. Der Weg vor ihm war voller Fußspuren, doch sie waren schon vor Wochen eingefroren und ihm war klar, dass er diesen Täter nicht aufgrund von Fußspuren würde identifizieren können. Dieses Kunststück hatte er im Verlauf seiner Karriere ohnehin noch nie fertig gebracht. Lautlos flog ein Schwarm Krähen vorbei, Varga verfolgte sie am Himmel und stampfte dabei mit den Füßen, damit warmes Blut in sie hineinströmte. Nichts war zu hören.

«Komm», unterbrach Oswald die Stille, nahm ihn am Arm und zog ihn zu den Wartenden. Varga erkannte Egloff von der Staatsanwaltschaft, Hess und Hüppi aus seiner Abteilung, zwei Dicke, von denen er wusste, dass sie bei der Spurensicherung arbeiteten, und einen Alten mit Bürstenschnitt, der eine Hundeleine in seinen Händen knautschte und nicht recht zu wissen schien, was er tun sollte, bleiben oder fortgehen. Zu Füßen des Alten saß eine schwarze Dogge, die aussah, als sei sie festgefroren. Außerdem standen vier Uniformierte beim Audi, zwei weitere bewachten den Fluss. Varga ging zu Egloff und schüttelte ihm die Hand.

«Fließt das Blut in Strömen, stellen sie immer noch Varga, den Unverwüstlichen, ab», freute sich Egloff und Varga fragte ihn, ob er hinterher mit ihm eine Pizza essen wolle. Egloff verneinte mit Bedauern, er hatte noch einen Termin am Gericht. Minuten vergingen. Es war immer noch genauso kalt. Irgendeiner schniefte, Oswald legte mit seinem Bericht los und alle hörten zu. Oswald hatte sich vor dem Audi aufgestellt wie ein Zinnsoldat, seine Nase war rot und sein Gesicht nahm langsam die Farbe von Wasser an. Während Oswald erklärte, dass der Alte früh am Morgen mit seinem Hund am Fluss unterwegs gewesen war und dabei den Audi mit der Leiche entdeckt hatte, bog der Leichenwagen um die Ecke. Varga beobachtete die beiden Beamten des städtischen Bestattungsamtes, die aus dem grauen Ford kletterten, sich unbeholfen an den Kühler lehnten und synchron in ihre Handschuhe bliesen. Schon nach wenigen Minuten sahen sie aus wie aus Wachs modelliert. Kurz darauf war Oswald fertig mit seiner Geschichte. Varga nickte und trat an das Seitenfenster des Audi, um sich den Leichnam anzuschauen. Es war so, wie Oswald berichtet hatte: Der Tote war männlich, zwischen dreißig und vierzig Jahren alt, hatte nur noch wenige kurze, blassblonde Haare auf dem Kopf und ein Mardergesicht mit harten und scharfen Zügen. Er trug einen dunkelblauen Mantel, Jeans und Turnschuhe und wies einen Kopfschuss auf. Das Innere des Wagens war voller Blut, Hirnmasse und feinen Knochensplittern. Varga suchte kurz nach einem Austrittsloch im Autoblech und prägte sich das Bild ein.

«Der Täter saß neben ihm», meinte Egloff, der sich neben Varga aufgebaut hatte. «Oder er hat sich selber die Kugel gegeben und die Waffe noch schnell in den Fluss geworfen, bevor sein Licht ausging – um uns mal wieder richtig zu fordern.»

Varga nickte Egloff zu, als er plötzlich spürte, dass er vom Bedrohlichen und Ängstigenden, das jeder Tatort an sich hat, genug hatte. Er wollte zurück in die Stadt, eine Quattro Stagioni essen. Als er zum Volvo lief, registrierte er die übliche Geschäftigkeit an einem Tatort, in deren Zentrum jetzt der Audi stand. Ein Arzt beugte sich über den Toten, ein Fotograf baute Scheinwerfer auf, Menschen mit Maßbändern liefen herum, aus der offenen Seitentüre eines Transporters wurde heißer Kaffee ausgeschenkt, die beiden vom Bestattungsamt stapften mit ihrer Metallwanne an ihm vorbei, alle taten ihre Arbeit. Als er Hess sah, winkte er ihn zu sich: «Sucht mir den Fluss ab. Im besten Fall findet ihr eine Waffe.»

Dann setzte er sich in den Volvo und wartete auf Oswald, der sich in der Kälte grauviolett verfärbt hatte.

Im «Santa Lucia» angekommen, schaute Varga minutenlang dem Tamilen vor dem Pizzaofen zu und dachte, er fahre heute nicht mehr ins Büro zurück, vergesse am besten das Ganze. Außerdem dachte er an Eglifilets und daran, dass sich dieser Fall für ihn besonders schlecht angelassen hatte – statt Fisch bekam er nur eine

Quattro Stagioni. Er fühlte, wie Schweiß seinen ganzen Körper bedeckte, seufzte und holte tief Luft. Oswald, der seinen Mantel anbehalten hatte, telefonierte und mit einem Stift eine Serviette vollkritzelte, registrierte den Seufzer und klappte sein Handy zu.

«Sag mal, ist dir der Tote zufällig bekannt vorgekommen?», fragte er.

Varga merkte, wie ihm das Blut ins Gesicht stieg. Nicht wegen der Pizza, die in diesem Moment serviert wurde, sondern weil er realisierte, dass er beim Anblick des Toten tatsächlich kurz gestutzt hatte.

«Wer ist er denn?»

Oswald spielte mit einem Zahnstocher herum und fragte weiter: «Sagt dir der Name Kistler was?»

Varga schaute leicht verwirrt.

«Klar sagt er dir was. Du kennst ihn. Denk an Bern, ans Bundeshaus, an die hohe Politik.»

Varga kramte in seinem Gedächtnis, Oswald wartete geduldig, dann schlug Varga mit der Hand auf den Tisch und sagte: «Das ist doch dieser propere Musterschweizer, dieser Senkrechte, dieser Ausländerhasser, Schwulenhasser, Alleshasser.»

Oswald nickte und las von der Serviette ab: «Marco Kistler, 33 Jahre alt, geboren und aufgewachsen in Räterschen und Elgg bei Winterthur, reformiert, ledig, dienstuntauglich, kaufmännische Lehre bei einer Versicherung, diverse Weiterbildungen im Informatik-Bereich, Ex-Partner einer Sicherheitsfirma, Ex-Tennisprofi, Ex-Präsident der Jungen Schweizer Demokraten, seit einem Jahr arbeitslos gemeldet, aktueller Wohnsitz Elgg, ein Eintrag im Strafregister wegen Sachbeschädigung und Beamtenbeleidigung, liegt ein paar Jahre zurück. Und in Winterthur läuft gegen ihn gerade ein Verfahren wegen Steuerhinterziehung.»

Dieser kleine Stinker, dachte Varga, nahm das Besteck auf und sagte: «Das Verfahren können sie einstellen.»

Sie sahen sich jeden Tag nach der Schule, und als sie sich am Donnerstagabend an der Tramhaltestelle gegenüberstanden, fragte Katalin Varga, ob er mit ihr übers Wochenende an den Plattensee fahre. Varga wollte ja sagen, brachte aber kein Wort heraus, nickte und lachte nur. Katalin lachte auch und sagte, er dürfe sie jetzt nach Hause bringen. Und dann liefen sie wieder einmal durch die Stadt, sahen, wie Lichter in den Häusern angingen, und Varga wusste nicht mehr, was sagen. Am Samstagmorgen stiegen sie im Südbahnhof in einen Zug, Richtung Balatonfüred, Richtung See. Sie fuhren einige Stunden, aßen Wurstbrote und tranken Holundersirup, schauten auf Felder, staubige Straßen, Frauen in Trachten, Pferdegespanne und Ortsschilder, die langsam vorbeizogen, stiegen in Balatonfüred aus, liefen über die Gleise und einen staubigen Vorplatz, kletterten in einen Bus und fuhren mit ihm aus dem Ort hinaus. Nachmittags waren sie dann an einem hellen, kleinen Doppelhaus am See angelangt. Die Fenster standen offen. Aus einem Radio ertönte Musik. Ein rissiger Weg und ein paar Stufen führten zur Tür, Katalin hatte einen Schlüssel und öffnete sie. Dann gingen sie ein paar Schritte in das einzige Zimmer, das fast leer war, nur ein einfaches Bett, ein Tisch, zwei Stühle, ein Kleiderständer, ein paar Pflanzen in Töpfen und ein leerer Siphon standen herum. Katalin ging an ein Fenster und schaute in die Sonne und auf den See hinaus. Varga stellte die Taschen ab und setzte sich auf das Bett. Als er sein Hemd auszog, kam Katalin zu ihm, umarmte ihn, drückte ihn sanft auf das Bett und legte sich auf ihn. Sie hatte kleine Brüste mit rosafarbenen Brustwarzen, ihr Bauch war glatt, ihre Schenkel waren fest. Varga drückte seinen Mund auf ihren und es kam ihm vor, als müsste er das Essen neu lernen. Ihr Geschmack war betörend und kräftig, als wäre sie mit einer süßen Likörschicht überzogen. Er staunte und war hilflos in seiner Gier, während sie ihn langsam in sich hineinzog. Sie küsste seine Stirn, seine Lippen und jeden Teil seines Körpers. Sie war hart und gleichzeitig geschmeidig und weich und bei weitem ungehemmter in ihrer Lust als er. Von draußen hörte Varga den See murmeln. Er lauschte und es dauerte eine Weile, bis er verstand: Dies ist die Welle, die den Strand wegspült, die das Haus einreißt und die Straße überflutet. Dies ist die Welle.

Um vier saß Varga wieder an seinem Tisch und löste zwei Aspirin in einem Glas lauwarmer Cola auf. Er hatte das Gefühl, gleich einen Schwindelanfall zu bekommen, das Kopfweh war schlimmer geworden, er machte kein Licht, so war es besser. Auf dem Tisch neben dem Glas standen eine leere Cola-Flasche und eine Schachtel mit Cremeschnitten, daneben lagen Bundesordner und Berge von Papier, lauter mit Buchstaben vollgeschriebene Seiten, dazu Fotos vom toten Kistler. Kommissar Varga war, was Ordnung betraf, immer schon unbeholfen gewesen, tausendmal hatte er seine Trägheit schon verflucht, denn allzu oft ärgerte er sich über das Chaos in seinem Büro und zuhause in seiner Wohnung. Einmal mehr wurde er sich seiner mangelnden Kenntnisse im Umgang mit dem ganzen administrativen Kram bewusst. Er seufzte, nahm einen weiteren Schluck Cola und bestellte dann Oswald, Hess, Hüppi, Blumenthal und Nowak ins große Sitzungszimmer.

Varga suchte im Dunkel das Schimmern der Dämmerung, aber das einzige, was er wahrnahm, war er selbst, mitten auf einem schmalen Weg; er sah sich in seiner schwarzen Reglosigkeit dasitzen wie eine dieser steinernen Figuren, die auf den Dächern von Kathedralen hockten und auf Städte hinunterschauten. Vogelschemen flatterten um ihn herum und sahen auf ihn herunter. Sie beobachteten ihn, wie er ausgezehrt und verzweifelt den Qualen des Dunkels preisgegeben war. Weit und breit war keine Hoffnung mehr. Sein Inneres wirkte nicht nur unbewohnt, sondern ausgestorben, als habe die Pest es leergefegt. Ein fahles Licht fiel auf den Weg, der geradewegs in eine schweigsame, kühle Totenwelt führte. Die Hände zwischen den Knien, starrte er auf den dunklen Pfad und wusste, dass er ihn würde gehen müssen, mit bleiernen Schritten, wie ein Betäubter in einem Traum.

«Wie wenn wir das Glück gepachtet hätten», sagte Katalin, als sie abends mit unterschlagenen Beinen auf einer Bank vor dem Haus saßen und sich einfach nur ansahen, bloß ansahen, und hin und wieder Kaffee aus Gläsern tranken. Später, als sie längst aufs Bett gewechselt hatten und der Mond das Zimmer in ein weiches Blau tauchte, legte Varga eine Steppdecke um Katalins Schultern und schloss die Fenster. Und dann erzählte Katalin mit dieser Stimme, die Varga so gerne hörte, von vergangenen Sommern in diesem Haus, von Ruderpartien auf dem See, von Tanzabenden in Balatonfüred, von einer Zigeunerhochzeit in Sármellék, von Ausflügen nach Siófok und übers Land. Katalin hatte ihre Haare hochgesteckt, ihr Gesicht glänzte, ihr Mund war halb geöffnet und ihre Augen leuchteten. Varga fand, dass sie hübsch aussah.

«Wo bleibt Nowak?», fragte Varga ungeduldig in die Runde, stand auf, ging ein paar Schritte, auf das große Fenster zu. Das bisschen Himmel über der Stadt hatte sich schwarz gefärbt, auf den Straßen waren wenige Menschen unterwegs, die durch einen Regen liefen, der für einen Staatstrauertag die perfekte Kulisse abgegeben hätte. Varga vermisste Nowak, eine kleine energische Frau mit schönen braunen Augen. Er schätzte die junge Ermittlerin, weil sie noch alle Illusionen hatte, die man in ihrem Alter haben konnte. Und weil ihm ihre Frische gefiel, band er sie in alle Ermittlungen ein, die er leitete. Nowaks einzige Schwäche war ihre notorische Unpünktlichkeit. Varga sah auf die Uhr. Zeit für die Besprechung. Er drehte sich um und nickte in die Runde. Sein Gruß wurde mit einigen gemurmelten Hallos erwidert, und fünf Minuten später sagte jemand: «Die Letzten werden die Ersten sein.»

Es war Nowak, die zur Türe hereinkam, sich fahrig einige Strähnen aus der Stirn strich, sich dann in ihrem leicht östlichen Tonfall entschuldigte und am Tisch Platz nahm. Varga warf ihr einen schnellen Blick zu, richtete sich dann auf, stützte seine Knöchel auf die polierte Tischplatte und begann noch einmal von vorn: «Heute, Freitagmorgen, findet ein Spaziergänger an der Glatt in einem Mietwagen einen Toten. Beim Opfer handelt es sich um Marco Kistler, 33, schweizweit bekannter Senkrechter, zuletzt wohnhaft in Elgg. Kistler wurde aus nächster Nähe in den Kopf geschossen, die Umstände deuten weder auf einen Unfall noch auf eine Selbsttötung hin. Die Täterschaft ist unbekannt, verwertbare Spuren liegen uns noch keine vor. Sämtliche Details, die uns im

Moment bekannt sind, findet ihr übrigens in den Unterlagen, die vor euch liegen.»

Er machte eine Pause.

«Wie ihr vielleicht wisst, ging Kistler bis vor nicht allzu langer Zeit im Bundeshaus ein und aus. Das heißt, die Journaille wird wohl ziemlich wild auf diesen Fall sein. Ein erstes Communiqué geben wir wie üblich in den nächsten Stunden an die Presse. Falls sich vorher nichts Weltbewegendes ergibt, halten wir im Verlauf des Montags oder Dienstags eine Pressekonferenz. Sollten Reporter mit Fragen direkt an euch gelangen, dann vertröstet sie bitte, ja? Ihr wisst, dass einige unter ihnen mit einer überbordenden Phantasie gesegnet sind. Und ich will in den Sonntagszeitungen nichts über unsere Ermittlungen lesen.»

Varga schaute kurz auf und beobachtete, wie sich Hess die Nase putzte und das Ergebnis gründlich untersuchte. Offensichtlich stellte es ihn zufrieden.

«Ich schlage vor, wir verfahren wie immer: Das heißt, Nowak hockt sich vor die Kiste und sucht alles zusammen, was Datenbanken und Internet über Kistler hergeben, Blumenthal bringt die Wissenschafter und Mediziner auf Trab und Hess und Hüppi befassen sich mit dem näheren Umfeld von Kistler – was hat er in letzter Zeit so alles getrieben, wovon hat er gelebt? Und klappert mit einigen Uniformierten die paar Häuser ab, die im Umfeld des Tatorts liegen. Vielleicht haben wir ja Glück und jemand hat da draußen etwas gesehen oder gehört.»

«Und du, Chef?», fragte Hess.

«Oswald und ich fahren am Abend nach Elgg raus und reden mit Kistlers Eltern. Noch weitere Fragen?»

Nowak räusperte sich: «Wann treffen wir uns wieder?»

Varga nickte. «Ich würde sagen, wir richten unsere Zentrale am besten gleich in diesem Raum ein und treffen uns morgen um vier wieder.»

Da keine Fragen mehr kamen, klopfte er mit seinen Fingerkuppen auf den Tisch und beendete die Sitzung. «Danke, das wär's für den Augenblick. Oswald, lass uns in einer halben Stunde fahren.»

Später erinnerte sich Varga an den langen Sommernachmittag, der schon so weit zurücklag. Ein Nachmittag auf ihrer Lichtung, die sie mitten im Schilf freigelegt hatten, eine ferne Erinnerung, dennoch hatte er jedes kleinste Detail verinnerlicht. Er erinnerte sich an das Wasser, in dem sie geschwommen waren, an seine Farben, an sein Gemurmel, an den Frosch mit den drei Beinen, den er gefangen hatte, an den Schlamm, in den sie mit ihren Fingern frivole kleine Männchen gekritzelt hatten, an das Kartenspiel, bei dem er Katalin gewinnen ließ, und an das Dämmerlicht, das der Abend brachte, um ihnen zu zeigen, morgen ist der See auch noch da. Er erinnerte sich an das Gefühl, das sich eingestellt hatte, sobald sie sich sehen konnten, und das hoffentlich noch lange bleiben würde.

Willi und Edith Kistler saßen im größten von drei Zimmern auf einem Sofa, neben ihnen, in einem Sessel, hatte sich eine graue Katze eingerollt, die Oswald unentwegt mit einem Auge fixierte. Willi Kistler trug einen Adidas-Trainingsanzug, seine Frau, die sich halb sitzend, halb liegend an ein Kissen lehnte, war in einen abgenutzten Morgenmantel gehüllt, auf dem Tisch brannte eine Kerze und am Ende des Zimmers, an der Wand, stand eine dicke Frau von der Gemeinde. Der Raum strahlte die Ruhe eines friedlichen Heimes aus, deshalb entschuldigte sich Varga kurz, dass man das Ehepaar so überfalle, in diesem Moment tiefer Trauer. Varga hatte schon draußen, auf dem Parkplatz des Postamtes von Elgg und vor der Tür der kleinen Wohnung, gewusst, dass es nicht der geeignete Zeitpunkt, ja vielleicht sogar taktlos war, sich schon am Tag des Todes nach einem verstorbenen Familienmitglied zu erkundigen, aber er und Oswald waren trotzdem in dieses Kaff hinausgefahren und hatten nach der Tagesschau bei Kistlers geklingelt. Zwar befürchtete er, dass sich in diesem Gespräch herausstellen würde, dass Marco, dieser brave Bub mit dem tragischen Schicksal, zeitlebens von allen geliebt worden war, nicht nur von der Familie, sondern auch von den übrigen Hausbewohnern und seinen zahlreichen Kollegen, und dass sein Tod völlig unerwartet war, vor allem auch unerklärlich. Zur Überraschung der beiden Ermittler erklärte

Vater Kistler aber, dass sie ihren Marco sehr wohl lieb gehabt und ihm immer alles gegeben, ihn in den letzten Jahren aber nicht mehr wirklich verstanden hätten: «Ich hab mir einige Male gedacht, dass es mit ihm eines Tages ein böses Ende nehmen würde.»

Varga runzelte die Stirn, sein Blick flackerte. «Wie kamen Sie denn darauf?»

Willi Kistler seufzte. «Marco war nie wirklich zufrieden mit dem, was er hatte, ständig drängte er nach mehr, immer höher und höher wollte er hinaus. Ich weiß noch, wie er mich wochenlang mit seinem Wunsch bedrängt hatte, Tennisprofi zu werden. Tag und Nacht redete er auf mich ein, verlangte von mir, dass ich Sponsoren anrufen und ihm doch endlich seinen Lebenstraum erfüllen solle. Als es mir irgendwann zu blöd wurde und ich für ihn rackerte, bis er einen Vertrag hatte, spielte er gerade mal ein einziges Turnier als Profi. Nachdem er im Achtelfinale ausgeschieden war, packte er seine sieben Sachen, setzte sich, ohne sich von seinem Trainer oder sonst wem zu verabschieden, in den Zug, fuhr nach Hause und erklärte uns hier in der Türe, er gehe jetzt in die Politik und werde Bundesrat.»

Es war vor Morgengrauen, und Laci und Varga standen mit schweren Schuhen in einem Hauseingang und spähten angespannt die Straße hinunter. Nach dem heißen Sommer 1956 hatte sich der Herbst lange angekündigt, jetzt war er gekommen – mit welken Blättern, Vögeln, die davonzogen, mit Demonstrationen und einer Stimmung, die sich von Tag zu Tag stärker aufheizte. Nur noch selten traf sich Varga mit Katalin, nur noch selten streunten die Barbaren durch die Stadt. Die Jungs verbrachten die meiste Zeit zuhause, und Varga saß auf einer Truhe, las die Zeitung und lauschte den Gesprächen der Erwachsenen, mit einem Gesicht, das seinem Vater manchmal Angst machte. Der redete immerzu von Reformen, vom Stalin-Denkmal, das alle stürzen wollten, von Imre Nagy und vom Sturm, der sich zusammenbraute, und Magyar, ihr Nachbar, ergänzte, sie sollten Kompott kochen und Kraut und Gurken einlegen, solange noch Zeit war. Als Csibi bellte, sagte Varga, dieser Sturm soll nur kommen. Magyar verschluckte sich an einem Schluck Schnaps, aber sein Vater drehte sich zu ihm um und meinte, dieser Sturm kommt aus dem Norden, aus der finsteren Sowjetunion, und er wird schlimm. Als es Tag wurde, hörten sie das Gerassel von Panzerketten. Laci und Varga schauten um die Ecke und die Straße hinunter, konnten aber nichts erkennen, nur den Wind hörten sie. Mindestens eine Stunde lang wehte er, vielleicht länger, in einem Moment so heftig, dass sie glaubten, er könne sie in die Straße hinausfegen. Plötzlich drehte ein Panzer im Schritttempo in die Vörösváry utca und blieb mit laufendem Motor in der Mitte der Straße stehen. Ein alter Mann humpelte ihnen entgegen, blieb kurz im Lichtkegel des Scheinwerfers gefangen, fuchtelte mit seinem Stock, fluchte und verschwand in einem Haus. Laci griff nach Vargas Hand. Der Panzer hüllte die Straße in eine Wolke aus Abgasen, und Laci herrschte Varga an, er solle über die Straße rennen und Hilfe holen. Aber Varga blieb, wo er war. Über ihnen pfiff einer die Nationalhymne, diese mäandernde Melodie, die Varga so gerne hörte, auf dem Turm des Panzers entdeckte er eine rote Fahne mit weißen Ziffern, hinter ihm rannten Leute hin und her. Wie eine überdimensionierte Schildkröte stand der Panzer in der Kälte und zitterte. Als er aufheulte und eine blaue Rauchwolke ausstieß, liefen sie los, taumelnd, fast blind nach der langen Wache im Dunkeln, und drehten sich nicht mal mehr um nach ihm, der gedreht hatte und langsam um die Ecke kroch.

«Nach seiner Tenniskarriere hat Marco von einem Tag auf den anderen bei den Schweizer Demokraten mitgemacht. Für sie hat er Plakate geklebt, Pamphlete und Kleber verteilt, im ‹Ochsen› gegen die Überfremdung gewettert und am Ende hier im Dorf eine Ortsgruppe gegründet. Dann ging es aber erst richtig los: nationale Parteiversammlungen, kantonale Parteiversammlungen, Ortsgruppensitzungen, Presse-Frühstücke, Anti-EU-Kampagnen, Anti-SP-Kampagnen, Anti-Schwulen-Kampagnen – jeden Tag, rund um die Uhr, bis er im Landboten war, dann im Blick, dann Präsident der Jungen Schweizer Demokraten. Plötzlich war unser Sohn ganz oben. Und plötzlich verkehrte er mit Leuten aus höchsten Kreisen, einmal war er mit einem Divisionär im ‹Ochsen›, einmal mit dem Bundesanwalt, einmal sogar mit diesem Gift-zwerg von TeleZüri.»

Varga nickte. Er erinnerte sich an den kometenhaften Aufstieg Kistlers, irgendwo hatte er mal ein Porträt von ihm gelesen.

«Du hast ihn noch ermahnt, dass es zu viel werden würde», sagte Frau Kistler.

«Er war nicht zu bremsen. Er hatte sich etwas in den Kopf gesetzt und war unterwegs wie eine Dampfwalze», sagte Willi Kistler und fixierte das leere Aquarium, das in einer Ecke des Zimmers am Boden stand. Varga folgte seinem Blick und betrachtete kurz den großen Glasbehälter, in dem kein Wasser mehr war, nur kleine, verstaubte Kieselsteine, einige verdorrte Pflanzen und eine grellgelbe Plastikfregatte.

«Gehörte das Marco?», fragte er.

Willi Kistler winkte ab: «Marco hat Tiere nie gemocht. Ich fürchte, er hatte null Gefühle für sie.»

«Darf ich mal sein Zimmer sehen, seine Sachen?», fragte Oswald.

Willi Kistler sah kein Problem, und als Oswald erklärte, dass man daraus vielleicht auf etwas schließen könne, sagte er: «Bitte, sehen Sie sich nur um, ich zeig Ihnen alles, was Sie wollen, Marco hatte ein eigenes Zimmer, es gibt da nicht viel zu sehen, aber kommen Sie nur.»

Oswald und Kistler verließen Sofa und Sessel und verschwanden im Flur. Varga wollte sich noch mit der Mutter von Marco unterhalten, aber sie war nicht in der Verfassung, von ihrem verstorbenen Sohn zu erzählen. Deshalb zückte er eine Karte, legte sie auf die Platte des kleinen Glastisches und schob sie ihr hin. Edith Kistler sah kurz auf, nickte und schluchzte weiter in ihr nasses Taschentuch. Varga erhob sich und legte ihr kurz eine Hand auf die Schulter. Dann winkte er die Frau von der Gemeinde heran und erkundigte sich bei ihr nach der Toilette. Kurz darauf realisierte er, dass er sich plötzlich für diesen Kistler zu interessieren begann, wo er gewohnt und was er gemacht hatte. Wahrscheinlich war er ein ziemliches Arschloch gewesen, aber immerhin eines von der spannenderen Sorte.

Laci und Varga liefen der Donau entlang, hinter ihrem heißen Atem, über eine Brücke nach Buda, bis zum Gellért. Sie waren alleine, die anderen Barbaren waren nicht im Hof erschienen, durften oder wollten nun, da sich der Aufstand auf andere Städte ausweitete, da sich überall Arbeiter-, Revolutions- und Nationalräte bildeten und ein Generalstreik das Land lähmte, nicht mehr auf die Straße, saßen wohl zuhause vor dem Radio und hörten den Stimmen zu, die von Dingen sprachen, die niemand wahrhaben wollte. Nach den langen Tagen, in denen niemand wusste, was war oder was kommen würde, dämmerte ihnen langsam, was geschehen war, mit ihnen und ihrem Land. Varga wusste, dass die Rote Armee in die Stadt einrückte, dass der Panzer, den er frühmorgens gesehen hatte, nur Teil der Vorhut war, dass sich nun nichts mehr ändern ließ. Lacis Vater arbeitete im Gellért als Kellner, aber er war nicht da, kaum jemand war da, nur Leute in teuren Kleidern, die hastig Koffer packten. Laci und Varga liefen durch das Haus, die langen Fluchten, von denen die Zimmertüren abgingen, schauten in den großen, leeren Speisesaal mit seinen Leuchtern unter der Decke, dunkelroten Sofas und Vorhängen. Mit dem Fahrstuhl fuhren sie in die oberste Etage und kletterten über eine Treppe und durch eine kleine Luke auf das Dach. Oben auf dem Dach wehte ein kühler Wind. Laci und Varga stellten sich hinter den Schriftzug «Hotel Gellért» und schauten auf die Stadt mit ihrer Burg, die Brücken, das Parlament und die Donau, die nun fast schwarz war. Wie durch einen Filter gedämmt drang von unten das Aufheulen, Hupen und Quietschen eines einzelnen Autos oder eines Trams herauf. Und auch wenn über ihnen die rot-weiß-grüne Fahne mit dem Loch wehte, wussten sie, dass ihnen die Stadt nicht mehr gehörte und dass für lange Zeit nichts mehr sein würde, wie es gewesen war.

Oswald und Varga schauten in das Zimmer von Marco Kistler, sahen sich seine Sachen an, vieles von dem, was ihm mal gehört hatte. Das Zimmer war klein, auf einem Ikea-Pult staubte ein PC vor sich hin, daneben lagen einige vergilbte Musik- und Sportmagazine. Sonst gab es einen Marmoraschenbecher mit der Aufschrift

«Egypt Air», eine kleine Stereoanlage, einen Haufen Kassetten, einen Stoffbären, einen weißen Stahlrohrhocker, einen schweren, weinroten Sessel, und mitten im Raum ein Feldbett, über das ein verwaschenes Badetuch des EHC Winterthur gespannt war. «Einige von Marcos Sachen haben wir verstaut. Wenn Sie wollen, hol ich sie hervor», sagte Willi Kistler.

Varga bat darum, und der Vater ging schwerfällig auf die Knie, um einen großen Reisekoffer unter dem Bett hervorzuziehen, die Schlösser aufschnappen zu lassen und den beiden Ermittlern alte Schulhefte, Sichtmäppchen voller Papiere und Fotos entgegenzustrecken. Varga nahm einiges davon interessiert in die Hände, fand aber nichts besonders aufregend, ganz unten im Koffer lagen ein Pornomagazin mit einem nussbraunen Mädchen auf dem Cover, Kondome, Aspirin und Handschellen. «Hatte Marco Freundinnen?», fragte Varga.

Willi Kistler verzog das Gesicht und zuckte mit den Schultern: «Jedenfalls wissen wir von keiner.» Und nach einem kurzen Schweigen fügte er hinzu: «Er sah ja nicht schlecht aus, hatte ein großes Maul und machte viel Sport, aber er hat nicht ein einziges Mal eine nach Hause gebracht.»

3

Das letzte Mal mit Katalin war weniger leidenschaftlich, dafür bittersüß. Katalin und ihre Eltern wollten nach dem Mittag mit einem Zug Richtung Westen fahren und dann versuchen, nachts über die Grenze zu gehen. Vargas Vater hatte sich ebenfalls entschieden zu gehen, aber er wartete noch auf Magyar und seine Cousine, morgen, bevor es hell wurde, sollte es auch für sie so weit sein. Katalin und Varga lagen auf dem Boden, Dielen aus Holz, zwischen den letzten Kisten und Schachteln, und fanden einen langsamen

Rhythmus, der den Rücken hinaufwanderte. Varga kannte den Takt nicht, doch Katalin umso mehr, und so ließ er sich führen. Vor dem Höhepunkt schwitzte er, fühlte sich atemlos und bis zum Reißen gespannt, sein Herz pochte wie eine Maschine, die zu lange gelaufen war, und Tränen rannen ihm über das Gesicht.

«Jetzt bist du in mir drin», murmelte Katalin, «ich nehm dich mit mir mit.»

Dann legte sie ihren Kopf an seine Schulter und Varga dachte, wie gut sie beide zusammenpassten.

Die Autobahn war fast leer, und während Oswald ihren Volvo an einem Reisebus mit wild grimassierenden Jugendlichen vorbeizog, stellte Varga zum zweiten Mal an diesem Tag schläfrig fest, dass er nicht mehr ins Kripogebäude zurückwollte. Es war später Freitagabend, immer noch spürte er einen pochenden Schmerz in seinem Kopf, der Besuch bei den Kistlers hatte wenig gebracht, und außerdem machte er sich keine Illusionen darüber, dass er in diesem Fall schnell unter Druck kommen würde, wozu dann also? Er schaltete das Radio ein und entspannte sich etwas, aus dem lokalen Sender strömten Nachrichten, einen Teil nahm er auf, der Rest schwirrte um ihn herum, schließlich wandte er sich an Oswald und sagte: «Wir haben tatsächlich vergessen, sie zu fragen, womit sich ihr Marco selig in letzter Zeit beschäftigt hat.»

Oswald musterte ihn für eine lange Sekunde, dann nickte er. «Willst du zurück?»

Varga wandte sich ab und schaute in die nassgraue Betonöde, die nur von ein paar Neonreklamen unterbrochen wurde. «Lass mal. Hess und Hüppi kümmern sich ja darum. Auf ihren Bericht bin ich jetzt schon gespannt.»

Varga streckte sich auf einem Sessel seiner unordentlichen und ungelüfteten Wohnung aus, machte ein Bier und eine Schnapsflasche auf und lauschte den Bostoner Symphonikern, die Smetanas Moldau von ihrer Quelle bis zur Mündung begleiteten. Wie immer, wenn er zuhause war, trug er einen alten Trainingsanzug und spürte wieder mal fast körperlich, dass er auch nach all den Jahren seinen Vater vermisste, Katalin, Csibi, Tante Kláris gefüllte Paprika, Mohnnudeln und Zwetschgenknödel, die Vörösváry utca, die Hinterhöfe und all die komischen Käuze, die sie bevölkerten. Halb saß er, halb lag er über den breiten Armlehnen, sein Kopfweh war schlimmer geworden, er war müde und wehmütig und verfluchte innerlich diesen spießigen Kistler, der am liebsten alle Ausländer über die Grenze geschickt hätte. Varga hatte nicht die beste Meinung von der Schweiz, und von den Schweizern war er auch nicht gerade begeistert, aber diesen jungen Kistler hasste er. Bald war er nicht mehr nüchtern, zog seine Sachen aus, warf sie durch die Wohnung, stand in seinen Unterhosen am Fenster und blickte, sich am Bauch kratzend, mit mitleidlosem Blick auf die wenig gelungene Siedlung aus den sechziger Jahren, die gegen-über seiner Wohnung an der Neugasse lag, hohe, gelbe Häuser mit günstigen Wohnungen, schmalen Rasenflächen davor und einem aufgeräumten Kinderspielplatz dahinter. Als die Moldau zum x-ten Mal über die Stromschnellen von St. Johann toste, tauchte zwischen den Häusern, wie eine Fata Morgana, ein russischer T-54 auf, aber bis es so weit kam, war Varga schon sehr betrunken. «Scheißnazis, Scheißkommis, Scheißbünzlis!», brüllte er auf dem Balkon und merkte, wie ihm das Blut ins Gesicht schoss. Nicht wegen der Nachbarin, die jetzt an seiner Haustüre klingelte, was zum üblichen Ablauf gehörte, und auch nicht wegen des Hauswarts, der unten auf dem Veloweg stand und fragte, was zum Teufel eigentlich los sei, sondern weil er mal wieder realisieren musste, dass er in diesem Land ein Scheißfremder geblieben war.

Die Tür zum Gerichtssaal schwang auf und eine Horde riesenhafter Reporter schoss auf ihn los. Varga stand mitten im Gewühl und blickte zurück in den Saal, wo drei traurige Richter ihre Köpfe schüttelten. Unentwegt zuckten die Blitzlichter, manchmal schienen sie direkt in seinem Kopf zu explodieren, er spürte einen Knall nach dem anderen. Er starrte in die Fernsehkameras und auf einen Typen, der ihn wie ein Irrer am Ärmel zog und dabei gehetzt in ein Mikrofon schrie. An Fenstern und Türen waren Polizisten postiert, die johlten und mit dem Finger auf ihn zeigten. Das Tosen schwoll an und wurde immer lauter und mächtiger, bis Varga in kaltem Schweiß gebadet aufwachte. Auf seiner Uhr war es zwanzig nach fünf. Er setzte sich auf den Bettrand und hatte das Gefühl, die Zimmerdecke sei ihm auf den Kopf gefallen.

Langsam, sehr langsam drehte der Turm des Panzers. Eine Handvoll Studenten mit Fahnen verschwand grölend in einem Hauseingang. Bis auf einen gebrechlichen Alten mit Regenschirm und ein ausgebranntes Autowrack war die Straße jetzt leer. Varga lehnte sich aus seinem Versteck, blickte auf die Straße und überlegte, ob er abhauen sollte. Noch immer drehte der Turm. Als die Kanone in Richtung des Hauseingangs zeigte, in dem die Studenten verschwunden waren, stoppte der Turm und die Luke ging auf. Varga drückte sich gegen die Hauswand und sah, wie der Kopf eines jungen Soldaten erschien, sah seine braun glänzende Haube. Eine Weile lang schaute der Soldat konzentriert die Straße hinunter, dann wandte er seinen Kopf und entdeckte Varga. Er war ungefähr so alt wie Varga, und sie beobachteten sich aufmerksam und nachdenklich. Nichts geschah. Nur das tiefe Brummen des Motors war zu hören. Plötzlich löste sich ein Schatten aus einem Hauseingang auf der gegenüberliegenden Straßenseite. Ein leuchtender Blitz, Feuerwerk und der Turm des Panzers stand in Flammen – und mit ihm der junge Soldat in der Luke.

Varga saß auf dem Bett, zog eine Flasche Cola unter dem Gestell hervor, nahm einen kräftigen Schluck und drehte das Radio auf seinem Nachttisch an. Madonna sang von einer «Isla Bonita» und Varga drehte sofort wieder ab. Er schaute aus dem Fenster, aber dort draußen waren nur Regen und schwarze Nacht, eine verschwommene Welt, ab und zu durchschnitten von Scheinwerfern und untermalt vom dumpfen Donnern der Güterwaggons auf den Gleisen hinter dem Haus, und ihm kam der Gedanke, dass es für ihn kein Alter geben würde, jedenfalls nicht in einem warmen wohnlichen Haus oder auch nur in einem städtischen Altersheim.

Der junge Soldat versuchte, aus der Luke zu steigen, aber er schaffte es nicht. Varga sah in sein Gesicht, sah seine geweiteten

Augen, sein von Todesangst erfüllter Blick schien zu betteln, es war wie ein tonloser Schrei. Mit seinen Armen griff er immer wieder nach oben, in die Luft, wie ein Verrückter, Varga sah ihm entsetzt zu, wie er brannte wie eine Fackel.

«Ein Russki weniger», sagte eine Stimme in seiner Nähe.

Varga wandte sich ab, er war aufgewühlt, nervös, verspürte Brechreiz, als hätte er einen Tritt in die Magengrube bekommen.

«Was bist du nur für einer, Kistler?», brummte Varga, nahm die letzte Cremeschnitte aus der Schachtel auf seinem Tisch und drehte sich in seinem Stuhl. Regen fiel an sein schmutziges Fenster. Aufmerksam betrachtete er das Foto von Kistler, das er sich an die Wand gepinnt hatte, sah in die wässrigblauen Augen, die nichts verrieten, und versuchte, die Unruhe und das ungute Gefühl einzuordnen, die er verspürte, seit er sich am Tatort umgesehen hatte. Einen Moment lang überlegte er sich sogar, ob er diesen Fall abgeben sollte. Aber da steckte Nowak ihren Kopf in sein Büro.

«Na, dem Mörder schon auf der Spur?»

Nowak schaute sich Unmengen von Fernsehkrimis an und schnappte dort immer wieder solche Sätze auf. Die setzte sie dann so oft ein, dass es ihren Kollegen im Kommissariat allmählich auf die Nerven ging.

«Was soll ich bei diesem scheußlichen Wetter sonst tun?», gab Varga zurück, stopfte sich den letzten Rest Cremeschnitte in den Mund und deutete mit dem Daumen auf das Porträt von Kistler. Kauend beobachtete er sie und versuchte, nicht mehr zu denken, was er dachte.

«Hast du was über ihn rausgekriegt?», fragte er. «Mit wem haben wir es zu tun?»

«Mit einer Blendrakete», sagte Nowak bestimmt.

Varga zog die Brauen hoch.

«Mit einem, der mit aller Macht und allen Mitteln aus dem Mief, in dem er aufgewachsen war, herauswollte. Und sich mit seiner Art wohl nicht nur Freunde gemacht hat.»

Varga dachte einen Moment nach, bevor er wieder sprach. «Gar nicht schlecht, der Punkt.»

Nowak lehnte sich an den Türrahmen und schloss die Augen. «Ich brauch jetzt auf jeden Fall einen Kaffee mit Scotch. Du?»

Varga grinste und lehnte sich zurück. «Wir sehen uns dann um vier.»

Als sich Nowak aus der Tür geschoben hatte, saß er eine Weile still da und hörte dem Regen zu.

Kurz vor vier trat Varga ins große Sitzungszimmer. An einer Wand stand ein kleiner Stahlschrank mit einer Kaffeemaschine darauf. Davor warteten Oswald, Hess und Hüppi, alle mit einer Tasse in der Hand.

«Hallo, Chef», sagten die drei im Chor und Varga nickte ihnen zu. Er setzte sich zuoberst an den ovalen Tisch und begrüßte Blumenthal, der mit einem Stapel Papieren unter dem Arm durch die Tür kam. Doktor Abraham Blumenthal, eine Koryphäe des weit über den Kanton Zürich hinaus bekannten wissenschaftlichen Dienstes, war ein großer und schlaksiger Jude. Alles an ihm war aschgrau. Der Haarkranz, der sich um die Halbglatze legte, die Nickelbrille auf seiner langen Nase, der Anzug, die Schuhe, die billige Digitaluhr. Sogar die Krawatte, die ihm wie ein nasses Handtuch um den Hals hing, war grau.

«Varga», sagte Blumenthal, «geht's dir gut? Du hast schon frischer ausgesehen.»

Zur Untermauerung seiner Feststellung fixierte er die dunklen Schatten unter Vargas Augen. Varga hob mit einer beruhigenden Geste die Hände. «Ich kämpf nur mal wieder mit meinen Träumen.»

Blumenthal nickte und Varga wusste, dass der alte Wissenschaftler einer der wenigen war, die ihn verstanden.

«Und, bist du schon über irgendwas gestolpert?», fragte er, ohne ihn anzusehen.

Blumenthal lehnte sich zurück und dachte kurz nach. «Weißt du, wir hatten ja noch kaum Zeit. Aber möglicherweise hab ich was für dich, ja.»

«Na fein. Dann lass uns loslegen. Da kommt auch Nowak.»
Varga räusperte sich und bat die Anwesenden, Platz zu nehmen. «Also, ich denke, wir befassen uns zuerst mit dem Opfer. Anschließend nehmen wir uns den Tatort vor. Einverstanden?»

Als keine Einwände kamen, bat er Nowak, ihre ersten Erkenntnisse zu präsentieren. Nowak nahm einen Schluck Wasser aus einem Pappbecher, schlug den Ordner auf, den sie vor sich auf den Tisch gelegt hatte, und verlas noch einmal die vollständigen Personalien von Marco Kistler. Als sie damit fertig war, löste sie ein einzelnes Blatt aus dem Ordner, klappte ihn wieder zu und schaute in die Runde: «Primar- und Sekundarschulen absolviert Marco Kistler in Räterschen und Elgg. Eine Lehrstelle findet er bei einem Versicherungsbroker in Winterthur, den es heute nicht mehr gibt. Der Inhaber hat sich, nachdem er sämtliche Konten geplündert hatte, vor Jahren ins Ausland abgesetzt. Nach einem mäßigen Lehrabschluss verlässt Kistler den Broker und wird bei der militärischen Aushebung wegen eines Bandscheibenleidens dienstuntauglich geschrieben. Dieses Leiden hindert ihn später aber nicht daran, Spitzensport zu betreiben. Na ja ... Kistler arbeitet dann mehr als ein Jahr lang bei einem Winterthurer Softwareunternehmen. Der Geschäftsführer ist mit ihm zufrieden und motiviert ihn für diverse Weiterbildungen. Kistler fängt auch mehrere an, schließt aber keine einzige ab. Wieder ein Jahr später nimmt Kistler das Angebot eines ehemaligen Schulfreundes an, Teilhaber in dessen Firma zu werden. Diese Firma, die Sicherheitssysteme verkauft, steht zu dem Zeitpunkt aber schon am Rande des Konkurses. Kistler versteht es, noch eine Reihe von Kunden zu akquirieren. Den Konkurs kann er aber nicht abwenden. Zu dieser Zeit ist er Mitglied des Tennisclubs Winterthur und mit Unterstützung seines Vaters schon bald als Halb-Professional und Professional unterwegs. So viel zu seinem Leben vor der Politik.» Nowak räusperte sich kurz und fuhr dann fort: «Bestens dokumentiert ist dann seine steile und erfolgreiche Karriere, die er nach Beendigung seiner Zeit als Tennisprofi, die unseres Wissens übrigens gerade mal ein einziges größeres Turnier überdauerte, bei den Schweizer Demokraten hinlegt. Die umfangreichen Unterlagen dazu hab ich euch kopiert. Die Hintergründe von Kistlers plötzlichem Abgang als Präsident der Jungen Schweizer Demokraten sind mir übrigens noch genauso schleierhaft wie das, was er seit jenem Tag trieb.»

Nowak nahm noch einen Schluck Wasser.

«Wie lange ist es her, seit er als Präsident abgetreten ist?», nutzte Varga die Pause.

Nowak setzte den Becher ab und blätterte in ihren Unterlagen. «Ein halbes Jahr, fast auf den Tag genau.» Als Varga nickte, fuhr sie mit ihren Ausführungen fort: «Noch etwas zur Sachbeschädigung und Beamtenbeleidigung: Diesen Eintrag kassierte er bei Randalen im Anschluss an ein Heimspiel des EHC Winterthur. Kistler wird von einer Streife erwischt, als er in alkoholisiertem Zustand Fahrräder von einer Brücke wirft. Diese Streife, die ihn und zwei seiner Kollegen festnimmt, beschimpft er auf dem Posten massiv. Schließlich hat mir das Steueramt der Stadt Winterthur gesteckt, dass im Zusammenhang mit der Auflösung der Sicherheitsfirma ein Verfahren wegen Steuerhinterziehung gegen ihn eröffnet wurde.»

Varga dankte Nowak, die rasch die Mäppchen verteilte, in denen kopierte Presseartikel Kistlers Politkarriere dokumentierten. Varga schob ein Exemplar unter seinen Notizblock und gab Hess und Hüppi mit einem Blick zu verstehen, dass die Reihe an ihnen war. Nicht unerwartet war die Zeit für die beiden aber zu knapp gewesen – mit den Routine-Ermittlungen bei Angehörigen, Freunden und Bekannten hatten sie noch nicht einmal begonnen. Hess erklärte nur, dass sie auf einen älteren Bruder gestoßen waren, der eine Finanzgesellschaft leite und feudal über dem Zürichsee lebe. Weiter hatten sie festgestellt, dass Kistler den silbernen Audi tags zuvor am Flughafen Zürich gemietet hatte, nachdem er mit der Iberia von Havanna via Madrid in die Schweiz geflogen war.

«Ihr habt noch zu tun, Jungs», quittierte Varga Hess' Ausführungen und übergab an Blumenthal: «Du bist dran, Abraham.»

Blumenthal ordnete erst umständlich seine Papiere, stand dann auf und wedelte mit zwei Berichten – dem vorläufigen

Obduktionsbefund und der Liste der am Tatort gesicherten Beweismittel. Letztere bestand aus einer einzigen, fast leeren Seite.

«Bei uns gibt es bekanntlich auch dann einen Obduktionsbefund, wenn der Fall so klar ist wie bei diesem Kopfschuss. Ich fasse zusammen: Die massive Schädigung des Gehirns hatte wenige Sekunden nach der Schussabgabe zu Kistlers Tod geführt.»

Varga sah, wie Hess und Hüppi sich auf ihre Finger bissen, um das Lachen zu unterdrücken.

«Dann zu dem, was unser Tatort bis jetzt hergegeben hat: Immerhin konnten wir die Kugel aus einem Baum pulen, und im Fahrzeug haben wir mehr als ein Dutzend Fingerabdrücke von verschiedenen Personen abgenommen.»

«In einem notorisch schlecht gereinigten Mietwagen», warf Nowak mit einem leicht spöttischen Unterton ein.

Blumenthal gab einen Seufzer von sich, aus dem Varga schloss, dass er ihren Kommentar nicht schätzte.

«Umso interessanter ist dafür die Kugel.» Während der kleinen Kunstpause, in der er seine Bartstoppeln bearbeitete, stieg die Spannung im Raum merklich. «Die Ballistik ist zwar noch an der Arbeit, aber ich bin mir sicher, dass es sich beim Geschoss um eine plattgedrückte 9-Millimeter-Makarow-Kugel handelt.»

Nowak stieß einen leisen Pfiff aus, und auch Varga war sofort klar, dass Blumenthal da auf etwas gestoßen war, das ihnen helfen konnte. «Habt ihr auch den Waffentyp identifizieren können?», fragte er sofort.

Blumenthal zögerte einen Moment. «Ich würde auf eine Makarow tippen, höchstwahrscheinlich eine PB.»

«Und wie verbreitet ist die Makarow deiner Meinung nach in der Schweiz?»

Blumenthal überlegte keine Sekunde: «Nicht sehr verbreitet, würd ich meinen.»

«Geht's auch genauer?»

«Diese Waffe wurde hierzulande nie vertrieben und ist wohl nicht einmal in Schützenkreisen breiter bekannt. Im Polizeialltag stellen wir nur selten mal eine sicher. Wenn, dann bei Figuren aus dem Umfeld der Ostmafia. Sie ist mehr so was wie ein Sammlerstück. Das gilt ganz besonders für die PB.»

Varga sah, dass Nowak eine weitere Frage hatte und nickte ihr zu. «Bei der Version PB handelt es sich nicht um das Grundmodell?», fragte sie.

«Korrekt. Das Grundmodell ist die PM – Pistole Makarow. Sie wurde nach dem Zweiten Weltkrieg entwickelt und war jahrzehntelang die Standardwaffe der sowjetischen und russischen Miliz. Die PB wurde später auf Basis der PM entwickelt. Was die PB so besonders macht, ist die Tatsache, dass sie einen integrierten Zweikammer-Schalldämpfer besitzt. Deswegen wird sie hinter dem Ural auch die ‹Lautlose› genannt. Aber die wertvollste Information für uns: Meines Wissens wurde und wird diese Waffe fast ausschließlich bei Spezialtruppen sowie Geheimdiensten und Truppen des Innenministeriums verwendet.»

Schritt für Schritt ging Varga im Dunkeln, die Schatten dehnten sich lang über den Weg, die Stille war vollkommen. Ab und zu blieb er stehen und horchte, aber da war nichts, nirgends ein Laut. Er sah nur den schmalen Weg im trüben Lichtsaum; er blieb wieder stehen, beklommen, fühlte seinen stampfenden Geist. Varga schüttelte bekümmert seinen Kopf. Schade um mein Leben, dachte er, und wenn ich bloß wüsste, wieso es enden muss.

«Okay, Leute», sagte Varga. «Sehen wir zu, dass wir die Sache in Gang bringen, es wartet eine Menge Arbeit auf uns.»

Das Gemurmel, das nach Blumenthals Ausführungen eingesetzt hatte, verstummte sofort. Varga stand auf und spürte alle Blicke auf sich.

«Also», sagte er. «Wir haben eine prominente Blendrakete mit einem Loch im Kopf. Und auch wenn wir am Montag weitere, hoffentlich aufschlussreiche Details bekommen sollten – im Moment haben wir noch nicht den geringsten Hinweis auf Motiv und Täterschaft. Aber es stellen sich immerhin einige Fragen, mit denen wir uns beschäftigen können. Haben wir es mit einem simplen Raubmord zu tun? Wenn ja, worauf hatte es der Täter abgesehen, was hat er Kistler abgenommen? Oder haben wir es mit einer Tötung zu tun, die eine Vorgeschichte hat? In diesem Fall gibt es für uns einiges, das wir genauer unter die Lupe nehmen müssen: Was lief bei der Auflösung dieser Sicherheitsfirma, an der Kistler beteiligt gewesen war, krumm? Wieso ist Kistler vor einem halben Jahr so überraschend von seinem Amt als Präsident der Jungen Schweizer Demokraten zurückgetreten? Was hat er seit diesem Tag gemacht? Hatte Kistler wirklich keine Freundin? Vielleicht hatte er ja einen Freund?»

Papier raschelte. Varga realisierte, dass er nun die Aufmerksamkeit aller Anwesenden hatte und dass sie von einer grimmigen Entschlossenheit erfasst worden waren. Er wusste, dass dies ein wichtiger Moment im Verlauf der Ermittlungen war.

«Wieso reist ein Rechter wie Kistler ausgerechnet nach Kuba?»

«Wegen der drei ‹S›!», rief Hüppi. «Sonne, Salsa und Sex.»

Gelächter erscholl, aber als Varga beobachtete, wie Blumenthal seine Halbglatze schüttelte, realisierte er, dass der Tag für einige von ihnen lang gewesen war.

«Was hatte Kistler an seinem letzten Lebenstag vor? Wo traf er seinen Mörder? Und wieso benutzte der keine Beretta oder Walther wie jeder anständige Durchschnittskiller?»

«Sieht ganz nach dem schillerndsten Prominenten-Fall seit langem aus», bemerkte Nowak nach einer kleinen Pause.

«Viel schillert da allerdings nicht mehr.» Varga sah auf seine Uhr. «Dafür stehen wir vor einer Menge Dunkel.»

Von Nowak fing er einen fragenden Blick auf. Doch als sie nichts weiter sagte, beendete Varga die Sitzung, legte die nächste auf den frühen Montagmorgen fest und gab allen für die Nacht frei.

Varga fühlte sich wie gerädert, mit pochenden Kopfschmerzen fand er sich im Hof der Kriminalpolizei wieder, sein Gesicht glühte und er wollte nach Hause ins Bett. Als er im Regen zu seinem Polo lief, dachte er sachlich über die Merkwürdigkeiten des Falles nach. Er wusste aus Erfahrung, dass er ihnen besondere Aufmerksamkeit widmen musste.

«Varga?» Es war Nowak, die ihm in den dunklen und feuchten Hof gefolgt war.

«Was gibt's noch?»

«Tut mir leid, ich will dich nicht mehr lange aufhalten. Wir haben ja alle einen anstrengenden ersten Tag hinter uns.»

Diesen Ton kannte er. Sie wollte auf etwas Bestimmtes hinaus.

«Komm schon, rück raus. Was hast du?», fragte er.

«Es ist nur ein Gedanke, nicht mehr. Kistler kam am zweitletzten Tag seines Lebens aus Kuba zurück. Und wurde dann ausgerechnet mit einer Waffe getötet, die in der Sowjetunion produziert wurde, die aber ...»

«... im Rahmen sozialistischer Bruderhilfe nach Kuba gelangt sein könnte», beendete er ihren Satz. Varga sah sie scharf an, dann nickte er. «Du meinst, ein Kubaner könnte Kistler mit seiner Spezial-Makarow gefolgt sein?»

«Möglich wär's doch.»

Varga blickte von Nowak weg und durch die Ausfahrt in die Dunkelheit hinaus. «Mhm, möglich wär's.»

In die Freiheit zu laufen war einfacher, als Varga gedacht hatte. Am Morgen waren sein Vater, Magyar und er in Pest in einen Zug gestiegen, der sie in die Nähe der Grenze gebracht hatte. Magyar und sein Vater kannten sich in dieser Gegend aus und krabbelten wie Kobolde über Äcker und Wiesen davon. Varga folgte ihnen und spielte in seiner Hosentasche mit der Zahnbürste, die er eingepackt hatte. Bald sahen sie eine mattgraue Flussserpentine.

«Der freie Westen», sagte Magyar und zeigte über den Fluss. Dann stiegen sie den Hang hinunter in Richtung Uferstraße, versteckten sich zwischen einigen Walnussbäumen und hielten Ausschau nach den Grenzposten. In der Nacht brachen sie wieder auf, aus dem Unterschlupf, geduckt und in heller Panik durch offen vor ihnen liegendes Gelände, dann in einem Gischtfächer durch die Untiefen des Flusses. Am westlichen Ufer rauschten kleine Vögel aus Farngesträuch in die Nachtschwärze, ein Kleintier stob fiepend davon. Blindlings rasten sie weiter, torkelten ins Schilf, brachen durch krachend knickende Stengel und fanden sich plötzlich auf einer Landstraße wieder. Varga blieb stehen, atmete durch und lauschte – bis auf sein hämmerndes Herz war nichts zu hören. Magyar und sein Vater drehten sich nach ihm um und winkten ihm zu. Dann setzten sie sich ins Gras am Straßenrand und warteten. Irgendwann in der Nacht kam ein Transporter, Männer in Dunkelgrün, die sie in ein Lager ganz in der Nähe brachten.

«Frierst du? Ist dir kalt?», fragte ihn eine dicke Frau vom Roten Kreuz auf Deutsch, und Varga dachte: Glaub bloß nicht, du könntest mir deinen Mantel oder auch nur eine Decke um die Schultern legen. Sie fragte noch einmal. Er blieb stumm, sagte kein Wort, nichts, dachte nur daran, wie eigentümlich es war, dass er seine Heimat schon in dem Moment vermisste, in dem er sie verlassen hatte.

Das Erste, was Varga an diesem Sonntagmorgen hörte, war der Regen, der weiterhin hartnäckig auf das Fenstersims trommelte. Er setzte sich auf und genoss das Halbdunkel, bevor der trübe Schein des aschfarbenen Morgenlichts auf seine Decke fiel. Lange drückte er sich gegen das Kissen und gab den Gedanken Zeit, sich zu festigen bis zu dem Punkt, an dem sie Form annahmen und er mit ihnen umgehen konnte. Unablässig fiel Regen aus tief hängenden Wolken. «Wie in einem französischen Film aus den Fünfzigern», murmelte er zu sich selbst, bevor er schließlich aufstand und sich eine Cola-Dose aus dem Kühlschrank holte. Im Sammellager des Roten Kreuzes, 1956, hatte er zum ersten Mal eine Coca-Cola getrunken, seit diesem Tag war er süchtig nach dem amerikanischen Softdrink. Der erste Schluck brachte ihn wieder in Gang und er spürte die Unruhe, die ihn am Tatort zum ersten Mal überfallen hatte. Um dieses Gefühl abzuschütteln, stand er noch einmal auf und holte sich den Sonntagsblick aus dem Briefkasten. Er begann, einen Artikel über Kistler zu lesen, aber als er merkte, dass sich die Journalisten nicht einmal die Mühe gemacht hatten, Details aus seinem Leben auszugraben, legte er die Zeitung wieder weg. Dann dachte er über das nach, was Nowak ihm in der Nacht gesagt hatte. Ihm war klar, dass sie erfahren mussten, weshalb Kistler nach Kuba gereist war und was er dort gemacht hatte. Varga trank die Cola aus und beschloss, in ein paar Stunden Kistlers Mutter anzurufen.

Es war halb neun Uhr und Varga war sich fast sicher, dass an diesem Tag und um diese Zeit kaum schon jemand im Hauptsitz des MKIH, des ungarischen Auslandnachrichtendienstes, war. Aber er beschloss, trotzdem dort anzurufen. Er ging in die Küche, nahm sein Handy und wählte die Nummer aus dem Gedächtnis. Als sich die Zentrale meldete, ließ er sich mit Robert Molnár verbinden. Es gab sicher auch in der Schweiz ein paar Leute, die er über die sowjetisch-kubanischen Beziehungen hätte befragen können, aber er hatte sich für Molnár entschieden, weil sie beide zu den Barbaren gehört und sich immer gut verstanden hatten. Außerdem war Molnár Spezialist für die ehemalige Sowjetunion und Russland. Varga landete auf einem Anrufbeantworter, und während er sich Molnárs Ansage anhörte, versuchte er rasch zu entscheiden, ob er eine Nachricht hinterlassen oder nochmals anrufen sollte. Zunächst dachte er, es wäre besser aufzulegen und Molnár persönlich zu erreichen, doch dann beschloss er, auf ihre Freundschaft zu vertrauen. «Roby, hier ist Varga. Wann arbeitest du eigentlich, du faule Made? Hör mal, die Sache ist die: Ich muss dich um einen Gefallen bitten. Könntest du mich bitte zurück-rufen, sobald du im Büro eingetrudelt bist? Das wär nett.»

Er nannte die Nummer seines Handys, bedankte sich und legte auf. Dann setzte er sich an den Küchentisch, legte Notizpapier bereit und blätterte in der Zeitung. Aber eigentlich wartete er nur auf den Anruf von Molnár. Dieser meldete sich schließlich um halb zehn.

«Du Arsch mit Ohren, lange nichts mehr von dir gehört», sagte Molnár zur Begrüßung.

«Das Letzte war irgendeine unappetitliche Frauengeschichte.»
«Wie geht's dir, Varga?»
«Ganz okay. Dir?»
«Mir geht's ähnlich. Aber schieß los, Alter. Was hast du auf dem Herzen?»

«Also, ich bin hier gerade an einem Mordfall. Einer hat einem jungen Schweizer mit einer Makarow ein Loch in den Kopf geschossen.»

«Und jetzt willst du von mir eine Liste mit den Seriennummern aller je gebauten Makarows mitsamt den Namen und Adressen ihrer aktuellen Eigentümer?»

Varga grinste. «Ich mach's dir ein bisschen einfacher. Eigentlich will ich nur eins.»

«Und das wäre?»

«Haben die Sputniks ihre Makarows auch nach Kuba exportiert?»

Die Antwort von Molnár kam postwendend: «Ja, und zwar in rauen Mengen. Du weißt, dass uns unsere ehemaligen Brüder selten alles liefern konnten, was sie uns versprochen hatten. Aber mit den eher simplen Dingen des Lebens wie eingemachten Gurken, Kalaschnikows und Makarows hatten sie nie wirklich Schwierigkeiten.»

«Roby, eigentlich hatte ich gehofft, du könntest mir etwas präzisere ...»

«Klar doch. Ich kann ja mal sehen, was ich finden kann. Brauchst du Hersteller, Stückzahlen, Liefertermine und so was?»

«Nein, ich muss nur wissen, ob PBs nach Kuba geliefert wurden. Aber wenn du mir auch noch sagen könntest, bei wem die gelandet sind, würdest du mich rundum glücklich machen.»

«Klingt nach einem ziemlich schrägen Fall. Aber ich seh mal zu, dass ich was rausfinden kann und melde mich später am Tag bei dir.»

«Danke, Roby. Ich kann's kaum erwarten.»

Wie konnte ich nur vergessen, sie zu fragen?, dachte Varga, als er nach seinem Gespräch mit Roby Molnár die Nummer der Kistlers wählte. Edith Kistler meldete sich nach dem zehnten Läuten.

«Guten Morgen, Frau Kistler. Wie geht es Ihnen heute?»

«Es muss ja irgendwie, Herr Kommissar.»

Varga nickte, realisierte aber nicht, dass sie ihn nicht sehen konnte. «Ich wollte Sie fragen, ob ich später am Tag kurz bei Ihnen

vorbeikommen dürfte. Ich würde Ihnen gerne einige Fragen stellen.»
«Ja, ich bin hier.»
«Jetzt ist zehn Uhr. Ich könnte um elf bei Ihnen sein.»
«Kommen Sie nur, Herr Kommissar.»
«Gut, bis dann.»
«Bis dann.»
Varga legte auf. Arme Frau, dachte er. Sein Kopf fing wieder an zu schmerzen. Er nahm ein Aspirin.
Im Lager bei Wien hatte Varga drei Tage neben seinem Vater unter dem Vordach einer Baracke gesessen und auf die Weiterreise gewartet. Am frühen Morgen des vierten Tages kam ein junger Mann vom Roten Kreuz, der Ungarisch sprach und zu Vargas Vater sagte: «Sie können über Hamburg nach Amerika reisen, da sind arbeitsfähige Männer gefragt. Und Ihr Sohn kommt in die Schweiz, in eine Familie. Die Schweizer nehmen Kinder und Jugendliche auf.»
«Die Schweiz ist ein gutes Land, reich und sauber», sagte Vargas Vater und unterschrieb die Papiere.
Varga stand neben seinem Vater, schaute ihm zu und setzte zum Reden an, konnte aber nichts sagen und wischte sich mit dem Ärmel seines Pullovers übers blasse Gesicht, immer wieder. Wieso nimmt die reiche Schweiz nur Kinder und Jugendliche auf? Wieso nicht ganze Familien?, dachte er.

Zu seiner Verabredung mit Edith Kistler in Elgg kam Varga eine Viertelstunde zu früh. Aber als er die Türklingel drücken wollte, öffnete sie bereits die Tür.
«Guten Tag, Herr Kommissar.»
«Guten Tag, Frau Kistler, darf ich reinkommen?»
«Bitte», sagte Edith Kistler. Sie führte ihn in die Küche, wo sie die Lampe über dem Tisch einschaltete.
«Ihr Mann ist nicht zuhause?»
«Nein, er ist spazieren gegangen. Ich dachte, Sie wollten mit mir alleine reden.» Varga nickte, und sie ließen sich beide am Tisch

nieder. Die Ringe unter ihren Augen waren immer noch da, und Varga hatte das Gefühl, sie wären größer und dunkler geworden. Ihr Kummer erfüllte jeden Winkel der Wohnung.

«Haben Sie schlafen können?»

«Nein. Aber Sie haben Fragen an mich?»

«Frau Kistler», sagte Varga und versuchte, so ruhig wie möglich zu bleiben, «es gibt da was, das wir so schnell wie möglich wissen müssen, und ich wollte Sie darüber befragen. Persönlich, nicht am Telefon. Was wissen Sie darüber, was Ihr Sohn im letzten halben Jahr, also in der Zeit nach seinem Ausscheiden aus der Politik, so alles gemacht hat?»

Tränen stiegen in ihre Augen, aber sie weinte nicht. Nach einem langen Schweigen antwortete sie endlich: «Nicht viel. Nur, dass er zweimal nach Kuba gereist ist.»

«Zweimal?»

«Ja, wenige Tage nach seinem Rücktritt flog er mit einem Freund für zehn Tage nach Havanna.»

«Ferien?»

Frau Kistler schniefte und nickte. «Er wollte nach all dem Stress und Ärger mal richtig ausspannen und etwas Neues sehen. Als er zurückkam, war er ganz begeistert von dem, was er erlebt hatte. Das Klima, das Meer, die Herzlichkeit der Menschen – Sie wissen schon. Und er wollte so schnell wie möglich wieder zurück nach Kuba.»

«Wann verreiste er denn zum zweiten Mal?»

«Er war nur wenige Tage hier. Das weiß ich so genau, weil ich für ihn noch auf die Bank ging. Er brauchte Geld und wir mussten ihm welches vorschießen.»

«Hat er Ihnen gesagt, wieso er wieder dorthin wollte?»

«Nein, hat er nicht.»

«Haben Sie eine Vermutung, was der Grund für seine zweite Reise gewesen sein könnte?»

Edith Kistler musterte Varga. Sie überlegte einige Sekunden lang. «Eine Freundin?»

«Ich weiß es nicht. Hat er Ihnen gegenüber eine Freundin erwähnt?»

«Nein.»

«Und Sie wissen nicht», fuhr er fort, «wo er in diesen fünf Monaten gelebt hat, was er gemacht hat, mit wem er zusammen gewesen ist?»

«Nein. Wir haben während der ganzen Zeit nichts von ihm gehört. Er hat uns erst am Donnerstagmittag angerufen, vom Flughafen Madrid aus.»

«Haben Sie da etwas von ihm erfahren?»

«Nichts. Ich weiß, ich hab ihn noch gefragt, wie es ihm gehe und was er gemacht habe. Er hat nur gelacht und gesagt, bald würde er eine Bombe platzen lassen.»

«Das hat er so gesagt?»

«Ja, das waren seine Worte.»

Varga stand auf und sah die Trauer in ihren Augen. Er ging zum Fenster, wohl wissend, dass sie ihm nachschaute.

«Soll ich Ihnen etwas Wasser bringen, Herr Kommissar?», hörte er sie fragen.

«Nein, danke, es geht schon.»

«Kopfweh?»

Varga nickte und beobachtete, wie Leute mit Regenschirmen an seinem Polo vorbeieilten. In einem Hauseingang gegenüber tratschten zwei Frauen und warteten darauf, dass der Regen nachließ. Im übelsten Quartier Havannas ist bestimmt mehr los als in diesem Nest, dachte Varga und fragte sich, ob er das Pochen in seinen Schläfen zur Abwechslung mal mit etwas anderem als Aspirin und Cola bekämpfen sollte.

Nachdem der junge Panzersoldat vornüber gesackt war, lag er kohlschwarz auf dem Turm, und von seiner Jacke und seiner Haube stiegen dünne Rauchfäden auf. Als Varga anfing, vor Kälte oder auch aus einem anderen Grund zu zittern, schoben Hände den toten Soldaten aus der Luke. Für einen Moment richtete er sich noch einmal auf, schaukelte mit krummem Rücken und erhobenen Armen wie eine Vogelscheuche im Wind, dann kippte er weg und fiel auf die Straße.

«Können Sie mir sagen, mit wem Marco zum ersten Mal nach Kuba gereist ist?», fragte Varga weiter, nachdem er sich wieder an den Tisch gesetzt hatte.

«Mit Heiner Ganz, einem Freund. Sie haben sich im Tennisclub kennen gelernt. Heiner wohnt heute, so viel ich weiß, in Zürich.»

Varga notierte sich den Namen, dann fuhr er fort: «Reiste Marco beim zweiten Mal wieder mit diesem Heiner Ganz?»

Edith Kistler schüttelte den Kopf. «Nein, alleine.»

«Wieder nach Havanna?»

«Über Madrid nach Havanna, ja.»

Varga nickte und betrachtete die Wand hinter Kistlers Mutter. Auf einem kleinen Holzpodest stand ein Zinnkrug, an den eine leicht vergilbte Fotografie angelehnt war. Das Bild zeigte die Familie Kistler, wie sie sich in einer Quartierstraße stolz vor einem Auto, einem cremefarbenen VW Passat, aufgestellt hatte.

«Wenigstens hat er nicht gelitten», sagte Edith Kistler wie zu sich selbst. Beide schwiegen für eine Weile.

«Noch eine letzte Frage», sagte Varga schließlich. «Wissen Sie, wo Marco die Nacht vom Donnerstag auf den Freitag verbracht hat?»

Edith Kistler schaute ihn nicht an. «Seine letzte Nacht meinen Sie? Ich nehme an, dass er an der Überlandstraße geschlafen hat. Sie müssen wissen, na ja, ich hab Marco ein kleines Zimmer in Zürich bezahlt. Als er noch bei den Schweizer Demokraten war, hatte er ja fast jeden Abend in Zürich zu tun, Sitzungen, Administratives, was weiß ich. Da war es für ihn oft zu mühsam, spät nachts noch nach Hause zu kommen.»

«Ich verstehe. Dürfte ich mir dieses Zimmer mal anschauen?»

«Natürlich. Ich geb Ihnen meinen Schlüssel mit.»

Nachdem Edith Kistler Varga den Schlüssel zu Marcos Zimmer ausgehändigt hatte, dankte er ihr und machte sich auf den Weg zu seinem Wagen. Als ihm im Treppenhaus noch etwas einfiel, kehrte er um. «Frau Kistler, führte Marco ein Tagebuch? Oder wissen Sie von irgendwelchen Aufzeichnungen, die er gemacht hat?»

«Nein, tut mir leid», sagte sie, «Marco hat nie gern gelesen und geschrieben. Eine Agenda hatte er, aber sonst ...»

Varga überlegte kurz, war sich aber sicher, dass sich unter den sichergestellten Beweismitteln im Audi keine Agenda befunden hatte. «Gut, danke.»

Zurück in seiner Wohnung, war Varga gerade dabei, die Telefonnummer von Egloff herauszusuchen, als er sein Handy trällern hörte. Er legte den Packen Papier, in dem er gewühlt hatte, weg und schnappte sich das Telefon. Es war Roby Molnár. «Könnte sein, dass wir mit den Makarows ein bisschen weiterkommen.»

«Was hast du?»

«Mein Mann in Moskau hat mir eben durchgegeben, dass der Kreml mit Ausnahme von ganz üblem Spielzeug so ziemlich alles nach Kuba schippern ließ, was die sowjetische Rüstungsindustrie damals produzierte – sogar die Mig-29 und Foxtrots.»

«Foxtrots?»

«U-Boote. Die sind unter der Tropensonne aber noch schneller verrottet als im Hafen von Murmansk.»

«Aha. Und PBs?»

«PBs gingen auch nach Kuba. Er konnte mir zwar keine Zahlen geben, aber Fidels tropas especiales sollen allesamt mit ‹Lautlosen› ausgerüstet worden sein. Außerdem verfügten natürlich auch die sowjetischen Berater, die auf der Insel stationiert waren, über PBs.»

«Klar. Danke, Roby.»

«Gern geschehen. Und schick mir doch mal wieder eine dieser Riesen-Toblerones.»

«Mach ich.» Nachdem er das Gespräch beendet hatte, merkte Varga, dass er noch nichts gegessen hatte und nahm sich ein Stück Tiroler Cake. Dann schaute er aus dem Fenster. Noch immer fiel feiner Regen vom Himmel, der die ganze Stadt in eine riesige Pfütze verwandelte. «Und in Kuba scheint die Sonne», brummte er.

Um fünf nach fünf war es wieder sein Handy, das ihn aus der Lektüre der Sonntagszeitungen holte.

«Hallo?»

«Varga?»

«Ja.»

«Hier Oswald. Geht's dir gut?»

Varga schwieg. Er verspürte gerade wenig Lust, mit seinem Assistenten den Ablauf der morgigen Sitzung zu besprechen. Aber das ließ sich jetzt nicht mehr vermeiden. «Varga?»

«Ja, wieso soll's mir schlecht gehen? Du hast mich nur eben aus der fesselnden Welt der Konkordanzpolitik herausgerissen.» Varga merkte, dass Oswald leicht irritiert war, ließ es sich jedoch nicht anmerken. «Was hast du Neues?», fragte er.

«Ich habe eben mit dem Team telefoniert.»

«Schieß los.»

«Also, Blumenthal ist sich jetzt sicher, dass die Tatwaffe eine ältere Makarow PB war, außerdem hat er in einem Gebüsch Spuren gefunden, die uns sagen, wie der Täter vom Tatort geflüchtet ist. Hess, Hüppi und Nowak haben sich mit Kistlers Verwicklung in die Auflösung der Sicherheitsfirma und seinem Austritt aus der Partei befasst und sind diesbezüglich einen Schritt weitergekommen. Sie haben auch Kistlers großen Bruder aufgestöbert, der gerade in seinem Ferienhaus in der Algarve sitzt. Ich hab seine Nummer und ruf ihn heute Abend an. Ah ja, und Nowak hat herausgefunden, dass Kistler in Schwamendingen ein Zimmer hatte.»

«Ich hab den Schlüssel.»

«Wie?»

«Ich weiß vom Zimmer und hab den Schlüssel dazu. Ich war heute Mittag bei Edith Kistler.»

«Na bestens. Schauen wir uns da heute noch um oder tun wir das morgen nach der Sitzung?»

Varga überlegte eine Sekunde. «Lass uns morgen hinfahren.»

«Okay, dann schönen Abend noch.»

«Dir auch.»

Der nächste Anruf kam um sechs von Nowak.

«Hallo Varga. Es geht voran.»

Wieder so ein Ausdruck, wie ihn nur Fernsehkommissare von sich geben, dachte Varga.

«Wir haben das Zimmer von Kistler entdeckt.»

«Das an der Überlandstraße 371 in Schwamendingen? Wunderbar. Wollen wir es uns gleich ansehen?»

Ihre Reaktion war ein kurzes Schweigen.

«Wann soll ich dich denn abholen?»

«Komm um sieben.»

«Und du hast wohl auch schon die Schlüssel, wie?»

«Prima Riecher, würde Derrick meinen.»

Als er aufgelegt hatte, dachte er einen Moment lang darüber nach, wieso er dieses Zimmer so rasch wie möglich sehen wollte. Aber er fand keine Antwort.

4

«Dieses Haus ist so ungefähr das hässlichste von ganz Zürich», sagte Varga, als Nowak den Dienstvolvo vor dem Eingang in eine Parklücke steuerte. Es war ein fünfgeschossiger Betonkasten aus den Fünfzigern oder Sechzigern, der im Zuge einer kürzlich erfolgten Sanierung vollends zum Schandfleck verkommen war. Die Wohnungen im Parterre standen leer, einige der Fenster waren zugesprayt, und in den oberen Stockwerken zeigte sich nur kurz ein Schwarzer auf einem Balkon, um seine Satellitenschüssel zu richten. Varga und Nowak stolperten über Löcher in den Steinplatten, die unter dem Laub lauerten, leise drang Heavy Metal zu ihnen. Einige Lampen verstreuten gelbliches Licht, plötzlich zerschnitt wildes Hundegebell die Stille hinter dem Haus, und Nowak hielt sich vor Schreck an Vargas Arm fest.

«Ruhe! Gebt sofort Ruhe!», brüllte ein Mann die zwei kläffenden Köter an und zog sie um die Ecke.

«Gehen wir rein», sagte Varga und schloss die Eingangstür auf. Im Treppenhaus registrierte er einen leichten Uringeruch, die Treppen und Korridore waren ausgetreten, aber sauber. Kistlers Zimmer lag im zweitobersten Stock. Varga untersuchte im Licht von Nowaks Taschenlampe kurz das Schloss, dann öffnete er die Türe und sie betraten das Zimmer. Innen schlug ihnen abgestandene, muffige Luft entgegen. Varga schnupperte einen Moment lang einem kaum wahrnehmbaren, leicht zitronigen Duft nach, zog dann seine Jacke aus und tastete sich vorsichtig durch das Zimmer. Als er die Rollläden hochgezogen und das schmutzige Fenster geöffnet hatte, erblickten sie einige wenige Möbel, die sich Kistler im Brockenhaus geholt haben musste. Es gab keine einheitliche Linie, nichts passte zusammen. Vargas Blick wanderte durch das Zimmer, über den Fernseher, den Videorecorder, das ungemachte Bett und die hellgelben Wände, deren einziger Schmuck zwei angepinnte Polaroidporträts von grinsenden jungen Leuten war. Vor dem Fenster standen ein Pult und ein uralter Bürostuhl, auf dem Pult lagen zwei Ordner, eine Menge Papiere und Quittungen, eine Sonnenbrille und ein Iberia-Ticket. Unter dem Pult lag ein Haufen dreckiger Wäsche. Als sich Varga umdrehte, entdeckte er an der Rückwand des Raumes einen Geschirrschrank, in dem sich jedoch nichts befand. Auf einigen Borden standen ein paar Gläser, aber die meisten waren schmutzig. Im Kühlschrank fand Varga eine halbvolle Flasche Rum, zwei Flaschen Bier und eine angebrochene Packung Würstchen, in der Spüle ein kaltes Würstchen in Silberfolie und einen Gipskopf. Den Gipskopf fand er eigenartig. Eine zwanzig Zentimeter hohe, unbemalte Büste eines älteren Staatsoberhaupts, Generals, Denkers oder Künstlers.

«Wer ist denn das?», fragte Nowak.

Varga hatte in ungarischen Schulzimmern schon ähnliche Büsten einheimischer und sowjetischer Übermenschen gesehen. «Irgendein kubanischer Held, wenn ich mich nicht irre», gab er zurück. Sie betrachteten den Gipskopf ausgiebig. Weil sie ihn im Moment aber nicht identifizieren konnten, schauten sie sich weiter in dem kleinen, spärlich möblierten Zimmer um. Während Nowak WC,

Bad und Küche dokumentierte, betrachtete Varga die Polaroids. Auf beiden war Kistler zu sehen, wie er sich auf irgendwelchen Partys vor gutgelaunten Leuten produzierte.

«Sieht nach Ostschweizer Beizenfasnacht aus», sagte Nowak, die neben Varga aufgetaucht war.

«Oder einem Parteitag der Schweizer Demokraten.»

Nowak lachte kurz auf und deutete auf das zweite Pola.

«Und das da?»

«Kuba, würde ich meinen», sagte Varga nachdenklich, «immer wieder Kuba».

Nowak nickte.

«Bist du sonst auf etwas Interessantes gestoßen?», fragte Varga seine Assistentin unvermittelt.

«Neben dem WC liegt ein Stadtplan von Havanna. Außerdem steht da eine Reisetasche.»

«Gut. Die sollten wir uns gleich mal vornehmen», sagte der Kommissar.

Eine Minute später knieten sie auf dem Boden und Varga durchkramte vorsichtig die Tasche. Sie enthielt ein Sortiment von Stiften, Papieren, Umschlägen, Filmdöschen, Videokassetten, Kondomen und verschiedenen Medikamentenschachteln. Dazu stieß er auf ein Paar Gummisandalen, einen leeren Bilderrahmen und einen Stapel Visitenkarten. Varga löste das Band, das die Karten zusammenhielt, und fächerte sie auf dem Boden auf. «Marco Kistler, Präsident, Habaniño, Zürich und Havanna», las er leise vor.

Um neun Uhr saß Varga zuhause an seinem Schreibtisch, machte eine neue Computerdatei auf und begann, alles einzutippen, was er über den Tod von Marco Kistler wusste. Er hielt sämtliche Details fest, die ihm bekannt waren. Nowak saß neben ihm und schaute ihm über die Schulter. Um halb zehn läutete das Telefon, aber Varga nahm den Anruf nicht an. Er wusste, dass sie jetzt über eine passable Basis an Informationen verfügten, auf der sie aufbauen konnten. Und auch wenn noch sehr vieles im Dunkeln lag, so war Habaniño ja vielleicht die Bombe, die Kistler platzen lassen wollte. Während er tippte, drängte sich ihm immer wieder das Bild von Kistler auf. Was hatte Kistler auf seiner ersten Kuba-Reise im Frühling erlebt, dass er so schnell wie möglich wieder zurück auf die Insel wollte? Was bewog ihn, aus dem Nichts vom rechten ins linke Lager zu wechseln? Und konnte er diesem jungen Senkrechten wirklich abnehmen, dass er sich in den Tropen vom Saulus zum Paulus gewandelt hatte? Oder war Habaniño, was immer das genau war, nur Blendwerk, das es ihm ermöglichte, seine übersteigerte Geltungssucht auszuleben? Oder kaschierte es am Ende womöglich etwas anderes?

«Wir müssen mit diesem Heiner Ganz reden», sagte Nowak.

Varga schaute sie stumm an und überlegte, bevor er seine Notizen betrachtete. Lag der Schlüssel für die Lösung dieses Falles überhaupt in Kistlers Verbindung zu Kuba oder folgten sie einer völlig falschen Fährte?

Um Mitternacht regnete es wieder, es war schön, in der Wärme zu sein und aus der Wohnung hinauszublicken. Varga und Nowak saßen am Tisch, ihre Notizen lagen auf den Stühlen und am Boden, er trank eine Cola, sie ein Bier, vor ihnen standen die Reste eines Rühreis mit Käse, Paprikawurst und viel Zwiebeln, das Varga für sie gemacht hatte. Er mochte diese späten Stunden, in der Wohnung hingen die Düfte des Essens, er konnte in Frieden seine Cola trinken, alles war voller Ruhe.

«Das war gut», sagte Nowak und lehnte sich satt und zufrieden zurück. «Wirklich gut.»

«Danke für die Blumen. Möchtest du noch ein Bier? Oder Wein?»

Nowak schüttelte den Kopf. «Nein, ich geh dann mal. Morgen geht's ja schon wieder früh los. Und ich will mich heute Nacht noch um Habaniño kümmern. Vielleicht finde ich schon etwas über diesen ominösen Verein heraus.»

Varga nickte, betrachtete sie ernst und fragte sich, ob sie wohl bei ihm bleiben würde. Nowak gefiel ihm und er fühlte sich wohl mit ihr. Als sie ihren Stuhl zurückschob, zögerte sie, als hätte sie erraten, mit welchem Gedanken er gerade spielte. Nach einem

Augenblick des Schweigens lächelte sie, kam um den Tisch herum auf ihn zu und sie umarmten sich. Er schmeckte Bier und Zwiebeln, als er seine Wange an ihre presste. Aber es machte ihm nichts aus, im Gegenteil.

«Warst du eigentlich schon mal auf Kuba?», fragte sie.

Varga verneinte.

«Ich auch nicht. Aber ich würd da gern mal hin.»

Dann gab sie ihm die Hand.

«Gute Nacht, jefe.»

Er wartete, bis sie draußen im Regen verschwunden war, setzte sich dann wieder an den Tisch, sammelte die Notizblätter ein, legte sie aus und betrachtete sie lange. Als er ins Bett ging, war es weit nach zwei Uhr. In dieser Nacht gab es für ihn keine Wärme, nur Dunkelheit und einen wirren Traum.

Varga träumte von einem Flug, vorbei am Mond, der ihm wie ein Loch im Himmel erschien, und einer Landung in einer drückend heißen Stadt am Meer, in der er durch eine gepolsterte Tür eintrat in ein kreisrundes Kellertheater, das aussah, als wäre es komplett aus Moskau angeliefert worden: gedämpftes Licht, eine winzig kleine Drehbühne, Wände, die nostalgisch mit Hammer, Sichel und Stern auf roter Seide geschmückt waren. Aus einer Nische blickte ein Gipskopf auf die Szenerie, neben dem einzigen Sessel im Besucherraum standen mehrere Flaschen Havana Club und Stolichnaya. Als Varga im Sessel Platz nahm, setzte ein sanfter, klebriger, berauschender Bolero ein, die Musik hatte diesen Klang, den nur ein Grammophon aus längst vergangenen Zeiten hervorbringt, und außerdem etwas, das sich für ihn anhörte wie das Raunen des Windes in den Blättern von Bougainvilleen. Dann erschien ein kaffeebraunes Paar auf der Bühne. Sie war eine grazile Schönheit mit breiten Hüften, runden Brüsten und einem vollkommenen Gesicht, eine stolze mulata, er ein großer, dicker Mann, ein riesenhafter Kerl mit einem massigen, schweren Kopf, kurzem, dicken Hals, ebensolchen Beinen und lang herabhängenden, mit dichtem Flaum und unzähligen Tätowierungen bedeckten Armen; er hatte etwas Affenähnliches und trug einen mit grünen Palmblättern geschmückten, grellgelben Hut und Gummisandalen, sonst nichts. Varga schwitzte, trank Rum und Wodka aus schwarzen Gläsern und beobachtete das Paar. Die nackte Mulattin tanzte, und der nackte Hüne sang mit näselnder Stimme ein Lied, oben auf der Bühne, die sich drehte wie die Welt, weiter und immer weiter. Varga war bald betrunken, ein Hitzeschwall durchflutete seinen Kopf und er sah nur noch ihre Schenkel und ihren Lippenstift glänzen, hörte das kehlige Lachen des Hünen, der in der Mitte der Bühne stand, sein mächtiger Schwanz ragte bizarr von seinem tropfnassen Körper ab, und dabei sang er weiter, immer weiter, scheinbar ohne Ende.

Gegen Morgen saß Varga auf dem Bettrand, in seinem verwaschenen FCZ-Shirt, barfuß, und rieb seine kleinen Augen. Der Fernseher lief noch, flackerte blau ins Zimmer. Er hatte den Ton abgestellt, die Lichter in der Wohnung gelöscht. Varga, der geträumt hatte, lief durch das Zimmer zu dem flackernden Blau, das ihn an das Licht eines Rettungswagens erinnerte. Er starrte auf den Bildschirm, auf die Luftaufnahmen von einem Wirbelsturm auf einem Nachrichtenkanal, und fragte sich, in welcher Weltregion dieser Sturm wohl gerade aufzog.

«Heute würde ich wetten, dass du dich bereit machst, um über Kuba hinwegzuziehen», sagte er zum Bildschirm, machte den Fernseher aus und legte sich wieder auf das Bett. «Wieso bist du nicht ins Bündnerland gefahren, du Torenbub?»

Auf Vargas Vater und vierzig weitere Männer wartete am frühen Morgen ein Bus. Vargas Vater umarmte seinen Sohn draußen in der Kälte ohne ein Wort, im Licht eines Scheinwerfers, neben all den anderen, die nach Amerika reisten. Magyar, der Nachbar, der mit dem gleichen Bus ins Ruhrgebiet reiste, hatte die ganze Nacht erfolglos versucht, Varga ein wenig aufzumuntern, mit Witzen und Geschichten von früher. Als der Busfahrer auf die Hupe drückte, fuhr Vargas Vater seinem Sohn mit den Händen durchs Haar, fasste ihn an den Oberarmen und sagte: «Mach keinen Blödsinn, Sohn.»

Varga konnte nichts sagen, und so stand er einfach nur da.
«Und vergiss deine Wurzeln nicht.»
Dann drehte ihn sein Vater um und gab ihm einen Klaps auf den Rücken. «Ich hol dich nach Amerika, so schnell ich kann.»
Als der Bus kurz darauf durch das Tor fuhr und in die Straße einbog, hatte sich Varga hinter die dicke Frau vom Roten Kreuz gestellt und schaute auf seine Schuhe, die nass und schmutzig waren.

Zwei Tage später packte Varga eine Tasche mit dem Nötigsten, zwei Büchern, einer Zahnbürste, einem Foto, ein paar wenigen Kleidern. Die Helfer vom Roten Kreuz hatten ihm vom Leben in der Schweiz erzählt und Varga hatte es sich ausgemalt und sich, als er zusammen mit hundert anderen in den Zug stieg, der sie durch die Alpen in die Schweiz bringen sollte, gefragt, ob er die Handschuhe und die Mütze anziehen sollte, die am Morgen verteilt worden waren. Außerdem fragte sich Varga, wie das Leben ohne seinen Vater sein würde. Er hatte begriffen, dass er nicht mehr da war, dass er in den Bus gestiegen und weggefahren war, in seinem alten karierten Mantel, die Straße hinunter, bis zum Hamburger Hafen, und von dort aus mit einem Schiff nach New York City, USA. Während der Zug durch den Arlberg fuhr, betrachtete er den Schnee, auf den Bahnsteigen der Orte, die den Orten in Modelleisenbahnlandschaften glichen, Menschen in Daunenjacken, dicken Schnürstiefeln, Schals und Mützen und dachte daran, wie ihn sein Vater angeschaut hatte, bevor er verschwand und ihn zurückließ mit der Frage, wann sie sich wiedersehen würden. Stunden später erreichte der Zug die Schweiz. Es war schon dunkel und Schnee fiel in dicken, schweren Flocken, wie es sie wohl nur hier gab.

Am Montagmorgen um sieben erwarteten Varga im Sitzungszimmer, das zur Einsatzzentrale umfunktioniert worden war, die Beamten, die sich mit der Aufklärung der Tötung von Marco Kistler befassten. Das Zimmer war zwischenzeitlich mit einigen zusätzlichen Telefonleitungen, Computern, einem Hellraumprojektor und ein paar großformatigen Wandkarten ausgestattet worden. Wie immer nickte Varga, als er den Raum betrat, ging zu einer weißen Schreibtafel und begann ohne Umschweife: «Guten Morgen, meine Damen und Herren. Marco Kistler ist jetzt knapp drei Tage tot und wir wollen mal unsere ersten Erkenntnisse sichten. Blumenthal, fang bitte an, beschränk dich aber nach Möglichkeit auf das Wesentliche.» Blumenthal stand auf, sah über die Köpfe hinweg und kramte in seinen Papieren. Dann berichtete er, wie das Opfer um 10.25 Uhr am Ufer der Glatt von einem Spaziergänger namens Renato Turri entdeckt worden war. Er schilderte kurz die Umstände des Leichenfundes und die Einvernahme des Finders, bevor er auf die Erkenntnisse des Autopsieberichtes zu sprechen kam. Der Zeitpunkt des Todes war auf maximal zwei Stunden vor der Entdeckung der Leiche festgesetzt worden. Die offizielle Todesursache: Kopfverletzung infolge Schussverletzung. Als Blumenthal begann, die Eintrittswunde über dem rechten Ohr zu beschreiben, unterbrach ihn Varga und bat ihn, am besten gleich die Inventarliste der Beweisstücke zu präsentieren. Sie war nicht sehr umfangreich.

Sichergestellte Beweismittel Fall Marco Kistler (Nr. KZH90MK)
Fingerabdrücke von insgesamt 5 Personen, sichergestellt im Fahrzeug, Laborbericht (Nr. LBKZH90MK-1).
Tatwaffe (nicht sichergestellt): älteres Modell Makarow PB
Kleidung und Eigentum des Opfers:
1 T-Shirt, weiß – Blutflecken 1 Pullover, grau – Blutflecken
1 Paar Jeans, Marke Levis – Blutflecken
1 Mantel, dunkelblau – Blutflecken 1 Paar Turnschuhe, Marke Nike 1 Paar Socken, schwarz 1 Paar Boxershorts, hellblau
Bargeld – 40 Schweizer Franken, 20 US-Dollar 1 Uhr, Marke Tissot 1 Halskette, Gold, ohne Anhänger – Blutflecken 1 Schweizer Pass 1 Schweizer Führerausweis 1 internationaler Führerausweis 2 Notizblätter (aus Agenda)
1 3dl-Flasche Rivella Rot 2 Appenzeller Biberfladen

Varga studierte die Folie, die der Hellraumprojektor an die Wand warf, genau, bevor er Blumenthal die erste Frage stellte: «Wir haben es also definitiv mit einer exotischen Tatwaffe zu tun. Du bist dir bei dieser Makarow PB doch sicher, oder?»

Blumenthal zögerte keine Sekunde: «Hundert Prozent sicher. Ich hab mich bezüglich der Untersuchungsresultate sogar bei einem Kollegen in Dresden rückversichert. Der kennt die Makarow noch aus DDR-Zeiten.»

«Wissen wir, wie viele dieser Waffen wir hier in der Schweiz haben?»

«Noch nicht. An der Frage sind wir aber dran.»

Varga nickte und fragte weiter: «Habt ihr im Audi eigentlich ein Austrittsloch gefunden?»

Für eine Sekunde schaute Blumenthal leicht irritiert. «Interessanter Punkt. Nein, haben wir nicht. Was bedeutet, dass das Seitenfenster auf der Fahrerseite offen war, als der Schuss fiel.

Nach der Schussabgabe wurde das Fenster nämlich geschlossen – gefunden haben wir den Wagen mit geschlossenen Fenstern.»

«Sagt uns das irgendetwas?»

«Nicht wirklich, denke ich. Höchstens vielleicht, dass der Täter wohl eher der ordentliche Typ ist.»

«Oder ein Profi?»

«Zu einem Profi gehört vermutlich eine gewisse Ordentlichkeit, ja.»

«Okay. Was kannst du uns denn zu diesen Notizblättern sagen? Wo habt ihr die gefunden? Und habt ihr irgendeine Ahnung, wo der Rest der Agenda sein könnte?»

Blumenthal öffnete umständlich den grauen Umschlag mit den Beweisstücken, brachte zwei Plastikhüllen zum Vorschein, die wiederum die beiden Notizblätter enthielten, und reichte sie Varga über den Tisch. Gleichzeitig wechselte er die Folie auf dem Projektor. «Zur ersten Frage: Bei den beiden Notizblättern handelt es sich um zwei ausgerissene Seiten aus einer aktuellen Agenda, Marke Filofax, wie es sie in jedem Warenhaus zu kaufen gibt. Das Interessante an ihnen ist, dass sie die Wochen 41 und 42 abbilden, was bedeutet, dass wir aus ihnen mindestens teilweise ersehen können, welche Termine sich Kistler in den letzten neun Tagen seines Lebens eingetragen hatte. Wie ihr seht, hat er die Zeit in Havanna relativ intensiv genutzt.»

Dabei wandte er sich um und deutete mit einem Filzstift auf einige der zahlreichen handschriftliche Eintragungen.

«Zur zweiten Frage: Gefunden haben wir die beiden Papierstücke in der rechten Gesäßtasche von Kistlers Jeans, zwischen den Ausweisen. Und zur letzten Frage: Von Kistlers Agenda liegen uns zurzeit leider nur diese beiden Seiten vor. Wir haben keinerlei Hinweise auf den Verbleib der Agenda.»

«Gut. Hast du sonst noch etwas für uns, bevor wir weitermachen?», fragte Varga.

Blumenthal nickte. «Der wissenschaftliche Dienst arbeitet noch am Innern des Wagens, die Fingerabdrücke dürften uns am Ende aber kaum weiterhelfen. Von Kistler sind wohl welche dabei, die anderen aber unergiebig. Dann haben wir im Rahmen der Tatortuntersuchung in einem Gebüsch in unmittelbarer Nähe des Audis eine Reihe von Spuren gefunden, die darauf schließen lassen, dass der Täter zu Fuß in Richtung Tramhaltestelle Altried geflüchtet ist.»

«Quer über die Überlandstraße?»

«Genau.»

«Dabei könnte er gesehen worden sein, oder?»

«Allerdings. Frühmorgens rollt da jede Menge Berufsverkehr. Eventuell überquerte der Mörder die Straße sogar durch eine stehende Autokolonne.»

Varga betrachtete die Karte, welche die Umgebung des Tatortes darstellte. Die Chance, einen Zeugen zu finden, der am Freitagmorgen in Schwamendingen jemanden aus einem Gebüsch neben der Straße hatte kommen sehen und diesen Jemand auch noch beschreiben konnte, schätzte er allerdings als relativ gering ein. Aber man konnte nie wissen.

«Hess und Hüppi, haltet doch bitte mal Ausschau nach einem Zeugen. Wer weiß – vielleicht kriegen wir ja eine brauchbare Beschreibung auf den Tisch.»

Es entstand eine kurze Pause, in der nur das Pfeifen von Funksignalen zu hören war. Varga malte Kringel auf seinen Block und dachte nach. Als er spürte, dass ihn Hüppi und Hess fixierten, wandte er sich an sie: «Und lasst die Möglichkeit nicht außer Betracht, dass irgendwo jemand auf den Mörder gewartet haben könnte.»

Nowak lächelte zustimmend.

«Wenn's euch nichts ausmacht, würde ich mich übrigens gern erstmal allein mit den beiden Seiten aus Kistlers Agenda befassen – ich schau sie mir gleich anschließend an. Geht das in Ordnung?»

Als keine Einwände kamen, war die Reihe an Nowak: «Hess, Hüppi und ich haben uns vor allem mit zwei Dingen befasst: erstens mit der Rolle, die Kistler beim Konkurs und der anschließenden Liquidation der Sicherheitsfirma gespielt hat, deren Teilhaber er gewesen war. Und zweitens mit seinem überraschenden Rücktritt als Präsident der Jungen Schweizer Demokraten und seinem abrupten Rückzug aus der nationalen Politik. Zum ersten Punkt: Nach einer ersten Sichtung der Unterlagen, die den Winterthurer Behörden vorliegen, sind Konkurs und Liquidation der Firma im Großen und Ganzen sauber über die Bühne gegangen. Im Anschluss an die Auflösung haben aber sowohl Kistler als auch sein ehemaliger Compagnon einige Tricksereien riskiert. Und auch wenn sie vom zuständigen Steuerkommissär als nicht besonders gravierend eingeschätzt wurden – für eine Verurteilung hätten sie allemal gereicht. Interessant zu wissen ist außerdem, dass Kistlers ehemaliger Partner uns gegenüber erklärte, dass Kistler und er bis heute ein ungebrochen gutes Verhältnis gehabt hätten. Doch zum zweiten und sehr viel rätselhafteren Punkt – Kistlers plötzlichem Abgang aus der Politik. Marco Kistler ist am Dienstag, den 4. Mai, nach dem Mittagessen gegen 14 Uhr zum letzten Mal im Berner Parteisekretariat gesehen worden. Auf seinem Arbeitstisch hinterließ er eine wohl eher hastig verfasste handschriftliche Nachricht, in der im Wesentlichen stand, dass er per sofort von all seinen Ämtern zurücktrete. Als er in den folgenden Stunden und Tagen unerreichbar war und blieb, hat die Parteileitung am Freitagmorgen mit einem knappen Communiqué seinen Rücktritt bekanntgegeben. Kistler selbst hat sich zu seinem Rückzug aus der Politik unseres Wissens nie öffentlich geäußert. Interessant ist außerdem, dass sich weder aus der umfangreichen Medienberichterstattung noch aus unseren Gesprächen mit einigen Politikern, die ihm damals nahestanden, stichhaltige Gründe für seinen Abgang ableiten lassen. Das Einzige, was wir haben, ist die offizielle Presseinformation der Partei, die im entscheidenden Punkt allerdings schwammig ist – mal abgesehen von einem Haufen Spekulationen natürlich.»

«Spekulationen welcher Art?», fragte Varga.

Nowak warf Hess und Hüppi einen kurzen Blick zu. «Von einer Überforderung wurde mehrmals etwas gesagt, dann haben wir aus der Zentrale der Mutterpartei von einem gewissen Druck gehört, den eine Gruppe einflussreicher Parteimitglieder auf Kistler ausgeübt haben soll. Und schließlich waren zwei Personen der Meinung, dass Kistler eine Leiche im Keller gehabt hätte und aus diesem Grund ganz einfach ganz schnell von der Bildfläche habe verschwinden müssen.»

Varga zog die Augenbrauen hoch, doch Nowak schüttelte ihren Kopf. «Im Moment haben wir dazu rein gar nichts.»

Er nickte.

«Erwähnenswert erscheint uns auf jeden Fall die Tatsache, dass uns in dieser Frage selbst der Präsident der Schweizer Demokraten nicht weiterhelfen konnte.»

«Forster?»

«Ja, Dr. Walter Forster.»

Wieder nickte Varga. Er kannte Forster aus den Medien. Dann schaute er auf die Zeiger der Uhr, die über der Zimmertür hing, und setzte eine zehnminütige Pause an, nach welcher Oswald das Wort haben würde. Am liebsten hätte Varga die Kantine aufgesucht, weil er noch nichts gegessen hatte, aber wahrscheinlich würden auch einige neugierige Kollegen dort sein. Stattdessen nahm er sich ein Bounty und eine Cola, verließ das Zimmer, lehnte sich gegen einen Pfeiler und schaute durch ein Fenster hinaus in den schmutziggrauen Herbsttag, der an der Stadt klebte. Er hatte eben seinen Riegel verdrückt und war dabei, die Cola-Dose zu leeren, als Nowak zu ihm herüber kam.

Als der Zug in den Bahnhof einfuhr, konnte er die Helfer schon sehen, in ihren blauen und grauen Overalls, in ihren dicken Stiefeln und Mützen. Auf dem Perron hatten sie gewartet, auf den Zug mit den Ungarnkindern, und jetzt bewegten sie sich, brüllten «Es lebe die Freiheit!» und «Willkommen in der Schweiz!», schwenkten Fähnchen, klopften an die Scheiben und rissen die Wagentüren auf. Varga fror und fühlte sich plötzlich überfordert, schrecklich überfordert, mit seiner Tasche und seinen wenigen Sachen, hier, mitten in einem fremden Land, in dieser Zuckerlandschaft, wie ein Mädchen auf dem Gang zu ihm sagte, das ihn an Katalin erinnerte. Varga schlug den Kragen seines Mantels hoch und betrat die Schweiz unter fast schwarzem Himmel und einem Wind, der dicke Schneeflocken über das Perron fegte.

«Zäh angelaufen, die Geschichte», sagte Nowak.
Varga zuckte die Schultern und erwiderte nichts.
«Ich denke, wir sollten uns nach der Sitzung zusammensetzen und mal auslegen, was wir bis jetzt haben.»
Varga überlegte einen Moment, bevor er antwortete. «Die Verbindung zu Kuba irritiert mich.»
«Mich auch. Aber lass uns mal sauber untersuchen, was alles für sie spricht. Es gibt ja auch noch andere Anknüpfungspunkte.»
«Gut, machen wir das gleich anschließend an die Sitzung. Wir haben schon fast zu viel Zeit verloren.»
«Ich komm dann zu dir ins Büro.»
Als Varga sich wieder der Aussicht zuwandte, hörte er Nowaks Stimme. «Noch eins. Was erzählen wir über unsere Stippvisite in Kistlers Zimmer?»
Varga zögerte. «Behalt das bitte mal noch für dich.»

Wieder im Sitzungszimmer, stand Oswald in leicht gebeugter Haltung am Tisch, hielt eine Tasse in der einen Hand und lockerte mit der anderen die Krawatte. Varga beobachtete seinen Assistenten, diesen großen, schlaksigen Mann mit seinem scharf geschnittenen, auffallend roten Beamtengesicht und den hervortretenden Augen. Er erinnerte sich daran, dass Oswald fast pausenlos Grüntee ohne Zucker trank. Varga interessierte sich immer dafür, was Polizisten tranken, denn er war der Meinung, dass Trinkgewohnheiten eine Menge über einen Menschen verrieten. Weil er aber keine anderen Kollegen kannte, die drei Liter Grüntee pro Tag tranken, war er sich nicht sicher, ob er Oswald in die Kategorie der Polizisten einordnen konnte, die im Dienst schon zu oft Dinge gesehen hatten, welche die meisten Menschen nie zu sehen bekamen. Oswald sprach mit ruhiger, sonorer Stimme, langsam und sorgfältig, als glaubte er, sonst nicht verstanden zu werden: «Hess und Hüppi haben gestern Kistlers älteren Bruder Andreas in dessen Ferienhaus in der Algarve ausfindig machen können. Andreas Kistler ist 37 Jahre alt, unverheiratet, Anlageberater und Spezialist für derivative Produkte, Direktor einer privaten Zürcher Finanzgesellschaft, wohnhaft in Herrliberg, steuerbares Vermögen von immerhin 112 Millionen Franken. Ich habe ihn am Abend in Portugal angerufen und ihm ein paar Fragen gestellt. Das Wichtigste für uns in der Kurzversion: Erstens: Andreas Kistler hatte wohl ein distanziertes Verhältnis zu seinem Bruder und zu seiner Familie allgemein – die beiden Brüder sollen sich höchstens dreimal pro Jahr gesehen haben. Zweitens: Andreas Kistler war bekannt, dass sein Bruder nach Kuba gereist war. Er nahm an, dass er sich da unten, Zitat, ‹tüchtig ausgevögelt› habe. Drittens: Andreas Kistler hat seinen Bruder in den vergangenen Jahren immer wieder finanziell unterstützt – trotz gewisser Bedenken. Viertens: Andreas Kistler hielt nie etwas von Marcos politischem Engagement für die Schweizer Demokraten. Fünftens: Andreas Kistler waren Marcos Gründe für sein Ausscheiden aus der Politik genauso wenig bekannt wie seine Pläne für die Zeit danach. Sechstens: Andreas Kistler war der Meinung, dass Marco eine Freundin hatte. Vorname Elena, Nachname unbekannt. Vermuteter Wohn- und Arbeitsort: Winterthur.»

Es war bitterkalt, als Varga langsam ein Feld voller Unkrautgestrüpp überquerte, das sich sachte bog, als ziehe etwas Unsichtbares darüber hinweg. Zitternd stand er im frostbleichen Licht und rief zum ersten Mal eine höhere Macht an. Doch sein Rufen verhallte den Weg hinunter, verhallte zu einem lächerlichen Echo.

Nach Oswald war die Reihe an Nowak. Varga schätzte, dass sie letzte Nacht nicht mehr viel geschlafen hatte – zu deutlich waren die dunklen Schatten zu erkennen, die sich unter ihren Augen abzeichneten. Aber Nowak war eine dreißigjährige Frau mit Anmut und Grazie, und so verfolgte er ihren Auftritt gebannt. Nachdem sie den Aktendeckel geöffnet und kurz in die Akte geschaut hatte, begann sie ihre Ausführungen. «Die Liste der Gegenstände, die in Marco Kistlers Zimmer in der elterlichen Wohnung gefunden wurden, vermittelten mir den Eindruck, dass das Zimmer schon vor seinem Kuba-Aufenthalt unbewohnt gewesen war. Deshalb machte ich mich auf die Suche nach Kistlers aktuellem Wohnort. Via Parteisekretariat stieß ich auf seine Wohnung an der Überlandstraße 371 in Zürich-Schwamendingen. Als Mieter ist Marco Kistler eingetragen, die Miete wurde von seiner Mutter bezahlt – notabene ohne Wissen des Vaters. Die Wohnung haben wir uns bis dato noch nicht ansehen können.»

«Gut. Ich habe mir übrigens gestern während meines Besuchs bei Kistlers Mutter die Schlüssel zu dieser Wohnung besorgen können. Oswald, kannst du im Anschluss an diese Sitzung zusammen mit der Spurensicherung rausfahren und sie untersuchen?»

Oswald nickte überrascht und Varga schob ihm die Schlüssel über den Tisch.

Er brauchte noch Zeit. Er brauchte dringend noch etwas Zeit. Aber wen sollte er um die Verlängerung seines Lebens bitten? Den Herrgott im Himmel? Den Teufel? Oder seine ganz eigenen Götter?

«Wie wollen wir diesen Fall angehen?», fragte Varga in die Runde.

«Ich würde zweigleisig fahren», antwortete Nowak sofort. «Punkt eins: Wir gehen von einem Raubmord aus und verfolgen die Spuren am Tatort. Punkt zwei: Wir gehen nicht von einem Raub aus, graben Kistlers Leben gründlich um und suchen nach einem Motiv für die Tötung.»

Varga runzelte die Stirn und ging das, was er an diesem Morgen gehört hatte, noch einmal in Gedanken durch. Er hatte das deprimierende Gefühl, dass sie bis jetzt noch nicht sehr viel in den Händen hatten. Aber er ließ sich nicht entmutigen; so verhielt es sich nun mal in der Kriminalistik. Es war, als würde man eine Vielzahl von Einzelteilen auf einem Tisch ausbreiten – zunächst ergab nichts davon einen Sinn; erst nach vielen Versuchen und gründlichen Analysen bildete sich im besten Fall ein Muster heraus.

«Gut. Dann lasst uns doch erst mal in Stichworten unsere Erkenntnisse festhalten», sagte er, steckte seine blaue Krawatte ins Hemd, stand auf und trat wieder an die Schreibtafel. «Meine Handschrift ist nicht die Schönste, aber vielleicht sehen wir durch diese Aufstellung ja etwas klarer.»

Kistler
Tatort: Glattufer, Zürich-Schwamendingen
- *Marco Kistler am 23. Oktober in einem Mietwagen ermordet; in den Kopf geschossen*
- *Tatzeit: Zwischen 6.30 und 9.00 Uhr, Fund um 10.25 Uhr durch Spaziergänger*
- *Tatwaffe: Pistole Makarow PB, 9 mm; ungewöhnliche Waffe*
- *Blutspuren im Mietwagen, keine Kampfspuren: Kannte Kistler den Täter?*
- *Fingerabdrücke im Mietwagen unergiebig; Täter ein Profi?*
- *Fluchtweg des Täters: Spuren führen in Richtung Überlandstraße und Tramstation Altried. Wartete Komplize in einem Auto? Zeugen?*
- *Felder, in denen Motive liegen könnten: Konkurs von Kistlers Sicherheitsfirma, Steuerdelikt, Austritt aus der Partei*

(SD), Kuba, allfällig unglückliche Liebesbeziehung mit Elena, andere
- *1. Kuba-Reise mit Freund Heiner Ganz: Schlüsselerlebnis?*
- *2. Kuba-Reise: Sinn und Zweck?*
- *Freundin Elena: kubanischer Vorname? Beziehungsdelikt?*

Als Varga mit den Notizen fertig war, ging er einige Minuten lang im Raum auf und ab, bevor er schließlich stehenblieb und die Tafel betrachtete, auf der die wenigen Erkenntnisse festgehalten waren, die bislang über die Tötung von Marco Kistler vorlagen.

«Blumenthal, im Wagen gab es jede Menge Blutspuren. Wie viele Proben hast du genommen?»

«Wir haben drei Proben aus dem Wagen.»

«Nimm noch mehr.»

Blumenthal nickte, griff zu einem Telefon und bat die Serologie des wissenschaftlichen Dienstes, schnellstmöglich weitere Blutproben zu untersuchen.

«Dann noch etwas: Gab es an diesem Morgen im weiteren Umfeld des Tatortes zufällig Verkehrskontrollen?»

Oswald schüttelte den Kopf. «Nicht dass ich wüsste. Aber ich kläre das ab. Wonach suchen wir denn?»

Varga zuckte mit den Achseln. «Nach irgendwelchen Auffälligkeiten, würd ich sagen. Wagen, die zu schnell gefahren sind, Wagen, die vor der Kontrolle wendeten, Wagen mit nervösen Insassen, Wagen mit einem ungewöhnlichen Objekt auf dem Rücksitz, irgendwas in der Art.»

«Nach einem gestohlenen roten Lada ohne Kennzeichen und mit einem Che-Guevara-Kleber auf der Kühlerhaube», brummte Hess.

Varga lachte mit den anderen, dachte aber gleichzeitig an all die Spuren, die in Richtung Kuba deuteten. In diesem Moment dröhnte eine bislang ungehörte Stimme durch das Zimmer.

«Varga? Staatsanwalt Egloff erwartet Ihren Anruf. Und zwar noch vor dem Essen. Außerdem fürchte ich, dass unsere Pressestelle demnächst unter der Last der Anfragen zusammenbricht.»

Varga blickte zu dem hageren, schnurrbärtigen Mann auf, der in der Tür stand. Er hatte einen hellbraunen Cordanzug an, trug spiegelblank polierte Stiefeletten mit Absätzen und sah aus wie geschniegelt und gebügelt. «Morgen.»

«Ha! Varga, unser Meisterdetektiv, in voller Aktion. Na, kriegen wir unseren aktuellen Prominenten-Fall denn bis zum Mittagsjournal unter Dach und Fach?»

Heinz Plüss, Chef Kriminalpolizei und erster Stellvertreter des Kommandanten der Kantonspolizei Zürich, blickte sich im Zimmer um. Dann schob er sich ein Pfefferminzbonbon in den Mund, zwinkerte väterlich zu Nowaks Busen hin, stolzierte wie ein Gockel zu einem freien Stuhl, nahm Platz und lächelte in die Runde. «Also, was hab ich denn bis jetzt von der Untersuchungsarbeit in diesem Fall gehört? Nichts, das mich aus meinen Latschen kippen lässt. Nur, dass irgendein Superschlauer an einem heiligen Sonntagmorgen um halb neun einen gewissen Nationalrat Forster, Doktor der Jurisprudenz und der Ökonomie, aus dem Bett klingeln lässt.»

«Das tut mir ganz außerordentlich leid, Chef, aber wir tun nur unsere Pflicht», erwiderte Varga mit einem feinen Unterton in seiner Stimme. Das war ein Satz ganz nach Plüss' Gusto, trotzdem schaute er Varga mit einem spöttischen Grinsen an. «Macht bloß vorwärts. Der Blick hat schon gestern nach dem aufgespießten Kopf am Stadttor geschrien.»

Varga wippte auf den Fersen. «Je eher wir weitermachen können, desto schneller sind wir fertig.»

«Meine Worte, verehrter Varga, meine Worte.»

«It's a question of time», Varga liebte diesen Videoclip. Das Fernsehen zeigte ihn nur noch selten, doch eines Tages war es Varga gelungen, ihn auf Video aufzunehmen, und seither dröhnte die Musik manchmal die halbe Nacht durch seine Wohnung. Gut möglich, dass ihn dieser Ohrwurm in den nächsten Tagen mal wieder quälen würde.

Waren die Ermittlungen bereits in eine Sackgasse geraten? Varga wusste, dass bei einem Fall, der nicht in den ersten 48 Stunden gelöst wurde, die Wahrscheinlichkeit, die Tat aufzuklären, unter fünfzig Prozent sank. Ein unaufgeklärter Mord an einem prominenten Jungpolitiker war etwas, das niemand, ganz zuletzt der Chef der Zürcher Kriminalpolizei, auf seinem Tisch haben wollte. Und deshalb war Plüss bei Varga aufgetaucht. Er war seine einzige Zuflucht in einem schwierigen, möglicherweise hoffnungslosen, sicher aber unangenehmen Fall. Varga beschloss, die Sitzung zu beenden. Er sah auf die Uhr und stellte fest, dass es fast zwölf war. Er zog die Kopien von den Seiten aus Kistlers Agenda zu sich hin und lehnte sich in seinem Stuhl zurück. Diese Papiere fand er das Interessanteste am ganzen Material. Mit Hilfe der Informationen, die sie enthielten, würden sie auf ihrer Suche nach dem Mörder vielleicht weiterkommen. Noch einmal ging er die Liste durch. Kommuner Raubmord, Politik, Kuba, die Liebe ... Varga musste eine Entscheidung treffen. Dutzende von Leuten – Kriminalpolizisten, Kantonspolizisten, Stadtpolizisten und Spezialisten aller Art – standen ihm zur Verfügung und warteten wie Spürhunde darauf, eine Fährte verfolgen zu können. Wieder schaute er auf die Notizen an der Tafel. Weshalb war Kistler als Parteipräsident zurückgetreten?, fragte sich Varga. Wurde er zu diesem Schritt gedrängt? Und was hatte er auf Kuba verloren?

«Oswald, zieh bitte Blumer bei, und dann untersucht Kistlers Abgang aus der Partei. Hess und Hüppi, ihr kümmert euch um Elena. Sucht und findet sie – wenn es sie denn gibt. Nowak und ich nehmen uns die Cuba Connection vor», ordnete er schließlich an. Dann warf er einen Blick in die Runde. Oswald hing bereits am Telefon, Hess, Hüppi und Blumenthal packten ihre Unterlagen zusammen.

«Der erste Mojito geht auf mich», sagte Nowak zu Varga. Als er seinen Stuhl zurückschob und aufstand, flüsterte er: «Vamos.»

In der ersten Zeit konnte Varga nachts nicht schlafen. Mit all den anderen saß er in einer Kaserne. St. Luzisteig war eine

Artilleriefestung aus dicken, dunklen Mauern, hoch oben auf einem Bergrücken, mit wenigen Ausblicken auf schwarze Vögel, die sich auf den hohen Schnee setzten und kurz darauf weiterflogen. Bis auf den Wind, der durch die Ritzen pfiff, schluckte der Schnee alle Geräusche, die von außen eindringen konnten. Im Inneren dagegen war es laut, Landsleute, die auf die Kälte und das Essen schimpften, der Wasserkocher, der ununterbrochen brodelte. Als er sich am Morgen mit zwei Decken auf den Boden legte, auf die Dielen aus Holz, zwischen die Bettgestelle, träumte er von einer Ebene. Sie war weit und offen, und über dem Horizont flirrte die Luft.

5

«Varga?»

Sibylle Moos, die Leiterin der Pressestelle der Zürcher Kantonspolizei, erwischte Varga auf dem Weg in sein Büro. «Varga, ich brauch dringend Futter für die Journalisten. Die rücken mir nun schon seit zwei Tagen auf die Pelle.»

Varga hatte gehofft, sie zu verpassen. Aber da sie sich nun mal begegnet waren, blieb er stehen. Sibylle Moos sah gut aus, auch wenn sie sich nie besonders herausputzte. Sie hatte dunkles Haar, braune Augen und volle Lippen, die sie nicht schminkte. Sie zog einen Notizblock aus ihrer Tasche und griff nach einem Kugelschreiber, bereit zu notieren, was Varga ihr sagen würde.

«Lassen Sie sich die Unterlagen zu diesem Fall von Oswald geben», sagte er. «Aber ich möchte, dass Sie die Person von Kistler in den Mittelpunkt Ihres Communiqués stellen.»

Ihre Haltung versteifte sich.

«Servieren Sie ihnen das Übliche – Infos über die Organisation unseres Teams, die Spurensicherung und Ähnliches mehr. Und dazu natürlich den vielsagenden Satz, dass wir in verschiedene Richtungen ermitteln.»

Sie nickte, aber Varga merkte, dass sie enttäuscht war.

«Geben Sie der Presse vor allem auch weiter, dass Kistler ein schillerndes Leben geführt hat. Sehr interessiert wären wir, seine Freundin zu befragen. Wer weiß, vielleicht stößt der eine oder andere Polizeireporter ja auf irgendwas.»

«Gut. Aber kann ich wenigstens auf der Pressekonferenz mit Ihnen rechnen?»

«Wann soll die denn stattfinden?»

«Um vier.»

«Na schön. Aber versprochen hab ich Ihnen nichts.»

Nach zwei Wochen in der Festung wurde Varga abgeholt, in die Fahrerkabine eines Wagens gesetzt und weggefahren, in seine neue Familie. Sie wohnte in einem großen Haus, mit Blick auf den Vierwaldstättersee und die Berge, die Rigi und den Pilatus.

Varga lernte, die Schuhe abzustreifen, pünktlich um halb sieben mit gefalteten Händen am Tisch zu sitzen und nie mit vollem Mund zu sprechen. Vom Vater der Familie und den Lehrern in der Kantonsschule erfuhr er alles über die Urgeschichte der Schweiz, die Gotthardbahn und die Bunker in den Bergen. Außerdem konnte er schon bald die Dampfschiffe auf dem See an ihrer Silhouette und an ihrem Tuten erkennen, kannte die Namen sämtlicher Bergspitzen rund um Luzern und die Lebensdaten der Schweizer Reformatoren. Varga war in einem Land, in dem es fast immer regnete oder schneite, in dem die Sicht in die Weite von Bergen verstellt war, in dem Dinge dafür selbst im Schatten blühten.

Varga rutschte in seinem Sessel herum, kaute an einem Sandwich, das nach feuchtem Karton schmeckte. Das Ding würde ihn wohl unverdaut wieder verlassen. Währenddessen piepste und blinkte das Telefon auf seinem Tisch ununterbrochen, als hätte der Anrufer etwas sehr Dringendes mitzuteilen, doch Varga interessierte das Klingeln im Moment nicht, der Regen vor dem Fenster beanspruchte seine ganze Aufmerksamkeit. Wo zum Teufel blieb

Nowak? Als sie nicht kam, drehte er sich um, räumte einen Teil seines Tisches frei und begann, sich intensiv mit den beiden Seiten aus Kistlers Agenda zu befassen.

«Verrecken wird sie», meinte Nowak mitleidig, als sie endlich zur Tür hereinkam.

«Wer?»

«Na, diese arme Pflanze.»

Varga ließ seinen Blick kurz in die dunkelste Ecke seines Büros schweifen, in der ein großer Gummibaum ums Überleben kämpfte, zuckte aber nur mit den Schultern. «Setz dich. Und dann berichte mal», forderte er seine Assistentin auf, während er die Computerdatei zum Fall Kistler öffnete, bereit, weitere Erkenntnisse und Details einzutippen. Nowak kam um den Tisch herum, setzte sich auf die Schreibtischkante und schlenkerte mit den Beinen. «Wollen wir das Ganze denn irgendwie vernünftig strukturieren oder soll ich dir einfach mal weitergeben, was ich Neues weiß?»

«Letzteres, bitte.»

Nowak lachte. «Fein. Dann mal los: Was, meinst du, ist Habaniño?»

«Keinen Schimmer.»

«Eine Kinderhilfsorganisation.»

Varga zog die Stirn hoch.

«Materielle wie immaterielle Unterstützung kubanischer Kinder und Jugendlicher in marginalen Vierteln. Verein nach schweizerischem Recht, politisch wie konfessionell neutral, Statuten, Kasse, Revisionsstelle, Mitglieder, Homepage, Standaktionen, Einzahlungsscheine – alles paletti. Von Kistler Ende Mai in Zürich gegründet.»

Varga nickte.

«Was hältst du von dieser Geschichte?»

«Nun», sagte Varga, «zuerst mal irritiert sie mich. Ist Kistler wirklich der Mann, der in den Elendsquartieren der zweiten oder dritten Welt unterwegs ist und sich dort um die Kinder kümmert?»

Jetzt nickte Nowak. Offensichtlich teilte sie seine Ansicht.

«Gleichzeitig passt sie aber auch zu ihm: Kistler zieht etwas auf, bei dem er die allerbesten Möglichkeiten hat, sich selbst ins Licht zu rücken.»

«Die Blendrakete.»

«Genau. Der Tennisprofi, der Parteipräsident, der Heiland – all diese exklusiven Berufungen liegen doch auf einer Linie. Aber hast du noch mehr?», fragte Varga.

«Klar. Ich weiß zum Beispiel, wer der Gipskopf ist.»

«Der kubanische Beethoven?»

«Frank País, ein Held der kubanischen Revolution.»

«Nie gehört.»

«In Kuba ist unter anderem ein Flughafen nach ihm benannt. Aber País gehörte nicht zu den Guerrilleros, die mit Castro durch die Sierra Maestra gezogen sind, sondern war die treibende Kraft hinter dem Widerstand, der sich in der zweitgrößten Stadt des Landes, Santiago de Cuba, gegen Diktator Batista formierte.»

«Aha. Und bringt uns das was?»

«Im Moment wohl kaum. Ein Punkt ist mir aber aufgefallen: Ich habe im Internet ein paar Seiten zu País gefunden. Da wird fast penetrant betont, dass Frank País eine enorme Ausstrahlung gehabt haben soll. Er war jung, hatte Charisma und war der Führer einer größeren Widerstandsbewegung, die er selbst aufgebaut hatte.»

«Du meinst …?»

«Wer weiß, vielleicht hat sich Kistler an País orientiert.»

«Wir müssen wissen, was Kistler in Kuba erlebt hat. Treib doch bitte mal diesen Ganz auf und bestell ihn her. Außerdem will ich eine Aufstellung des gesamten Materials, das Oswald gerade in Kistlers Wohnung sicherstellt.»

«Geht klar, Comandante», sagte Nowak, stand auf und ging zur Tür. «Kümmerst du dich allein um die Seiten aus der Agenda?»

Aber Varga hatte sich in seinem Sessel bereits wieder zum Fenster gedreht und schaute zu, wie der Regen an ihm hinunterlief. Er schien sie nicht mehr zu hören. Auf dem Tisch klingelte das Telefon. Es klang ziemlich ungeduldig.

«Das wird Egloff von der Staatsanwaltschaft sein», meinte Nowak unter der Tür.

Doch Varga blieb still.

Die Kopien der beiden Notizblätter aus Kistlers Agenda lagen vor Varga auf dem Tisch. Sorgfältig studierte er die Eintragungen, die Kistler in eigenartig schiefen Druckbuchstaben gemacht hatte. Einige von ihnen waren klar, andere wiederum unverständlich bis rätselhaft. Nach ein paar Minuten kreiste er an drei Tagen insgesamt fünf Eintragungen ein:

Donnerstag, 15. Oktober:
9.00: Minvec
Dienstag, 20. Oktober:
Lunch Schweizer Botschaft
20.00: E
Mittwoch, 21. Oktober:
9.00: AB
13.00: E

Dann legte Varga seine Hände auf den Tisch und versuchte sich vorzustellen, wie Kistler mitten in der bröckelnden Altstadt von Havanna Essensrationen an kleine, schokobraune Kinder ausgab oder als schweißglänzender Teil einer Baubrigade einen Kindergarten renovierte. Es funktionierte nicht. Nur auf eines kam er: Stand das «E» für Elena?

«Varga, wie läuft's?», erklang Egloffs Stimme aus dem Hörer.

«Das Übliche. Rumschnüffeln und Nachdenken.»

«Konkreter?»

«Die Arbeit ist verteilt, die Leute sind draußen auf dem Feld und ich hock im Spinnennetz und lauere auf das, was kommt – oder auch nicht kommt.»

Egloff antwortete lange nicht und Varga wusste nur zu gut, dass ihm seine Antwort nicht passte.

«Hör mal, möglicherweise bekommst du nächstens ein Problem.»

Varga zögerte. «Noch eins?», fragte er schließlich.
«Plüss hat mich heute früh angerufen.»
«Und er redete davon, dass ich wertvolle Zeit verloren hätte.»
«Es wird dir nicht gefallen, Varga, aber er redete auch davon, dir den Fall zu entziehen.»
Ein längeres Schweigen trat ein, während Varga ein Aspirin in einem Glas Cola auflöste und Egloff wartete. Was für ein blödes Arschloch, dachte Varga. Bevor Varga das Schweigen zu nerven begann, sprach Egloff weiter. «Er mag dich nicht. Er sieht keine Resultate. Außerdem passt ihm deine gestrige frühmorgendliche Weckaktion beim Herrn Nationalrat nicht in den Kram.»
«Das musste sein.»
«Nein, das war ungeschickt. Ihr hättet den auch später am Tag noch anrufen können.»
«Das können Politiker und Schleimer tun. Ich leite die Ermittlungen in einem Tötungsfall und lass die Leute anrufen, wann ich will.»
Wieder gab es eine kurze Pause und Varga stellte sich vor, dass Egloff seinen Kopf schüttelte.
«Varga, bist du noch da?»
«Ja. Sieht so aus, als ob Nowak gute Nachrichten für mich hat.»
«Gut. Dann bleibt mal dran.»
Als Varga auflegen wollte, hörte er Egloffs Stimme und nahm den Hörer wieder ans Ohr. «Meine Unterstützung hast du. Aber schau bitte, dass du um das eine oder andere Fettnäpfchen herumkommst.»

Nowak stand wieder in der Tür, sah Varga an und lächelte. «Good news: Heiner Ganz, Kistlers Reisebegleiter, ist bereits auf dem Weg hierher. Und hier auch gleich schon ein paar Infos über ihn.»
Sie legte ein Blatt Papier auf den Tisch und setzte sich dieses Mal auf einen Stuhl. Varga sah kurz auf das Blatt: «Heiner Ganz, 32 Jahre alt, geboren in Bern, aufgewachsen in Winterthur, reformiert, ledig, Gymnasium, abgebrochenes Wirtschaftsstudium, heute in Zürich wohnhaft und als selbständiger Sportvermarkter tätig.

Ganz und Kistler haben sich in einem Winterthurer Tennisclub kennen gelernt und bildeten eine Zeitlang ein Erfolgs-Doppel, das zweimal die Clubmeisterschaft gewonnen hat.»

Varga fühlte sich wie ein wundes Gespenst, das sich grellweiß gegen die Finsternis abzeichnete. Einsam stand er im tiefen Dunkel und hörte sich nicht einmal mehr atmen. Vergebens horchte er auf etwas Vertrautes, dachte über die Zeit nach, die noch verblieb. Wenn ihm wenigstens noch ein paar Stunden vergönnt wären, dachte er, so könnte er seinen letzten Fall durchgehen – und versuchen, den Mann zu finden, der ihn in diese Vorhölle gestürzt, der ihn getötet, ermordet hatte.

«Nach Ganz können wir übrigens sitzen bleiben. Nicole Mayer, die auf der Homepage von Habaniño als Vereinssekretärin genannt wird, wird uns ebenfalls einen Besuch abstatten. Ich kann mir vorstellen, dass sie interessante Dinge für uns hat, oder was meinst du?»

«Absolut. Gut gemacht, Watson.»
Nowak lachte.
«Danke, Sherlock. Du, etwas möchte ich dich noch fragen.»
Varga schaute auf. «Was denn?»
«Wieso wolltest du Oswald eigentlich nichts von unserer Stippvisite in Kistlers Zimmer erzählen?»
Varga wandte den Kopf und betrachtete Kistlers Porträt an der Wand. Die wässrigblauen Augen und das sorglose Lächeln faszinierten ihn auf eine eigentümliche Weise. Gleichzeitig verspürte er in seinem Bauch wieder dieses ungute Gefühl. Möglicherweise hatte es sich zwischenzeitlich sogar noch etwas verstärkt. «Ganz einfach», sagte er, «ich schau mir solche Orte am liebsten zuerst allein an.»
Nowak nickte. «Du warst ja nicht allein da. Du traust ihm einfach nicht wirklich.»
Jetzt wandte sich Varga ihr wieder zu. «Er ist ein Schweizer, so ein richtiger properer Vollblutschweizer.»

«Und denen traust du nicht?»
Varga schüttelte den Kopf und lächelte dabei.

An seinem ersten Weihnachtsmorgen in der Schweiz stand Varga mit dem Stiefvater auf dem Gipfel des Titlis. Er trug Fäustlinge, eine Daunenjacke in XL, die so groß war, dass die Handschuhe kaum unter den Ärmeln hervorschauten, und eine lächerliche Kunstfellmütze der Schweizer Armee. Die Sonne strahlte, der Schnee glitzerte und der Himmel war dunkelblau, fast schwarz, aufgebrochen nur von den weißen Spitzen der Berge. Varga schlug den Kragen hoch, kniff die Augen zusammen, hielt eine Hand schützend hoch, gegen die Sonne, und trotz der Kälte war ihm warm. Sein Stiefvater sagte, das ist unsere gute alte Schweiz, aber auch als er Varga daraufhin von der Seite her anschaute, antwortete Varga nicht, sondern verfolgte am Himmel schwarze Vögel. Später saßen sie auf einer Veranda, tranken Glühwein und Varga schrieb eine Karte an seinen Vater. Er wusste nicht recht, was er ihm schreiben sollte, auf jeden Fall nichts von der Erhabenheit der Berge, wie ihm sein Stiefvater vorschlug. Weil sie vor einer roten Kerze und einem Stern aus Stroh saßen, schrieb Varga, dass er Weihnachten in einem großen Haus feierte, an einem Tisch in einer holzgetäferten Ecke, und dass alle Fenster vereist waren, bedeckt mit einer dicken Schicht, die das Licht nahm, das wenige, das es in dieser Jahreszeit überhaupt gab. Als ihm sein Stiefvater eine Briefmarke für Amerika reichte, merkte Varga, dass er die genaue Adresse seines Vaters noch gar nicht kannte. Er schimpfte auf das Rote Kreuz, schrieb kurzerhand New York und United States unter den Namen und warf die Karte bei der Bahnstation in einen gelben Briefkasten ein. Vielleicht kam sie ja trotz der unvollständigen Adresse an, sein Vater hatte ihm immer wieder gesagt, dass in Amerika nichts unmöglich war.

Vargas Gedanken kehrten zu Kistlers Agenda und den Eintragungen zurück. Was hatte Kistler bei einem Mittagessen auf der Schweizer Botschaft in Kuba mit einem Bundesbeamten zu besprechen gehabt? Hatte er da nur seine Hilfsorganisation vorgestellt,

Projekte diskutiert und um Goodwill und Unterstützung geworben? Er würde die Botschaft anrufen und nachfragen. Wie viel Uhr war es eigentlich in Havanna? Als Nowak wieder in sein Büro trat, blickte er auf.

«Ganz ist hier.»

«Sehr gut. Bring ihn bitte in eines der Verhörzimmer. Und könntest du gleich noch ein paar Dinge für mich abklären?»

«Was darfs denn sein?»

«Ich bräuchte die aktuelle Lokalzeit in Havanna und die Telefonnummern der Schweizer Botschaft und, wenn möglich, der Residenz des Botschafters. Weiter würde ich gern wissen, wie lange ein kubanisches Touristenvisum gültig ist und ob Kistler bei seiner zweiten Reise allenfalls mit einer speziellen Art von Visum eingereist ist. Außerdem möchte ich, dass du den Begriff «Minvec» mal in eine Suchmaschine eingibst.»

«Kein Problem. Sonst noch was?»

«Eine Schachtel Cremeschnitten.»

Nowak macht ihre Sache gut, dachte Varga. Zufrieden, dass es anlief, wandte er sich noch einmal kurz Kistlers Aufzeichnungen zu und fuhr mit dem Finger über die einzelnen Tage. Am Sonntag, den 18. Oktober, blieb er hängen – an diesem Tag waren keine Termine oder Namen eingetragen, nur eine Zahl. Vargas Instinkt drängte ihn, sie in seine Notizen aufzunehmen.

Sonntag, 18. Oktober: *8632678*

Heiner Ganz war groß und schlaksig. Er saß, den Kopf vorgestreckt wie ein Huhn, am Tisch, strich sich über seine Halbglatze und schaute nervös im Einvernahmezimmer umher. Als Nowak und Varga den Raum betraten, schreckte er hoch. Obwohl das kahle Zimmer im Untergeschoss nicht richtig geheizt wurde und entsprechend kühl war, schwitzte er. «Sie wollten mich sprechen.»

«Bitte nehmen Sie doch wieder Platz», sagte Nowak, während sie und Varga sich auf der anderen Seite des Tisches ihm gegenüber setzten. Varga betrachtete Ganz' schmalen Kopf mit den müden

Augen, die dennoch ständig in Bewegung waren. Er fragte sich, ob seine Nervosität etwas zu bedeuten hatte.

«Worum geht's denn?»

Varga zog das Porträt von Kistler aus seiner Jacke, beugte sich vor und schob es in die Mitte der Tischplatte. «Um Ihre Frühlingsferien.»

Ganz schnaufte, seine langen Finger kratzten über den Handrücken. «Kein Problem. Marco und ich haben uns einfach mal was gegönnt, zehn Tage, in denen wir in der Sonne gelegen haben, Bier und Rum getrunken, Zigarren geraucht, gelacht und getanzt haben.»

«Erzählen Sie. Wir würden gern alles über diese Reise erfahren.»

Ganz wiegte den Kopf. «Darf ich rauchen?»

«Nein. Loslegen dürfen Sie.»

Ganz nickte, er hatte begriffen, wie das Spiel lief. «Also, nach seinem Ärger mit der Partei rief mich Marco an und wir flogen nach Kuba.»

«Moment», unterbrach ihn Nowak, «da ist etwas mehr Präzision gefragt. Wann hat Marco Sie angerufen? Warum Sie? Wie kamen Sie beide auf Kuba? Wann und wo buchten Sie? Wann reisten Sie? Was haben Sie auf der Reise erlebt? Ist Ihnen vielleicht etwas Ungewöhnliches aufgefallen? So geht das – verstanden?»

Wieder nickte Ganz und fing noch einmal von vorn an. «Also, Marco rief mich an, nachdem er das Rücktrittsschreiben auf seinem Tisch im Parteisekretariat hinterlegt hatte. Ich glaube, das war ein Dienstag, früher Nachmittag, zwei, drei Uhr. Auf jeden Fall saß er im Zug von Bern nach Zürich und erklärte mir, dass er soeben sein Amt aufgegeben hatte. Ich wusste nicht, was ich sagen sollte. Mir war zwar bekannt, dass er parteiintern unter Druck stand und alles, aber sein Rücktritt kam für mich unerwartet. Ja, und dann sagte er plötzlich, dass er weg wollte, und fragte mich, ob ich ihn begleiten würde.»

«Sagte er Ihnen, wohin er wollte?»

«Genau dies habe ich ihn gefragt: Wo willst du denn hin? Darauf antwortete er mir, dass er einen Flug nach Kuba nehmen wolle.»

Einen Moment lang blickte er auf seine geröteten Handrücken. «Ich überlegte nicht lange. Ich hatte damals kaum Arbeit und Kuba war für mich okay. Tja, und so trafen wir uns am nächsten Morgen in einem Reisebüro am Stauffacher, buchten zwei Iberia-Flüge und kauften uns auch gleich zwei Touristenkarten, Reiseführer und den ganzen Kram. Und flogen zwei Tage später, an einem Freitagmorgen, glaube ich, über Madrid nach Havanna.»

«Für zehn Tage?»

«Ja.»

«Und wieso wollte Kistler ausgerechnet mit Ihnen verreisen?», fragte Nowak. Varga taxierte ihn. Ganz saß leicht vornübergebeugt da, wie in Sprungbereitschaft. Varga hatte das Gefühl, bei ihm könnte der Zeiger jederzeit in den roten Bereich ausschlagen. Ganz senkte seinen Blick und Varga fragte sich, ob er das tat, weil er gemerkt hatte, dass er taxiert wurde. «Marco und ich standen uns eigentlich nicht sehr nahe. Aber wir hatten zusammen schon viel Mist erlebt. Irgendwie wussten wir wohl beide, dass Kuba klappen würde.»

«Wie meinen Sie das?», fragte Nowak nach.

Ganz zögerte. «Ich will's mal so sagen: Wenn zwei Kollegen nach einem fröhlichen Abend spontan in ein Bordell reinmarschieren, dann wollen sie beide sicher sein, dass der andere später nie wilde Geschichten zum Besten gibt.»

«Aha. Dann war Marco wohl einer, bei dem man sich sicher sein konnte, dass er auch wilde Geschichten für sich behalten würde?», fragte Varga.

Ganz schaute wieder auf und nickte.

«Ist einer von Ihnen Varga?», fragte eine junge Polizistin im Türrahmen, als Nowak und Varga nach Ganz' eineinhalbstündigen Ausführungen die Schädel brummten. Ganz hatte ihnen eine ausführliche Zusammenfassung der Kuba-Reise gegeben und war wieder abgeschoben.

«Hier», sagte Varga, worauf ihm die Polizistin wortlos einen Notizzettel übergab. Varga überflog ihn. Es waren die Informationen, die er sich von Nowak gewünscht hatte.

z. Hd. Kommissar Varga:

Zeitdifferenz Schweiz – Kuba:
MEZ minus 6 Stunden
Adresse Schweizer Botschaft:
Quinta Avenida No 2005, zwischen 20 und 22, Miramar, Havanna. Telefon: 33 26 11, 33 27 29, 33 29 89
Einreisebestimmungen:
Für einen maximal vierwöchigen Aufenthalt genügen ein gültiger Reisepass und eine Touristenkarte. Für längere Aufenthalte muss auf einer kubanischen Botschaft ein Visum beantragt werden.
Marco Kistler ist in diesem Jahr zweimal ohne Visum in die Sozialistische Republik Kuba eingereist. Bei seiner zweiten Reise, die länger als vier Wochen dauerte, hat er also die kubanischen Aufenthaltsbestimmungen verletzt.
Minvec:
Ministerio para la Inversión Extranjera y la Colaboración Económica de la República de Cuba: Ministerium für wirtschaftliche Zusammenarbeit, zuständig für Ausländer, die in Kuba Investitionen tätigen oder arbeiten wollen.

Varga sah auf die Uhr. Es war fast vier. Er wollte, dass die Ermittlungen nicht an Schwung verloren, dass sie zielgerichtet agierten und am Ball blieben. Am meisten Mühe bereitete ihm das Warten.

«Wo ist die Sekretärin von Kistler?», fragte er Nowak.

«Scheint noch nicht eingetroffen zu sein.»

«Auf wann hast du sie denn bestellt?»

«Sie ist längst überfällig.»

Er sah, wie auch Nowak einen Blick auf ihre Uhr warf, und spürte gleichzeitig wieder diese eigentümliche Unruhe, die ihn nun schon mehrmals befallen hatte. Er stand auf und nahm sein Sakko von der Stuhllehne. «Schon gut. Ich zeige mein Gesicht kurz auf der Pressekonferenz. Aber versuch bitte, sie aufzutreiben. Ich habe das Gefühl, dass sie für uns wichtig sein könnte.»

«Dann schick ich eine Streife bei ihr vorbei», sagte Nowak.
«Tu das. Und stell auch die entscheidenden Passagen aus Ganz' Reisebericht zusammen. Die gehen wir durch, wenn ich zurück bin.»

In der ersten Zeit lief Varga jeden Tag die paar Schritte durch den Garten zum schwarzen Briefkasten aus Blech und schaute nach, ob für ihn eine Karte oder ein Brief aus Amerika gekommen war. Nachts wachte er auf, weil er die Stimme seines Vaters gehört oder sein Gesicht gesehen hatte. Und auch wenn alles still und dunkel war, stand er manchmal auf, ging zum Fenster, blickte in den Garten hinab und wartete. Er hoffte, er würde jeden Moment auftauchen, dort unten, auf der Seestraße, auf diesem glänzenden Asphaltband an der Luzerner Bucht. Er würde sofort losrennen, so wie er war, ohne Schuhe, im Schlafanzug, die Treppe hinab und durch die Tür hinaus. Wie früher als Kind stand Varga lange am Fenster, ging erst wieder zurück ins Bett, als er vor Kälte zitterte.

«Sehr geehrte Damen und Herren von der Presse», fing Sibylle Moos, die Leiterin der Pressestelle an. «Wir informieren Sie heute über den aktuellen Stand der Ermittlungen im Tötungsdelikt Marco Kistler.»
Varga drehte sich auf seinem Platz vor dem leicht erhöhten Rednerpult um und sah, dass sämtliche Schalensitze in dem nüchternen, drei Meter hohen Raum besetzt waren. Es mussten an die dreißig Journalisten sein, die mit gezückten Kugelschreibern und Aufnahmegeräten darauf warteten, dass ihnen die Polizei eine gute Story lieferte. Er wusste aus Erfahrung, dass die erste Pressekonferenz immer den größten Rummel verursachte. Nach dem heutigen Tag würden die Journalisten kaum mehr so zahlreich erscheinen – außer es geschah etwas Ungewöhnliches. Varga beobachtete Plüss, der sich gerade mit einer attraktiven Reporterin vom Blick unterhielt. Sie hatte die Eigenschaft, gerne am Rande des Geschehens zu warten, bis alle Fragen erledigt waren, so dass sie Varga anschließend mit Fragen konfrontieren konnte, die sich in der Regel nicht

ganz so leicht beantworten ließen. Währenddessen fasste Moos den Sachverhalt und die bisherigen Ermittlungsschritte routiniert zusammen, wies gekonnt auf die gesuchte Freundin von Kistler hin und beantwortete die meisten Fragen gleich selbst. Als sie die Journalisten abgefertigt hatte, gab sie ihm ein Zeichen, zu ihr ans Rednerpult zu kommen.

«Haben Sie denn eine konkrete Spur, die Sie verfolgen, Kommissar Varga?» Der Mann von der NZZ kam sofort auf den Punkt. In diesem Moment wurde Varga klar, was er als nächstes tun wollte. Der Gedanke war schon die ganze Zeit da gewesen, aber er war nicht an die Oberfläche gekommen. Nicht, bevor der Journalist ihm diese simple Frage gestellt hatte. Aber nun lag es auf der Hand.

«Spur ist ein großes Wort, viel Konkretes haben wir noch nicht», sagte er. Ihm war bewusst, dass seine knappe Antwort nichts war, womit der Mann etwas anfangen konnte, aber Varga befasste sich gedanklich bereits mit Ermittlungen auf Kuba.

Nachdem Varga noch drei weitere Fragen beantwortet hatte, entschuldigte er sich und entging dem Chef Kriminalpolizei, der Leiterin Pressestelle und der Blick-Reporterin, indem er den Raum durch eine Tür hinter dem Rednerpult verließ. Als er auf dem Weg zu Nowak an Blumenthals Büro vorbeikam, klopfte er an. Abraham Blumenthal schaute von seinem Computer auf und lächelte schief, als Varga hereinkam. Varga hatte gehofft, dass er da sein würde. Er ging um ein Bücherregal herum, zog sich einen Stuhl von einem leeren Schreibtisch heran und setzte sich ihm gegenüber.

«Oje», sagte er. «Wenn du kommst und dich so hinsetzt, dann weiß ich, dass es ein langer Tag werden wird.» Das bezog sich auf die meist komplexen Aufgaben, die Varga gewöhnlich direkt bei ihm platzierte, wenn er an einem Fall arbeitete.

«Tut mir leid», sagte Varga mit gespieltem Bedauern. «Heute wird es vielleicht nicht so schlimm. Aber hast du etwas Neues für uns?»

Blumenthal rückte seine Brille zurecht und nickte: «Taucher haben die Glatt in der unmittelbaren Umgebung des Fundortes auf einer Länge von etwa einem Kilometer abgesucht. Sie haben allerlei Zeugs gefunden, aber leider keine Makarov PB. Unergiebig waren auch die weiteren Blutproben, die wir in Kistlers Wagen genommen haben. Auf dem Teppich unter dem Beifahrersitz haben wir zwar einen Blutfleck entdeckt, der nicht von Kistler stammt, aber er ist bereits älter, circa ein Jahr. Doch sag an, was brauchst du?»

«Irgendwas, das aus Kuba stammt», sagte Varga.

Blumenthals Haltung versteifte sich. «Denkst du zum Beispiel an ein mikroskopisch kleines Partikel Erde, das sich just zur Tatzeit aus einem Schuhprofil gelöst haben könnte und sich aufgrund seiner chemischen Zusammensetzung eindeutig der Oberfläche Kubas zuordnen lässt?»

«Du hast's erfasst.»

Blumenthals Augen kehrten zu seinem Bildschirm zurück. «Wusste ich's doch – das wird ein langer Tag.»

Varga liebte es, gegen Abend allein in seinem Büro zu sein und das Tageswerk zu beschließen. Auch heute fühlte er sich wohl, bis auf sein leises Kopfweh. Normalerweise half das Aspirin, es verscheuchte die Schmerzen, doch jetzt wollte nichts helfen, Kistlers Mörder musste er mit Kopfweh jagen. Er lehnte sich auf die Fensterbank und schaute hinaus. Unten auf der Straße dröhnte ein Lastwagen vorbei, der Wind pfiff, noch immer hockten die Spatzen in den nackten Bäumen und trotzten dem nasskalten Wetter. Varga rieb sich über die Bartstoppeln, drehte sich um, zog das Telefon zu sich heran und wählte die Nummer der Schweizer Botschaft in Kuba.

«Was hast du in Budapest vom Aufstand mitbekommen?», fragte ihn sein Stiefvater am zweiten Weihnachtsmorgen.

Varga sah sofort den Leichnam des Panzerfahrers auf dem Asphalt, er lag da wie eine abgenutzte Theaterrequisite, alles schien unwirklich und gekünstelt, die aufgeplatzte Haut, die merkwürdige Körperhaltung, die verkohlte Uniform.

«Nicht viel», antwortete er rasch und wandte sich ab.

Nach dem fünften oder sechsten Klingeln nahm jemand ab. «Embajada de Suiza, digame.»

«Guten Tag, Kommissar Varga, Kriminalpolizei Zürich. Ist der Botschafter zu sprechen?»

«Moment bitte.»

Während er wartete, lauschte er dem Rauschen und Knacken in der Leitung und stellte sich dabei vor, dass die gleichen schäbigen russischen Autos, die in diesem Moment durch Havanna fuhren, vor einem Jahrzehnt auch in seiner Heimat noch ihre Wolken von Auspuffgasen verströmt hatten. «Herr Wagner? Tut mir leid, der Botschafter ist zurzeit nicht im Haus.»

«Sein Stellvertreter?»

«Der Erste Sekretär befindet sich ebenfalls nicht im Haus.»

«Wann erwarten Sie die Herren denn zurück?»

«Das kann ich Ihnen leider ...»

«Los, sagen Sie schon!», bellte Varga.

«Nun, nach dem Tennis wollten sie zum Mittagessen ins ‹La Ferminia›, später eventuell noch rasch zu den Deutschen.»

«Zu den Deutschen?»

«Ja, die haben einen Pool, wissen Sie. Ich würde deshalb meinen, dass sie so gegen vier, fünf Uhr wieder hier sein sollten. Vielleicht nehmen sie aber auf dem Rückweg noch einen Apéro.»

«Verdammt strenges Programm!», schrie Varga und knallte wütend den Hörer auf die Gabel.

«Nicole Mayer ist unauffindbar», sagte Nowak.

Varga drehte sich um und sah sie an.

Sie merkte, dass ihm in diesem Moment nicht klar war, von wem sie sprach. «Kistlers rechte Hand bei Habaniño.» Varga nickte.

«Zur Einvernahme ist sie hier nicht eingetroffen, und die Streife, die wir zu ihr nach Hause geschickt haben, hat nur eine verschlossene Tür vorgefunden.»

Varga schüttelte den Kopf. «Gib eine Suchmeldung raus, sofort.»

«Eine Suchmeldung?»

«Ja, sie muss eng mit Kistler zusammengearbeitet haben. Da dürfte sie auch einiges über ihn wissen. Wir müssen ihr dringend ein paar Fragen stellen. Und meine Knochen sagen mir, dass genau dies eventuell auch jemand anders tun will.»

«Gut.»

Dann deutete Nowak mit dem Kopf auf einen grauen Hefter, der auf Vargas Stuhl lag. «Ich hab dir übrigens Oswalds Bericht über seine Hausdurchsuchung in Kistlers Wohnung und meine Zusammenfassung von Ganz' Reisebericht hingelegt. Bist du noch einen Moment hier?»

Wieder nickte Varga und tippte mit dem Finger auf die Wählscheibe seines altertümlichen Telefons: «Ich will nur noch kurz den ‹courant normal› in Havanna erschüttern.»

Nowak nickte und verließ sein Büro. Als sie sich im Türrahmen umwandte, drehte sich Varga auf seinem Stuhl und lächelte beim Gedanken, dass die Spatzen vor dem Fenster kleinen Geiern ähnelten.

Was, wenn der Mann, der ihn tödlich getroffen hatte, identisch war mit demjenigen, der Kistler auf dem Gewissen hatte? Der Gedanke kam für Varga wie ein Blitz aus heiterem Himmel. Halb betäubt lauschte er, ob er noch atmete, konnte nichts hören, fühlte nur Angst und Furcht. Dann sah er, wie er sich langsam duckte, ernst, verstört, umgeben von Dunkelheit.

6

«Grüezi, Herr Botschafter. Haben Sie einen anstrengenden Tag hinter sich?», fragte Varga.

«Das können Sie so sagen, Herr Kommissar», sagte der Diplomat ohne das geringste Zögern. «Und er ist ja, zumindest für mich hier auf Kuba, noch nicht vorbei.»

Du hast es wohl nicht umsonst in diese Position gebracht, dachte Varga. «Ganz recht. Ich würde mich jetzt nämlich gern mit Ihnen über Marco Kistler unterhalten. Sagt Ihnen der Name etwas?»

«Durchaus. Ich habe Herrn Kistler früher im Jahr hier in Havanna kennen lernen dürfen. Ein hoffnungsvoller junger Mann. Sehr bedauerlich, dass er sein Leben unter so tragischen Umständen verlieren musste.»

Ein weiteres Knacken füllte die Leitung und Varga stellte einmal mehr fest, dass er froh war, nie in den diplomatischen Dienst aufgenommen worden zu sein.

«Wo fangen wir denn an?», fuhr Varga fort.

«Nun, Herr Kistler hat in diesem Sommer mit der Botschaft Kontakt aufgenommen, weil er sich von uns bezüglich des Aufbaus seiner Hilfsorganisation eine gewisse Unterstützung erhofft hatte. Die wir ihm und seiner Organisation in der Folge selbstverständlich auch haben angedeihen lassen.»

«Selbstverständlich.»

«Bitte?»

«Nichts, Herr Botschafter. Welcher Art war denn diese Unterstützung?»

«Das Übliche, würde ich meinen. Unser Sekretär und auch ich haben uns die Zeit genommen, uns von Herrn Kistler über seine geplanten Projekte ins Bild setzen zu lassen und ihn dann auf einige, nun, landesspezifische Eigenheiten hinzuweisen. Schließlich haben wir ihn aber wohl vor allem mit Kontakten unterstützt.»

«Kontakten?»

«Ansprechpartner bei diversen staatlichen wie nichtstaatlichen Stellen, Beamte, Dolmetscher, you name it.»

«Ich verstehe. Und wie oft und bei welchen Gelegenheiten haben Sie Marco Kistler getroffen?»

«Bitte haben Sie Verständnis, dass ich Ihnen dies aus dem Stand leider nicht zu sagen vermag, Herr Kommissar. Kuba gilt zwar gemeinhin als ein eher ruhiger Außenposten, aber wir nehmen doch alle eine Fülle von Terminen wahr – ich müsste nachsehen. Wünschen Sie, dass ich dies für Sie tue?»

«Wenn Sie die Güte hätten, Herr Botschafter, wär ich Ihnen für Ihr Nachsehen aufs Herzlichste verbunden», erwiderte Varga und zwinkerte dabei Nowak zu, die eben mit einer Schachtel Cremeschnitten in der Tür aufgetaucht war.

«Sie hören von mir, Herr Kommissar. Haben Sie noch eine weitere Frage an mich?»

«Ich fang gerade erst an. Ist Ihnen an Kistler irgendetwas aufgefallen?»

«Nein, nichts», antwortete der Botschafter mit einem Anflug von Ungeduld in der Stimme. «Wie gesagt, ich habe ihn als einen jungen Mann wahrgenommen, der auf mich einen dynamischen Eindruck hinterlassen ...»

«Haben Sie eine Idee, weshalb sich Kistler, seines Zeichens Ex-Parteipräsident der Jungen Schweizer Demokraten, also einer strammen Rechtspartei, ausgerechnet in Kuba, einer der letzten Bastionen des Sozialismus, engagieren wollte?», unterbrach ihn Varga.

«Herr Kommissar, eine Vertretung wie unsere ist seit jeher Anlaufstelle für Menschen mit den unterschiedlichsten Anliegen und ich brauche Ihnen wohl nicht zu ...»

«Haben Sie Kistler Kontakte ins Minvec vermittelt?»

«Wer in diesem Land in irgendeiner Weise geschäftlich oder auch karitativ tätig werden will, dürfte am Minvec kaum vorbeikommen. Insofern glaube ich mich erinnern zu können, dass wir Herrn Kistler Kontakte ins Minvec vermittelt haben, ja.»

«Können Sie sich vielleicht auch daran erinnern, ihm Kontakte zu Personen vermittelt zu haben, deren Namen die Initialen AB und E aufwiesen?»

Hörbar enerviert stieß der Botschafter ein leises Seufzen aus. «Herr Kommissar, unsere ersten Kontakte mit Herrn Kistler liegen bereits ein Weilchen zurück. Da können Sie doch bestimmt nachvollziehen, dass mir die von Ihnen gewünschten Details nicht mehr präsent sind, nicht wahr? Ich kann Ihnen aber versichern, dass wir über Aufzeichnungen darüber verfügen, welche Art von Informationen wir Herrn Kistler weitergegeben ...»

«Bestens. Dann klären Sie diesen Punkt doch bitte ebenfalls für mich ab. Meine letzte Frage: Wie schätzen Sie denn die

Möglichkeiten ein, in Havanna Nachforschungen bezüglich Kistlers Tätigkeiten auf der Insel zu einem erfolgreichen Abschluss führen zu können?»

Varga hatte das Gefühl, dass der Diplomat überrascht war, sein Zögern war deutlich spürbar.

«Sie wollen hier vor Ort ermitteln?»

«Erscheint Ihnen dieser Gedanke abwegig?»

Auf diese Frage hin machte der Botschafter eine kleine Pause. Vermutlich überlegt er sich gerade, wie viel angenehmer es gewesen wäre, sich am Pool der Deutschen noch ein paar Daiquirís zu genehmigen und den Anruf aus der Schweiz zu verpassen, dachte Varga.

«Pas du tout», antwortete der Botschafter, der nun plötzlich müde klang. «Grundsätzlich lässt sich wohl sagen, dass sich eine Kooperation mit den hiesigen Ermittlungsbehörden so lange fruchtbar gestalten lasst, als dass keine bedeutsamen kubanischen Interessen tangiert werden.»

Varga ließ den Blick über seinen Tisch wandern. Diese Auskunft kam für ihn nicht unerwartet und war sicher nicht die schlechteste, entsprechend zufrieden war er. «Besten Dank, Herr Botschafter. Noch einen geruhsamen Feierabend und – bis in Bälde.»

Varga schnaufte laut, nickte Nowak zu und sie nahmen sich je zwei Cremeschnitten aus der Schachtel. Während sie aßen, blieben Nowaks Ellenbogen auf dem Tisch. Es sah aus, als bewache sie ihre Schnitten. Manchmal redete sie mit vollem Mund, aber nur deshalb, weil sie aufgeregt war.

«Ich fange mit den Beweisen an, die Oswald in Kistlers Wohnung sichergestellt hat», sagte Nowak. «Wir haben da ein paar ganz interessante Dinge: In Kistlers Ordnern fand sich einiges Material über Habaniño: Statuten, Gründungsprotokoll, Bettelbriefe, Quittungen, Kontobelege ...»

«Kennen wir den aktuellen Kontostand?», unterbrach Varga.

Nowak nickte und blätterte in ihren Unterlagen. «755 000 Franken.»

«Nicht wenig für ein Start-up-Unternehmen. Aber bitte, fahr fort.»

«Kistlers letztjährige Steuerrechnung wurde sichergestellt, die zwei ominösen Polas und je ein Film und ein Video, auf denen, wie es aussieht, Aufnahmen aus Kuba zu sehen sind.»

«Was genau?»

«Anscheinend vor allem Gebäude und Straßenszenen. Alle Aufnahmen scheinen im gleichen Wohnviertel gemacht worden zu sein.»

Varga nickte.

«Dann finden sich auf dem Stadtplan von Havanna insgesamt drei handschriftliche Markierungen, kleine Bleistiftkringel. Eine davon bezeichnet die Lage der Schweizer Botschaft. Was die beiden anderen genau bezeichnen, wissen wir im Moment noch nicht.»

«Und dann ist da noch der Gipskopf.»

«Genau. Die Büste von Frank País. Außerdem ein leerer Bilderrahmen, bei dem sich die Frage stellt, ob er mal ein Bild enthalten hat oder nicht. Plus zwei Schachteln Kondome, eine davon angebrochen.»

Varga lächelte gezwungen und schüttelte den Kopf. «Hat Oswald herausgefunden, wen die Büste darstellt?», fragte er.

Wieder nickte Nowak. «Ja, er ist ebenfalls auf Frank País gestoßen, einer von Fidel Castros wichtigsten Helfershelfern.»

Varga sah sie an. «Helfershelfer?»

Nowak überlegte einen Moment lang. «Soviel ich weiß, hat País die Revolution auf Kuba vorbereitet, während Castro im mexikanischen Exil weilte. Insofern war er für den Comandante sicher eine wichtige Stütze.»

Varga drehte sich zum Fenster und schaute in die Dunkelheit hinaus. «Und wessen wichtigster Helfershelfer war Kistler?», fragte er halblaut.

Fieberhaft klopfte Varga den Gedanken ab, dass Kistler und er ins Visier desselben Mannes geraten sein könnten. Wie wahrscheinlich war diese Möglichkeit? Und bedeutete sie, wenn sie denn überhaupt realistisch war, dass er seinem Mörder schon einmal begegnet war? Wo? Wann? Im Verlauf der Ermittlungen? Oder vorher, als Kistler noch lebte? Er überlegte noch eine Weile im Finstern, dann gab er auf, eine einsame Gestalt, allein und ohne Schatten.

«Zu Ganz: Soll ich dir die Zusammenfassung seiner Aussagen vorlesen?», fragte
Nowak.
«Nicht nötig. Wiederhol einfach nochmals, was für uns wichtig sein könnte.»
Nowak nickte und schlug den Hefter auf. «Blabla ... fliegen Kistler und Ganz an einem Freitagmorgen über Madrid nach Havanna ... Kistler sagt während des Fluges, er sei froh wegzukommen ... weicht Fragen nach den Gründen seines Rücktritts aus, spricht aber von einem Neuanfang ... Die beiden steigen im Hotel Saint John's in Vedado ab ... lernen schon am ersten Abend Kubanerinnen kennen, Namen unbekannt ... diverse Bar- und Club-Besuche, Namen größtenteils ebenfalls unbekannt, frühmorgens Sex in einer privaten Wohnung, die ihnen ein Typ aus dem Hotel organisiert hat ... In den folgenden Tagen Tagwache meist gegen Mittag, Lunch im Hotel, faule Nachmittage am Hotelpool, abends Essen in der Stadt ... Kistler scheint sich kaum für Land und Leute zu interessieren, redet immer wieder von der Schweizer Politik ... von einer neuen Kraft, welche die Probleme des Landes energischer angehen sollte ... Mit neuen Bekanntschaften zweimal in einem Privattaxi an die Playas del Este ... abends essen, trinken, tanzen ... Kistler hat mit einer Kubanerin Streit in einer Disco ... überstürzter Abgang ... Geldknappheit drückt auf die Stimmung ... Am sechsten Tag wirkt Kistler gereizt, abends heftiger Disput in der Hotelbar zwischen Ganz und Kistler ... Thema: das liebe Geld ... zum ersten Mal getrennter Ausgang ... Ganz bleibt mit Begleiterin, Name und Adresse bekannt, in der Nähe des Hotels ... Kistler taucht am nächsten Tag erst spät auf ... ein weißer Lada setzt ihn an der Kreuzung vor dem Hotel ab ... Ganz fällt dabei eine eigenartige Reaktion seiner Herzdame auf, sie spricht von einem ‹bösen› Auto ... Kistler wirkt erschöpft, ist aber euphorisch ... redet von einer

Vision ... ist die letzten Tage noch einmal eine Nacht allein unterwegs, wird aber von keiner Frau mehr begleitet ... redet von Ferien, Erfahrungen, die sein Leben verändert haben ... trägt ein Buch über die kubanische Revolution mit sich herum ... trifft vor dem Rückflug im Flughafen von Havanna Schweizer, die er offenbar kennt, kurzes Gespräch ... sagt im Flugzeug, dass er wieder zurück nach Kuba will ... eine Vision warte darauf, von ihm umgesetzt zu werden ... verrät Ganz nichts von seiner Vision, ist aber wieder besserer Laune ... zitiert wiederholt Fidel Castro ... Ganz bemerkt Kistlers Veränderung, kann sich aber nicht erklären, was sie ausgelöst hat ... sicher nicht der Rum, so viel habe er nicht getrunken.»
Varga seufzte. Mehrere Fragen machten ihm zu schaffen. Zum einen Kistlers Veränderung. Was hatte er in Havanna erlebt? Und hatte er dieses Erlebnis – was immer es war – vielleicht bewusst gesucht? Zum anderen fragte sich Varga, wieso Kistler sofort wieder nach Kuba zurückkehren wollte. Es schien klar, dass Erlebnis und Rückkehr in einem Zusammenhang standen. Wie aber sah der aus?
«Varga?»
«Hm?»
«Was, wenn Kistler in der fraglichen Nacht ganz einfach eine hübsche jinetera in ihr barrio begleitet, dort in einem Plattenbau ihre armseligen Lebensumstände mitbekommen und dann spontan beschlossen hat, ihr und ihren Kindern zu helfen?» Varga seufzte.
«Wer weiß. Vielleicht ist es so einfach.» Dann blickte er Nowak unverwandt an. «Aber ich glaube nicht, dass es so war. Wieso soll sich ein Typ wie Kistler, der immer die Macht suchte und nicht mal Tiere mochte, plötzlich für kleine, dreckige, kubanische Kinder einsetzen?»
«Eine Kinderhilfsorganisation als Deckmantel?»
«Wieso nicht? Oder eben doch nur eine stinkbanale Liebesgeschichte inklusive einem Bruder oder Cousin, der unter einem pathologischen Beschützerinstinkt leidet. Soll da unten ja immer wieder mal vorkommen ...»
Varga fühlte sich seltsam, er war müde, erschöpft, sein Gesicht glühte, in seinem Kopf trommelte ein einzelner Schlagzeuger,

harsch und pochend, wie der «Drummer Man» bei Hitchcock, vor seinen Augen explodierten Feuerwerkskörper und er hasste Kistler, Kuba, die Kommunisten, die ganze verdammte Welt. Merkwürdig, die Faszination, die ein schweres Verbrechen ausstrahlt, dachte er sachlich und schüttelte den Kopf, damit es drin klarer wurde. Er brauchte ein Aspirin, besser gleich zwei oder drei. Varga sah auf die Leuchtziffern des Radioweckers, nahm den Zauberwürfel vom Nachttisch und schwang sich aus dem Bett. Als er am Fenster vorbeiging, hatte er plötzlich das Gefühl, etwas vergessen zu haben. Die Fensterläden waren geschlossen, die Vorhänge zugezogen, nur an den Seiten kam Licht durch. Varga blieb stehen, hielt den Vorhang einen Spalt auf und sah durch die Ritzen auf die Straße hinunter. Ein großer Volvo rollte träge hinter seinen Polo und löschte die Scheinwerfer, niemand stieg aus. Arschlöcher, dachte er und drehte eine Weile erfolglos am Zauberwürfel. Als er den Vorhang losließ und in die Küche ging, fragte er sich, was die Kubaner wohl unter einem «bösen» Auto verstanden.

Das Paar tanzte an einer Häuserreihe vorbei, die in den Farben Lemon, Rosé, Purpur und Aquamarin leuchtete und wie ein schreiendes Bühnenbild wirkte, es tanzte unter Marmorkolonnaden und immer weiter über einen breiten Boulevard, den eine Hafenmole vor den anrollenden Wellen des schwarzen Ozeans schützte. Es tanzte weiter und immer weiter und hinter ihm erstrahlte ein tropischer Himmel in dunkelblau eingefasstem Gold.

Als Varga am frühen Morgen aus dem Schlaf schreckte, hatte er das Bild des Paares noch einen Moment lang vor sich, sah, wie es über den Malecón tanzte. Plötzlich tauchte hinter ihm aus dem Nichts ein Wagen auf. Es war ein schäbiger weißer Lada, der schwarzen Rauch hustete und langsam auf die Tanzenden zurollte. Irgendwann war er hinter ihnen, holte sie ein und das Paar löste sich auf in Rauch und Nacht, während der Mond den Unbeteiligten markierte.

Himmelarsch, er brauchte Zeit, nur ein bisschen Zeit, nur noch ein bisschen Zeit …

Ein älterer, unausgeschlafener Wachtmeister nickte Varga zu, als er kurz vor sechs durch den Haupteingang ins Kripo-Gebäude kam. Oben in seinem Büro wartete Blumenthal bereits auf ihn.

«Morgen, Herr Doktor. Na, fängt mein Tag für einmal gut an?»

Blumenthal war offensichtlich perplex. Mit hochgezogener Stirn schien er ihn, den dünnen Mann im braunen Anzug, dem er vor zwanzig Jahren zum ersten Mal bei der Lösung eines Falles beigestanden hatte, zu taxieren.

«Soll ich dir eine Cola holen?», fragte der Wissenschaftler.

«Gleich. Zeig mir lieber erst all die kubanischen Krümel und Bazillen, die du rund um den Tatort aufgelesen hast.»

Blumenthal schüttelte den Kopf. «Da war nichts von alledem, leider.»

Varga ließ sich in seinen Stuhl fallen, lehnte sich zurück und faltete die Hände über dem Bauch. «Tja, das muss ja nicht heißen, dass die Bösen nicht doch von der Insel kommen, oder?»

Zehn Minuten später leerte Varga zum Frühstück zwei Dosen Cola. Der Himmel war nicht heller geworden, und ein leichter Sprühregen wischte über die Fenster. In der beruhigenden Einsamkeit seines dunklen Büros verfluchte er einmal mehr den Papierkram, als plötzlich das Telefon zu rasseln begann. Der Kommissar griff nach dem Hörer. Es war Nowak.

«Hess und Hüppi haben Elena aufgestöbert. Das Mädchen hat zwar noch keinen Nachnamen, dafür sagt ihr der Name Kistler was.»

«Was mir definitiv lieber ist als umgekehrt», sagte Varga und schnappte sich seine Jacke.

Um ein Haar stieß Varga mit Plüss zusammen, als er den Gang hinunterhetzte. Mit seinem schmalen, knochigen Gesicht, dem sauber gestutzten Schnäuzer und dem Hauch von Kölnischwasser, der ihn umgab, wirkte der Chef Kriminalpolizei wie der Führer seiner persönlichen ureigenen Sekte. Er versperrte Varga den Weg, hielt ihn mit einer Hand am Ärmel und strich ihm mit der anderen übers Revers.

«Na, wie kommen wir denn voran?»

«Darüber sollten wir später …»

Plüss bewegte kurz den Zeigefinger hin und her, doch Varga entwand sich seinem Griff, schob sich an ihm vorbei und ab in den nächsten Lift.

«… ausführlich reden, Chef.»

Elena war eine Blondine Mitte zwanzig, deren kurvenreicher Körper in einem silbernen Paillettenkleid steckte, das sich eng um ihre Hüften spannte. Regungslos stand sie mit verschränkten Armen in einer Ecke des Einvernahmezimmers und dachte nicht im Traum daran, Hess, Hüppi, Nowak und Varga das betörende Lächeln zu schenken, das ihr Mund erahnen ließ.

«Varga, Kriminalpolizei Zürich. Wir haben ein paar Fragen an Sie.»

Elena legte ihren Kopf zur Seite, und ihre grünen Augen musterten den Kommissar. «Ich wüsste nicht, wie ich Ihnen helfen könnte.»

«Wissen Sie denn, wieso Sie hier sind?»

«Frauen haben bekanntlich nur dann mit der Polizei zu tun, wenn ein Mann im Spiel ist», gab sie zurück.

Varga betrachtete Elena und fokussierte die Goldimitationen, die an ihren Armen glitzerten. «Sie stammen nicht von der Perle der Antillen, oder?»

Elena runzelte kurz die Stirn und schüttelte dann ihren hübschen Kopf. «Wo ich herkomme, da trinkt man keinen Rum, sondern Wodka.»

«Russland?», fragte Hess.

«Kiew liegt in der Ukraine», antwortete Elena, ohne ihn anzuschauen.

«Sagt Ihnen der Begriff Habaniño was?», fuhr Varga mit seiner Befragung fort.

«Nein.»

«Marco Kistler?»

«Leider tot.»

«Woher kannten Sie ihn?»

«Aus dem ‹Calypso›. Er kam eine zeitlang zwei- oder dreimal die Woche hin.»

«Und?»

«Was und?»

«Wie nahe standen Sie sich?»

«Schwer zu sagen. Er war sicher kein Durchschnittsschweizer.»

«Was meinen Sie damit?»

«Er wusste, wie man das Leben genießt, feierte gerne, redete und trank viel, tanzte auf den Tischen und verteilte unter uns Mädchen großzügige Trinkgelder. Und er war gut im Bett.»

Hess hustete.

«Ich mag solche Männer.»

«Fesselspiele?», fragte Varga nach.

«Sie haben bei ihm Handschellen gefunden? Denken Sie, was Sie wollen – möglicherweise stimmt es sogar.»

Varga nickte und fuhr fort: «Führten Sie so was wie eine Beziehung?»

«So was Ähnliches jedenfalls.»

«Haben Sie und Marco mal über Kinder geredet?»

Sie schüttelte den Kopf.

«Wann haben Sie ihn denn zum letzten Mal gesehen?»

Elena überlegte kurz.

«Das muss Monate her sein. Er war noch Präsident dieser Partei.»

«Hat er Ihnen damals etwas über seinen geplanten Ausstieg aus der Politik oder seine Kuba-Reise erzählt?»

«Nein, nichts. Das kam auch für mich überraschend. Allerdings …»

«Ja?»

«Wir hatten im Frühling eine schwierige Zeit. Wir sahen uns nur noch selten, und wenn er mal bei mir auftauchte, dann erst mitten in der Nacht. Er war unruhig, hatte kaum mehr Lust auf Sex, konnte stundenlang nicht einschlafen, litt unter Albträumen.

«Haben Sie sich dabei denn was gedacht?»

«Dass er wohl Stress hat.»

«Stress aus welchem Grund?»

«Keine Ahnung.»

Varga nickte. «Was wissen Sie über sein Ableben?»

«Nur das, was im Blick stand.»

Varga drehte sich kurz zu Nowak um. «Haben Sie sonst noch etwas für uns, das wir erfahren sollten?»

Wieder dachte Elena kurz nach. «Vor ein paar Wochen hat er mich aus Kuba angerufen. Er hat mir gesagt, dass ich besser sei als die Kubanerinnen.»

«Was für ein nettes Kompliment. Aber danke, das ist vorerst alles.»

Varga verabschiedete sich von Elena und verließ das Zimmer. Im Lift fragte er sich, ob sie ihn wohl als Durchschnittsschweizer einstufte.

Es war halb neun. Varga lehnte an der Heizung und beobachtete durch das verregnete Fensterglas die paar kleinen Gestalten, die sich über den nassen Asphalt bewegten wie Kähne bei Wellengang. Nowak kam von der Einvernahme zurück, drückte Varga eine Cola und einen Zettel in die Hände und setzte sich auf die Schreibtischkante. «Das ist die Telefonnummer von einem unserer Wachtmeister. Der Mann ist mit einer Kubanerin verheiratet. Ich dachte mir, dass sie uns vielleicht sagen kann, was genau ein ‹böses› Auto ist. Sie heißt Zeller, Damaris Zeller.»

«Wünsch dir was, Nowak, ich mach's möglich.»

Varga vermisste seinen Vater. Immer wieder hörte er die Flaschen, die er entkorkte, die Zeitungen, in denen er blätterte, den großen Weltatlas, den er zuschlug, nachts. Hin und wieder trös-tete er sich mit dem Gedanken, mit dem Zug nach Luxemburg zu fahren, dort in ein Flugzeug der Loftleidir zu steigen und via Island nach Amerika zu fliegen. Die Abfahrtszeiten der Züge und der Flieger kannte er auswendig, einen Stadtplan von New York hatte er sich für alle Fälle unter sein Bett gelegt.

«Zeller, guten Tag?»

Die Frau des Wachtmeisters hatte den Akzent und die Stimme einer jungen Kubanerin.

«Sie wollen also von mir wissen, was für uns Kubaner ‹böse› Autos sind, Herr Kommissar?», fragte sie, nachdem ihr Varga den Fall in groben Zügen umrissen hatte. «Bueno, Herr Kommissar», sagte sie. «‹Böse› Autos sind entweder solche, deren Scheinwerfer, Kühlergrill und Stoßstange eine Art Gesicht bilden, das wir als unfreundlich empfinden. In aller Regel sind das alte amerikanische Straßenkreuzer aus der Zeit vor der Revolution. ‹Böse› können aber auch Autos sein, die dem Staat gehören. In Kuba gibt's Nummernschilder in einer ganzen Reihe von Farben, müssen Sie wissen.»

«Aufgrund der Farbe des Nummernschildes lässt sich also sagen, wem das Auto gehört?», fragte Varga weiter.

«Genau. Private Wagen fahren mit gelben Nummernschildern herum, Touristen mit roten, grüne Schilder deuten auf Staatseigentum hin, schwarze sind Diplomaten vorbehalten, auf blau hat allein der Bärtige Anrecht.»

«Ein weißer Lada mit grünen Nummerschildern ist also ‹böse›?»

«Der kann ‹böse› sein, muss aber nicht. Neben dem Wagentyp und der Farbe der Nummernschilder gibt's noch weitere Merkmale, die uns etwas sagen und auf die wir entsprechend achten.»

«Wie zum Beispiel?»

«Zustand des Wagens, Sauberkeit, Funkantennen, Insassen.»

«Interessant.»

«Typisch kubanisch halt», entgegnete sie mit einem melancholischen Unterton.

«Wenn nun Kubaner meinen weißen Lada als ‹böse› bezeichnet haben, für welche staatliche Stelle könnte er in dem Fall unterwegs gewesen sein?», fuhr Varga fort. «Na ja, am ehesten für die Policía Política, würd ich mal sagen.»

«Stasi?»

«Stasi.»

«Danke.»

Varga wollte schon den Hörer auflegen, als er sie noch einmal ansprach.

«Sí?»

«Mir ist gerade noch etwas eingefallen. Kennen Sie sich in Havanna aus?»

«Ich bitte Sie! Ich bin in Havanna geboren, aufgewachsen und erst aus der schönsten Stadt der Welt abgehauen, als mir mein Schweizer Mann ein Leben in Zürich angeboten hat.»

«Wären Sie in diesem Fall bereit, sich mit mir ein paar Fotos und einen Stadtplan von Havanna anzusehen?»

«Claro que sí! Wie Sie wissen, steh ich auf Zürcher Polizisten.»

Als Varga den Hörer auflegte, lächelte er.

«Ich wünsch mir gerade ein paar Tage unter tropischer Sonne», sagte Nowak, als Varga seinen Kopf in ihr Büro steckte.

«Wie gesagt, ich mach's möglich. Klär doch in dem Zusammenhang bitte gleich mal ab, was für ein Papierkrieg auf uns zukommt, wenn wir in der Sozialistischen Republik Kuba ermitteln wollen.»

Nowak dachte einen Moment lang nach, dann schüttelte sie den Kopf. «Das größte Problem dürfte sein, da überhaupt hinzukommen. Plüss wird von dem Plan kaum begeistert sein.»

«Plüss ist eine Pfeife.»

«Wenn ich nur nicht so schlecht träumen würde in letzter Zeit», sagte Nowak.

Varga sah auf.

«Zwei-, dreimal pro Nacht irre ich durch einen Wald. Am Ende steh ich immer im Zwielicht auf einer Lichtung und starre in das tiefe, fast schwarze Wasser eines kreisrunden, vollkommen stillen Sees. Unheimlich.»

«Mein Vater deutete früher meine Träume», entgegnete Varga, «und wenn mein Traum schlecht war, fand er eine Deutung, die mir die Angst nahm. Wer weiß – vielleicht wartet auf dem Grund deines Sees ja ein gutaussehender kubanischer Rettungstaucher auf dich.»

Nowak lachte. «Und die Methode deines alten Herrn hat tatsächlich funktioniert?»

Entgegen Nowaks Warnung, wonach Kubanerinnen für ihre notorische Unpünktlichkeit bekannt und berüchtigt wären, wurde Damaris Zeller um Schlag elf von einer Beamtin ins große Sitzungszimmer geführt. Sie war eine dunkle, attraktive Frau um die dreißig mit einer Perlenkette um den Hals, goldenen Herzchen an den Ohren und einem feuerroten Kunstledermantel am Körper.

«Guten Tag, die Damen und Herren», sagte sie in die Runde, «Herr Kommissar, was wollten Sie mir denn zeigen?», zu Varga, den sie auch ohne Vorstellung sofort erkannt hatte.

«Danke, dass Sie gleich hergekommen sind, Frau Zeller», begrüßte er sie. «Wir haben einen Film, ein Video und drei Markierungen auf einem Stadtplan, die wir Ihnen gerne zeigen möchten. Wenn Sie etwas von dem, was Sie sehen, erkennen, dann wären wir sehr dankbar, wenn Sie uns dies mitteilen würden.»

Damaris Zeller nickte und Hess löschte das Licht.

Vollkommen reglos kauerte Varga in stummem Gebet auf einem steinigen Weg. Plötzlich hörte er Geknatter. Er hob den Kopf. Ein Seitenwagen tauchte wie ein dreibeiniges Gespenst aus dem Dunkeln auf. Das Gefährt raste an ihm vorbei, eine Staubwolke hinter sich herziehend. Varga starrte auf den Fahrer und den Beifahrer in schwarz glänzenden Lederjacken, nahm das Grinsen in ihren Gesichtern wahr, dann das Baby in den Armen des Beifahrers. Er rührte sich nicht vom Fleck, sondern wartete und horchte auf das Motorengeräusch. Nichts. Lange danach hörte er wieder seine innere Stimme. A question of time.

«Nowak?», flüsterte Varga, während Bilder von kubanischen Häusern und ganzen Straßenzügen über die Wand flimmerten, ein schreiend buntes Ensemble, das ihn sein Kopfweh wieder spüren ließ. Sie wandte sich zu ihm um und sah ihn an.

«Nur so eine Idee: Check doch bitte mal, wer vergangene Woche alles mit Kistler im Flieger saß, ja?» Nowak nickte.

Nachdem Hess wieder Licht gemacht hatte, holte er für Damaris Zeller einen Kaffee. Sie bedankte sich, nahm einen Schluck, stand auf, lehnte sich gegen den Tisch und begann, die Bilder zu kommentieren. «Keine Frage, die Aufnahmen sind in Kuba entstanden. Sie zeigen ein Viertel von Havanna namens Siboney. Ich persönlich kenne Siboney leider kaum, aber ich bin mir sicher, dass die Aufnahmen dort entstanden sind.»

»Haben Sie irgendwas erkennen können?«, begann Varga.

Sie schüttelte den Kopf. «Siboney ist eines der exklusivsten Viertel der Stadt. Als gewöhnlicher Kubaner hat man kaum je in dieser Ecke zu tun. Dort leben spezielle Leute.»

«Was für welche denn?», wollte Varga wissen.

«Viele Ausländer, Diplomaten, Geschäftsleute. Aber sicher auch hohe kubanische Politiker, Beamte und Militärs. Genaueres weiß ich nicht.»

«Und was könnte Ihrer Meinung nach einen Schweizer nach Siboney führen?»

Sie zuckte mit den Achseln. «Geschäfte wahrscheinlich.»

«Geschäfte», wiederholte Varga leise und suchte das Viertel auf dem Stadtplan von Havanna.

«Folgen Sie der Küstenstraße Malecón in Richtung Westen, bis sie von einem Tunnel verschluckt wird. Auf der anderen Seite durchqueren Sie Miramar, ebenfalls ein feines Viertel, anschließend folgt, an einem sanft gegen das Meer abfallenden Hang gelegen, Siboney», half ihm die Kubanerin.

Varga klopfte mit dem Zeigfinger auf die Karte, als er den Schriftzug mit dem Namen gefunden hatte.

«Siboney, ein Schweizer, die Stasi – ist das für Sie eine Mischung, die irgendeinen Sinn ergibt?», fragte er weiter.

Wieder zuckte sie mit den Achseln. «Der Schweizer dreht in einer der Villen ein krummes Ding und die Stasi kriegt es mit.»

Varga stand in einem Zimmer, das einen derart weiten Blick auf das Wasser bot, dass es für einen Jungen, der mit Piratengeschichten aufgewachsen war, so was wie ein Theater der Phantasie war. Allerdings irritierte es ihn, dass er einen Moment lang glaubte, es wären die Wellen der Donau, die das Ufer beleckten – und nicht diejenigen des Vierwaldstättersees.

Als Hess den Stadtplan von Havanna an die Wand projizierte, bekam Varga von Nowak einen Zettel zugeschoben:

> *Residenz des Schweizer Botschafters liegt in Cubanacán, ganz in der Nähe von Siboney.*

Vargas Miene hellte sich auf. «Da wird Ihrer Exzellenz aber das Herz aufgehen.» Nowak schaute ihn von der Seite her an. «Weil sie uns durch ihr Quartier führen darf?»

«Weil sie den einen oder anderen Poolplausch bei den Schwaben verpassen wird.»

«Noch ein paar Fragen, Frau Zeller», sagte Varga und wies mit dem Kopf auf den Stadtplan von Havanna.

«Sie wollen von mir wissen, was die Kringel bezeichnen, nicht wahr?», entgegnete sie und bewegte sich langsam auf die Wand zu. «Tut mir leid, viel kann ich Ihnen dazu nicht sagen. Der hier liegt in Siboney. Der da an der Quinta Avenida in Miramar. Das könnte übrigens die Schweizer Botschaft sein, die liegt etwa auf der Höhe. Der dritte befindet sich unmittelbar hinter dem Hotel Nacional in Vedado. Soweit ich mich erinnere, könnte der ein ziemlich vornehmes Bürogebäude bezeichnen.»

Varga wartete, bis sie sich umdrehte, und nickte ihr dann zu.

«Alle Kringel liegen in besten Wohngegenden. Jeder Kubaner würde sich dabei etwas denken.»

«Ja? Was denn so?»

«Na ja, das sind alles Adressen, an denen nur ein kleiner, ausgewählter Kreis von Kubanern oder aber Ausländer zu tun haben. So was erregt bei uns immer Misstrauen.»

Varga nickte. «Haben Sie noch mehr für uns?»

«Gut möglich, dass es eine Verbindung zwischen einem der Gebäude, die im Video zu sehen sind, und dem Kringel in Siboney gibt.»

«Das werden wir natürlich überprüfen», entgegnete der Kommissar und blätterte in seinen Unterlagen. «Noch was anderes: Was könnte 8632678 für eine Nummer sein?»

«Eine Telefonnummer, würde ich sagen. Die kubanischen Nummern sind sechsstellig und 8 ist die Vorwahl von Havanna.»

«Lässt sich die Nummer irgendwo nachschlagen?»

«Vorausgesetzt, die Revolution hat in diesem Jahr genug Papier für Telefonbücher hervorgebracht.»

«Gut. Und was wissen Sie über Frank País?»

Damaris Zeller runzelte die Stirn. «Einer unserer vielen Helden. Er hatte in Santiago eine Untergrundbewegung aufgebaut, die gegen General Batistas Regime kämpfte. Im Kampf wurde er dann von der Polizei getötet. 1957, wenn ich mich nicht täusche.»

«Hundert Punkte.»

Sie lächelte. «In unserem fortschrittlichen Land muss jedes Kind solche Geschichten auswendig lernen.»

«Können Sie uns denn auch sagen, was País zu etwas Besonderem machte?»

Zeller überlegte kurz. «Soweit ich weiß, zeichnete er sich durch seine Jugendlichkeit, seinen Mut und seine Ausstrahlung aus.»

«Welcher Revolutionär nicht?», brummte Varga leicht unwirsch. «Ich will wissen, was País eigen machte», hakte er nach.

Damaris Zeller musterte ihn neugierig. Varga vermutete, dass sie eine Frau war, die Männer gut einschätzen konnte. Aber gleichzeitig schien er, der stille, schmächtige Kommissar, nur schwer fassbar für sie. Du bist ein Fuchs, und zwar ein ziemlich scharfer, las er in ihrem Blick. Ob du dich erst in aller Ruhe an dein Opfer herantastest und es dann mit charmant gestellten Fragen in die Ecke drängst – deine dunklen Augen rufen im selben Moment: Widerstand zwecklos, keiner entkommt mir! Sicher erriet sie auch, dass er aus der Großstadt kam, vielleicht konnte sie sogar den Gassenduft der Barbaren an ihm riechen. «Na gut», sagte sie schließlich, «dann würde ich sagen, dass Frank País so was wie der ideale Vorbereiter war.»

Der gelbe Himmel und die Mücken freuten Varga, weil sie bedeuteten, dass er nicht im Vierer seiner Kantonsschule saß und durch den Vierwaldstättersee pflügte, sondern in dem kleinen Ruderboot, das er für ein paar Forint am Steg gemietet hatte. Er ruderte den ganzen Tag auf der Donau auf und ab, schaute auf den Fluss, rauchte und trank Bier, bis die Hügel in der Ferne ihre Farbe änderten. Später, als er das Boot abgegeben hatte und die Sonne schon hinter den Bäumen leuchtete, stand er am Ufer und dachte, wenn man die Welt anhalten könnte, dann würde er es in diesem Moment tun.

«Du?»

Varga blickte auf und sah Nowak in der Tür seines Büros stehen. Hinter ihr konnte er Hess und Hüppi auf dem dunklen Gang erkennen.

«Was denn?», fragte er, als sie auch schon auf seinen Tisch zusteuerte.

«Lies mal», sagte Nowak und reichte Varga ein Papier, auf dem zwei Zeitungsartikel zusammengestellt waren. Varga überflog nur die handschriftlichen Überschriften: «1976 wurden bei einem Bombenanschlag auf die Cubana Airlines, Flug 455, 73 Menschen an Bord getötet. 1997 explodierten in fünf Hotels in Havanna Bomben, im Hotel Copacabana stirbt ein italienischer Tourist.»

«Kistler hat doch davon gesprochen, eine Bombe platzen zu lassen», begann Nowak. «Wäre es nicht denkbar, dass er diese Serie fortsetzen wollte?»

Varga sah sie an. «Junger Schweizer Rechtsaußen bombt Fidel weg?»

Nowak grinste.

«Die Theorie ist nicht von dir, oder? Von Hüppi?»

Nowak schüttelte den Kopf.

«Bleibt Hess. Wie auch immer – sie scheint mir so weit hergeholt, dass sie vorerst lieber unter uns bleiben sollte.»

Varga lehnte sich in seinem Stuhl zurück und schaute durchs Fenster hinaus in den Regen. «Dass Kistler etwas mit irgendwelchen militanten anticastristischen Exilkubanern, geschweige denn mit der CIA am Hut hatte, ist gaga. Die Typen dürften an Schweizer Bankern interessiert sein, aber doch kaum an Ex-Tennisprofis. Hingegen glaube ich, dass er auf Kuba so was wie eine Erleuchtung hatte.»

«Eine Erleuchtung? Wie meinst du das?»

«Gemäß Elena hatte er im Frühling so viel Stress, dass er bei diesem ukrainischen Vollblutweib keinen mehr hochbrachte. Was angesichts dieses Mädels bedeutet, dass sein Stress ziemlich groß gewesen sein musste. Auf jeden Fall verabschiedet er sich in dieser Zeit völlig überraschend von der Spitze seiner Rechtspartei, um ausgerechnet in eines der letzten Paradiese der Linken zu fliegen. Das allein ist schon eigenartig. Es wird aber noch eigenartiger: In Havanna macht er zwar das touristische Programm jedes Durchschnittseidgenossen mit, scheint im Unterschied zu diesem aber auch in exklusivsten Zirkeln zu verkehren und in einem bösen Stasi-Lada unter Palmen herumzukurven. Möglicherweise sind es genau diese Zirkel, in denen er etwas erlebt hat, das ihn packte und ihm eine neue Richtung gab – ich nenne es Erleuchtung. Die könnte zwar durchaus in irgendeiner Verbindung mit dem Kinderhilfswerk stehen, aber eigentlich gehe ich davon aus, dass Habaniño so was wie eine gigantische Blendrakete ist.»

«Wegen Habaniño allein dürfte auch kaum einer mit einem seltenen Föhn aus längst vergangenen Sowjetzeiten erschossen werden», sagte Nowak in die kurze Pause. «Doch natürlich, möglich wäre auch das», korrigierte sie Varga. Und fuhr nach einer weiteren Pause fort: «Wir müssen jetzt vorankommen und zwei entscheidende Fragen beantworten. Erstens: Was hat Kistler im Frühling so viel Stress bereitet, dass er aus Amt und Würden ausgeschieden und ausgerechnet ins andere Lager geflüchtet ist? Die Ursache muss drängend gewesen sein. Zweitens: Was hat ihn auf Kuba erleuchtet? Wohl kaum die barmherzige Jungfrau von Cobre ...»

«Hast du die Iberia-Passagierliste schon?»

Nowak schüttelte den Kopf. «Wie denn auch?»

«Keine Ahnung, aber mach jetzt bitte Druck. Und kümmere dich auch gleich um die Telefonnummer in Havanna – ich will alles über diesen Anschluss wissen. Das Gleiche gilt für die Adressen auf dem Stadtplan. Organisiere eine Übersicht, was für Leute in Siboney zuhause sind. Halte dich an Zeller, die Botschaft, von mir aus an Fidel höchstpersönlich.»

«Sonst noch was?»

«Schieb den Papierkram und die Abklärungen bezüglich der Zusammenarbeit mit Kuba an Hess ab.»

«Zu dem Punkt hätte ich schon was», sagte Nowak.

«Was denn?»

«Zwei Basler Kollegen waren vor einem Jahr in Havanna. Ein Schweizer war am helllichten Tag vom Balkon eines Stundenhotels auf die Strasse gestürzt und hatte sich beim Aufprall den Hals gebrochen. Dabei bestand der Verdacht, dass ihm jemand über das Geländer geholfen haben könnte.»

«Der Verdacht hat sich im Verlauf der Ermittlungen dann allerdings nicht erhärtet.»

«Kennst du …?»

«Nein, aber grundsätzlich lässt sich eine Kooperation mit den Ermittlungsbehörden so lange fruchtbar gestalten, als dass keine bedeutsamen kubanischen Interessen tangiert werden. Das Tourismusgeschäft ist für die Cubanos aber von allerhöchstem Interesse.»

Nowak nickte. «Auf jeden Fall würden uns die Basler unterstützen.»

«Nett von ihnen.» Und ungeduldiger: «Nowak, wann krieg ich Resultate auf den Tisch?»

«Ist ja gut, ich bin schon weg.»

Vor Ráczkeve war das Wasser der Donau mal blau, mal grün, mal grau, manchmal auch braun, je nach Tageszeit. Varga lag am Ufer, schaute in das letzte Licht der Dämmerung und dachte daran, dass er morgen wieder rudern und baden würde, als er ein fernes Grollen vernahm, das vom offenen Wasser her kam. Noch nie hatte er am Ufer unten etwas Ähnliches gehört. Es war ein Dröhnen, das wie ein riesiger Lastwagenmotor klang, nein, mehr wie ein ganzes Heer von Lastwagenmotoren. Varga stützte sich auf seine Arme, und in diesem Moment tauchte etwas aus der Dunkelheit auf, eine grosse altertümliche Jacht, die wie in einem Traum langsam an ihm vorbei und auf die Insel zuglitt. Überall auf den Aufbauten standen, lehnten und lagerten Dutzende von Männern in Uniformen und glänzenden Stiefeln, bärtige, rauchende, wild und entschlossen aussehende Gesellen mit Patronengürteln über der Brust und Gewehren in den Händen. Varga fixierte einen Mann, der auf dem Oberdeck postiert war und schaute ihm nach, bis die Nacht das Schiff verschluckte.

In seinem Dunkel raffte Varga sich auf, versuchte, auf dem vorgegebenen Weg zu bleiben, auch wenn er wusste, dass er ins Nichts führte und dort wohl einfach irgendwann aufhörte. Vor ihm dehnten sich die Häusermeere von Budapest, Zürich und Havanna. Es waren die vereinzelten Ausblicke aufs Wasser, mal im Licht, mal im Schatten, die ihn an Menschen und Ereignisse erinnerten, an sein Leben, seinen Beruf und auch an seinen letzten Fall. Varga lehnte sich dagegen auf, dass ihn nach dem Verlust seines Körper auch sein Geist verließ, verscheuchte das Bild von Castros Revolutionären, die auf einer Donauinsel landeten, und schritt langsam weiter, lautlos und schlurfend, bar jeder Anmut und Gnade.

Um fünf Uhr saß Varga in einem der Schalensitze neben dem Getränkeautomaten auf dem Flur und trank eine Cola. Es war der vierte Tag des Falls, und es ärgerte ihn, dass er dem Mörder von Marco Kistler noch kaum dichter auf der Spur war als in dem Moment, in dem er Kistler an der Glatt unten im Audi hatte liegen sehen. Alles, was er für seine Ermittlungen vorzuweisen hatte, waren vage Indizien, die in Richtung Kuba deuteten, ausgerechnet in Richtung Kuba. In diesem Moment trat eine Angestellte aus dem Lift, kam auf ihn zu und lieferte ihm einen Umschlag ab. Varga wusste bereits, was er enthielt, als er nach ihm griff. «Hoffentlich hast du was für mich, Nowak», brummte er.

«Guten Abend, Herr Kommissar. Ich hatte gehofft, Sie noch zu erreichen.»
 «Für uns Polizisten und Diplomaten endet der Dienst doch nie. Aber was haben Sie für mich, Herr Botschafter?», fragte Varga.
 «Die gewünschten Informationen.»

«Ich bin ganz Ohr.»

Der Diplomat schien ein Papier aufzufalten, bevor er mit seinen Ausführungen begann. «Marco Kistler dürfte sich in diesem Jahr im Zeitraum von Juni bis Oktober insgesamt mehr als ein Dutzend Mal mit der Botschaft in Verbindung gesetzt haben. Ich selber habe ihn fünf Mal persönlich getroffen, zuletzt am 6. Oktober zu einem Mittagessen. Nach einem ersten unverbindlichen Treffen drehte sich die Diskussion in den weiteren Meetings jeweils vor allem um die Frage, welche Art von Unterstützung ihm die Botschaft beim Aufbau seiner Kinderhilfsorganisation angedeihen lassen könnte. Wir haben ihm in der Folge, wie Ihnen gegenüber bereits erwähnt, unter anderem eine Reihe von Kontakten auf kubanischer Seite vermittelt. Insbesondere haben wir ihm Kontakte ins Minvec vermittelt. Leider geht aus unseren Aufzeichnungen nicht hervor, ob auch Beamte dabei waren, deren Namen die Initialen AB oder E haben.»

Varga bedankte sich als erstes für seine Bemühungen und ging dann seine Notizen noch einmal durch.

«Sie sagten, Kistler hätte sich mehr als ein Dutzend Mal bei Ihnen gemeldet. Das scheint mir recht viel zu sein, oder nicht?»

Einen Moment lang war nur ein Knacken in der Leitung zu hören.

«Das können Sie durchaus so sehen.»

Beim nächsten Knacken spürte Varga, wie sich seine Sinne plötzlich schärften. «Und Sie sind sicher, dass Sie Anfang Oktober zum letzten Mal mit Kistler essen waren?»

«Dies entnehme ich zumindest meinen Aufzeichnungen.» Der Diplomat hatte mit seiner Antwort keine Zehntelsekunde gezögert.

«Kein weiterer Termin mehr vor seiner Abreise?»

«Glauben Sie mir, der Lunch gehört nicht zum Angenehmsten, was die Tropen einem doch schon etwas in die Jahre gekommenen Mitteleuropäer bieten.» Wieder kein Zögern, keine Unsicherheit.

«Wissen Sie denn von einem Mittagessen Kistlers mit einem Ihrer Mitarbeiter?»

«Mir ist keines bekannt.»

Knacken.

«Eine letzte Frage noch: Sie verfügen über keine weiteren Informationen mehr, die für mich von Interesse sein könnten?»
Längeres Knacken.
«Herr Kommissar, lassen Sie mich das so formulieren: Ich denke, dass ich Ihnen, sofern Sie der genaue Inhalt unseres recht intensiven Dialogs mit Herrn Kistler interessiert, durchaus noch das eine oder andere Detail bieten könnte, das für Ihre Arbeit allenfalls hilfreich sein könnte.»
Ein ziemlicher Eiertanz, den du da aufführst, dachte Varga. Aber er glaubte verstanden zu haben, was der Diplomat ausdrücken wollte. Er bedankte sich noch einmal, beendete das Gespräch und drehte die Notizblätter aus Kistlers Agenda in seinen Fingern. «Dienstag, 20. Oktober: Lunch Schweizer Botschaft», las er.

In der kühlen Dämmerung lief Varga weiter, auf einem Weg, den er kaum noch sah, hinein in leere Städte, in denen alles der Düsternis und dem Staub preisgegeben war. Wetterleuchten erhellte die gespenstische Szenerie, in den Lichtblitzen sah er seinen Schatten schräg vor sich auf dem Boden. Ihm war bewusst, dass seine Zeit ablief, sich der Himmel fortan weiter verdunkeln und er bald in eine Welt der Schemen eintreten würde. In diesem Bewusstsein beschleunigte er seinen Schritt.

Erstens: Exzellenz wurde vom Eidgenössischen Departement für auswärtige Angelegenheiten nach Kuba abgeschoben, weil sie nicht mal fähig ist, eine Agenda zu führen. Zumindest nicht undenkbar. Zweitens: Exzellenz und Kistler sitzen am Mittag des 6. beim pollo frito, Kistlers Eintrag am 20. ist fehlerhaft. Ebenfalls denkbar. Dritte Möglichkeit: Exzellenz belügt den Leiter der Ermittlungen in einem Tötungsfall – aus welchen Gründen auch immer. Das scheint mir angesichts des persönlichen Risikos doch ziemlich weit hergeholt. Vierte Variante: Exzellenz weiß etwas, das sie dem Ermittler am Telefon aber nicht sagen kann oder will. Indem sie ihm allerdings bewusst ein falsches Datum für ihr letztes Mittagessen mit dem Opfer nennt, gibt sie ihm immerhin einen Wink.

Varga entschied, sich auf die letzte, weil interessanteste Möglichkeit zu konzentrieren, die ihm auch gleich ein weiteres Argument für seine geplanten Ermittlungen auf Kuba lieferte. Er nickte und ließ den Blick über seinen übervollen Tisch wandern. Weshalb aber gab ihm der Botschafter am Telefon nicht offen Auskunft? Gebot ihm dies die sprichwörtliche diplomatische Vorsicht? Oder hatte er vielmehr Angst? Wenn ja, wovor? Beziehungsweise vor wem? Nowaks Umschlag rückte in Vargas Blickfeld, er zog ihn zu sich heran und riss ihn auf. Hörten die Kubaner womöglich die Gespräche der ausländischen Botschaften ab? Er würde dem Gesandten ein paar Fragen stellen müssen …

Nowaks Bericht umfasste einen Packen zusammengefalteter Papiere, die Varga sofort als Ausdrucke von Passagierlisten erkannte, sowie einen kurzen, nur wenige Seiten dicken Bericht, der wiederum in einem dünnen grauen Hefter abgelegt war. Er legte die Passagierlisten vorerst zur Seite und widmete sich den entscheidenden Passagen des Berichts:

1. Passagierlisten
Kistler ist am Abend des 21. Oktober aus Havanna abgereist. Mit der spanischen Iberia ist er via Madrid nach Zürich geflogen. Die Passagierlisten der beiden Flüge (Havanna–Madrid und Madrid–Zürich) liegen bei.

2. Telefonnummer
Eine telefonische Auskunft scheint auf Kuba nicht zu existieren. Die Botschaft hat aber ermittelt, dass es sich bei der Nummer 8632678, wie von Frau Damaris Zeller vermutet, tatsächlich um eine Telefonnummer in Havanna handelt. Gemäß Botschaft geht aus dem aktuellen Nummernverzeichnis, das allerdings bereits fünf Jahre alt ist, der mutmaßlich letzte Besitzer der Nummer hervor: ein gewisser Luiz Rodriguez, Fotograf, wohnhaft in San Rafael, Havanna. Heute besteht unter dieser Nummer kein Anschluss mehr, wie uns die Botschaft meldete.

3. Adressen
Informationen zu den fraglichen Adressen in:
1. *Siboney: dazu liegen bis dato noch keine Infos vor*
2. *Miramar: Standort der Schweizer Botschaft*
3. *Vedado: Calle 21, e/Calle N y Calle O. In diesem unmittelbar über dem vornehmen Hotel Nacional gelegenen Straßenabschnitt soll gemäß Botschaft eine ganze Reihe von größeren Wohn- und Geschäftshäusern liegen. So was wie ein Mieterverzeichnis ist allerdings nicht zu erwarten.*

4. Siboney
Gemäß Damaris Zeller und der Botschaft eines der exklusivsten Wohnviertel Havannas, im Nordwesten der Stadt gelegen. In diesem Villenquartier liegen neben Gästehäusern der Regierung auch einige ausländische Vertretungen und Residenzen sowie die Sitze bedeutender kubanischer Staatsunternehmen und ausländischer Firmen. Es wird vermutet, dass neben hochrangigen kubanischen Persönlichkeiten auch eine unbekannte Zahl von Ausländern in Siboney lebt. Immer wieder wird innerhalb wie auch außerhalb Kubas darüber spekuliert, ob die Regierung Ausländern im Austausch gegen Know-how oder Devisen im abgeschotteten Siboney Unterschlupf bietet. Im Internet finden sich Presseberichte, gemäß denen in diesem Viertel auch schon international gesuchte Drogenbosse, Waffenschieber, Finanzjongleure und ähnlich zwielichtige Figuren mehr aufgegriffen worden sein sollen.

Varga ging die Aufzeichnungen ein zweites Mal durch. Obwohl sie kaum etwas enthielten, was er nicht schon wusste oder sich bereits so oder ähnlich gedacht hatte, übten sie eine starke Faszination auf ihn aus. Vielleicht lag es daran, dass er inzwischen fast sicher war, dass Kistler, Partei, País und Siboney auf eine rätselhafte Art miteinander verkettet waren. Gleichzeitig sträubte sich etwas in ihm, sich mit dieser Kette zu beschäftigen, weil er ahnte, dass ihre Entwirrung ein hartes und möglicherweise gefährliches Stück Arbeit werden könnte. Als er auf seinem Tisch nichts Essbares mehr fand, schaltete er seinen Computer aus, packte die Passagierlisten in eine Plastiktüte und machte sich auf den Weg nach Hause.

Es war Mitternacht, und von der Langstraße und den nahen Gleisen dröhnte noch immer der Verkehrslärm herüber, der Wind pfiff, Varga saß in seinem Sessel und überlegte, wie es wäre, sich nach seiner Pensionierung irgendwo in Ungarn ein Häuschen zu kaufen, dort den ganzen Tag auf der Veranda zu sitzen, Zeitungen und Bücher zu lesen und sonst nichts zu tun. Weil ihm Träumerei aber noch nie richtig behagt hatte, beschäftigte er sich schon bald wieder mit seinem Fall. Er dachte an Damaris Zeller und das, was sie über Frank País gesagt hatte: «Frank País war der ideale Vorbereiter.» Ihm gefiel diese Einschätzung. Nach allem, was er über País wusste, war dies der springende Punkt. Wieso aber stand ausgerechnet die Büste von País und nicht eine der viel berühmteren Revolutionshelden Che Guevara und Fidel Castro in Kistlers Wohnung? Hatte sich Kistler die Büste selbst besorgt, und wenn ja, aus welchem Grund? Sah er sich als verkannten Helden? Oder als Vorbereiter? Vorbereiter wovon? Vorbereiter einer Revolution? Varga drehte sich umständlich in seinem Sessel und lauschte kurz den scheppernden Fetzen einer Lautsprecherdurchsage, die vom Bahnhof herüberhallte. Hatte Kistler die Büste von jemandem bekommen? Vielleicht als Geschenk für seine Vorbereitungen? Aber wer kannte schon País' Rolle als Vorbereiter? Das konnten fast nur Kubaner sein. Bereitete Kistler mit Kubanern eine Konterrevolution vor? Varga schüttelte müde den Kopf. Täuschte ihn seine Intuition? War die Büste überhaupt von Bedeutung? Am Ende hatte Kistler sie als Souvenir in irgendeiner Touristenfalle gekauft, weil er sie mit dem Bildnis des jungen Che verwechselt hatte. Oder die Büste war hohl und er transportierte Drogen in ihr. Doch noch bevor sich Varga vornehmen konnte, sie sich am nächsten Morgen genauer anzuschauen, war er eingeschlafen.

Varga saß in der Kuppel seines aufblasbaren Raumschiffes und raste durch die Nacht, über ihm am Himmel ein einzelner Stern, unter ihm das Pannonische Becken. Er folgte dem silbernen Band, das sich wie eine Schlange aus Stanniol träge durch das Land wand, bis er über dunklen Vorstädten war, Lagerhallen, Fabriken, Kraftwerken und Exerzierplätzen, bis endlich die Brücken auftauchten, die Buda mit Pest verbanden, und in der Ferne die Türmchen und Giebel des Parlaments. Mit müheloser, traumwandlerischer Selbstverständlichkeit zog er sein Schiff hinunter auf den friedlichen, nächtlich unbelebten Platz, vorbei an einem abgestellten Tram, das ihm mit seinem einen Auge einmal kurz zublinzelte, dann nach links hinein in die vertraute Straße. Langsam flog er weiter, an Akazienbäumen vorbei, hinter denen große Mietshäuser standen, ruhig und zufrieden, genau wie früher. Als das erste Gefühl der Vertrautheit allmählich nachließ, merkte er, dass sich vieles verändert hatte. Die Häuser waren düster und abweisend, die Lampen verströmten ein eigentümlich schwaches, gelbliches Licht, am Straßenrand stand nur ein einziges rostiges Auto, das auf Holzblöcken aufgebockt war. Varga schwebte vor dem Haus, das für ihn einmal eine eigene, leuchtende Welt gewesen war, betrachtete es, lauschte, atmete es ein und dachte dabei an seinen Vater, der jetzt wohl in Amerika an der Sonne saß und über die Regierung oder sonst was fluchte. Dann lenkte er sein Raumschiff bis ans Ende der Straße. An der Ecke zögerte er. Was hatten diese verdammten Kommunisten mit seiner Welt angestellt?

«Hallo Varga, mir lässt ein kubanischer Rettungstaucher keine Ruhe.»
«Nowak!»
«Hast du schon geschlafen?»
«Nein», log Varga und klemmte sich den Hörer ein, um sich umzudrehen und die Uhr abzulesen – kurz vor eins. «Was gibt's denn?»
«Nichts Neues. Ich war eben wieder auf der Lichtung, am See. Schlimmer aber ist die Tatsache, dass ich nicht dahinterkomme, wie du die Sache mit Kistler siehst. Wieso wolltest du dir sein Zimmer allein ansehen? Warum interessieren dich böse Autos? Wieso ist dir

die Büste von diesem País so wichtig? Was bringt dich dazu, von einer Erleuchtung zu sprechen, die Kistler auf Kuba gehabt haben soll? Was suchst du in den Passagierlisten seiner Rückflüge? Hat ihn sein Mörder etwa begleitet? Kannst du mir vielleicht mal ein bisschen auf die Sprünge helfen?»

«Nowak», sagte Varga und versuchte, ganz ruhig zu bleiben, «das sind ein Haufen Fragen. Lass uns morgen ausführlich über sie reden.»

Sie schwiegen für einen Moment, dann sprach Varga weiter. «Ich versuche halt, aus den Anhaltspunkten, die wir haben, mit etwas Phantasie plausible Geschichten zu entwickeln.» Er überlegte, wie weit er ihr sein Vorgehen erklären sollte und entschied sich für ein Beispiel: «Schillernder Schweizer Senkrechter lernt über das Internet schöne Kubanerin kennen und verliebt sich in sie. Die Hormone lassen ihn von der Rolle fallen, er kriegt Stress, gibt letztlich Partei und Elena für seine neue Flamme auf und düst zu ihr nach Havanna. Dort stellt sich heraus, dass sie ausgerechnet die Tochter des mächtigen Zuckerministers ist, der in Siboney lebt. Parteiloser Rechter und stramme Jungkommunistin – eine unmögliche Beziehung! Trotzdem wollen die Turteltäubchen nicht voneinander lassen und verbringen die Nächte heimlich in der Wohnung einer Bonzen-Freundin in der Calle 21, wo sie sich unter den Blicken von Frank País lieben. Die Romanze geht aber böse aus, weil der Zuckerminister seinen Augapfel auf keinen Fall ausgerechnet an den Kapitalismus verlieren mag. Er beendet das Ganze, Kistler dreht ab und setzt den Herrn Minister mit irgendeinem Einfall so unter Druck, dass dieser ihn zum Abgang zwingt und ihm auch noch einen Killer hinterherschickt.»

«Eine ziemlich wilde Theorie», sagte Nowak.

«Sicher, aber nicht weniger plausibel als ein paar weitere Varianten, die ich mir schon zusammengeschustert habe.»

Sie schwiegen für eine Weile.

«Wir wissen noch zu wenig über Kistlers Abgang aus der Partei. Was hat ihn zu diesem Schritt bewogen? Oder gezwungen? Dann müssen wir rauskriegen, was er in Kuba erlebt hat. Irgendwas hat ihn da unten gepackt. Das sind meiner Meinung nach zwei entscheidende Punkte, die wir klären müssen. Gelingt uns das, könnten wir ein Stück vorankommen.»

Nowak schien über Vargas Gedanken nachzudenken. «Du klingst aber nicht sehr optimistisch. Oder täusch ich mich?»

«Ein Spaziergang wird das ganz sicher nicht. Und mich beschäftigt die Ahnung, dass wir hinter Verbrechern selten skrupelloser Art her sind.»

Der Turm des T-54 drehte. Varga streckte seinen Kopf vor, las die Nummer an seiner Flanke ab und zog sich dann schnell wieder zurück, dorthin, wo er sich sicher fühlte, in sein Versteck. Er sah sich um, überlegte, ob er abhauen sollte. Er ist etwa fünfzig Meter weg, dachte er, ich sollte weglaufen, aber er konnte nicht. Er erwischt mich, erschießt mich, dachte er beklommen, ihm grauste vor diesem brummenden, rauchenden Koloss, was hatte er nur in Budapest verloren? Er drückte sich gegen die Hauswand und sah einen jungen Soldaten aus der Luke auftauchen, blond, ohne Bart, seine Haut zart, fast wie die eines Kindes, auf dem Kopf eine braun glänzende Haube. Als der Turm stoppte, wandte der Soldat seinen Kopf und sie schauten sich einen Moment lang an. In diesem Moment, der Varga wie eine Ewigkeit erschien, sah er den fremden Soldaten in einer russischen Stadt mit seinem Vater spazieren, in ein Kino einschleichen, mit Freunden in einem Hinterhof verstohlen rauchen, in einem Fluss schwimmen, unter einem riesigen Denkmal ein Mädchen küssen, als Rotarmist mit ernstem Gesicht und nacktem Oberkörper oben auf der Ladefläche eines Lastwagens sitzen. Dann, wie aus dem Nichts, riss die Geschichte ab, Ratlosigkeit kam in seine Augen, der Soldat legte seinen Kopf leicht in den Nacken und starb.

Um fünf stand Varga vor dem Waschbecken und betrachtete sich im Spiegel. Sein Gesicht war rot, unter den Augen hingen dunkle Schatten, seine grauen Haare standen in alle Richtungen ab. «Der Typ aus Shining hätte Angst vor dir», pflegte Jutka zu sagen, wenn sie ihn so sah. Er fluchte, beugte sich vor und schaufelte sich mit den Händen kaltes Wasser ins Gesicht. Er dachte an Revolutionen und Erleuchtungen. Nach einigen Minuten zwang er sich zu einem zweiten Blick. «Verfluchter Drecksack, ich werd dich kriegen!»

221 Passagiere flogen am Abend des 21. Oktober an Bord einer Boeing 747 der Iberia von Havanna José Martí nach Madrid Barajas. 18 von ihnen hatten die kubanische Staatsangehörigkeit, Kistler war einer von zwölf Schweizer Bürgern. Varga saß am Küchentisch und blickte auf seine Notizen. Er beschloss, sich vorerst auf diese beiden Gruppen unter den Reisenden zu konzentrieren. Welche der insgesamt 29 Personen hatten Kistler am darauf folgenden Tag auf dem Anschlussflug von Madrid nach Zürich begleitet? Varga ging die Passagierlisten Seite um Seite durch, bis er 13 Namen auf seinem Notizblock hatte: drei Kubaner und zehn Schweizer. Konzentriert ging er die Namen einen nach dem anderen durch. Weil von den Schweizern sieben Senioren als Reisegruppe gebucht waren, strich er sie durch. Dann drückte er den Kugelschreiber tief in das Papier des Blocks und kreiste die verbliebenen sechs Namen ein. An einem blieb er hängen: «Rodriguez ... Luiz Rodriguez», las er halblaut und blickte auf seinen Block und den Stift hinab. Beides hielt er so fest, dass sich seine Hände weiß verfärbten. Wie viele Luiz Rodriguez gab es wohl in Kuba? War dieser hier Fotograf oder Killer? Oder keines von beidem?

Frank País wog vielleicht ein Kilo, maximal zwei. Varga drehte die Büste vorsichtig in seinen Händen und untersuchte sie auf mögliche Verstecke. Als er nichts finden konnte, las er die Beschreibung auf dem Etikett, das an der Schutzhülle befestigt war. Aber auch das gab nichts her. Er schaute durch das Fenster in den Himmel, in einen schmalen Streifen aus dunklem Grau. Kistler besaß Aufnahmen von Häusern, die in einem der vornehmsten Viertel Havannas lagen. Wenn nun Luiz Rodriguez diese Fotos gemacht hatte? Vielleicht dienten sie ja als Vorbereitung für ein bestimmtes Ereignis? Für einen Einbruch? Für eine Entführung oder sogar einen Mord?

Hatte Kistler die Büste des großen Vorbereiters etwa von Rodriguez, einem Kubaner, als Würdigung seiner Vorbereitungen für dieses bestimmte Ereignis bekommen?

Varga schaute sich zu, wie er, entleibt und gehetzt wie ein Tier, auf ein Tor zuhastete, an dem er Einlass zum Himmel oder zur Hölle begehren würde. Noch bewegte er sich aber in einem Zwischenreich, in einem Irrgarten aus Hell und Dunkel, noch war seine Zeit nicht abgelaufen.

Steckte das fragliche Ereignis noch in seiner Vorbereitungsphase? Oder hatte es womöglich bereits stattgefunden? Im Prinzip war es sogar denkbar, dass der Tod Kistlers das Ereignis war. In diesem Fall hätte Kistler seinen eigenen Abgang vorbereitet. Varga kratzte sich am Kopf. Plötzlich kam ihm Kistlers Assistentin in den Sinn. Wie hieß sie doch gleich? Mayer. Was wusste diese Mayer? Konnte sie ihnen verraten, was Kistler in Kuba erlebt hatte, wie die Telefonnummer eines Fotografen mit einem toten Anschluss in seine Agenda und die Fotos von Villen in Siboney und die Büste des Revolutionshelden País in sein Zimmer kamen? Was wusste sie von Kistlers Fahrten in «bösen» Autos, was über die Bombe, die er platzen lassen wollte? Nowak hatte die Frau doch einbestellt. Weshalb war sie nicht aufgetaucht? Bei dieser Frage spürte er wieder die gleiche eigentümliche Unruhe, die ihn vor einigen Tagen schon am Glattufer zum ersten Mal erfasst hatte.

7

Die Stimmung im großen Sitzungszimmer war eindeutig düster. Varga setzte sich, schaute kurz in die Runde und konzentrierte sich dann auf Hess und Hüppi. Die beiden Ermittler machten einen übermüdeten Eindruck. Auf dem Tisch vor ihnen stand ein Laptop, aber beide starrten am Monitor vorbei.

«Morgen allerseits. Heute wollen wir uns dann mal den hehren Schweizer Demokraten widmen. Hess und Hüppi, darf ich bitten?», sagte Varga.

Hess nickte, öffnete einen Aktendeckel und verteilte wortlos Kopien ihres Berichtes. «Um es kurz zu machen: Wir stehen immer noch mit leeren Händen da. Wieso das? Nun, wir haben Anlass zur Annahme, dass sich die Parteispitze in den vergangenen Tagen darauf verständigt hat, keine Informationen über die Person Kistler, ihren Abgang aus der Partei und ihr Ableben zu verbreiten – nicht an die Presse, nicht an uns. Anders lässt sich kaum erklären, dass wir von diesen Saubermännern meist nur gerade einen einzigen Satz gehört haben – ‹Ich würde Ihnen ja sehr gern helfen, kann Ihnen zu diesem Fall aber leider wirklich nichts sagen, tut mir leid›.»

«Was ist mit ihrem Máximo Líder?», fragte Varga.

«Die Parteispitze, Dr. Forster eingeschlossen, hat sich kurzfristig ins Ausland abgesetzt.»

«Was heißt kurzfristig, und wo sind sie hin?», hakte Nowak nach.

«Am Sonntagmittag sind sie zu viert für ein paar Tage nach Island abgeflogen. Sinn und Zweck des Ausflugs soll in der Geburtshilfe für eine neue Rechtspartei liegen.»

«Quatsch. Aber egal, die frieren da oben ja nicht fest», sagte Varga. «Und sonst habt ihr nichts vernommen?»

Hess räusperte sich und sprach, ohne jemanden anzusehen. «Kistlers Abgang scheint die Partei intern stark zu beschäftigen. Uns liegen einige Aussagen vor, wonach Kistler mit seiner polarisierenden Art die Partei in zwei Lager gespalten habe. Allgemein scheint aber Einigkeit darüber zu bestehen, dass sein Stern gerade erst im Aufsteigen begriffen gewesen sei. Weil von der Parteispitze bis heute keine plausiblen Gründe für seinen plötzlichen Austritt kommuniziert worden sind, schießen nun natürlich Spekulationen ins Kraut: Überforderung, Druck von Seiten seiner Gegner, anderes mehr.»

«Wissen wir, wer seine Gegner waren?», fragte Varga.

«Wir haben eine Ahnung von ihnen, ja. Es handelt sich um eine Gruppe von Mitgliedern, die mit dem aktuellen Kurs der Partei nicht einverstanden sind und sich seit längerem eine gemäßigtere Linie wünschen. Kistler, der gemäß Aussagen von Exponenten dieser Gruppe ein von der Parteileitung geförderter Scharfmacher war, passte ihr überhaupt nicht.»

«Welchen Einfluss haben diese Leute innerhalb der Partei?»

«Schwer zu sagen. Der starke Mann der SD ist ganz klar Walter Forster. An ihm kommt im Moment wohl niemand vorbei.»

Varga nickte. «Was ist an den Spekulationen um die Gründe seines Rücktritts dran?»

«Auch das ist von außen nur sehr schwer zu beurteilen. Eine Überforderung von Kistler scheint uns genauso in Frage zu kommen wie der wohl recht massive Druck, den seine Gegner gegen ihn entfaltet haben dürften. Wie weit die Stimmen recht haben, die vermuten, dass Kistler eine Leiche im Keller hatte, die ihn zu einem sofortigen Rücktritt zwang, war für uns leider noch nicht ermittelbar.»

«War nur von der berühmten Leiche im Keller die Rede oder habt ihr dazu sonst irgendwas gehört?»

Hess tauschte mit Hüppi einen schnellen Blick aus. «Kistler soll mit einer Bürohilfe rumgemacht haben.»

«Wann das?», fragte Varga sofort.

Hess hob seine Hände. Varga schaute kurz auf sie, dann verschränkte er seine Arme und fixierte eine Deckenleuchte.

«Das könnte was sein», sagte er nach einer weiteren Minute mit ruhiger Stimme. «Ist schließlich nicht das schlechteste Druckmittel, um jemanden abzusägen.»

Er senkte seinen Blick von der Decke und ließ ihn über den Tisch schweifen. «Oder zumindest aus der Schusslinie zu nehmen.»

Dann wandte er sich Hess und Hüppi zu. «Ihr beide wisst, was ihr zu tun habt. Ich will so rasch wie möglich alle pikanten Details dieser Geschichte, klar? Unterstützung kriegt ihr von Nowak. Und dann will ich Forster sprechen, sobald er zurück ist.»

«Hier?», fragte Nowak.

Varga überlegte kurz und schüttelte dann den Kopf. «Nein, ich fahr zu ihm raus, wie der Bärlach.»

Nowak runzelte die Stirn. «Bärlach?»

«Der Richter und sein Henker», sagte Varga, stand auf und holte sich eine Cola.

Wusste Mayer, ob und wann ihr Chef die Bürohilfe über den Kopierer gelegt hatte? Wusste sie von den Leuten, die ihn aus diesem oder einem anderen Grund aus seinem Amt entfernen wollten? Wusste sie, wie er mit deren Druck umgegangen war, weshalb er abgedankt hatte? Wusste sie, was er in Kuba gesucht und erlebt hatte? Wusste sie, weshalb er sterben musste? Varga fing an, Zusammenhänge herzustellen, und ihm wurde dabei immer klarer, wie wichtig diese Mayer für sie sein konnte.

«Verzeihen Sie die Störung, Herr Kommissar.»

Nowaks Stimme drang durch Vargas Gedanken. «Was sollte das eben mit Dürrenmatt?»

Varga dachte an das Buch, das im Haus seiner Innerschweizer Stiefeltern auf dem Kaminsims gestanden hatte. Er sah, wie er mit den Fingern über seinen Rücken fuhr und den Titel ablas, immer und immer wieder.

«Das erste Buch, das ich hier in der Schweiz gelesen habe.»

Einen Moment machte Nowak ein verständnisloses Gesicht, dann schüttelte sie den Kopf. «Ich versteh nicht.»

Varga leerte die Cola-Dose und antwortete nicht. Er erinnerte sich daran, wie er noch in Budapest Deutsch gelernt, später dann in Luzern im Garten gesessen und Kommissär Hans Bärlach bei seinen Ermittlungen begleitet, wie sehr er den alten, todkranken Mann bewundert hatte. Varga hatte sich schon damals gefragt, woran das liegen mochte. Vielleicht, weil sich Bärlach bei der Verfolgung von Gastmann, von dem er von Anfang an wusste, dass er der Mörder war, nicht auf eine strenge Methode verlassen hatte, sondern auf seine Intuition und seine Lebenserfahrung. Eigentlich war dieser Bärlach kein typischer Schweizer, sondern von seiner Art her viel eher ein Ungar, dachte Varga. Vielleicht war dies auch der Grund, weshalb er eine zeitlang sein Lieblingsermittler gewesen war. Kurz darauf hörte er, wie seine Bürotür auf- und wieder zuging.

Jahre, nachdem sie sich im Lager des Roten Kreuzes voneinander verabschiedet hatten, reiste Varga über Luxemburg und Reykjavík nach New York, um seinen Vater zu besuchen. Die Stadt glänzte in der Sonne. Wo er hinsah, sah er nichts als Glas, Stahl, Neon. Er lief mit seinem Vater an einem Sonntagmorgen durch Straßen, die ihm endlos schienen, vorbei an Würstchenverkäufern und dampfenden U-Bahn-Schächten und blieb vor den Auslagen von Buchhandlungen und am Ufer des Hudson stehen, der ein bisschen aussah wie die Donau. Als sie auf dem Heimweg die U-Bahn nahmen und auf den endlosen Rolltreppen in die Tiefe fuhren, dem Gestank und der Hitze entgegen, glaubte er für einen Moment, einen verrückten Moment nur, zwischen all den Menschen ein vertrautes Gesicht zu sehen. Varga drehte sich um, schrie und winkte. Katalin! Als sein Vater lachte und seine Hand auf Vargas Schulter legte, schüttelte er sie ab.

Den Rest des Vormittags verbrachte Varga damit, seine Berichte und die Akte auf den neuesten Stand zu bringen. Bis Mittag hatte er allerdings genug von der Büroarbeit, weshalb er bei Nowak vorbeischaute und ihr sagte, dass er raus müsse.
  «Wo willst du hin?», fragte Nowak.
  «Wir könnten ins Niederdorf rüber. Damaris Zeller hilft da mittags in einem Pub aus», sagte Varga.
  Sie gingen zu Fuß durch den Regen, überquerten erst die Sihl und dann die Limmat. Das «Oliver Twist» war eine Institution, die vor allem Angelsachsen und Studenten schon seit Jahrzehnten mit Alkohol versorgte. Die Atmosphäre im vorderen Bereich war geprägt von einer kleinen Bar, einigen Sitznischen in abgenutztem Leder und lauten Unterhaltungen, während sich im

ruhigeren hinteren Teil eine weitere, etwas größere Bar befand, an der ein knappes Dutzend Tweed-Jacken ein Rugby-Match verfolgte. Als sich Nowak und Varga umsahen, rutschten gerade zwei Gäste von ihren Barhockern, um zu gehen. Nowak und Varga stießen in die Lücke und schnappten die Plätze zwei Glenchecks vor der Nase weg. Der Barkeeper wandte sich ihnen zu, und Varga fragte nach Damaris. Dann bestellten sie beide Bier und Käsesandwiches. Varga fühlte sich in Nowaks Gesellschaft einmal mehr sehr wohl und ihm kam der Gedanke, dass sie ein weibliches Mitglied der Barbaren hätte sein können. Sie unterhielten sich über Kollegen, bis der Barkeeper die Biergläser und die Teller mit den Sandwiches vor sie hinstellte. «Damaris kommt gleich», meinte er zu ihnen. Varga nickte, sie stießen an und Nowak sagte: «Cerveza o muerte.»

Der erste Sommer in New York war hell und heiß, viel zu heiß, Varga hielt es fast nicht aus, in dieser riesigen Stadt aus Stein, mit dem dichten Verkehr, in dem rund um die Uhr Feuerwehren heulten, und all den Obdachlosen, die halbnackt auf den Gittern der U-Bahn-Schächte herumlagen. Sein Vater machte ihm zum Frühstück Eier mit Speck, dazu wässrigen Kaffee, später fuhren sie aus der Stadt hinaus zum Fischen, einmal bis zum Leuchtturm von Montauk. Varga fragte seinen Vater, wie es bei der Arbeit lief, wie viel er verdiene, ob er Freunde gefunden habe. Sein Vater sagte nur, ich bin glücklich, dass du hier bist, und Varga stellte sich vor, dass er auch an eine andere Stadt und an eine andere Zeit dachte.

«Kuba begreifen Sie nicht von hier aus, Herr Kommissar.»
Damaris Zeller war hinter der Theke aufgetaucht, auf ihrem schönen Gesicht lag ein feines Lächeln, ihre Hüften wiegten sanft im Rhythmus des Bargeschnatters. «Kuba müssen Sie erleben.»
Varga schob das feuchtweiche Brötchen von sich und bat sie, ihnen gegenüber Platz zu nehmen.
«Was lässt Sie denn glauben, dass die Lösung des Falles in Kuba liegt?», fragte er.

Ihre Mundwinkel zogen sich weiter nach oben. «Als Kind der Revolution glaube ich nicht mehr viel. Da ist mehr so was wie eine Ahnung. Wir Kubaner sagen von uns, dass wir einen sechsten Sinn für bestimmte Dinge haben.»

«Ein junger Schweizer Rechter, der zweimal nach Kuba reist und dann mit einem Kopfschuss endet, das ‹böse› Auto, die Villen in Siboney, die Büste von Frank País ...?»

Damaris Zeller nahm einen großen Schluck aus einem Glas Wasser, das ihr der Barkeeper gebracht hatte. «Ja, das sind alles Mosaiksteine, die sich für mich zu einem Bild zusammenfügen, das irgendwie unheimlich wirkt, bedrohlich.»

Varga nickte.

«Können Sie mir sagen, was genau bei Ihnen dieses Gefühl auslöst?», hakte er nach. Damaris Zeller drehte sich auf ihrem Hocker, senkte ihren Kopf und studierte das Teppichmuster.

«Vermuten Sie den Staat im Hintergrund?», half er ihr.

Sie sah ihn an und lachte, als schüttle sie die Trübsal ihrer letzten Äußerung ab. «In Kuba geht doch nichts, was richtig fies ist, ohne den Staat. Aber es ist trotzdem keine schlechte Erklärung. Ich kann mir gut vorstellen, dass Kistler in Havanna an einen mächtigen, einen allzu mächtigen Spieler geraten ist.»

«Weil er ein Rechter war?», fragte Nowak.

Wieder lachte Zeller. «Nein, das denke ich nicht. Kubaner legen sich, wenn es ihnen etwas bringt, mit so ziemlich allen ins Bett, auch mit Rechten.» Sie nahm noch einen Schluck.

«Eine andere Frage», fuhr Varga fort, «wenn wir in Kuba ermitteln müssen, dann fallen wir da unten doch auf wie Außerirdische, oder?»

«Mindestens.»

«Kennen Sie denn jemanden, der für uns die Laufarbeit erledigen würde?»

Zeller überlegte einen Moment und hob dann ihr Glas. «Lassen Sie mich einen Anruf machen. Sie hören von mir, Herr Kommissar.»

«Danke.»

Sie stießen an.

«Auf die Freunde und Helfer dieser Welt», lachte die Mulattin, und alle tranken ihre Gläser leer.

«Wie ging deine Geschichte mit der liebestollen Tochter des Zuckerministers nochmals?», fragte Nowak, als sie durch die Gassen des Niederdorfs zurück zur Kriminalpolizei liefen.

«Die Möglichkeit, dass es sich bei diesem Verbrechen um ein stinknormales Eifersuchtsdrama handelt, besteht ja immer noch», erwiderte Varga. «Aber ich geb einiges auf das, was eine Damaris Zeller sagt. Und was ihr vor allem auch der sechste Sinn der Kubaner sagt. Sie ist ja in einem System aufgewachsen, in dem man permanent auf der Hut sein muss. Entsprechend fein sind ihre Sensoren ausgebildet, mit denen sie bestimmte Dinge erkennen und lesen kann.»

«Du hast das auch drauf, nicht wahr?», fragte Nowak.

Einen Moment lang trat Schweigen ein und Varga sah sich kurz um. «Ich glaub schon. Ich war zwar nicht oft im sozialistischen Ungarn unterwegs, aber mir ist immer aufgefallen, wie vorsichtig die Leute wurden, wenn sie den privaten Raum verließen, und was für erstaunliche Techniken sie entwickelt hatten, um sich in diesem System zu bewegen und in ihm zu überleben.»

Nowak nickte. «Ich beneide dich. Ich habe leider kaum etwas von meiner alten Heimat mitbekommen. Meine Sensoren sind deshalb, fürchte ich, nicht sehr entwickelt.»

Varga schüttelte den Kopf. «Wart's mal ab. Ich würd die noch nicht abschreiben.»

Die Mulattin und der Hüne fuhren in einem Volvo hinter Varga her, die Scheinwerfer tauchten ihn in gleißendes Weiß. Wenn er über seine Schultern blickte, sah er, wie sich die beiden aus den Fenstern lehnten, die Augen verdrehten, ihm schmachtende Blicke zuwarfen, wie sie hier um ein Schlagloch kurvten und dort um einen schlafenden Hund, bis sie ihn unter ein Dach aus Tamarindenzweigen jagten, wo ein junger Mann mit einem Mardergesicht ein Grab schaufelte.

«Oswald ist Schweizer und verfügt deiner Meinung nach nicht über unsere Sensoren. Du denkst, dass wir, die wir in zwei Welten aufgewachsen sind, ein feineres Sensorium haben, um bestimmte Dinge zu erkennen, als der gemeine Helvetier. Deshalb wolltest du dir Kistlers Wohnung zuerst allein anschauen, nicht wahr?», fragte Nowak. Varga sagte nichts, warf seiner Assistentin nur einen kurzen, aber anerkennenden Seitenblick zu.

Hoch oben am Himmel zog ein Flugzeug einen hellen Streifen, und auf dem weiten Platz schälte sich ein einzelner Panzer aus dem Dämmerlicht. Während sich sein Turm langsam drehte, tauchten hinter ihm die Zacken von Palmblättern und des Parlaments auf, ein Häusermeer breitete sich aus und Hirtenreiter, Ziehbrunnen und riesige rote Sterne stellten sich auf ihre Füße.

Varga wusste, dass seine Zeit ablief, als er immer häufiger gegen immer wirrere Bilder ankämpfen musste. Als sie zunehmend dunkler wurden und ausfransten, hatte er das Gefühl, sich von seinem Vater zu verabschieden, von den Barbaren, von Katalin, von Jutka, von Nowak und all den anderen. Seine Angst um sich selber hatte zugenommen, sie wurde schlimmer, als sie in seinem Leben je gewesen war. Immer öfter war er zurück in einem fernen Herbst und seinem Grau, sah bärtige Gesichter, die er nicht kannte, und konnte kaum mehr sagen, ob er schlief und träumte oder ob er wachte, und wenn ja, in welcher Zeit und an welchem Ort er sich befand.

«Na, gut gespeist, mein lieber Sherlock Holmes?», fragte Plüss, als Nowak und Varga die Eingangsschleuse passiert hatten. Der Chef Kriminalpolizei war elegant gekleidet wie immer, lehnte an einer Säule und stellte die Frage mit einer komischen Grimasse. Varga merkte, wie ihm das Blut ins Gesicht schoss. Nicht wegen der gespielten Lässigkeit, mit der Plüss seinen Auftritt inszenierte, sondern weil er zugeben musste, dass er seine Überlegungen zu dem, was er seinem direkten Vorgesetzten über den Verlauf der

Ermittlungen sagen sollte, zu lange vor sich hergeschoben hatte. Plüss packte ihn am Arm, hakte sich bei ihm unter und führte ihn in eines der Vernehmungszimmer, wo er ihn auf einen Stuhl bugsierte. Als er ihm gegenüber Platz genommen hatte und seine maniküreten Finger auf die Tischplatte legte, klingelte das Telefon, doch er nahm den Hörer nicht ab. Kein wirklich gutes Zeichen, dachte Varga. Plüss saß steif und gerade in seinem Stuhl und sprach Varga in einem Tonfall erlesener Höflichkeit an: «Kommissar Varga, man vernimmt derzeit merkwürdige Dinge in diesem Haus.»

«Was denn für Dinge?», fragte Varga, nur um ihn zu unterbrechen und aus seinem Konzept zu bringen.

Plüss sah ihn eine halbe Minute lang aus wässrigblauen Augen an, die wie immer nichts aussagten, bevor er sich aus dem Stuhl stemmte und mit einer seiner berüchtigten schulmeisterlichen Ansprachen begann, von denen Varga die Schnauze längst voll hatte.

«Hören Sie, mein geschätzter Varga, Sie wissen genau, dass ich Sie für einen der fähigsten Ermittler dieser Stadt, dieses Kantons, ja, dieses Landes halte, dass mir Ihre unangepasste Art gleichzeitig aber entschieden gegen den Strich geht. Sie wissen, dass ich Ihre Ambitionen kenne, weiß, dass Sie scharf auf meinen Posten sind. Und glauben Sie mir, wenn Sie mir in all den Jahren, in denen ich Ihre Sololäufe und läppischen Marotten ertragen musste, nur ein einziges Mal gezeigt hätten, dass Sie von Ihrem hohen Ross herunterklettern können, würd ich Sie sogar unterstützen und nach oben weiterempfehlen. Aber Sie lernen ja nichts dazu. Sie, ausgerechnet Sie, der Sie eigentlich dankbar dafür sein müssten, dass Sie hier in diesem Land leben dürfen, scheinen es zu lieben, einen landesweit bekannten Nationalrat wie Forster zu belästigen, dann die Führung einer Partei zu verunsichern und Ihre Mordbuben nicht etwa in und um unser Zürich zu suchen, sondern ausgerechnet im fernen Kuba. Darf ich übrigens nachfragen, wie Sie sich die Ermittlungen in dieser Bananenrepublik vorstellen?»

«Mit Verlaub, im Fall der Sozialistischen Republik Kuba ist es wohl kaum angebracht, von einer Bananenrepublik zu reden», erklärte Varga bewusst gestelzt.

Das war für Plüss zu viel.

«Hören Sie, es interessiert mich einen feuchten Scheißdreck, was Kuba ist oder nicht ist!», brüllte er los. «Mich interessiert, wie verantwortungsvoll und kompliziert Polizeiarbeit ist. Und mich interessieren vor allem Fortschritte in diesem verdammten Fall. Fortschritte, haben Sie verstanden?»

Dann machte er eine kurze Pause, um mit noch einmal gesteigerter Lautstärke fortzufahren: «Wie wollen Sie denn ein kaum gegründetes Kinderhilfswerk, eine ukrainische Nutte, einen unbekannten kubanischen Revolutionshelden, sogenannte ‹böse› Ladas und einen durchgeknallten Schweizer Senkrechten zusammenbringen? Was soll der Schwachsinn? Schauen Sie zu oft in die Röhre, lesen Sie so was, träumen Sie oder nehmen Sie Drogen?»

Varga war kein Feigling und wollte sich diesen Ausbruch verbitten, doch als er dazu ansetzte, schrie ihn Plüss sofort nieder: «Ich bin noch nicht fertig!»

Bevor der Leiter der Zürcher Kriminalpolizei aber seine Meinung zur Sachlage und der Arbeit seiner Untergebenen ausführlich darlegen konnte, wurde Varga von Nowak gerettet, die ihren Kopf zur Tür hereinstreckte: «Varga, Telefon. Außerdem müssen wir ausrücken, ein neuer Tatort.»

Als Varga nickte und den Stuhl zurückschob, fragte er sich, warum sich dieser Geck mit dem roten Gesicht so aufregte.

«Nur zwei Dinge von meiner Seite, Chef: Ziehen Sie die Idioten ab, die Sie auf mich angesetzt haben und die nächtens mit ihrem Volvo um mein Haus kurven, sonst bin ich versucht, noch ein paar weitere Marotten zu entwickeln. Und dann hab ich schwer das Gefühl, dass Ihnen eine Auszeit mit einer willigen jinetera an einem einsamen kubanischen Strand ganz gut tun würde. Überlegen Sie sich das doch mal, ja?»

Augenblicklich wurde es vollkommen still, Plüss erblasste angesichts dieser Unverschämtheit, wusste nicht, wie er reagieren, was er sagen sollte. Voller Abscheu sah er Varga an und deutete auf die Tür. Doch Varga wandte sich nicht mehr um.

«Nowak?»

«Kommissar?»

«Fahr schon mal den Wagen vor.»

«Ihr Kontakt in Havanna heißt Noa», sagte Damaris Zeller.

Varga klemmte den Hörer ein und notierte sich den Namen auf einen Zettel.

«Der Mann ist nicht zufällig im Schiffsbau tätig, oder?», fragte er.

Die Kubanerin lachte kurz auf. «Noa ist Künstler. Aber sein Bruder ist ein hohes Tier bei der Polizei. Er kann Ihnen helfen.»

«Und wie find ich diesen Noa?»

«Geben Sie mir durch, wann Sie fliegen. Und Noa findet Sie.»

Varga wog kurz das Risiko ab, das dieser Unbekannte eingehen würde und sagte dann zu.

«Sie passen auf sich auf, Kommissar?», fragte Zeller.

«Das hab ich mir unter anderem vorgenommen.»

«Fein. Ich wünsch Ihnen Glück. Sollten Sie übrigens mal Hilfe brauchen, dann fragen Sie Noa nach einer santería-Priesterin. Sie wissen doch, was santería ist?»

«Sicher», sagte Varga, bedankte sich und hängte auf.

Sie fuhren schnell, Varga schwieg und starrte abwechslungsweise aus dem Fenster und auf die Passagierliste, die er eingesteckt hatte und nun auf seinen Knien hielt. Wieder hatte er Kopfweh, spürte die altbekannte Übelkeit. «Scheiße», sagte er laut und unvermittelt. Nowak reagierte erst nicht, dann, auf der Gladbachstraße, einer langen Geraden, langte sie unter ihren Sitz und zog eine Dose Red Bull hervor. Varga verzog das Gesicht.

«Nicht wenigstens ein Dr. Pepper?»

«Sag mal, weißt du eigentlich, wo's hingeht?», fragte Nowak nach einer Minute zurück.

Varga blickte auf.

«Ich weiß zwar nicht, wo sie wohnt, aber …»

«Aber du weißt, wen wir gleich auffinden, was wir antreffen werden?»
Vargas Kiefermuskeln traten hervor. «Wissen tu ich gar nichts. Aber ich denk mir halt, dass Kistlers Mörder nicht der Typ ist, der Halbheiten macht.»

Als der junge Mann mit dem Mardergesicht seine Arbeit beendet hatte, warf er die Schaufel weg und sprang ins Grab. Varga schaute sich um. Auf den Balkonen über der Straße sah er Frauen in Hauskleidern und Männer in Unterwäsche mit Zigarren, auf den Gehsteigen Schlangen von Menschen, die auf Eis, Brot, einen Bus oder das Ende der Revolution warteten. Leise Musik wehte durch die Nacht. Überall waren Verfall, Hitze und verblasste Farben, die sich mühten, den bröckelnden Putz und die salzzerfressenen Säulen zusammenzuhalten. Varga reichte dem Mardergesicht die Hand, um ihn aus seinem Loch zu ziehen, und zog mit dieser Geste die Blicke auf sich wie ein Verrückter auf der Via Dolorosa. Die Mulattin und der Hüne, die noch immer in ihrem Volvo saßen, lachten plötzlich los, die anderen stimmten der Reihe nach in ihr Lachen ein, bis es die ganze Straße erfüllte und das Radio übertönte. Varga stand am offenen Grab, mit einer Miene, die ausdrückte, dass die Welt voller Narren war.

«Nicole Mayer war eine hoffnungsvolle junge Frau, die an der Universität Zürich Soziologie studiert hatte. Sie war in ihrem zweiten Studienjahr und wohnte hier in der Siriusstraße in einer Wohngemeinschaft. Nach dem Studium wollte sie für eine NGO arbeiten, neben dem Studium führte sie für Habaniño die Geschäftsstelle. Wir vermuten, dass Mayer vor ungefähr 24 Stunden verschwand, es könnte aber auch schon einige Stunden länger her sein. Ihr Verschwinden fiel zunächst niemandem auf, weil ihre Mitbewohnerin bei ihrem Freund übernachtete. Wir gehen also davon aus, dass niemand wusste, dass sie vermisst wurde. Erst als sie nicht zur Einvernahme auf der Kriminalpolizei erschien, schickte Nowak einen Streifenwagen bei ihr vorbei, um sie abholen zu lassen. Die

Besatzung traf niemanden an. Als die Beamten am Tag darauf erneut vorbeifuhren, entschlossen sie sich zum Eindringen in die Wohnung, nachdem sie hinter der Tür Geräusche, eine Art Wimmern, gehört hatten.» Oswald schaute zu Boden und zögerte einen Augenblick.

«Nicole Mayer wurde vor einer knappen Stunde in ihrer Wohnung gefunden.» Dann faltete er den Notizzettel, von dem er abgelesen hatte, zusammen und blickte Varga an. Jetzt war er an der Reihe.

Das Opfer saß in der Mitte des Wohnzimmers auf einem Stuhl. Man hatte ihr die Kehle aufgeschnitten. Ihre Arme waren hinter der Rückenlehne mit Klebeband gefesselt und ihre Augen so weit aufgerissen und vorgequollen, dass für alle im Raum klar war, dass sie ihr Leben unter Schmerzen verloren hatte. Doch damit war die Arbeit des Killers offenbar noch nicht getan gewesen. Er hatte ihr mit einer Gartenschere beide Ohren und alle Fingerkuppen einer Hand abgeschnitten, bevor er sie verbluten ließ. Es war ein fürchterliches Bild, das Varga an die Gewaltdarstellungen Brueghels erinnerte, an all seine malträtierten und verletzten Körper, an Missbrauch, Krieg und Tod. «Gott im Himmel», entfuhr es Nowak, die neben Varga stand und noch nie etwas so Grauenhaftes gesehen hatte.

Der Panzersoldat sah aus wie etwas, das man aus einer Gruft geborgen und auf die Straße gebettet hatte, schwarz und schrumpelig. Varga blickte auf den verwüsteten Körper, suchte die Augen, aber die Augen waren tot, erzählten keine Geschichten mehr, drückten nicht einmal mehr Ratlosigkeit aus, schwarz und leer starrten zwei Höhlen ins stahlgraue Licht. Varga spürte seine Eingeweide, sein schlagendes Herz, sein Gehirn, das gegen seine Schädelknochen drückte. Er presste sich die Hände an die Schläfen, stieß dann ein lautes Ächzen aus, drehte sich um und lief durch den Hof davon, schnell, keuchend, stolpernd, ohne einen Blick zurück.

Varga nickte den beiden technischen Assistenten der Spurensicherung zu, als sie mit ihren Koffern durch die Tür kamen. Dann sah er ein letztes Mal schweigend auf die Leiche, bevor er sich Oswald, Hess und Hüppi zuwandte.

«Mayer wurde offensichtlich gefoltert. Das bedeutet in den allermeisten Fällen, dass ihr Mörder was von ihr bekommen wollte, einen Gegenstand oder eine Information, irgendwas halt. Ich geh nicht davon aus, dass die Spurensicherung etwas findet, das uns entscheidend weiterbringt, aber bitte schaut euch in der Wohnung um und achtet dabei auf Dinge, die entweder fehlen oder aber noch da sind und unseren Mörder interessiert haben könnten. Und sprecht nicht nur mit der Mitbewohnerin, sondern mit sämtlichen Nachbarn in dieser Straße. Vielleicht haben wir dieses Mal ja mehr Glück und jemand hat etwas gesehen.»

«Du siehst eine Verbindung zwischen Mayer und Kistler?», fragte Hess.

Varga gab darauf keine Antwort, sah ihn nicht einmal an. Stattdessen packte er Nowak am Arm und schob sie sanft aus dem Zimmer, damit sie an die frische Luft kam. Draußen vor dem Haus standen mehrere Streifenwagen und ein Leichenwagen. Da es inzwischen dunkel geworden war, beleuchteten die Scheinwerfer der Streifenwagen und eine mobile Scheinwerferbatterie den Platz. Varga sah sich kurz um und entdeckte Egloff von der Staatsanwaltschaft. Nachdem er Nowak in einen Volvo gesetzt hatte, gab er ihm ein Zeichen, und sie gingen hinter den Kastenwagen der Spurensicherung, wo sie sprechen konnten, ohne gehört zu werden.

«Nun?», fragte Egloff. «Was haben wir denn hier wieder für eine Schweinerei?»

«Schau sie dir lieber nicht an», sagte Varga.

«Mist», fluchte Egloff.

«Wenige Tage nach Kistlers Ermordung wurde nun seine Assistentin gefoltert und regelrecht abgeschlachtet. Soweit wir wissen, war Habaniño die einzige Verbindung zwischen den beiden. Was diese launige Organisation jetzt natürlich noch interessanter für uns macht.»

«Du nimmst Kistler nicht ab, dass er einem Voodoo-Gott über den Weg lief und fortan die Not der Armen und Bedürftigen lindern wollte, nicht wahr?»

«Du etwa?»

Egloff machte einen Schritt zurück und kramte eine Zigarettenschachtel aus seinem Jackett. «Ich weiß nicht. Wir sind doch schon jeder Art von Spinnern begegnet, die Welt ist randvoll mit Irren.»

Varga dachte einen Moment nach, bevor er wieder sprach. «Stimmt. Wir beschäftigen uns deshalb auch mit verschiedenen Möglichkeiten. Trotzdem hab ich das Gefühl, dass der Grund für diese Tötungen auf irgendeine Art mit Habaniño verknüpft sein muss.»

Egloff zündete sich eine Zigarette an. «Du weißt, dass du auf meine Unterstützung zählen kannst – auch wenn du nach Kuba runter willst.»

Der Fond des Volvos kam Varga so warm und behaglich vor wie ein Wohnzimmer mit Kamin, doch Nowak zitterte, als ob ihr kalt wäre.

«Alles in Ordnung?» fragte er, als er neben ihr Platz genommen hatte.

Sie nickte stumm, gleichzeitig stiegen ihr Tränen in die Augen. «Wie kann man nur …?»

Varga fixierte die Rückseite einer Kopfstütze und zögerte einen Augenblick. «Das hier ist selten übel. Fahr nach Hause, wenn es nicht geht, okay?»

Nowak sah ihn an. «Ich komm schon klar, danke. Aber schau, dass du noch kurz durch ihre Wohnung gehst.»

Varga runzelte die Stirn.

«Wie soll jemand ohne Sensoren was finden, von dem wahrscheinlich nur du weißt, was es überhaupt sein könnte?»

«Okay», erwiderte Varga und stieg aus dem Wagen.

Nicole Mayers Zimmer war klein und spärlich eingerichtet. Rechts war ein Bett, das mit einem Überwurf in einem deprimierenden Altrosa überzogen war und auf dem eine weiße Stoffrobbe lag, links ein prallvolles Büchergestell, an der Wand hingen René Burris Che-Guevara-Porträt und zwei Rothko-Ausstellungsplakate, unter dem Fenster stand ein Pult, das wie das Büchergestell vermutlich von

Ikea stammte, und darauf sah Varga eine Flasche Cranberry-Limonade, einen Stapel Vorlesungsunterlagen und einen Notizblock. Varga ging zum Pult und blätterte rasch den Notizblock durch – er war leer. Unter dem Arbeitstisch stand eine Computertasche, aber Mayers Laptop würden sich die Spezialisten vornehmen. Wonach suche ich eigentlich?, fragte er sich, während er kurz aus dem Fenster schaute. Es hatte wieder angefangen zu regnen. Varga drehte sich um, ging zurück in den Raum und blieb vor dem Büchergestell stehen. Das Unbehagen der Geschlechter, Feministische Wissenschaftskritik und Ökonomie, Das Teleologische Argument in der Naturethik, las er von drei Buchrücken ab – Stoff, für den sich nicht einmal der abartigste Killer aus Gotham City interessieren durfte. Varga nahm kurz einen farbigen Pappmaché-Oldtimer in die Hände, dessen Seitentür der Schriftzug «La Habana, Cuba» zierte, dann ging er vor dem Regal in die Knie. Er rührte sich nicht, ließ nur seinen Blick über die Bücher wandern. Als er einen Ordner entdeckte, der mit «Habaniño» beschriftet war, zog er ihn heraus, schaute ihn durch und legte ihn für Oswald und die anderen auf das Bett. Dann kam ihm ein Gedanke: Was könnte uns wirklich weiterhelfen, wenn wir's denn hätten? Und plötzlich glaubte er zu wissen, wonach Killer wie Kripo suchten: nach Kistlers Agenda.

Nachdem sein Rückflug gestrichen worden war, saßen Varga und sein Vater im John F. Kennedy Flughafen in einer Cafeteria, an der Bar, und warteten auf den nächsten Flug. Vargas Vater fing an, ihm von früher, von Budapest, zu erzählen, von den Rumkugeln im Café Gerbeau, von der Holzachterbahn im Englischen Garten, von den dicken Schachspielern im Széchenyi-Bad, von den Nutten am Donauufer, vom Märtyrerbischof Gellért, den man in einem Holzfass in die Donau geworfen hatte, und Varga schloss die Augen und ließ seinen Kopf nach hinten fallen, auf den Plastikschalensitz.

«Weißt du noch, wie wir Csibi das Pfötchengeben beigebracht haben? Oder wie du eine Zeitlang immer alles Mögliche versteckt hast? Du warst gut, hast immer alles an besonders tief oder hoch gelegenen Orten deponiert, vieles dürfte bis heute noch nicht gefunden worden sein.»

Und wie er das so erzählte, bei einer Cola, musste Varga lachen, laut loslachen, bis auch sein Vater lachte, sie beide kaum mehr aufhören konnten.

Varga schaute sich noch in den übrigen Räumen der Wohnung – Stube, Zimmer der Mitbewohnerin, Bad und Küche – um, entdeckte aber nichts, was seine Aufmerksamkeit erregte. Er ging zurück ins Wohnzimmer, wo die Gerichtsmediziner die Tote eben mit dem Gesicht nach unten auf den Teppich legten, während seine Kollegen im Türrahmen standen und den großen Blutfleck auf dem Boden fixierten. Varga dachte über seine Eindrücke nach. Als erstes ging ihm die Verbindung zwischen Kistler und Mayer durch den Kopf – musste die Studentin sterben, weil sie in ihrer Eigenschaft als Vereinssekretärin etwas von ihrem Präsidenten wusste, das wiederum ihren Mörder interessierte? Oder hatten die beiden Opfer ihrem Killer vielleicht gemeinsam einen Grund gegeben? War ihre Beziehung über die Vereinsarbeit hinausgegangen? Dann beschäftigte er sich mit der Brutalität der Folter und der Tötung – was war das für ein Mensch, der eine junge Frau derart misshandeln und dann töten konnte? Angesichts des Zustandes des Opfers wurde ihm noch deutlicher bewusst, dass sie es mit einem Gegner zu tun hatten, der etwas in seine Gewalt bringen wollte und dabei schnell, überlegt und mit größter Härte handelte. Sein Gefühl sagte ihm auch hier, dass Kistlers Idee, die er in Kuba gehabt hatte, der Schlüssel zur Lösung dieser Verbrechen sein musste. Und dass sie auf der Hut sein mussten. Neben dem Kopfweh spürte Varga nun auch das Prickeln von Adrenalin in seinem Blut.

«Habt ihr alles?», fragte Varga.

Oswald, Hess und Hüppi wandten sich um, sein Assistent antwortete. «Ich denke schon, ja.»

«Gut, ich fahr dann mal zurück ins Büro.»

«Hast du denn noch was für uns?»

Varga überlegte und nickte. «Ein Täter oder mehrere? Wie ist er respektive sind sie reingekommen? Wer ist noch alles im Vorstand von Habaniño? Ich brauch eine Liste der restlichen Mitglieder, rasch. Weiter: Hat Nicole Mayer die Geschäftsstelle von hier aus besorgt? Ist der Internet-Auftritt der Organisation noch online? Lässt sich herausfinden, wer seit Kistlers Tod die Site besucht und sich insbesondere für die Vereinsleitung interessiert hat?»

Oswald zückte sein Notizblatt.

«Und obwohl ich sie nicht hier vermute – haltet bitte Ausschau nach Kistlers Agenda.»

«Geht klar.»

Varga sah auf die Uhr. Es war spät geworden. Er hatte nicht gemerkt, wie schnell die Zeit vergangen war. Unter der Tür fiel ihm noch etwas ein: «Oswald, was war das eigentlich mit den Geräuschen, die die Streife gehört hat, bevor sie in die Wohnung rein ist?»

«Nur eine Katze», antwortete Oswald, ohne aufzusehen.

«Ist Nowak da?» fragte Varga, als er die Schleuse passierte. Der Beamte hinter dem Glas verzog den Mund und sagte etwas, das Varga mit seinem brummenden Schädel nicht mitbekam. Auch egal, ich finde sie ja, wenn sie hier ist. In den Fluren des Kriminalpolizeigebäudes herrschte Dämmerlicht, in einem Büro schneuzte sich einer die Nase, vielleicht war es auch ein langer Furz, die Luft war stickig. Varga wusste, dass er um diese Zeit fast allein auf der Etage war. Weil er Hunger hatte und es für ein Abendessen schon zu spät war, ging er in die Küche. Im Kühlschrank fand er einen Landjäger und zwei Joghurts, Käse interessierte ihn nicht, dafür nahm er noch zwei Cola-Dosen und ein Bounty mit in sein Büro. Dort lehnte er sich in seinem Stuhl zurück und nahm zuerst einige Schlucke Cola, seine Nieren brauchten viel Flüssigkeit, und ohne Koffein würden seine Hände bald zu zittern beginnen, dann widmete er sich der Wurst und der Iberia-Passagierliste. Sechs Namen las er ab, säuberlich gruppiert in kubanische und Schweizer Staatsangehörige:

Dariel Alvarez
Luiz Rodriguez
Osvaldo Torres

Philipp Sauber
Oscar Todeschini
Martin Wartmann

Auch wenn ihn Passagier Luiz Rodriguez am meisten interessierte, weil er im besten Fall der Fotograf war, auf dessen Telefonnummer sie bereits gestoßen waren, so konnte er mit den Kubanern nicht viel anfangen, sie waren nirgends erfasst. Also jagte er die Namen der drei Schweizer durch den Computer. Die Überprüfung auf Vorstrafen und aktenkundige Straftaten hin ergab aber nur, dass Sauber, ein junger Webdesigner aus Wetzikon, wegen Trunkenheit am Steuer vorbestraft war, die beiden anderen waren noch nicht aktenkundig geworden. Aber auch ohne eine Akte fand Varga schnell heraus, dass es sich bei Todeschini um einen fünfzigjährigen Zürcher Ballettchoreographen und bei Wartmann um einen 48 Jahre alten Doktor der Molekularbiologie und Inhaber einer Chemiefirma in Regensdorf handelte.

Es war kurz vor Mitternacht, als das Telefon läutete.
 «Hallo Varga, ich hab bei dir noch Licht gesehen.»
 «Oswald, wo bist du?»
 «Eine Etage unter dir. Ich verzieh mich aber gleich nach Hause.»
 «Tu das. Hast du mir vorher schon Antworten auf meine Fragen?»
 «Deshalb ruf ich an, ja.»
 «Sehr gut, schieß los.»
 «Also, wir gehen von einem Täter aus. Das heißt, in der Wohnung haben wir nur Spuren von einer Person gefunden. Was natürlich nicht ausschließt, dass draußen eine zweite Schmiere gestanden hat.»
 «Klar», meinte Varga nur, der ebenfalls von einem Täter ausging.

«Reingekommen ist er durch die Balkontür, er hat sie ganz einfach aufgedrückt, kein Problem.»

«Okay. Und was habt ihr zu Habaniño?»

«Wir wissen, wer neben Kistler und Mayer noch im Vorstand saß.»

«Na?»

«Andreas, Kistlers älterer Bruder.»

«Der reiche Finanzmensch?»

«Genau der.»

Varga überlegte, was das für sie bedeutete.

«Der hockt im Moment im Ausland, oder?»

«Genau. In seinem Haus in der Algarve.»

«Gut, dann ruf ihn bitte gleich an und frag ihn, ob er noch ein paar Tage dableiben könnte.»

«Wieso das denn?»

«Weil immerhin zwei Drittel der Mitglieder eines Vorstandes, dem auch er angehört, seit kurzem so kalt sind wie Che Guevara.»

«Du meinst, da macht einer Jagd auf Vorstandsmitglieder?»

«Sieht mir irgendwie fast danach aus, oder findest du etwa nicht?»

Oswald stöhnte.

«Aber sag, was hast du noch?»

«Heilandsack, du bist der ungeduldigste Mensch, den ich kenne.»

Vargas Assistent hörte sich plötzlich um einiges müder an. «Erstens: Die Geschäftsstelle hat Nicole Mayer von der Siriusstraße aus besorgt. Allerdings haben wir Hinweise dafür, dass Kistler wohl auch von seiner Wohnung aus gewisse Arbeiten erledigt hat. Zweitens: Die Homepage von Habaniño war seit Kistlers Tod ohne Unterbruch online und ist es in dieser Minute noch immer. Drittens: Es lässt sich relativ problemlos herausfinden, wer sich in diesen Tagen von wo aus durch die verschiedenen Seiten der Habaniño-Page geklickt hat. Wegen der Medienpräsenz hatte die Seite aber täglich Tausende von Besuchern, von denen sich nicht wenige zum Beispiel von Internet-Cafés aus eingewählt haben.»

«Das heißt, dass ein Haufen anonym bleibt», sagte Varga.

«Ein Riesenhaufen», bestätigte Oswald.

«Und was ist mit der Agenda?»

«Ah ja, viertens und letztens: Von der Agenda keine Spur.»

Varga nickte, als er merkte, von Oswald alles bekommen zu haben, was er sich gewünscht hatte.

«Bist du morgen hier?»

«Natürlich bin ich hier. Wo sollte ich sonst sein?»

«Keine Ahnung. Dann sehen wir uns morgen. Danke und schlaf gut.»

Nachdem Varga das Gespräch beendet hatte, schaute er auf die Uhr. Es war spät, und er wollte am Morgen früh raus, aber ihm war klar, dass er nicht so schnell würde einschlafen können. Er war viel zu überdreht und wusste aus Erfahrung, dass in diesem Zustand nicht an Schlaf zu denken war. Noch nicht.

Varga riss das Bounty auf und begann, seine Akte nachzuführen. Wie immer schrieb er alles auf, das Wichtige und das Unwichtige, die tatsächlichen Zusammenhänge und die vermuteten. Aus Erfahrung wusste er, dass es auf die Details ankam. Die Antwort lag eigentlich immer im Detail. Was im Moment unwichtig erschien, konnte sich später als von entscheidender Bedeutung herausstellen. Deshalb schickte er Oswald auch eine Mail, in der er ihn bat, eine Liste aller identifizierbaren Besucher der Habaniño-Page erstellen zu lassen. Der Aufwand dafür war zwar groß, aber vielleicht hatte der Täter ja einen Fehler gemacht und eine elektronische Spur hinterlassen, als er sich auf der Seite informiert hatte. Als Varga den Kokosriegel verdrückt und die zweite Dose Cola geöffnet hatte, begann er, sich mit Andreas Kistler zu beschäftigen. Oswald gegenüber hatte er ausgesagt, dass er zu seinem Bruder Marco zwar ein distanziertes Verhältnis gehabt, ihm trotz gewisser Bedenken aber immer wieder mit Geld unter die Arme gegriffen hatte. War sein Engagement im Vorstand von Habaniño auch als eine Form von Unterstützung zu verstehen? Oder hatte ihn ein anderer Grund zum Mitmachen motiviert? Wenn ja, welcher? Wenn Vargas Annahme, dass ihn sein jüngerer Bruder vor allem in seiner Eigenschaft als Finanzexperte im Vorstand mit dabeihaben wollte, zutraf, stellte sich die Frage, wie reizvoll diese an sich simple Aufgabe für ihn gewesen sein konnte. Oder hatte Andreas Kistler irgendeine engere Beziehung zu einem anderen Mitglied, zu Kindern oder Kuba? Vielleicht steckte ja tatsächlich nicht mehr als Bruderliebe hinter dem Ganzen, aber Vargas Gefühl sagte ihm, dass diese Fragen wichtig waren und es interessant sein konnte, noch einmal ausführlicher mit Andreas Kistler zu reden. Er machte sich eine Notiz, dass er ihn dabei auch fragen wollte, wie es der Organisation gelungen war, innert weniger Wochen stolze 755 000 Franken zusammenzutragen.

Nachdem sich Varga eine dritte Cola-Dose geholt hatte, fiel ihm auf, dass Sauber den gleichen Jahrgang hatte wie Kistler. Außerdem stammte der eine aus Wetzikon, der andere aus Winterthur, beide Orte lagen nur wenige Dutzend Kilometer voneinander entfernt. Waren sich die beiden Kuba-Reisenden womöglich schon mal irgendwo begegnet, kannten sie sich, standen sie vielleicht sogar in einer Beziehung zueinander? Varga schien der Gedanke nicht abwegig. Deshalb schrieb er eine zweite Mail, dieses Mal an Nowak, in der er sie bat, der Frage nachzugehen, ob sich zwischen den Iberia-Passagieren Sauber und Kistler eine Verbindung herstellen ließ. Eine Verbindung zwischen Kistler und dem deutlich älteren Ballettchoreographen sowie dem Molekularbiologen sah er dagegen nicht – zumindest nicht auf Anhieb. Varga gähnte, ging offline, kippte sich den letzten Schluck Cola in den Hals und blickte in die Nacht hinaus. In seinem Büro war es dunkel, umso stärker strahlten die paar wenigen Lichter der Stadt. Vom Hauptbahnhof her drangen die nie verstummenden Rangiergeräusche herüber. Varga überlegte, wie seine nächsten Schritte aussehen konnten. Er schlug sich mit dieser Frage herum, bis ihm kurz nach zwei Uhr in seinem Sessel die Augen zufielen.

8

Varga stellte sich das Spitalzimmer vor, in dem er lag. Es war weiß, über einem Spiegel flackerte eine Neonröhre, aus dem Flur drang der Stakkatohusten eines Unbekannten. Weil Varga Kommissar der Kriminalpolizei Zürich war, hatte man dafür gesorgt, dass er in einem großen Zimmer lag. Ein Plastikvorhang, der als Raumteiler diente, halbierte es allerdings, Varga hatte kleine Zimmer immer mehr gemocht als große. Er blickte sich um und sah Jutka, wie sie an seinem Bett saß und seine Hand hielt, wie ihr Haar offen auf ihre Schultern fiel und ihre Nasenflügel kaum merklich bebten. Neben Jutka saß Nowak, neben Nowak Katalin. Varga beobachtete seine drei Frauen und fühlte sich schon bald ein wenig besser, hatte wieder etwas Mut geschöpft und nahm sich vor, nicht aufzugeben, gegen den Tod anzukämpfen, weiter hart an der Lösung seines letzten Falles zu arbeiten.

Der Herbst verbreitete ein trübes, schwefliges Licht. Varga lag auf dem Rücken in der ebenen Landschaft und schaute Schwärmen von Vögeln zu, die hoch oben am Himmel kreisten. Als er fernes Donnergrollen hörte, setzte er sich auf und lauschte, bis ihm vom Lauschen die Ohren schmerzten. Überall um ihn herum schwaches Licht, quecksilbern und ursprungslos, und kein Geräusch, bis der Wind kam, der die Vögel aus dem dunklen Himmel scheuchte.

Als Varga seine Augen öffnete, sah er eine einzige Frau vor sich: Nowak. Sie schaute mit ihren dunkelbraunen Augen, in der er Müdigkeit und Trauer erkannte, zu ihm hinunter. Varga fiel auf, dass sie größer war als er, was sie doch sonst nicht war. Erst einen Moment später realisierte er, dass er in seinem Sessel geschlafen hatte und Nowak vor ihm stand. Er wollte sie etwas fragen, aber sie hob den Arm: «Draußen ist es noch dunkel, du hast mal wieder im Büro genächtigt und ich schätze, du brauchst jetzt erst mal dringend eine Cola.»

Varga brummte etwas Unverständliches, Nowak lächelte sanft. Dann verschwand sie, um kurz darauf mit einer Dose und einer Neuigkeit wieder aufzutauchen: «Kuba ist organisiert, wir können ab heute jederzeit jeden beliebigen Iberia-Flug nach Havanna nehmen.»

Varga gähnte und streckte sich, aber seine Augen waren hellwach. «Plüss ist im Boot?»

Nowak legte eine kleine Kunstpause ein und nickte. «Ja, ich hab sein Autogramm.» Für seine Assistentin ahmte er Inspektor Columbo nach und rieb sich theatralisch die Hände. «Gut gemacht, Nowak.»

«Danke, Chef.»

«Bitte. Und du, haben wir noch irgendwo eine Zahnbürste im Haus?»

«Kistler am Apparat.»

Varga zögerte einen Moment, denn es war erst kurz nach sieben und er hatte die Nummer gewählt, noch bevor er sich richtig klar darüber geworden war, was er eigentlich sagen wollte. «Äh, ja, guten Morgen, Frau Kistler.»

«Kommissar Varga? Sie sind aber früh dran.»

«Ich weiß», sagte Varga. «Ich hab da aber etwas, das mich interessiert. Vielleicht können Sie mir weiterhelfen.»

«Gerne. Worum geht's denn?»

Varga merkte, wie er sich entspannte. «Können Sie mir sagen, wo Marco als Kind Dinge zu verstecken pflegte, Spielzeug, aber auch Briefe und ähnliches mehr.»

«So Ähnliches wie eine Agenda?», fragte Kistlers Mutter.

«So Ähnliches wie eine Agenda», bestätigte Varga.

«Lassen Sie mich kurz überlegen, Herr Kommissar. Zuhause in seinem Zimmer hat er sich mal ein kleines Versteck hinter der Tapete eingerichtet, in dem er allerlei Kleinkram untergebracht hat. Dann, in seiner ‹Seeräuberphase›, sag ich mal, hat er mit einem Freund zusammen ein Versteck in einem hohlen Baum genutzt.»

«Würden Sie also sagen, dass er seine Schätze nicht an besonders tief oder hoch gelegenen Orten, sondern eher hinter irgendwelchen Oberflächen versteckt hat?»

«Ja. Ich erinnere mich auch noch an eine Holzkiste, in der er seine Briefe aufbewahrt hat. Für die Liebesbriefe hatte er in dieser Kiste einen doppelten Boden eingebaut.»

«Der gute alte doppelte Boden, der es erlaubt, etwas darunter unterzubringen und so der Einsichtnahme zu entziehen ...»

«Genau.»

Varga bedankte sich, legte auf und dachte über das nach, was er erfahren hatte. Er sah auf Kistlers Porträt an der Wand und fand, dass seine Art, wie er Dinge zu verstecken pflegte, durchaus zu ihm passte. Und dass er sich seine Wohnung noch einmal würde vornehmen müssen, seine Wohnung, die Geschäftsstelle und auch seinen Wagen, um genau zu sein.

«Sag mal, wie hast du's eigentlich geschafft, von Plüss so schnell die Bewilligung für unsere Kuba-Reise zu bekommen?», fragte Varga.

Nowak sah von ihrem Computer auf, ohne dass sie dabei mit dem Tippen aufhörte. «Ich denk mal, dass er davon ausgeht, dass du eine kalte Spur verfolgst und wir in Kuba in eine Sackgasse hineinstolpern. In diesem Fall wird es für ihn wohl, unter anderem wegen der Kosten, die wir da unten anhäufen, nach unserer Rückkehr um einiges einfacher sein, dich abzuschießen.»

Varga nickte. «Gut möglich. Dann machen wir ihm doch am besten einen Strich durch die Rechnung und bringen ihm aus Havanna einen Killer mit.»

Jetzt lächelte Nowak, aber es wirkte nicht wirklich fröhlich. «Noch was anderes: Auf die Schnelle hab ich übrigens keine Hinweise darauf gefunden, dass sich Kistler und Sauber gekannt haben. Aber zwei unserer Leute bleiben da dran. Ist Sauber übrigens der einzige Passagier, der dich interessiert?»

«Nein. Da sind noch zwei weitere Schweizer und drei Kubaner. Allerdings habe ich keine Ahnung, wie wir die Kubaner überprüfen könnten.»

Nowak hörte mit dem Tippen auf und ging zur Tür.

«Scheißkubaner.»

Sie drehte sich um und sah zu Varga zurück. «Gib mir doch mal die Namen an und ich schaue, was sich machen lässt. Magst du übrigens einen Schokogipfel?»

«Einen? Ich könnte mindestens drei vertragen.»

Als sie mit der Namensliste verschwunden war, nahm er den Regen wahr, der gegen die Fenster schlug. «Scheißwetter.»

Varga und sein Vater warteten, bis sich die DC-8 der Loftleidir im Fenster zeigte, mit ihrem hellen schlanken Körper, der beide träumen ließ. Sie saßen auch nach Stunden noch an der Bar, tranken Cola und erinnerten sich an Sommer, die weit zurücklagen, Vargas Vater erzählte zum hundertsten Mal von den Zigeunerinnen, die bei der Maisernte abends ums Feuer saßen, sangen, tanzten, ihre Hintern zeigten und eine nach der anderen mit den jungen Männern im Stroh verschwanden. Sie erinnerten sich an die Flüsse und Seen, in denen sie geschwommen waren, an ihr Blau, Grün und Braun, an die Gärten und Hinterhöfe, durch die sie getobt waren, an all die Käfer, die sie draußen auf den Feldern gesammelt hatten, an Zwiebelbrote, Akazienhonig, Holundersirup und an das weiche Licht, das der Abend gebracht hatte.

Das große Sitzungszimmer war leer – genau das, was sich Varga erhofft hatte. Er wollte sich vor der Teamsitzung, die er auf zehn Uhr angesetzt hatte, noch eine halbe Stunde allein und in Ruhe mit dem Fall beschäftigen. Es gab zwar noch eine Menge Bürokram zu erledigen, aber es war ihm wichtig, etwas Abstand zu der Geschichte zu gewinnen und über einige Indizien und Informationen nachzudenken, die er seit der Entdeckung von Kistlers Leiche gesammelt hatte. Als Erstes erstellte er eine Liste der Dinge, die entweder erledigt werden mussten oder die er in der Sitzung ansprechen wollte. Die Mordakte – er hatte entschieden, die Tötung von Nicole Mayer in Kistlers Akte aufzunehmen – musste vervollständigt werden. Er musste so rasch wie möglich Oswalds Bericht über die Tötung an der Siriusstraße auf den Tisch bekommen, inklusive der Erkenntnisse des wissenschaftlichen Dienstes. Er musste mit Andreas Kistler reden, mit Dr. Forster und noch einmal mit Heiner Ganz und Damaris Zeller. Er musste die Feinplanung ihrer anstehenden Reise nach Kuba an die Hand nehmen. Außerdem musste er all die Details, die ihm aufgefallen waren, auf einem Blatt Papier zusammenstellen. Sobald Varga die Liste fertig hatte, ging er sich am Getränkeautomaten eine Cola holen.

«Weißt du, was du in Kuba suchst?», sagte jemand hinter ihm, als er die Dose öffnete. Varga drehte sich um. Es war Blumenthal, der Wissenschaftler.

«Die ewige Wiederkehr des Gleichen mit Variationen?»

Blumenthal lächelte ihn an und ging seine Kaffeetasse nachfüllen.

«Du bist ein guter Polizist, Varga, weil du ein Besessener bist, besessen von der Wiederholung des Verlorenen. Seit ich dich kenne, praktizierst du permanent den Exorzismus der Geister, die du nicht riefst, die dich aber ständig befallen: Erinnerungen, Stimmen aus der Vergangenheit, Bilder, die langsam an Schärfe gewinnen, je länger sie im Dunkeln ruhen.»

«Sorry, aber das ist zu viel für mich, mein lieber Blumenthal, es ist noch nicht mal zehn Uhr.»

Wieder lächelte der alte Wissenschaftler. «Für dich, Varga den Besessenen, ist das Ermitteln viel mehr als für Hess, Hüppi und Konsorten, es ist für dich wie ein Experiment oder eine stete Übung, deine gelebte Vergangenheit wiederzuverwerten.» Und als Varga nur den Kopf schüttelte: «Ich werd meine Geister ja auch nicht los. Aber schau bloß gut zu dir, Varga.»

Dass die Ermittlungen in einem Mordfall mit Sackgassen, Hindernissen und Unmengen an vergeudeter Zeit und Mühe einhergingen, bekam Varga zum Auftakt der Teamsitzung wieder mal deutlich vor Augen geführt: Nachdem Nowak wie üblich mit einer zehnminütigen Verspätung eingetroffen war, musste er feststellen, dass Blumenthal an der Siriusstraße kaum Erkenntnisse hatte gewinnen können. Die aufwendigen Tatortuntersuchungen waren, so wie's aussah, umsonst gewesen. Nicole Mayer war über eine kurze Zeitdauer gefoltert worden und infolge ihres massiven Blutverlustes verstorben. Während der Dauer der Tortur, die frühmorgens stattgefunden haben musste, hatte ihr Peiniger ihren Mund mit Klebeband fest zugeklebt und die Knebelung wohl erst gelöst, als sie zwar noch reden konnte, aber nicht mehr über die Kraft zum Schreien verfügte. Die Nachbarn hatten vom Ganzen nichts mitbekommen, weil sie verreist waren – was der Täter vermutlich gewusst hatte. Eindeutig die Arbeit eines Profis, dachte Varga. Ansonsten hatte Blumenthals Team nicht das Geringste, keine Zeugen, keine Spuren finden können, das sie weiterbrachte. Und als Oswald den Ausführungen Blumenthals nichts hinzuzufügen hatte und erklärte, dass die Auswertung der Besucher auf der Homepage von Habaniño eben erst angelaufen war, fühlte sich Varga schon nach einer knappen Stunde wie erschlagen.

Auf dem Flug nach Island träumte Varga davon, dass er seinem Vater Briefe schrieb, seitenlange Briefe, in dem er ihm vieles erzählte, Wichtiges und Unwichtiges. Er schrieb: Deine Art, Weinflaschen zu entkorken, als wolltest du einen Polypen auf dem Beutezug nachahmen, hat sich nicht verändert, und auch deine Art, wie du dich hinsetzt und vornüberbeugst, um deine Zehennägel zu schneiden, ist noch dieselbe. Er schrieb sogar übers Wetter, das Wetter in der Schweiz, den stahlgrauen Himmel, den Regen, den Nebel, die Kälte und die Sommer, die nicht wirklich welche waren. Und natürlich schrieb er übers Essen, was er mochte, Fleischvögel mit Kartoffelstock und Bohnen, dazu eine Cola, eine große Cola mit Eis, ohne Zitrone. Als Letztes wollte er seinem Vater schreiben, was im Kino lief und wie sein Studium angelaufen war, was er an der Uni Zürich alles lernte.

In der Pause stand Varga mit Nowak zusammen. Seine Assistentin sah aus, als sei sie seit dem jüngsten Tatortbesuch um einige Jahre gealtert. Doch auch wenn ihr bewusst sein musste, dass sie schlecht aussah, versuchte sie trotzdem ein schwaches Lächeln.

«Geht's wieder?», fragte Varga.

Sie schwieg einen Moment lang und betrachtete den Fußboden.
«Ja, ich glaub schon.»

«Du weißt, wir haben da einen hausinternen Therapeuten, zu dem du gehen kannst.»

«Mach dir keine Gedanken, Chef. Ich frag mich einfach die ganze Zeit, wie ein Mensch so was tun kann. Und die Antwort lautet: Ich weiß es nicht. Ich weiß es einfach nicht.»

Varga konnte sehen, wie sich ihre Augen mit Wut und Tränen füllten, wie aufgewühlt sie noch immer war. Er wusste, was in ihr vorging. Das machte jeder durch, der bei der Kriminalpolizei die schweren Delikte bearbeitete.

«Das wird schon wieder, du schaffst das.» Varga war selbst nicht besonders überzeugt, als er seine Durchhalteparole von sich gab. Auch er hatte diese Situation, diesen plötzlichen, brutalen und sinnlosen Tod erlebt. Seiner Assistentin nun zu sagen, sie solle sich durchbeißen, kam ihm deshalb ein bisschen verlogen vor.

Irgendwann war Varga stehengeblieben, um zurückzuschauen, auf die Straße, auf den Panzer, auf den toten Soldaten, wo er eben noch gestanden hatte, aber sehen konnte er nichts mehr, und das Einzige, was er hörte, war das Rasseln der Ketten, als der Panzer hinter den Häusern davonrollte. In diesem Moment ging ihm zum ersten Mal durch den Kopf, dass er nicht bleiben konnte, dass sie nicht bleiben konnten, dass er und sein Vater ihre Stadt, ihr Land, ihre Heimat verlassen mussten.

«Und?», fragte Varga zu Hess und Hüppi gewandt. «Habt ihr beiden wenigstens irgendwas?»

«Möglicherweise», sagte Hess. «Wir haben aus mehreren Quellen, die im Moment allerdings alle noch anonym bleiben wollen, erfahren, dass Kistler vor etwa einem Jahr eine Neuzehnjährige, die im Parteisekretariat der Schweizer Demokraten ein Praktikum absolvierte, bedrängt haben soll.»

«Was heißt bedrängt?», fragte Varga.

Bevor Hess antworten konnte, summte das Telefon. Nowak ging ran, deckte die Sprechmuschel mit der Hand ab und drehte sich zu Varga um. «Elena sucht dich, Chef. Rufst du sie zurück?»

Varga nickte, bevor er Hess ansah und in einer Was-ist-jetzt?-Geste die Hände ausbreitete.

«Bedrängt heißt irgendwas zwischen begrapscht und vergewaltigt. Was an jenem Abend in der Parteizentrale passierte, scheint unklar zu sein, auf jeden Fall konnte oder wollte uns dazu niemand etwas Genaueres sagen.»

«Ist die Geschichte aktenkundig?»

«Nicht bei uns.»

«In der Partei?»

«Keine Ahnung.»

Varga nickte. Er wusste, dass sie diesen Punkt wohl nur mit Hilfe einer Hausdurchsuchung würden klären können.

«Was ist mit dem Opfer?»

«Das soll heute in den USA leben.»

«Haben wir die Adresse des Mädchens?»

Kurzes Schweigen. Dann: «Ich sag es wirklich sehr ungern, aber wir haben nicht mal ihren Namen.»

Varga runzelte die Stirn. «Bitte?»

«Wir kennen den Namen des Opfers nicht. Niemand von den SD-Leuten, mit denen wir uns über das Mädchen unterhalten haben, wollte sich an ihren Namen erinnern.»

«Das kann doch nicht sein.»

Hess zuckte mit den Schultern.

«Na gut, bleibt da dran. Und bin ich ja mal gespannt, ob sich der gute Doktor Forster an den Namen des Mädchens erinnern kann», sagte Varga, und alle schwiegen eine Weile.

«Gibt's denn Zeugen?», fuhr er fort.

Hess schüttelte den Kopf. «Nicht, dass wir wüssten.»

Erneutes Schweigen. Dann fiel Hess noch etwas ein: «Einer dieser Demokraten meinte, dass das Mädchen die Tochter eines Parteioberen gewesen sein soll.»

Sofort wandten sich alle Augen Varga zu.

«Keine Frage, das muss uns interessieren. Hess und Hüppi, hakt da nochmal nach. Das kann aber ein heißer Punkt sein, geht also sachte ran, ja?»

Hess nickte. Es folgte eine längere Stille, in der alle darauf warteten, dass Varga weitersprach. Doch schließlich ergriff Nowak das Wort: «Kistler, von der Parteileitung gestützter Jungstar, vergeht sich an einer Praktikantin, die dummerweise die Tochter eines Bonzen ist. Bonze schreit auf, Parteileitung kehrt alles unter den Teppich, Bonze schart Gruppe von Mitgliedern hinter sich und macht Druck, Parteileitung kann Kistler irgendwann nicht mehr halten und gibt ihn auf, Kistler geht ab. Bleibt die Frage, ob Bonze oder Parteileitung Kistler wegen der Sache gleich ganz verstummen ließen – beide hatten dafür ein Interesse, nächstes Jahr ist Wahljahr und Wähler mögen unappetitliche Geschichten von der Art nicht.»

«Guter Ansatz, auch wenn Auftragsmorde meines Wissens noch nicht zu den Machtmitteln schweizerischer demokratischer Parteien gehören», sagte Varga.

«Könnte Kistler vor Bonze und Partei nach Kuba geflüchtet sein und die Partei von dort aus erpresst haben?», fragte Blumenthal.

Varga nickte. «Das könnte allenfalls die Idee erklären, die er da unten gehabt haben will, und auch die Bombe, die er platzen lassen wollte. Wir müssen's herausfinden. Noch was anderes: Ist Forster schon zurück?»

«Er müsste in dieser Minute landen», sagte Oswald.

«Gut, dann schnapp ihn dir und organisier mir einen Termin mit ihm. Ich will so bald wie möglich mit ihm reden.»

«Alles klar.»

In Keflavík lag schmutziger Schnee neben der Piste. Varga stand in der offenen Tür der Maschine, hatte die Hände in den Taschen seines Mantels vergraben und schaute auf niedrige Dächer, einen Hangar aus Wellblech und eine Handvoll Radarkugeln und Antennen, die sich vor dem knochenfarbenen Himmel abzeichneten. Der Wind zerrte an den Antennen. Er hörte etwas wie ein fernes Heulen, etwas, das ein Triebwerk auf der anderen Seite des Flugplatzes sein konnte. Heilandsack, dachte er, vielleicht habe ich ja noch Glück gehabt, dass ich in der Schweiz gelandet bin.

«Guten Tag, Herr Kommissar. Ich bin's, Elena. Erinnern Sie sich an mich?»

«Nur Durchschnittsschweizer dürften sich nicht an Sie erinnern.»

«Nettes Kompliment, danke. Aber hören Sie, ich wollte Ihnen melden, dass ich gestern eine Karte aus Kuba bekommen habe.»

«Von Kistler?»

«Genau.»

«Was schreibt er denn?»

«Einen einzigen Satz.»

«Nämlich?»

«Wenn ich nur bei dir wär.»

Varga ließ Kistlers Worte wirken, dachte über sie nach. «Ein schöner Satz», meinte er dann.

«Ja. Aber er hat auch was Dunkles, das mich beunruhigt», sagte die schöne Ukrainerin.

«Was meinen Sie?»

«Kistler hat mir mal gesagt, dass er Postkarten hasse und in seinem Leben noch nie eine geschrieben habe. Außerdem hab ich ihn zwar als einen emotionalen Menschen kennengelernt. Wenn es aber darum ging, persönliche Dinge auszudrücken, dann war er ...»

«... dann hatte er damit Mühe?», half ihr Varga.

«Ja.»

«Was wollen Sie damit sagen?»

«Ich weiß nicht genau ... Ich find halt, diese Karte passt irgendwie nicht zu ihm. Sind Sie nicht auch der Meinung, dass in dem Satz so was wie Verzweiflung mitschwingt?»

Varga nickte. «Mag sein. Aber man weiß ja, wie nah die Verzweiflung beim Verlangen liegt.»

Einen Moment lang blieb es still in der Leitung.

«Ein paar Tage, nachdem er diese Karte, diesen Satz geschrieben hatte, war er tot», fuhr Elena fort.

«Welches Datum trägt der Stempel auf der Karte?»

«Die Briefmarke ist nicht abgestempelt», erwiderte Elena sofort.

«Was wohl typisch kubanisch ist», sagte Varga, «Stempelfarbe ausgegangen, geklaut oder gegen Rum eingetauscht. Wie auch immer – wir können davon ausgehen, dass eine Postkarte aus Havanna maximal zwei, drei Wochen unterwegs sein dürfte, bis sie die Schweiz erreicht. Insofern haben Sie recht – Kistler hat die Karte an Sie wohl kurz vor seinem Tod geschrieben.»

«Und er hat sie geschrieben, als es ihm in diesem Tropenparadies nicht gut ging. Kuba soll doch, habe ich zumindest gehört, so eine Art Paradies sein, nicht wahr, Herr Kommissar? Gerade, was Frauen betrifft. Wieso wünschte er sich dann, bei seiner Ex-Freundin zu sein, ausgerechnet als er mitten im Paradies, unter Palmen und zwischen langbeinigen schokobraunen Schönheiten hockte?» Bei dieser letzten Frage kam ein leicht schriller Unterton in Elenas Stimme.

Varga stellte sich die angesprochenen Schönheiten kurz bildhaft vor und nickte dann noch einmal. «Ich kann Sie gut verstehen, Elena. Und Sie liegen mit Ihrer Vermutung möglicherweise auch nicht völlig daneben.»

Elena blieb still und Varga hatte das Gefühl, dass sie leise weinte.

«Wir reisen dieser Tage nach Kuba und werden versuchen herauszufinden, womit sich Kistler in seinen letzten Wochen beschäftigt hat und wieso er sich nicht wohl gefühlt haben könnte. Ich melde mich dann bei Ihnen, wenn ich zurück bin, in Ordnung?»

«In Ordnung», sagte Elena, und nun war sich Varga sicher, dass sie weinte.

Nowaks Platz am Konferenztisch war mit einem Haufen Papieren, zwei offenen Laptops und einem Stapel Anrufnotizen übersät. Varga stand auf, warf einen Blick auf ihr Protokoll, wandte sich dann um und sah aus dem Fenster. Es war abermals ein regnerischer Tag, und er konnte den Üetliberg im Vormittagsgrau kaum erkennen. Eine Mischung aus Verzagtheit und Erregung hatte ihn befallen, er stand lange am Fenster und rieb sich mit Daumen und Zeigefinger den Nasenrücken, bevor er sich wieder auf seinen Stuhl setzte. Kistler fühlt sich aus einem bestimmten Grund nicht wohl im Paradies, kommt kurz vor seinem Tod so unter Druck, dass er die erste Postkarte seines Lebens schreibt, die nicht nur seine Ex-Freundin als einen unbewussten Hilfeschrei wertet. Varga gähnte, streckte sich ausgiebig und fischte dann ein Buch aus seinen Unterlagen, das er sich hatte bringen lassen, weil er in einem Zeitungsartikel mal gelesen hatte, dass kein kubanischeres Buch existiere. Er blies etwas Staub vom Einband, den ein üppiger Tropenwald zierte, durch den drei Tiger streiften. Unter Druck schreibt Kistler Postkarten, unter Druck unternimmt er aber vielleicht noch mehr, baut in seinem Zimmer ein Versteck und bringt darin seine Agenda in Sicherheit. Wieder gähnte er. Ich muss diese Agenda finden, dachte er, wenn sie denn überhaupt noch zu finden ist. Sie könnte etwas enthalten, das jemanden so sehr interessiert, dass dieser Jemand bereit ist, buchstäblich über Leichen zu gehen, um es in seine Gewalt zu bringen. Varga lehnte sich zurück, schlug das Buch mit den Tigern auf und tauchte sachte in ein nächtliches Kuba ein. Er würde sich nicht nur Kistlers Wohnung, seine Geschäftsstelle und seinen Wagen vornehmen müssen, sondern auch seine Unterkünfte in Havanna.

In Baracken waren die Studenten aus Ungarn untergebracht, zwei schmucklosen Holzbaracken mit mehreren Zimmern, hinter jeder Tür zwei oder drei Studenten, einer von ihnen stand fast immer an einem Fenster, um zu rauchen und hinauszusehen auf den Hönggerberg, die Äcker, den Wald, Strommasten und den einzigen Weg, der zu diesem Lager führte. Zu Beginn des Studiums in Zürich war Varga bei seinen Stiefeltern in Luzern ausgezogen und lebte in einer der Baracken mit einem dünnen Jungen aus Budapests neuntem Bezirk zusammen, den er selten sah, weil dieser nur auf dem Papier studierte. Statt an der Uni war er die meiste Zeit auf einem Teerplatz hinter den Baracken, wo er gebrauchte Simcas ausschlachtete und mit den Teilen einen Handel betrieb. Meist umgab sich Varga mit zwei, drei Jungen, die wie er das Recht studierten und gleichzeitig Deutsch lernten. Sie lasen mit ihm Bücher und Gesetze, zogen abends mit ihm durch das Niederdorf, schwammen im Sommer im See und in der Limmat, spielten Fußball, in Pärken und auf sauber gemähten Rasenflächen in der ganzen Stadt, bis fast immer ein Schweizer auftauchte und sie beschimpfte und verscheuchte.

«Zwei Infos für dich, Chef», sagte Oswald, als er seinen Kopf zur Tür hereinstreckte.

«Die Personenfahndung im Umkreis der Siriusstraße hat nichts gebracht und Forster erwartet dich um Viertel nach acht in seinem Haus.»

«Bueno, gracias.»

«Möchtest du übrigens, dass ich dich heute Abend auf den Zürichberg begleite?», fragte Oswald nach einer Pause.

Varga ließ das Buch sinken, hob sein Kinn leicht an und blickte über den Tisch zu seinem Assistenten hinüber. «Danke, nicht nötig. Treib lieber die Internet-Recherche voran. Da ist mehr für uns drin.»

Oswalds Mund wurde zu einem Strich und sein Kopf verschwand für einen Moment aus dem Türspalt. Als Varga bereits wieder am Lesen war, tauchte er noch einmal auf. «Sag mal, was liest du da eigentlich? Ein Buch?»

Dieses Mal schaute Varga nicht mehr auf. «Einen Roman, ganz recht.» Und als er merkte, wie sein Assistent stutzte, fuhr er fort: «Die Geschichte der verhinderten Abenteuer von fünf Freunden, allesamt Künstler und Intellektuelle im vorrevolutionären Havanna, die in Form von Ich-Erzählungen Ausschnitte aus ihrem Leben präsentieren. Dazu zählen Szenen wie die jeweilige Ankunft in der kubanischen Hauptstadt und die allabendliche Autoirrfahrt durch die Straßen, aber auch rauschhafte Darstellungen von Alkoholexzessen, Nachtclubbesuchen und den verunglückten Liebesabenteuern der Freunde.»

Oswald sah Varga prüfend an. «Ah ja. Das wird dir bei unseren Ermittlungen bestimmt sehr helfen.»

Varga wiegte den Kopf. «Wer weiß, lieber Oswald, wer weiß.»

9

Still und eng war es im Klöntal. Der Wind fuhr über den See und durch Vargas Haar. Varga lief hinunter zum Wasser, hob Steine auf und warf sie in den See hinaus, so weit er konnte. Von Zeit zu Zeit fuhr oben auf der Straße ein Auto vorbei. Er stand am Ufer, zwischen Fischern, die stundenlang im Wind standen, regungslos, warf Steine und schaute dann schweigend auf die Ringe, die sich bildeten.

«He, fremder Fötzel, hier tut man so was nicht, das verscheucht die Fische», herrschte ihn ein Angler an, und Varga wandte sich um, ging hinauf zum Parkplatz, stieg ins Auto seiner Stiefeltern ein und dachte an das, was ihm ein Kommilitone gesagt hatte, dass die Schweizer mehr durch ihre Täler geprägt waren als durch die Berge.

Es war Nachmittag, aber der Himmel über Schwamendingen war schwarz und die Autos auf der Überlandstraße fuhren mit Licht. Varga war zum zweiten Mal in Kistlers Wohnung, stand am Fenster und sah dem Streifenwagen nach, der ihn an den Stadtrand gefahren hatte. Nach einer raschen Durchsuchung des Zimmers – bei der er nichts Auffälliges entdeckte – nahm er ein Aspirin und schob dann das Bett, das Pult, den Fernseher und den Geschirrschrank zur Seite, um einen Blick auf die Wand zu werfen. Hinter dem Bett fand er eine leere Kaugummi-Schachtel, Marke Wrigley's, und ein einzelnes Fußball-Sammelbildchen von einer Weltmeisterschaft, aber keine Spur von einem Versteck. Varga setzte sich auf den Bettrand, drehte den kahlköpfigen Brasilianer in seinen Fingern und überlegte. Er war nicht überrascht, dass er in Kistlers Zürcher Wohnung kein Geheimversteck entdeckt hatte. Die Chancen, in Havanna auf ein solches zu stoßen, schätzte er größer ein. Dafür mussten sie aber erst in Erfahrung bringen, wo Kistler abgestiegen war. Er würde diese Frage mit Ganz und dem Botschafter klären müssen.

Querfeldein streiften sie durch die Ebene, Onkel Jenö und Varga, begleitet von einem Schwarm emporschnellender Grashüpfer. In der späten Nachmittagssonne erreichten sie eine kleine Baumgruppe, setzten sich in den kühlen Schatten, rückten einen Moment lang zusammen, tranken Wasser und aßen Schmalzbrote, redeten über die Käfer, die sie gesammelt hatten und lugten in das Einmachglas, um die Tiere zu beobachten. Onkel Jenö stand als Erster auf, reichte Varga seine Hand und zog ihn hoch. «Na, ist diese Ebene das Paradies oder nicht?» fragte er. «Hier draußen können wir seit Jahrhunderten tun und lassen, was wir wollen und finden erst noch alles, was wir brauchen.»

«Vor allem jede Menge komischer Käfer», antwortete Varga, und Onkel Jenö zeigte ihm beim Lachen seinen letzten Zahn.

Von unten drang wieder Heavy Metal und Hundegebell herauf. Varga schloss die Augen und drehte in Gedanken noch einmal eine Runde durch Kistlers Wohnung. Er nahm sich vor, hinter dem Spülkasten und dem Boiler im Bad nachzusehen, dann wollte er kurz in den Keller und nach Möglichkeit auch die Nachbarn noch befragen. Erstmal blieb er aber auf Kistlers Bett sitzen, bis er spürte, dass die Tablette zu wirken begann. Und tatsächlich ließ der Schmerz in seinem Kopf bald nach und ein Gefühl von Gelassenheit und Entspanntheit ergriff von ihm Besitz.

Es war Varga bewusst, dass er dem Tod sehr nahe war. Er kauerte auf einem Weg, ernst, umgeben von Dunkelheit, das Herz in der Kehle. Er spürte nichts, keinen Schmerz und keine Kälte, doch er fürchtete sich vor dem letzten Wegstück, vor dem endlichen Gang durchs Düster, vor der Begegnung mit dem Fährmann, der ihn vielleicht schon hinter der nächsten Biegung erwartete.

Während Varga den schrillen Riffs der Metaller lauschte, summte sein Telefon. «Varga?»

«Hier.»

«Hallo, ich bin es, Nowak. Wo steckst du?»

«In Kistlers Wohnung. Hast du was?»
«Ja. Ich habe ja heute früh die Namen der drei Kubaner an die Botschaft in Bern gefaxt. Eben hat sich nun die Botschafterin bei mir gemeldet – einer aus dem Trio ist ihnen bekannt.»
«Na?»
«Compañero Dariel Alvarez arbeitet als Zweiter Sekretär für die kubanische UNO-Mission in Genf.»
Varga zog die Stirn hoch.
«Alvarez ist mit der Iberia in die Schweiz gekommen, um hier seinen Job anzutreten.»
«Gut gemacht, Nowak. Dann schau doch bitte mal, ob du an diesen Alvarez rankommst und mit ihm reden kannst.» Er legte auf, und während er darüber nachdachte, was er eben erfahren hatte, nahm er einen Moment lang einen feinen Duft wahr. Bei Kistler duftete es immer noch nach frischen Zitronen.

In der erbarmungslosen Dunkelheit wurde Varga bewusst, dass sein Leben wie ein Film an ihm vorbeizog. Längst untergegangene Landschaften tauchten auf, längst verstorbene Verwandte und Freunde standen plötzlich wieder vor ihm und spielten Szenen nach, die er vor langer Zeit schon einmal erlebt hatte. Zuerst hatte ihn der Film erschreckt, verwirrt auch, doch irgendwann hatte er begonnen, die Bilder anzunehmen und sich sogar über sie zu freuen. Und je länger der Film dauerte, je näher er seinem Ende kam, umso stärker wurde sein Gefühl, dass er ein gutes Leben gehabt hatte, und umso ruhiger wurde er.

Varga hörte Tschaikowskys 6. Sinfonie, als er die Rämistraße in Richtung Zürichberg hochfuhr. Manchmal ging in seinem Polo die Musik im Rauschen des Verkehrs fast unter, doch an diesem Abend hatte er das Gefühl, dass er sie besser hörte, je näher er seinem Ziel kam. Nach 15 Minuten erreichte er die Villa Bellaria an der Dolderstraße. Er fuhr an einer Garageneinfahrt vorbei, passierte ein schmiedeeisernes Tor und rollte auf der Einfahrt zu einem mit Kies und Laub bedeckten Vorplatz, auf dem Forsters

Wagen stand. Varga hielt hinter dem nussbraun glänzenden Bentley, stieg aus und schaute sich das Haus an. Die Gründerzeitvilla hatte einschüchternde Dimensionen, einige Anbauten aus jüngeren Zeiten sorgten aber dafür, dass sie sich als eine enttäuschende Stilmischung präsentierte. Was für ein Luxusgeisterschloss, dachte er, das würde er nicht haben wollen, selbst wenn er die Kohle dafür hätte. Dann stieg er die Vortreppe hinauf und drückte auf den beleuchteten Klingelknopf an der Haustür. Er lauschte noch dem Ton der Klingel, der durch das Innere des riesigen Hauses hallte, als die Tür auch schon geöffnet wurde. Statt des erwarteten Butlers in Uniform stand eine attraktive Blondine vor ihm.

«Ja?»

«Guten Abend. Ich bin Kommissar Varga von der Kriminalpolizei. Herr Forster erwartet mich.»

Er hielt ihr seinen Dienstausweis hin, und sie nahm ihn ihm aus der Hand. Das war ungewöhnlich. Normalerweise schreckten Leute vor dem Ausweis zurück und schauten ihn an wie ein fremdartiges Objekt, das ihnen Angst machte.

«Herr Doktor Forster erwartet Sie bereits, Herr Kommissar.»

Sie trat zurück und öffnete ihm weit die Tür.

«Sind Sie Forsters Assistentin?», fragte Varga, doch sie tat so, als hätte sie seine Frage überhört oder nicht verstanden, und musterte ihn stattdessen mit ihren blauen Augen. Varga schätzte, dass sie Anfang dreißig war. Sie war sehr attraktiv, hatte glattes blondes Haar, eine schlanke Figur und war gut geschminkt. Sie trug ein schwarzes Kleid, das ihre straffen braunen Beine zur Schau stellte. Varga fand trotzdem, dass er seine Nowak auf keinen Fall gegen sie eintauschen würde. Die Tür schloss automatisch, nachdem er eingetreten war, und er folgte ihr durch einen verspiegelten Flur und über dicke Perser in einen großen Salon. Der Raum wurde von einem Panoramafenster dominiert, das einen einzigartigen Blick auf Zürich und den See freigab. Die Blondine wies Varga einen Sitzplatz zu und verschwand in einem Flur. Varga genoss kurz die Aussicht, bevor er sich in einen Lederclubsessel sinken ließ und seine Umgebung studierte. Wie das Haus zeugte auch der Salon von zu viel Geld und zu wenig Geschmack: massive Holzmöbel wie aus einer Las-Vegas-Suite aus den Siebzigern, zwei großformatige, aber höchst durchschnittliche Hodler an den Wänden, einige moderne Designerleuchten und ein lachsfarbener Teppich bildeten eine Mischung, die nur schwer verdaulich war.

Vor der offenen Küchentür ratterte eine silberne Kabine der Dietschibergbahn den Berg hinauf und unterbrach kurz die Mittagsstille im großen, holzgetäferten Wohnzimmer. Varga saß allein auf dem dunkelroten Sofa und trank Rivella, weil Cola in diesem Haus verpönt war, seine Stiefeltern hatten es immer als Negerschweiß abgetan. Sein Stiefvater, müde, zittrig, alt, saß ihm gegenüber in einem Sessel und sagte etwas über den Föhn, bevor ihm die Lider zufielen und er wieder einmal den denkwürdigsten Tag seines Lebens aufleben ließ. Am 25. Juli 1940 hatte er frühmorgens in Uniform an der Reling der «Stadt Luzern» gestanden, weil sein General ihn und mit ihm alle seine höheren Offiziere auf das Rütli bestellt hatte, um sie gegen den Feind einzuschwören, der damals die Schweiz bedrohte. Als im Flur die große Standuhr schlug und das Radio die Ein-Uhr-Nachrichten sendete, war der Stiefvater eingenickt, nur Varga lauschte und schaute dabei über die leeren Geranienkästen hinweg auf den Vierwaldstättersee, der an diesem Tag eine Fläche aus grauem Lack war.

«Sagen Sie, wie kann ich Ihnen helfen, Herr Kommissar?»

Varga wandte sich um, der Herr des Hauses war wie aus dem Nichts aufgetaucht und hatte sich mitten im Raum aufgebaut. Dr. Walter Forster war ein großer, hagerer Mann Anfang sechzig, mit dichtem Haarwuchs und stechenden Augen. Er trug einen cremefarbenen Anzug und ein blau-weiß gestreiftes Hemd, seine nackten Füße steckten in hellbraunen Slippern, an seinen kurzen Fingern blitzte ein schwerer Siegelring.

«Varga, Kriminalpolizei Zürich.»

Forster brachte mit einer leicht theatralischen Geste beide Brauen in Form. «Na, was hab ich denn nun schon wieder verbrochen?»

«Das werden wir sehen», erwiderte Varga kühl. «Ich hab vorerst nur ein paar Fragen an Sie.»

Forster nickte und lächelte geziert. «Aber natürlich. Ihnen dürfte ja bestens bekannt sein, dass ich mit meiner Partei für einen starken Staat einstehe. Insofern dürfen Sie in Ihrer Eigenschaft als Staatsdiener meiner uneingeschränkten Unterstützung versichert sein. Wenn ich Sie allerdings bitten dürfte, Ihre Pflicht möglichst effizient zu tun – ich habe heute Abend Gäste, die mich bereits vermissen.»

Varga dachte einen Moment lang daran, ihm zu erklären, dass er ihn so lange befragen würde, wie er es für nötig befand, wenn's sein musste, die ganze Nacht lang, ließ es dann aber bleiben.

«Weshalb interessiert Sie die Isländische Volkspartei?»

Forster ließ ein weiteres Lächeln über sein Gesicht huschen, trat dicht an Varga heran und tätschelte ihm die Schulter. «Oha! Kein schlechter Einstieg in unsere abendliche Plauderei, Herr Kommissar, wirklich, nicht ohne. Darf ich denn auch ganz offen zu Ihnen sein?»

Forster roch aufdringlich, nach etwas Schwerem aus Italien, vermutete Varga, der seine Frage als eine Rhetorische auffasste und deshalb nicht auf sie einging.

«Also, geschätzter Herr Kommissar», fuhr Forster fort, «Hand aufs Herz, wen interessiert schon, was auf Island passiert?»

Wieder blieb Varga still.

«Neben ein paar Vulkanologen und den Freunden des Basstölpels doch allerhöchstens die Isländer selbst, oder etwa nicht? Oder kennen Sie jemanden, der sich wahrhaftig für diesen öden Steinhaufen im Nordatlantik interessiert? Non monsieur, Island beschäftigt nur die paar vom Inzest gebeutelten Eingeborenen, ehemals stolze Wikinger, die heute den lieben langen Tag ihren Kabeljau zu Sushi verarbeiten, für die Touristen im Tölt reiten, in heißen Quellen hocken und sich ansonsten volllaufen lassen.»

Pause.

«Aber Achtung! Neben dieser illustren Gesellschaft interessiert sich noch einer für Island: ich, der Forster.»

«Schön», erwiderte Varga, der einigermaßen überrascht war, wie rasend schnell sich der alte Mann in Fahrt geredet hatte.

«Nicht wahr? Ja, der Forster interessiert sich nämlich seit Studententagen für die paar wenigen kultivierten Weltgegenden, die bereit sind für Ideen, die sich hier in unserer ...», und nun legte er wie ein Schmierenkomödiant eine abrupte dramaturgische Pause ein, während der er Varga mit seinen Augen anfunkelte, «... pardon, in meiner Heimat», und er schien die Betonung seiner kleinen Korrektur sichtlich auszukosten, «alles in allem doch schon recht gut bewährt haben.»

Varga ignorierte den Nadelstich.

«Sie haben dieser Rechtspartei so was wie Geburtshilfe geleistet?»

«Wieso so sprunghaft, Herr Kommissar? Lassen Sie mich doch ausholen und Ihnen aufzeigen, wie sehr das Staatsgebilde dieser Nordlichter, die in grauer Vorzeit notabene nicht nur zu plündern und zu brandschatzen wussten, sondern immerhin auch das Parlament erfunden haben sollen, in letzter Zeit massiv unter der Politik seiner unsäglichen Regierung gelitten hat. Island ist wie viele Staaten ernsthaft erkrankt und ...»

«Bitte sparen Sie sich Ihr Ausholen, Herr Forster. Ich wäre Ihnen sehr verbunden, wenn Sie meine Fragen so kurz und knapp wie möglich beantworten könnten», fiel ihm Varga ins Wort. «Andernfalls machen wir hier die Nacht zum Tag.»

Forsters Gesicht rötete sich, und die linke Seite seines Kinns zitterte leicht, aber er sagte kein Wort, deutete nur ein Nicken an.

Als die DC-8 auf dem Rollfeld von Keflavík ihre vier Triebwerke startete, explodierte eines von ihnen mit einem lauten Knall. Varga dachte sofort an die Figur des Homo Faber, die sich vor einer Notlandung fragte, wohin mit dem Lunch, klappte den Sitz zurück und starrte an die Kabinendecke. Eine Viertelstunde später fand er sich in einem schmucklosen Holzterminal wieder, vor den großen Fenstern rannten Feuerwehrleute in silbern glänzenden Schutzanzügen herum. Varga saß zwischen Hydropflanzen und blauen

Sitzgruppen, seine Kunstfellmütze mit dem Logo der «New York Yankees» auf dem Kopf, einen Becher Flugzeug-Cola in seinen Händen. Später, beim Gang aufs Klo, musste er feststellen, dass er seine letzten Dollars in der Maschine liegengelassen hatte. Und als er kurz darauf an den Türen der gekachelten Nebenräume nur «Konur» und «Karlar» las und nichts verstand, hatte er genug.

«Scheißisland.»

«Hören Sie, Ihre Island-Reise tut kaum was zur Sache, außerdem macht mir im Moment eine andere Insel mehr Kopfweh», sagte Varga ruhig. «Ich versuche lediglich, Antworten auf meine Fragen zu finden, und je länger ich mich damit beschäftige, desto mehr Fragen habe ich, scheint mir. Aber an Sie habe ich eigentlich nur eine Handvoll.»

«Zum Beispiel?»

«Gehört Kuba auch zu den Weltgegenden, mit denen Sie sich bevorzugt auseinandersetzen?»

Forsters Antwort kam sofort. «Jawohl.»

Varga lächelte, und Forster tat es ihm nach.

«Ein bisschen ausführlicher darf es schon sein.»

Langsam verschwand das Lächeln wieder aus Forsters Gesicht und er schwieg länger. Varga nahm an, er überlegte, wie ausführlich er werden wollte. «Rund ein Drittel der etwa elf Millionen Kubaner sind europäischer Abstammung. Es waren Spanier, die das Land kolonialisiert haben, und es sind deren Nachfahren, die es bis heute im Griff haben. Ich habe für den Sozialismus nichts übrig. Was ich aber schätze, ist ein souveräner Umgang mit Macht und die sichere, starke Hand eines weisen Denkers und Lenkers. Insofern hege ich, das darf ich sagen, durchaus eine gewisse Bewunderung für Fidel Castro.»

«Was für Sie als Verfechter demokratischer und rechtsstaatlicher Grundsätze aber eigentlich erstaunlich ist, oder sehen Sie das anders?»

Forsters Lächeln kam zurück. «Ich setze mich für Unabhängigkeit, Recht und Ordnung ein. Ob die Demokratie zwingend immer die Beste aller Staatsformen ist, möchte ich mal dahingestellt lassen. Wenn Sie sich mit der Staatstheorie des griechischen Historikers Polybios auseinandersetzen ...»

«Kurz und knapp, wenn ich bitten darf», unterbrach ihn Varga und hängte die nächste Frage an, bevor sich Forster aufregen konnte. «Was darf ich mir unter Ihrer Beschäftigung mit Kuba vorstellen?»

«Ha! Ich kann Ihnen immerhin sagen, welche Indianerstämme es sich auf der Insel gutgehen ließen, bevor Kolumbus sie 1492 entdeckte, bin mit Machado, Batista und Konsorten bestens vertraut, habe keine Träne verdrückt, als die CIA den Che erwischte, habe bestimmt schon so viele Daiquirís gesoffen wie Hemingway, weiß, dass die nächste Zuckerrohrernte die Beste sein wird und dass auch die talentierteste jinetera nie mehr als zwanzig Dollar von mir kriegen wird.» Darauf gluckste er vergnügt, aber seine Augen blieben hart.

«Haben Sie Kontakte nach Kuba?», fragte Varga weiter.

«Vielleicht hab ich da unten ja sogar Kinder, nur weiß ich nichts von ihnen.»

«Also keine Kontakte?»

«Ich persönlich? Nein.»

«Sie waren aber schon auf Kuba?»

«Ja.»

«Geschäftlich?»

«Was ist geschäftlich, was privat? Aber da war sicher zwei- oder dreimal das touristische Vollprogramm.»

Varga nickte. «Gut. Kuba bringt uns auf Marco Kistler. Was können Sie mir über ihn sagen?»

Forster wurde ernster, runzelte die Stirn, setzte sich auf die Couch und fingerte sich eine Zigarette aus einem silbernen Etui, das er aus seinem Jackett zog. Er schwieg lange und sah Varga nicht an. Stattdessen zündete er die Dunhill Menthol an, rauchte in langsamen Zügen und stieß Rauchringe in die Luft. Varga wartete. «Kistler war ein außergewöhnlicher Typ», sagte er schließlich. «Gute Politiker sind ja bekanntlich kaum je die, die sich bei unseren braven Staatsrechtlern ein Summa cum laude geholt haben. Gute Politiker verfügen über ausgeprägte Instinkte, die es in keinem Elfenbeinturm abzuholen gibt. Kistler war so ein seltenes ‹animal politique› – clever, selbstbewusst, instinktsicher und durchsetzungsfähig. Insofern bedaure ich, dass er nicht mehr unter uns ist. Wir haben den tragischen Verlust eines hoffnungsvollen jungen Mannes hinzunehmen.»

Der Panzersoldat war blass, blond und kleiner als Varga, schma-ler auch. Er trug sein Haar kurz wie alle Soldaten, unter seiner Haube schaute keine Strähne hervor. Um seinen Hals hatte er ein weißes Tuch gewickelt, seine Hände ruhten auf der Umrandung der Luke, er wirkte wachsam, aber auch offen und neugierig. Und er schenkte Varga einen Blick, der länger dauerte als normal und etwas von ihm zeigte, das Varga berührte und das er festhalten wollte. Als der junge Soldat kurz darauf tot auf der Straße lag, verbrannt und verkohlt, dachte Varga, dass auch er ein Barbar hätte sein können.

«Aus welchem Grund hat Kistler die Partei verlassen?», fuhr Varga mit seiner Befragung fort.
«Er hat die Partei nicht verlassen, er ist von seinem Amt als Parteipräsident zurückgetreten», stellte Forster richtig.
«Schön, aber weshalb?»
«Kistler hat viel für die Partei getan, er war überarbeitet, deshalb habe ich ihm dazu geraten. Ich habe ihm eine Auszeit vorgeschlagen.»
«Eine Auszeit?»
«Genau. Er sollte mal was anderes tun als tagein, tagaus auf dem Sekretariat Papiere zu wälzen und dann, wenn der gemeine Bürger seinen Feierabend genießt, durch die Mehrzweckhallen unseres Landes zu tingeln und die Trommel für unsere Sache zu rühren. Die Gefahr, dass er ausbrennen würde, war mir zu groß, ich wollte dieses Talent schützen und nicht verheizen.»
Varga sah Forster an. «Ich versteh nicht ganz. Sein Abgang sah mir bis heute eigentlich ziemlich endgültig aus.»

Forster ließ den Blick durchs Zimmer schweifen und machte dann eine wegwerfende Handbewegung. «Mag sein. Ich hab das auf jeden Fall nicht so verstanden. Er wäre zurückgekommen, und zwar schon bald.»

Varga grübelte kurz über Forsters Aussagen nach und fragte dann weiter. «Haben Sie gewusst, dass er nach seinem Abgang nach Kuba reisen wollte?»

«Nein. Und um auch gleich Ihre nächste Frage zu beantworten: Wenn ich nicht gewusst habe, dass er nach Havanna wollte, kann ich auch nicht gewusst haben, was er da unten alles vorgehabt hatte.»

Forster zeigte Varga ein weiteres Lächeln, dieses Mal war es eines, das Varga als überlegen empfand.

«Was könnte er Ihrer Meinung nach denn vorgehabt haben?»

«Keine Ahnung», brauste Forster auf. «Kistler war das, was man eine Saftwurzel nennt. Ich kann mir lebhaft vorstellen, dass er da unten kaum was hat anbrennen lassen.»

«Frauen?»

Der Parteipräsident lachte laut auf. «Frauen, Partys, Alkohol, Drogen, Pilze, was weiß ich. Kistler liebte das pralle Leben. Übrigens auch ein Punkt, in dem wir uns ähnlich waren.»

«Sie dröhnen sich mit Pilzen zu?»

Forster überhörte die Bemerkung und drückte die Zigarette in den Aschenbecher. «Sagen Sie, Herr Forster, kann man eigentlich sagen, dass Kistler so was wie ein Schützling von Ihnen war?»

Er wiegte den Kopf. «Ja, das kann man wohl.»

«Gut», sagte Varga, «wenn Kistler also nie was anbrennen ließ und Sie sich als seinen Ziehvater sehen, dann dürfte Ihnen ja bekannt sein, dass er auf Ihrem Parteisekretariat nicht nur brav Papiere gewälzt hat.»

Forsters Augen verengten sich und er stand auf. «Worauf wollen Sie hinaus?»

«Kistler soll vor gut einem Jahr an einer Praktikantin rumgemacht haben.»

«Ach, das ...»

«Was das?»

«Eine kleine Büroaffäre, soweit ich mich erinnern kann, sicher nichts Ernstes.»

«Wie hieß das Mädchen?»

«Das wollen Sie wirklich wissen?»

«Ja.»

«Das müsste ich nachschauen.»

«Könnte es die Tochter eines honorablen Parteimitglieds gewesen sein?»

«Das wäre mir neu.»

«Wie auch immer, geben Sie mir ihren Namen bitte gleich morgen früh durch, ja?» Varga reichte ihm seine Karte. Forster nickte säuerlich und schaute auf seine Uhr. «Herr Kommissar, bis morgen also. Meine Gäste warten.»

Varga reichte ihm die Hand. «Noch ein Letztes: Möchten Sie mir sonst was sagen, das für meine Arbeit von Bedeutung sein könnte?»

«Ganz ehrlich, Herr Kommissar, ich wüsste beim besten Willen nicht, was.»

Varga stand vor Forsters Bentley, als sein Telefon summte. Wieder war es Nowak. «Hallo Chef. Bist du mit Forster fertig?»

«Für heute Abend schon.»

«Hat er Dreck am Stecken?»

«Schon möglich.»

«Okay. Hör mal, ich hab auch was: Alvarez, der kubanische Diplomat, der auf Kistlers Rückflug war, ist längst zurück in Havanna.»

«Wie das?»

«Auf der UNO-Botschaft meinten sie, dass Alvarez nur ein Kurier sei.»

«Kein Zweiter Sekretär?»

«Anscheinend nicht.»

«Und was er kuriert hat, unterliegt bestimmt der diplomatischen Vertraulichkeit.»

«Genau.»

«Scheiße.»

Beide schwiegen für ein paar Augenblicke.

«Alvarez ein Killer?», sprach Nowak schließlich aus, was auch Varga als Möglichkeit bedachte.

«Wissen wir, wann genau der Typ nach Hause flog?»

«Nein», sagte Nowak, und Varga merkte, dass sie sich ärgerte, diesen Punkt nicht abgeklärt zu haben.

«Frag morgen früh nach. Auch wenn du wahrscheinlich keine Auskunft kriegst.»

«Wird gemacht.»

«Ach ja, und noch was: Setz bitte eine Teamsitzung auf halb acht an. Und buch uns zwei Plätze auf der Iberia von morgen.»

Vor der Rückfahrt in die Stadt hinunter hielt Varga beim Dolder Golfclub. Er wusste nicht genau, weshalb er das tat. Während seines Besuchs bei Forster hatte es aufgeklart, und der Mond beleuchtete die Tannen und die Stadt, die unter ihm lagen. «Was hast du ausgefressen, Kistler?», fragte er. «Was nur?»

Als ihm bewusst wurde, dass er laut gesprochen hatte, sah er sich um. Er war der einzige Mensch auf dem Gelände. Er dachte an das, was ihm sein Vater vor einigen Wochen am Telefon gesagt hatte. Dass er mit seiner Mischung aus ungarischen und Schweizer Qualitäten dafür schauen sollte, dass kein Täter mit üblen Touren durchkam. Und er dachte auch daran, dass diese Qualitäten auf Kuba gefordert sein würden.

Zuhause warf sich Varga aufs Bett und las noch ein paar Seiten in Cabrera Infantes Geschichte von den drei traurigen Tigern, bevor er einnickte. Er schlief nicht gut nach seiner Begegnung mit Forster. Immer wieder ging er durch, was ihm Forster über Kistler und die Beziehung zu ihm erzählt hatte. Als er am nächsten Morgen eine Cola getrunken hatte, packte er seine Reisetasche, setzte sich auf die Bettkante, startete seinen Computer und wählte das System der Kriminalpolizei an, um festzustellen, ob irgendwelche Nachrichten für ihn vorlagen. Während er darauf wartete, dass die Verbindung zustande kam, aß er den letzten trockenen Rest Tiroler Cake. Weil es erst kurz vor sechs Uhr war, erschienen auf dem Bildschirm nur drei Mitteilungen. Die neueste war wenige Minuten alt und stammte von Dr. Walter Forster, der ihm einen guten Morgen wünschte und wie vereinbart einen Namen nannte: «Pauline Joho.»

Varga leitete die Mitteilung an Hess und Hüppi weiter und bat sie abzuklären, ob sich dieses Mädchen finden ließ und ein gewichtiges SD-Mitglied mit dem Familiennamen Joho existierte. Die vorher eingegangene Nachricht stammte von Blumenthal. Sie war kurz nach Mitternacht aufgegeben worden. Sie lautete nur: «In Kistlers Wagen weitere Seite aus seiner Agenda gefunden. Bringe sie morgen früh in die Sitzung mit.»

Die letzte Nachricht schließlich stammte von Nowak. Sie war die kürzeste: «Hab Kägi-fret eingepackt.»

Varga klappte den Computer zu und schob ihn unter die Decke, stand vom Bett auf und ging ins Wohnzimmer. Er stellte sich ans Fenster und schaute auf die blau schimmernden Gleise hinaus. Seine Wohnung lag im dritten Stock. Der Blick reichte von der Langstraße bis zum Nachbarhaus, in dem noch alle Fenster dunkel waren. Im Himmel dagegen waren schon leise Striche eines hellen Graus. Varga gähnte und nahm sich vor, auf dem Weg ins Büro Heiner Ganz anzurufen. Vielleicht schaffte er es auch noch, vor der Abreise kurz mit Damaris Zeller zu reden. Dann zog er eine alte NZZ vom Zeitungsstapel und notierte sich auf ihrem Kopf schon mal gewohnt unstrukturiert einige der Dinge, denen er in Kuba nachgehen wollte:

- *Schweizer Botschafter: Was weiß er?*
- *Infos über Kistler: Aufenthaltsort(e), Reiseprogramm, Bekanntschaften?*
- *Adressen in Siboney und Vedado besuchen*
- *Minvec*
- *Makarow Pistole, tropas especiales*
- *Habaniño-Projektideen (Homepage): Wurde in Havanna bereits etwas umgesetzt?*

- *Telefonnummer, Fotograf Luiz Rodriguez (Noa?)*
- *Wer sind «AB» und «E»?*
- *Frank País*
- *Stasi*
- *Wen hat Kistler beim Abflug am Flughafen getroffen?*
- *Diplomat Dariel Alvarez (Botschafter, Außenministerium oder Noa?)*

Heiner Ganz schlief wohl noch, dafür begann die Besprechung pünktlich um halb acht. Obwohl das große Sitzungszimmer frei war, rollten sie ihre Stühle in Vargas Büro und schlossen die Tür. Oswald berichtete als erstes, dass Blick-Reporter, die auf einen Mord aus Eifersucht setzten, ebenfalls nach Havanna reisen wollten, nachdem sie anscheinend von Vargas Plänen Wind bekommen hatten. Außerdem teilte er mit, dass die Polizeiführung unter Leitung von Plüss überlegte, ob es nicht besser wäre, den Fall einem deutschen Kollegen zu geben, der zu DDR-Zeiten kubanische Ermittler ausgebildet hatte und Land und Leute kannte. Varga ärgerte sich über beides, aber der Gedanke, dass er den Fall an irgendeinen dahergelaufenen Klugscheißer abgeben sollte, der sich für wer weiß was hielt, regte ihn besonders auf. Gleichzeitig war er froh, dass Oswald die Kommunikation mit Plüss übernommen hatte. Es brachte ihn zwar in eine seltsame Position, aber nach dem letzten Zusammenstoß mit seinem Vorgesetzten schien es ihm nicht die schlechteste Lösung. Varga bat Oswald, Plüss klarzumachen, dass er es nicht akzeptieren würde, den Fall abzugeben, nachdem er und sein Team bereits mehrere Tage an ihm gearbeitet und immerhin einige interessante Spuren gefunden hatten. Nowak und Blumenthal stimmten ihm zu, Hess und Hüppi blieben stumm.

«Ich bin auf deiner Seite», sagte Oswald. «Aber wenn wir hier fertig sind, muss ich Plüss anrufen und ihn überzeugen, dass du die Sache im Griff hast.»

Varga fasste in den folgenden dreißig Minuten sorgfältig ihre Arbeit seit dem 23. Oktober zusammen und verwendete besondere Mühe darauf, seinem Team noch einmal klar zu machen, weshalb sie in Kuba Ermittlungen anstellen mussten. Als er fertig war, schaute er in die Runde: «Nowak und ich fahren um elf zum Flughafen. Dann weiß im besten Fall jeder, was er zu tun hat. Blumenthal, leg bitte los, was hast du heute für uns?»

Der Wissenschaftler stand auf, legte eine Folie auf den Hellraumprojektor, und an der Wand erschien ein weiteres Notizblatt aus einer Agenda. «Mit Sicherheit dieselbe Agenda, Marke Filofax, außerdem mit größter Wahrscheinlichkeit dieselben Druckbuchstaben und dieselbe Schrift. Die Seite zeigt uns die Woche vom 5. Oktober. Einzige Einträge in dieser Woche sind ein einzelnes ‹H› am Mittwoch, den 7., und ‹9.00, Frank País, H.› am Donnerstag, den 8.»

«H für Havanna?», fragte Hess.

«Sicher eher als Hombrechtikon», sagte Nowak.

«Oder Honolulu», schob Varga nach.

Es entstand eine kurze Pause, bis Blumenthal seinen Bericht wieder aufnahm. «Gefunden haben wir das Blatt gestern Abend in einem der Seitenablagefächer von Kistlers Mietwagen. Präziser: im Ablagefach der Fahrertür, also unmittelbar links von Kistler.»

«Und wieso habt ihr das erst nach Tagen sicherstellen können?», fragte Nowak.

Blumenthal verzog kurz seinen Mund. «Ganz einfach: In diesem Fach haben wir Reste von Eucalyptusbonbons gefunden. Das Notizblatt wurde bei den ersten Untersuchungen des Wagens übersehen, weil's an einer Innenwand des Fachs festklebte und deshalb kaum zu finden war.»

«Dieses Blatt wurde also nicht am selben Ort gefunden wie die anderen, richtig?», fragte Nowak weiter.

Blumenthal nickte. «Die anderen Blätter haben wir aus Kistlers Hosentasche gezogen.»

«Dann könnte dieses hier doch von ihm versteckt worden sein, oder?»

Varga schüttelte den Kopf und nahm einen Schluck von seiner abgestandenen Cola, die er in die Sitzung mitgebracht hatte. Er war noch müde und genoss das Koffein. Und er wusste, dass er seinem

Pferd dringend Zucker geben musste, sonst würde er noch vor dem Abflug zusammenbrechen. «Quatsch», fuhr er in die Diskussion, «in einem Auto gibt es doch zwei, drei schlauere Verstecke als die Ablagefächer. Interessanter finde ich die Tatsache, dass Kistler die verschiedenen Seiten getrennt aufbewahrt hat. Aber haben wir eine Chance herauszubekommen, weshalb er das getan hat? Eher nicht, oder?», sagte er und schaute seine Leute an. «Also, mein Morgenurin sagt mir, dass wir uns um die beiden H kümmern sollten. Stehen sie für eine Person, für einen Ort oder für was anderes? Darf ich grad loslegen? Ich tipp beim ersten H auf eine Person, beim zweiten H dagegen auf einen Ort. Wieso das? Ganz einfach: Erstens bezeichnet Frank País ja bereits eine Person, und zweitens kennen wir mit Havanna schon mal einen kubanischen Ortsnamen mit dem Anfangsbuchstaben H.» Varga wandte sich an Nowak. «Sag mal, stammt dieser País eigentlich aus der Hauptstadt oder hat er da mal gelebt?»

«Keine Ahnung.»

«Dann find es raus. Und am besten findest auch gleich raus, dass mindestens ein H für ein Hämorrhoidenmittel steht.»

Hess und Hüppi grinsten, und auch Nowak lächelte.

«Abraham, noch was?»

«Nein, nichts», sagte Blumenthal.

«Okay. Ich hab noch ein paar Dinge», fuhr Varga fort. «Das Wichtigste: Oswald, wenn du mit Plüss sprichst, dann bring ihn doch bitte dazu, mit den Leuten vom Blick Kontakt aufzunehmen und sie davon abzubringen, über unsere Ermittlungen in Kuba zu berichten – wenigstens solange wir da unten sind. Sollte er das nicht tun, dann übernimmst du das, ja? Dann möchte ich, dass du uns in Havanna zwei Zimmer in einem Hotel namens Saint John's buchen lässt und dem Schweizer Botschafter steckst, dass er allernächstens Besuch aus der Heimat erwarten darf. Außerdem sollte ab morgen früh rund um die Uhr einer von euch hier erreichbar sein. Alles unklar?»

Hatte er ein Geräusch gehört, ein einzelnes Geräusch, weit weg? Nein, da war nichts. Na ja, dachte er, das wäre auch zu schön gewesen, eine Rettung in letzter Minute. In diesem Moment wurde Varga bewusst, wie gerne er noch weiterleben würde und wie sehr er sich an den letzten Rest Leben klammerte, der ihn ihm war wie ein Flämmchen in einem Feuer, das bis auf ein Chaos aus schwarzen Zweigen und Kohlen heruntergebrannt war. Und mit diesem Bild kam der Zorn wieder, er wollte nicht aufgeben, wollte kämpfen und als Letztes den Mann fassen, der sein Mörder war.

10

In der ersten Sitzungspause rief Egloff Varga an. «Bei dir alles klar?»

«Fensterklar wie unsichtbar», äffte Varga die Stimme aus einem alten Werbespot nach, der ihm seit Jahren im Kopf herumging.

«Na prächtig. Du bist dir hoffentlich auch darüber im Klaren, dass euer Trip heiß werden kann? Wir haben keinerlei Erfahrungen mit Kuba.»

«Keine Sorge.»

«Hast du noch Zeit für einen Kaffee?»

«Ich trinke keinen Kaffee. Außerdem soll die Iberia schon fast so pünktlich sein wie die Swissair.»

«Okay, okay. Kann man dich da unten denn irgendwie erreichen?»

«Oswald hat das im Griff. Und sonst rufst du den Schweizer Botschafter an. Der Mann ist uns immer gern zu Diensten.»

«Fein. Ich muss schon sagen, als braver Helvetier hätte ich mir nicht vorstellen können, dass ein Hunne so gut organisiert sein kann wie du. Wir könnten dich in unserem Zivilschutz brauchen, echt.»

Varga grinste, verabschiedete sich und legte auf. Egloff war brauchbar.

«Mit der Internet-Recherche sind wir noch nicht ganz durch. Aber wir können bereits sagen, dass sich neben einigen Kubanern auch Personal von der kubanischen Botschaft in Bern auf der Habaniño-Website vertan hat – sowohl vor als auch nach Kistlers Tötung», sagte Oswald. «Zugegeben, eine Wahnsinnserkenntnis ist das nicht – immerhin dürfte Kistlers Organisation allein aufgrund ihres Vorhabens, in Kuba aktiv zu werden, einige Aufmerksamkeit generiert haben.»

Varga nickte. «Trotzdem würde es mich interessieren, wer von welchen kubanischen Stellen aus Zugriff auf die Habaniño-Site genommen hat. So viel ich weiß, ist der Zugang zum Internet in Kuba ja massiv beschränkt. Wenn du das also irgendwie rausfinden könntest ...»

«Wie denn? Über die Botschaften?»

Varga überlegte einen Moment lang. «Nein, das muss über andere Kanäle laufen. Gib mir die paar Adressen doch mit nach Havanna. Ich versuch's dann von dort aus.»

«Wie du meinst.»

«Sind dir irgendwelche Schweizer Adressen aufgefallen?»

Oswald schaute kurz in seine Unterlagen, dann sah er wieder Varga an. «Diverse Schweizer Demokraten.»

«Gib mir die bitte auch gleich mit. Was ist mit Amis?»

Oswald schüttelte den Kopf. «Nicht gecheckt.»

Varga warf einen Blick auf seine Uhr. «Was haben wir noch?»

«Alvarez», sagte Nowak.

«Ja?»

«Die Botschaft hat mir heute früh keine Auskünfte über seine Rückreise von Genf nach Havanna geben wollen – die Reiserouten hoher Funktionäre würden aus Sicherheitsgründen strengster Vertraulichkeit unterliegen.»

«Blabla. Wissen wir denn, ob dieser Alvarez überhaupt je in Genf aufgetaucht ist?»

«Nein.»

Varga schlug mit der Hand auf das Flugticket, das vor ihm auf dem Tisch lag. Das Geräusch erschreckte alle.

«Wir haben da übrigens auch noch was, Chef», sagte Hess in die Stille hinein. Um abzuschätzen, was sie erwartete, blickte Varga mit einer hochgezogenen Augenbraue vom Iberia-Logo auf.

«Und zwar rief hier gestern Abend eine Schweizer Demokratin an, anonym und so, wie sie klang, wohl nicht mehr ganz nüchtern. Sie sagte nur zwei Dinge, bevor sie wieder auflegte: Kistler hätte es übertrieben und die Konten der Partei seien leer.»

«Woher wisst ihr denn, dass sie eine Demokratin war?», fragte Varga sofort.

Hess zögerte. «So hat sie sich bei uns gemeldet: Hallo, hier spricht eine Schweizer Demokratin.»

Varga biss sich auf die Lippe. «Wenigstens mal jemand, der es uns einfach macht. Aber was fangt ihr denn jetzt damit an?»

«Ganz einfach: Wir wollen sie ausfindig machen. Schließlich haben wir ihre Stimme und kennen den Anschluss, von dem aus sie uns angerufen hat.»

Langsam begann sich Varga zu fragen, was junge Polizisten heute während ihrer Ausbildung eigentlich lernten. «Ganz schön scharf kombiniert, meine Herren! Allerdings dürften die Chancen nicht so klein sein, dass euch der Anschluss geradewegs zu irgendeiner abgelegenen Telefonkabine führt, wo die Ermittlungen dann versanden», schimpfte er. «Tut besser Folgendes: Gebt die Stimme Blumenthal, und Blumenthal sagt euch dann, wie alt eure Anruferin ungefähr ist. Wisst ihr das, marschiert ihr in die Parteizentrale und sucht da nach einer Frau im entsprechenden Alter, die einerseits Einblick in die Konten der SD hat und andererseits mitgekriegt haben dürfte, dass wir uns in den vergangenen Tagen mit denen beschäftigt haben. Nach meiner Erfahrung stöbert ihr am Ende irgendein graues Mäuschen auf, um das ihr euch dann kümmern müsst.»

«Sollen wir nicht einfach die Telefonkabine observieren?»

«Verdammt nochmal, Hess, was soll der …»

«War doch nur ein Witz! Man wird doch noch einen Witz machen dürfen, Chef? Ich hol gleich die Stimme.»

Nachdem Varga die NZZ und eine Zahnbürste in seine Reisetasche gesteckt hatte, rief er noch einmal Heiner Ganz an, erreichte aber nur seine Mailbox. Er unterbrach die Verbindung, bevor er aufgefordert wurde, eine Nachricht zu hinterlassen. Als Nächstes rief er Damaris Zeller an und fragte sie, ob sie ihm noch etwas auf die Reise mitgeben wolle. Zeller zögerte nicht. «Trauen Sie niemandem außer Noa und vielleicht dem Schweizer Botschafter», sagte sie. «Und begehen Sie nicht den Fehler, uns Kubaner zu unterschätzen. Wir sind zwar arm, dank der Revolution aber längst nicht mehr dumm und ungebildet.»

«Weiß ich doch.»

«Seien Sie außerdem ganz besonders auf der Hut, wenn Sie es mit irgendwelchen Organen des Staates zu tun bekommen. Vor allem die Policía Política, nach der Sie mich kürzlich gefragt haben, ist nicht bekannt für ihren Sinn für Humor.»

«Danke, Frau Zeller.»

«Damaris.»

Varga stand auf und begann, mit dem Hörer in der Hand in seinem Büro auf und ab zu gehen. «Danke, Damaris.» Und nach einer Pause: «Sag mal, ist Havanna eigentlich noch so, wie Cabrera Infante die Stadt beschrieben hat?»

Die Kubanerin lachte. «Nein, ich denke nicht. Für mich ist Havanna eine alte und müde Diva. Aber das muss nicht bedeuten, dass du in ihrem Schoß nicht finden kannst, wonach du suchst.»

Varga nickte. «Warst du mal in Budapest?»

«Nein, leider nicht. Wieso fragst du?»

«Nur so.»

Er wollte die Verbindung schon unterbrechen, als ihm noch etwas einfiel: «Damaris, ich werd das Gefühl nicht los, dass País von Bedeutung ist. Zu ihm ist dir nicht zufällig noch was eingefallen?»

Wieder lachte Damaris Zeller. «Weißt du, wir Kubaner lieben es, uns mit Hilfe von Bildern, Symbolen und Andeutungen auszudrücken. Drum kann ich mir gut vorstellen, dass die Büste von País etwas bedeutet. Vielleicht sogar das, was du vermutest.»

Als Varga und Nowak um zehn nach elf auf dem Parkplatz im Hof des Kripo-Reviers an der Kasernenstraße in einen Volvo stiegen, regnete es so heftig, dass eine Beamtin sie mit einem Schirm begleiten musste. Im Wagen steckte sich Varga einen Kaugummi in den Mund und dachte an Marco Kistler und Nicole Mayer. Die Bilder ihrer Leichen verdrängte er durch seine Vorstellung von ihnen. Er wollte lieber so an sie denken, sie in Erinnerung behalten. Als sie kurz darauf das Eingangstor passierten, sah er vor dem Gebäude eine Handvoll Reporter herumstehen. Einer von ihnen schien Varga zu erkennen, und er rannte die Straße hinunter zu seiner Vespa. Varga schüttelte den Kopf, wies ihren Fahrer an, mit Blaulicht bis zur Autobahn zu fahren und schaute einen Augenblick hinüber zur Helvetia Bar, in der eben die einzigen Lichter weit und breit angingen.

Vargas Vater trug Sonntagskleidung, ein strenges, schwarzes Gewand, in dem er sich ähnlich steif bewegte wie die Könige und Staatsoberhäupter, die Varga aus den Nachrichten kannte. Er wurde umringt von einer Gruppe von Verwandten und Bekannten, und sie alle verfolgten mit feierlichen Gesichtern, wie die Kellner einen Tisch, Stühle und silbern glänzende Champagnerkühler in den Garten trugen und eine Drei-Mann-Kapelle auf einem Podest ihre Instrumente stimmte. Später saßen sie dann alle an diesem Tisch in der Sonne, und Vargas Vater aß, trank und rauchte, redete mit seinen Leuten, mit den Musikern, ließ Wein für sie bringen, stieß mit ihnen an, pfiff Melodien, die sie sofort aufnahmen und nachspielten, und beugte sich immer wieder zu seinem kleinen Sohn hinüber, um ihn auf den Kopf zu küssen. Die Hitze störte niemanden, nicht an diesem Sonntagmittag, an dem ein Geburtstag gefeiert wurde und sich etwas ereignete, über das noch Jahre später halb Budapest redete und lachte. Varga rutschte irgendwann unter den Tisch, verschwand hinter dem bodenlangen Tischtuch, ein Onkel sprang auf, die Musiker hörten auf zu spielen, und Vargas Vater fragte, was denn hier plötzlich so gottserbärmlich zum Himmel stinke – bis sich klärte, dass sich sein

Sohn tatsächlich am helllichten Tag im Garten des Gundel, dem besten und teuersten Restaurant des Landes, unter einem Tisch erleichtert hatte.

«Trinken wir noch was?» fragte Nowak, nachdem sie den Zoll passiert hatten.
«Klar.»
Sie steuerten die nächste Bar an und setzten sich auf zwei freie Hocker. Nowak ließ sich einen Orangensaft geben, Varga ein Red Bull.
«Geht's dir besser?», fragte Varga.
Nowak schwieg einen Moment, bevor sie antwortete. «Ja. Aber das mit Mayer war schon heftig.»
Varga nickte.
«Meinst du, dass wir den Schweinehund, der das getan hat, in Havanna unten schnappen?», fragte sie.
«Keine Ahnung. Aber wenn wir es schaffen herauszufinden, was das ganze Gemetzel ausgelöst hat, sollten wir ihm näher kommen.»
«Der Grund soll uns dann also zum Täter führen?»
«So stell ich mir das vor, ja.»
«Woran denkst du denn?»
Varga dachte kurz nach. «Kistler muss schon ein ziemlich spezieller Typ gewesen sein. Ich kann mir drum gut vorstellen, dass der Grund für diese Verbrechen auch irgendwie speziell sein könnte.»
«Du meinst, das Ganze könnte zum Beispiel mit seiner Kinderhilfsorganisation zusammenhängen?»
«Zum Beispiel», sagte Varga, nahm seine Dose und stieß mit seiner Assistentin an. «Oder mit einer Freundin, einem Freund, seiner alten Partei oder was völlig anderem.»
Dann nahm er einen großen Schluck. Red Bull, die drittbeste Wahl nach Coca-Cola und Dr. Pepper. Er merkte, dass Nowak ihn beobachtete.
«Sag mal, schmeckt dir dieses eklige Zeugs wirklich?»
Varga lachte und leerte die Dose in einem Zug.

Varga konzentrierte sich und versuchte zu lauschen, konnte aber nichts hören, kein Geräusch, nicht einmal das Hämmern seines Herzens. Alles um ihn herum war kalt und dunkel, alle Sterne waren vom Himmel verschwunden. Eines aber wollte er noch zu Ende bringen. Er musste ganz einfach.

Ein paar Minuten, nachdem Varga sich auf seinem Sitz in der Iberia-Maschine nach Madrid angeschnallt hatte, nickte er ein. Doch als die Triebwerke aufheulten und die DC-9 beschleunigte, war er wieder wach und verfolgte die Regentropfen, die es an seinem Fenster immer schneller in die Länge zog und schließlich zu feinen Linien verzog. Wenn es ihm später gelang, wieder einzuschlafen, dauerte es nie sehr lange. Die meiste Zeit lag er wach und starrte an die Rückenlehne seines Vordermannes, roch die Nüsschen und den Alkohol, die verteilt wurden, und fragte sich, ob er den richtigen Weg eingeschlagen hatte.

Tante Klári saß seit Stunden in der Küche am kleinen Küchentisch und knetete den Teig für eine Torte. Der ganze Raum roch nach Mandeln und Zimt, durch das offene Fenster konnte Varga hören, wie auf der Straße unten Kinder spielten und Müllmänner fluchten. Tante Klári hörte seit Jahren nichts mehr, aber immer wieder schaute sie sich um, nur kurz, nur, um sich zu vergewissern, dass Varga noch bei ihr war. Seit Jenö gestorben war und sie allein in Budapest lebte, besuchte er sie jedes Jahr zweimal, und dann saß er mit ihr zusammen und schrieb ihren Notizblock mit Geschichten von früher voll. Manchmal schrieb er für sie auch auf, was er in seinem Beruf erlebt hatte, oder führte sie nachmittags ins Stadtwäldchen und auf einen Kaffee ins «Hungária». Sie umsorgte ihn und kochte für ihn alle paar Tage Pörkölt und Bohnensuppe, seine Lieblingsspeisen, von denen er schon als Kind nie genug kriegen konnte, und backte Torten, Quarkschnitten, Zwetschgenkrapfen und alle Arten von Strudeln. Einmal, als sie bereits weit über neunzig und leicht verwirrt war, rührte sie den Teig für eine ihrer Torten versehentlich nicht mit Mehl, sondern mit Zement an, den Onkel

Jenö unter dem Spülbecken eingelagert hatte. Doch Varga lachte nur, den ganzen Abend lachte er, und am nächsten Tag hängte er einen Zettel an ihren Kühlschrank, auf dem stand, dass ihre Torten einfach unschlagbar seien.

Es war später Nachmittag, ihre Maschine befand sich irgendwo über dem Atlantik und flog in großer Höhe, die Triebwerke blinkten in der Sonne, ebenso die Tragflächen, starr im strahlend blauen Raum. Varga schaute durch die Scheibe in den Himmel und hinunter auf die Wolkendecke, die gerade aufriss, schaute auf das Meer, das nun ebenfalls in der Sonne glänzte, und hielt Ausschau nach winzig kleinen Schiffen. Als er keine entdeckte, schloss er die Augen, lehnte sich zurück, ließ sich sein Gesicht von der Sonne wärmen und freute sich, dass er seinen Kopf nicht mehr spürte.

«Freust du dich eigentlich auf Sonne, Salsa und Sex?», fragte Nowak.

Varga drehte seinen Kopf nach rechts und sah seine Assistentin an. Sie hatte sich wie er weit zurückgelehnt und ihre Beine übereinandergeschlagen. Sie trug Jeans, ein weißes Poloshirt und Nikes, ihr Gesicht war eingerahmt von ihrem braunen Haar, die Lippen waren leicht geöffnet.

«Du etwa nicht?»

Varga hatte Kuba noch nie mit den gängigen Klischees in Verbindung gebracht, im Zusammenhang mit der Insel hatte er immer als erstes das Bild einer kubanischen Primaballerina vor Augen, die aussah wie die Hexe in Disneys 101 Dalmatiner. Immer wieder war er in Zeitungen und Zeitschriften auf sie gestoßen, hatte die Ausgaben zur Seite gelegt, um später ihr Gesicht betrachten zu können und die Artikel über sie und ihre Arbeit zu lesen, obwohl er von Ballett so wenig Ahnung hatte wie von Astrophysik.

Als Varga Tante Klári zum letzten Mal sah, saßen sie auf dem kleinen Balkon ihrer kleinen Wohnung, sie hatte für ihn Gänseleber, Hefegurken und Weißbrot aufgetischt, er hatte eine Flasche Wein mitgebracht, gekeltert von einem Amerikaner, der irgendeinem Staatsbetrieb für kein Geld den besten Rebberg der jungen Republik Ungarn abgekauft hatte. Sie aßen und tranken schweigend im Licht eines Lampions, auf der Straße bellte ein Hund, spät in der Nacht sang ein Betrunkener von einem Ungarn in seinen alten Grenzen. Tante Klári wollte sich an diesem Abend nicht von ihm verabschieden, stattdessen machte sie ihm mit ihren zittrigen Fingern ein Kreuz auf die Stirn, küsste ihn und sagte ihm, er solle bloß immer gut auf sich aufpassen.

Er würde sterben, dachte Varga. Tat sterben weh? Wie ging das überhaupt? Konnte ihm irgendjemand verraten, wie er das anstellen sollte?

Als der Jumbo der Iberia pünktlich auf dem Aeropuerto Internacional José Martí in Havanna aufsetzte, stand die untergehende Sonne wie eine lodernde Fackel am Horizont und verwandelte die Luft und das Flugfeld in nickelfarbene Spiegel. Varga presste seine Nase ans Fenster und verfolgte die altersschwachen Antonovs, die auf den Runways an ihnen vorbeipropellerten. Dann bemerkte er, dass hinter der Flughafenumzäunung nicht nur Bananen wuchsen; die flach einfallenden Sonnenstrahlen stöberten auch Kokospalmen, Hibiskus und violette Bäume auf. Als er eine Viertelstunde später schwitzend neben Nowak auf der Gangway stand, war der Himmel von einem kraftvoll wogenden Rosa und es roch nach Kerosin und schlechtem Benzin, frischem Kaffee und Blumen.
«Willkommen zurück im Sozialismus», sagte Nowak, doch Varga schüttelte nur den Kopf.

Unter den Kommunisten ging es mit der Insel vor Ráczkeve bergab. Onkel Jenö hustete Schleim und wollte nicht mehr ans Wasser, als Nachbarn waren zwei stramme Parteifunktionäre aufgetaucht, ihr kleines Haus zerfiel Jahr für Jahr mehr und die Natur eroberte sich das Grundstück langsam zurück. Bevor Tante Klári es an einen Anwalt verkaufte, fuhr sie mit Varga noch einmal hin, ein letztes

Mal, und sie setzten sich ans Ufer der Donau, lehnten sich an ein gestrandetes Boot und schauten auf den Fluss, aufs Wasser, weit hinaus.

«Riechst du's?», fragte Tante Klári und schnupperte in der Luft.

«Was denn?», fragte Varga.

«Seit die Kommunisten an der Macht sind, riecht es anders in unserem Land. Ich sage dir, es riecht sogar anders.»

Varga lachte, aber seine Tante hatte recht, er roch es auch.

«Der stinkt zum Himmel, der Sozialismus», sagte Klári, und sie lachten und hielten sich die Nasen zu.

Das Taxi, in dem sie saßen, fuhr über eine leere Autobahn an heruntergekommenen Fabriken und Lagerhallen vorbei, vor denen Wächter Domino spielten, bis sie in die Stadt gelangten, wo mehrstöckige Stadthäuser und Marmorkolonnaden eine farbenprächtige Kulisse von Ruin und Verfall bildeten. Varga sah Häuser so blau wie der Beckengrund im Dolder-Bad oder ein abgeblätterter Himmel, die oberen Stockwerke belebt durch Balkone mit kunstvollen Schmiedearbeiten, verziert von Kanarienvogelkäfigen, bunten Hähnen und aufgehängten Fahrrädern. Er studierte die schäbigen russischen Autos und die amerikanischen Wagen aus der Zeit vor der Revolution, die sich schwerfällig wie Dinosaurier bewegten, auch sie bemalt in einer breiten Farbpalette. Und er studierte die Menschen, von denen die meisten trotz ihrer tristen Kleidung die Würde und Gelassenheit von großen Katzen ausstrahlten. Sie bewegten sich am Rand der Fahrbahn, trugen ihre Kinder oder trieben sie vor sich her, ließen unablässig ihre Blicke um sich streifen, blieben an Tischen stehen, an denen Guavenpaste, Gebäck, Knollengewächse und Obst feilgeboten wurden, oder standen einfach an der Ecke und lauschten der Musik aus einem Radio, das am Handkarren eines Feuerzeugverkäufers hing.

Vorbereiter der Revolution Frank País – Marco Kistler – Habaniño. Irgendwas an dieser Kette musste doch von Bedeutung sein, einen

Sinn ergeben. Wer kannte einen wie País? Kubaner, keine Frage. Schweizer? Wohl höchstens Intellektuelle, die sich für Kuba interessierten. Vargas Gedanken bewegten sich so langsam vorwärts wie die Ladas und Moskwitschs auf den Straßen. Es gab einen Zusammenhang, es musste einen geben.

Das Hotel Saint John's war ein unauffälliges Stadthotel, ein türkisfarbenes Hochhaus in unmittelbarer Nähe der Ausgehmeile «La Rampa», nicht im schicken Miramar und ohne eigenen Club und schwarze Mercedes vor der Tür, dafür mit einer schlichten Lobby, die mit Spiegeln und Chrommöbeln ausgestattet war. Varga und Nowak saßen oben auf dem Dach am Pool, schlürften die ersten Mojitos, schauten auf die schimmernden Lichter des Stadtteils Vedado und verfolgten den Weg eines einzelnen Lastwagens auf dem Malecón. Ein Kellner stand mit geschlossenen Augen hinter der Bar, ein alter Schwarzer saß neben ihm auf einem Stuhl und zerlegte einen Deckenventilator.

«Fangen wir morgen mit dem Botschafter an?», fragte Nowak.

Varga nickte. «Ich nehm mir Exzellenz aber lieber mal allein vor. Versuch du unterdessen was über die Adresse hier in Vedado herauszufinden. Das muss gleich hier in der Nähe sein, ein Stück den Hang hinauf.»

«Mach ich. Weißt du übrigens, wann dieser Noa auf uns zukommt?»

In dem Moment, in dem Varga den Kopf schüttelte, trat ein junger Mann aus dem Treppenaufgang, ließ seinen Blick kurz über das Hoteldach schweifen und kam dann zielstrebig an ihren Tisch. «Volkspolizei?», fragte er auf Deutsch.

«Nein, Politbüro», antwortete Varga.

Der Mann grinste und legte eine abgenutzte Plastikhülle auf den Tisch, in der ein Ausweis steckte:

> *Luiz Rodriguez Noa; Fecha de nacimiento: 11/3/69; Cargo: traductor, Casado: no; Dirección: San Rafael 313, La Habana; Status militar: reserva; hemotipo: B.*

Das Bild, das in der Ecke klebte, zeigte einen jüngeren Noa mit Rastalocken.

«Sie helfen uns bei den Ermittlungen?», fragte Varga.

«Ich werd mich bemühen», versprach Noa, «aber zuerst sollten wir uns alle aufs kubanische ‹Du› einigen und darauf auch gleich was trinken, am besten einen Cuba Libre.»

Nowak winkte dem Kellner und Varga fragte Noa, wie es kam, dass ein Kubaner perfekt Deutsch sprach.

«Ich hab zwei der besten Jahre meines Lebens in Ostdeutschland verbracht – als die Freundschaft zweier Bruderstaaten noch unverbrüchlich schien.» Noa lachte. «Vorgesehen war, dass ich als Absolvent der Kunsthochschule Havanna in einer Molkerei-Genossenschaft im Kreis Torgau, Deutsche Demokratische Republik, ein Trockenmilchwerk betreiben sollte. Zurückgekommen bin ich als sogenannter Diplom-Sprachmittler. Die Ausbildung hat mir aber viel gebracht – hier in Kuba bin ich seit meiner spanischen Übersetzung der DDR-Verfassung so was wie eine Berühmtheit.» Jetzt lachte Noa Tränen und Varga lachte mit.

«Dreimal Cuba Libre!» Nowak kündete den Kellner mit den Drinks an und Noa hielt sofort ein Glas hoch: «Auf eine brüderliche Zusammenarbeit!»

«Ja, und am besten legen wir damit gleich los», sagte Varga. «Noa, du bist unser Mann für die Laufarbeit und kannst uns vor allem bei der Befragung von Kubanern unterstützen. Kistler wohnte, mindestens während seines ersten Aufenthaltes in Havanna, zusammen mit einem Freund in diesem Hotel. Es könnte also Angestellte geben, die sich an ihn erinnern und etwas über ihn wissen, das für uns interessant sein könnte: Wonach hat Kistler hier im Haus gefragt, wo hat er sich in der Stadt bewegt, mit wem hat er sich getroffen, ist irgendwem irgendwas Außergewöhnliches aufgefallen, solche Dinge halt. Dann haben wir eine Adresse in Siboney, von der wir gerne wissen würden, zu wem die gehört und wen Kistler da zu welchem Zweck besucht haben könnte. Und schließlich suchen wir nach einem Fotografen namens Luiz Rodriguez. Von ihm haben wir immerhin eine alte Telefonnummer, die wir dir geben können.»

Noa nickte und steckte die Unterlagen, die Varga für ihn zusammengestellt hatte, unter sein Hemd.

«Da ist übrigens noch etwas Geld dabei. In Ungarn hat das früher dem Erinnerungsvermögen von Hotelangestellten, Taxifahrern, Concièrgen und ähnlichen Figuren zuverlässig auf die Sprünge geholfen.»

«Interessant», sagte Noa, «das ist hier auch so. Schon verrückt, wie nahe der Mensch im Sozialismus seinem Ideal kommt.»

Nowak und Varga lachten.

«Da ist noch was, Noa: Unsere Zeit ist knapp.»

«Ich häng mich gleich rein. Ihr hört morgen von mir.»

Dann stand er auf, gab Nowak einen Kuss, schüttelte Varga die Hand und verließ das Dach über die Nottreppe.

Als Varga an der Rezeption ihre Zimmerschlüssel holte, ratterte eben ein Fax für sie durch:

> *1. Zeuge ermittelt, der am Morgen des 23. Oktobers nach Kistlers Tötung in Schwamendingen einen Verdächtigen gesehen haben will. Einvernahme läuft.*
> *2. Internet-Recherche abgeschlossen, stellen euch Resultate so schnell wie möglich zusammen.*
> *3. Aufenthalt von Pauline Joho noch nicht ermittelt. Mit Sicherheit schweizweit kein SD-Mitglied namens Joho in einer Führungsposition tätig. Auch kein(e) Joho im Parteisitz beschäftigt.*
> *4. Kistlers Leichnam wurde gestern freigegeben. Heute fand in Elgg die Beerdigung im engeren Familienkreis statt. Trotzdem waren zahlreiche SD-Mitglieder und Presseleute da. Der große Abwesende: Forster.*
> *5. Darf ich deine FCZ-Saisonkarte fürs Spiel gegen Basel behändigen?*
> *Oswald*

Behändigen? Wo hat er denn diesen Scheißausdruck her, fragte sich Varga und reichte das Fax an Nowak weiter.

«Ich bin ja mal gespannt, was uns der Zeuge erzählen kann», sagte sie.

«Mich würd's sehr überraschen, wenn jemand unseren Täter gesehen hat und ihn auch noch beschreiben könnte. Das ist nicht der Typ, der gesehen wird», entgegnete Varga und schrieb Oswald, dass seine Chancen, die Saisonkarte zu finden, auf dem Stapel mit dem halben Dutzend leerer Cremeschnitten-Schachteln am größten waren.

Varga ging quer durch sein Hotelzimmer ans Fenster und blickte auf das Meer hinaus. Er war im siebten Stock. Der Blick reichte vom hell erleuchteten Hotel Nacional im Westen bis zum dunklen Häusermeer von Vedado im Osten. Die Sonne war längst untergegangen, aber am Himmel waren noch immer einige wilde Striche von Orange und Violett. Varga schob die Hände in die Hosentaschen und betrachtete die Fassade eines der gegenüberliegenden Häuser. Weil die meisten Fenster dunkel waren, nahm er an, dass es ein Geschäftshaus war. Trotz der späten Stunde entdeckte er aber eine Wohnung, in der drei kleine, halbnackte Kinder auf dem Boden saßen und gebannt eine Fernsehsendung verfolgten. Ihre Eltern lehnten in Schaukelstühlen und schienen zu schlafen. Auf einem Balkon darüber stand eine dicke alte Frau in einem Overall, die eine Zigarre rauchte. Als er sich gemächlich abwandte, um sich unter das lauwarme Rinnsal zu stellen, das in der Duschkabine den Wasserstrahl ersetzte, nahm er auf einem anderen Balkon eine Bewegung wahr. Hatte sich da eben ein Mann in den Schatten gedrückt? Varga blieb stehen und versuchte minutenlang, mit seinen Augen das tiefe Schwarz zwischen den Betonpfeilern zu durchdringen – vergeblich. Doch als ihm wenig später das Wasser über Stirn und Hals lief, verstärkte sich sein Bauchgefühl, dass da draußen im Dunkeln jemand lauerte.

Wieder träumte Varga von der nackten Mulattin und ihrem Hünen, wie sie sich tief unter ihm auf der Straße drehten, unter einer Reihe von flackernden Laternen und blühenden Bougainvilleen, immer weiter drehten sie sich, bis die tropische Nacht sie irgendwann verschluckte. Dann beobachtete er sich dabei, wie er sich vom Fenster abwandte und sich wieder auf sein Bett legte, in diesem Zimmer, das einen derart weiten Blick aufs Meer bot, dass es sich in seinem Traum in eine Koje verwandelte, mit einer Pritsche, einer Seekiste, einem Schreibtisch, einem Sextanten und einem mit rotem Samt eingefassten Spiegel. Auf der Fensterbank, die nun eine Bullaugenbank war, lagen Kokosnussschalen und Muscheln, von der Decke hing ein goldener Ring, in dem ein Papagei saß, der mit den Flügeln schlug und Flüche in einer Sprache ausstieß, die Varga nicht verstand. An Fischernetzen entlang der Wände hingen Säbel, Angelrollen, Öldosen, Enterhaken und Kürbisflaschen, unter dem Bett knarrten die Dielen, vielleicht waren es aber auch ein paar hungrige Ratten. Blasses Mondlicht fiel durch das Fenster, auf die Rumflasche auf dem Tisch, auf Vargas Bauch und seine dürren, behaarten Beine. Plötzlich verspürte er ein leises Vibrieren, dann sah er im Widerschein des tiefstehenden Mondes, wie ein Mann durchs Fenster ins Zimmer einstieg. In der plötzlichen Dunkelheit konnte er ihn nicht erkennen, nahm nur wahr, dass er eine Mütze und ein schmutziges Hemd trug und dass sein Gesicht und sein Körper grob modelliert waren, er sich für seine Größe und Masse aber erstaunlich flink bewegte. Varga setzte sich auf und spürte, wie Schweißtropfen an seiner Wirbelsäule hinunterrannen. Als er zwischen den Zähnen des Eindringlings ein Messer aufblitzen sah, wollte er um Hilfe rufen, doch ihm wurde sofort bewusst, dass er dies in der falschen Sprache tun und niemand ihn verstehen würde. Aber war überhaupt jemand auf diesem elenden, abgetakelten Kahn, der ihn würde schreien hören?

Als Varga aus dem Schlaf schreckte, kam ihm eine Idee. Ganz in der Nähe des Hotels, an der Kreuzung Calle O und Rampa, war ihm bei ihrer Ankunft an einer Hausfassade ein orangefarbenes öffentliches Telefon aufgefallen. Er würde jetzt gleich aufstehen und von diesem Apparat aus versuchen, Luiz Rodriguez anzurufen. Auf diese Weise würde er im besten Fall klären können, ob seine Nummer tatsächlich nicht mehr in Betrieb war. Zwei Minuten später ging er das Wagnis ein, mitten in der Nacht in einer fremden Stadt auf die Straße zu gehen – auf dem Weg in die Lobby kam es ihm vor, als ob er in ein dunkles Becken springen würde, von dem er nicht wusste, wie tief es war. Im Treppenhaus drangen Fetzen von Salsamusik zu ihm, und vor der offenen Eingangstür stieß er auf zwei laut schnarchende Nachtwächter, draußen auf der Straße aber war alles ruhig. Vorsichtig ließ sich Varga zwischen zwei Busse gleiten, die unmittelbar vor dem Hoteleingang standen, und sah sich um. Noch immer war alles ruhig, einige Meter weiter vorne an der Rampa hielt ein Taxi unter einer flackernden Laterne, über ihm jagten sich zwei Sternschnuppen. Und obwohl er angestrengt auf Geräusche horchte, hörte er nur das Pochen seines Herzens und das entfernte Rauschen des Meeres. Varga lief den dunklen Fassaden entlang bis zur Rampa und lehnte sich in der Nähe des Telefons kurz an die Hauswand. Das Telefon war frei, kein Mensch weit und breit. Dann kramte er die paar kubanischen Münzen zusammen, die er beim Zimmermädchen gegen eine Dollarnote eingetauscht hatte, fütterte das vorsintflutliche Gerät und wählte Luiz Rodriguez' Nummer.

Klári klopfte Varga auf den Hintern, wenn der junge Vass auftauchte und einen Anruf meldete. Vass ruderte jedes Mal, wenn jemand auf dem Postamt von Ráczkeve anrief und Vargas Vater verlangte, für einige Münzen vom Schiffssteg aus zur Insel rüber und holte Varga ab. Manchmal erlaubten sich die Freunde von Vargas Vater einen Scherz und riefen ihn, wenn sie an einem Samstagabend beim Kartenspiel zusammensaßen, in Ráczkeve an – damit sie über die Vorstellung lachen konnten, wie der junge Varga ins Boot klettern musste und der Alte gleichzeitig ein bisschen Geld verlor. Und wenn sie viel getrunken hatten, lachten sie auch über all die Schweinereien, die sie dem jungen Varga übers Telefon immer mal wieder durchgaben.

Varga lehnte an der Wand, ließ seinen Blick über die Rampa streifen und wartete auf eine Zeichenkombination oder einen unverständlichen spanischen Ansagetext, aus dem er schließen konnte, dass die gewählte Nummer nicht mehr existierte. Doch am anderen Ende der Leitung nahm jemand ab. Varga war sofort hellwach, schirmte den Hörer mit einer Hand ab und lauschte. Sollte er etwas sagen? Was sollte er sagen? Er konnte kein Spanisch. Sollte er es auf Englisch versuchen? Oder auf Deutsch? Ein langer Moment der Stille verstrich, und Varga wusste, es war jemand dran.

«Hola», sagte er schließlich, doch niemand antwortete. Kurz darauf legte sein stummer Gesprächspartner auf. Varga hielt den Hörer noch einen Moment lang an sein Ohr, bis auf der Rampa ein einzelner Streifenwagen der Policía Nacional Revolucionaria vorbeigerollt und die Straße wieder in der Dunkelheit versunken war, dann legte auch er auf. «Du bist wohl nachtaktiv, du Stinker, wie?»

Vor dem Fenster nahte der Tag, zuerst eher als ein wahrnehmbarer Schatten denn als helles Tropenspektakel. Varga kratzte sich zwischen den Beinen, gähnte und sah zu, wie die anbrechende Dämmerung die Häuserzeile am Malecón in ein unwirkliches Licht tauchte, als ob die Stadt über Nacht vom Meer weichgespült worden wäre. Dann drehte er sich auf seinem Stuhl um und studierte sein Zimmer, dessen Wände mit ihren Schichten von blätternder Farbe so abgenutzt wirkten wie getragene Kleider. Trotzdem fühlte er sich gut, regelrecht verjüngt ob der Tatsache, dass in der Nacht kein Killer bei ihm eingestiegen war. Er wollte gleich mit der Arbeit beginnen und die letzten Gedanken an seinen nächtlichen Traum durch Konzentration und Schweiß vertreiben. Also drehte er sich wieder zum Fenster hin, stützte die Ellbogen auf das Fensterbrett und hielt sich die Hände vors Gesicht. In der Dunkelheit sah er sofort ein Bild: Forster.

Die Adresse, die er sich vom Außendepartement in Bern hatte geben lassen, war eine Residenz im exklusiven Viertel Cubanacán, nur wenige Minuten Fahrt vom Meer entfernt. Es war ein nüchternes, zweistöckiges Haus mit grauen Betonwänden, viel Glas und matt glänzendem tropischen Edelholz, das Varga irgendwie an eine offene Schachtel erinnerte. Rund um das Haus machten sich überall fette Königspalmen breit. Varga stieg aus dem Taxi, wartete, bis es gewendet hatte und zwischen den Bäumen verschwunden war, überquerte dann die schmale Zufahrtsstraße und ging auf das Eingangstor zu. Erst jetzt bemerkte er, dass neben dem Schild mit dem Schweizerkreuz ein Botschaftswächter in einer olivgrünen Uniform an der Mauer lehnte und ihn beobachtete. «Ministerio del Interior» las er von seiner Jacke ab. Er nickte dem Mann zu und drückte auf den Klingelknopf.

Forster gehörte zweifellos zu einem kleinen Kreis von Schweizer Intellektuellen, die sich stark für Kuba interessierten. Entsprechend groß schätzte Varga die Chance ein, dass ihm Frank País ein Begriff war. Aber hatte Forster irgendwas mit Kistlers Büste am Hut? Und wenn ja, was?

Eine einheimische Bedienstete in Uniform führte Varga quer durch das Haus auf die Veranda der Residenz, auf der ein Mann an einem Tisch saß und sich gerade aus einer Karaffe Fruchtsaft einschenkte. Der Mann war ungefähr so alt wie Varga, klein und, abgesehen von einem leichten Bauchansatz, schlank. Er trug einen eleganten dunkelblauen Morgenmantel und seine Füße steckten in ledernen Pantoffeln, auf denen die goldenen Schlüssel der Schweizerischen Bankgesellschaft prangten.

«Besuch», sagte die Bedienstete mit ernster Miene.

Als der Mann Varga sah, erhob er sich rasch von seinem Bistrotisch, ließ seinen Blick routiniert über seinen morgendlichen Gast wandern und kam dann mit weit ausgebreiteten Armen auf ihn zu. «Sie müssen der Kommissar sein. Mein Name ist Gallati. Ich hab Sie, offen gestanden, nicht so früh erwartet und schon gar nicht hier.»

Dann schüttelte er ihm die Hand und überreichte ihm seine Visitenkarte, die er aus einer Tasche seines Morgenmantels hervorgezaubert hatte. «Lic. iur. Roger Gallati, Außerordentlicher und bevollmächtigter Botschafter der Schweiz in Kuba.»

Varga steckte die Karte ein und nickte. «Varga, Kriminalpolizei Zürich. Ich hab meine im Hotel liegengelassen.»

«Ich freu mich, Herr Varga, Sie nach unseren telefonischen Unterhaltungen persönlich kennenzulernen, hoffe, Sie hatten eine angenehme Reise und sind gut in Kuba angekommen», sagte der Botschafter im unverbindlichen Plauderton der Diplomaten und wies Varga den zweiten Stuhl an seinem Tischchen zu.

«Danke, ich bin in der glücklichen Lage, dass mir weder lange Flüge und Zeitverschiebungen noch Kakerlaken im Zimmer etwas anhaben können», entgegnete Varga und sah sich um. Die Residenz lag inmitten eines riesigen Gartens, in dem es neben sorgfältig gepflegten Rasenflächen und allerlei exotischen Pflanzen auch ein Netz von Spazierwegen, einen Springbrunnen und sogar einen Pool gab. «Ich muss sagen, hier lässt's sich stilvoll über die Vor- und Nachteile des Sozialismus sinnieren.»

«Interessieren Sie sich für Architektur?»

«Ich interessiere mich grundsätzlich für alles – außer vielleicht für Sex mit den Eltern und fürs Jodeln.»

«Na dann werden wir wohl noch die eine oder andere Gemeinsamkeit finden. Dieses Juwel hier heißt ‹Casa de Schulthess› und wurde kurz vor der Revolution von Richard Neutra erbaut. Für den Garten hat er sich übrigens mit dem brasilianischen Designer Roberto Burle Marx zusammengetan.»

«Der Typ, der an der Copacabana die Trottoirs gestaltet hat?»

«Chapeau, Herr Kommissar.»

«In meinem nächsten Leben werde ich Schweizer Botschafter – allerdings unter einem anderen Namen.»

Gallati runzelte die Stirn. «Was haben Sie mit Varga für ein Problem?»

«Ich keines. Aber glauben Sie, dass in der Schweiz das Geschlecht bei der Besetzung von Spitzenpositionen keine Rolle mehr spielt? Ich nehme nicht an, dass Gallati ein kalabresischer Familienname ist.»

«Ich bitte Sie. Der Stammsitz der Gallati liegt in Näfels, Kanton Glarus. Meine Vorfahren waren Söldnerführer und Zigermannli.»

«Sehen Sie? Aber wir sind nicht hier, um die heimische Enge zu bereden, sondern, um eine Tötung aufzuklären.»

«Ganz recht, ganz recht», sagte der Diplomat dienstbeflissen und nahm sich ein Brötchen.

11

Der Tod saß mitten in der Ödnis in einem Schaukelstuhl, zwischen seinen Zähnen steckte eine dicke Havanna. «Na, bist du endlich da?», fragte er, ohne die Zigarre aus seinem Mund zu nehmen, und in dem vertraulichen «Du» lag eine gewisse Belustigung. Varga überlegte sich kurz, ob er ihm die Hand geben sollte, ließ es aber bleiben und deutete stattdessen eine leichte Verbeugung an, der Tod tat darauf dasselbe. Dann drückte er sich aus dem Stuhl und Varga fand, dass er ungeduldig oder auch ein bisschen gelangweilt aussah. Als ihn der Höllenfürst aber anlächelte, begriff er, dass ihn eine Form von Angst erfüllte, die ihm bis zu diesem Moment unbekannt gewesen war.

«Können wir uns hier offen unterhalten?», fragte Varga und senkte den Blick auf die Pantoffeln von Exzellenz hinab.

Der Botschafter lächelte. «Tja, das kann man in repressiven Staaten wie Kuba letztlich wohl nie so genau wissen. Aber dass die Kommunikationskanäle der ausländischen Vertretungen abgehört werden, davon gehen wir hier unten alle aus. Ist Ihnen während unserer Telefonate das ständige Knacken in der Leitung aufgefallen?»

Varga nickte.

«Mit Interferenzen in der Unterseeleitung wird das offiziell begründet.» Er schüttelte den Kopf. «Wer's glaubt, wird selig. Die Beamten von der Staatssicherheit wurden noch von den Russen und den Ostdeutschen geschult und sind mit das Letzte, was in Kuba wirklich einwandfrei funktioniert.»

Wieder nickte Varga. «Sagen Sie, was war es denn, was Sie mir am Telefon nicht sagen konnten?»

Jetzt nickte der Diplomat. Er hatte eben in sein Brötchen gebissen und den Mund voll. Varga taxierte ihn. Sein Haar bestand nur noch aus einem grauen Haarkranz, oben auf der geröteten Kopfhaut glänzten kleine Schweißperlen. Die Augen hinter seiner randlosen Brille wirkten eigenartig müde und waren dennoch ständig in Bewegung, wachsam. Er saß leicht vornübergebeugt da, wie in Sprungbereitschaft. Dann nahm er eine Mango vom Tisch und ließ sie von einer Hand in die andere rollen. «Marco Kistler rief mich am späten Abend des 19. Oktober an und fragte mich, ob ich am folgenden Tag Zeit für ein letztes Treffen mit ihm hätte.»

«Ein letztes Treffen?», fragte Varga.

«Vor seiner bevorstehenden Abreise – nehm ich mal an.»

Varga nickte.

«Item, weil ich in jenem Moment schon das Gefühl hatte, er fühle sich nicht richtig wohl, disponierte ich um und sagte ihm zu. Doch nachdem wir uns auf zwölf Uhr im staatlichen Restaurant La Ferminia verabredet hatten, rief er mich kurz darauf ein zweites Mal an und äußerte den Wunsch, in der Botschaft an der Quinta Avenida zu speisen.»

«So ist der Lunch in seiner Agenda eingetragen.»

Botschafter Gallati zuckte mit den Schultern. «Das ist mir nicht bekannt.» Und nach einer Pause: «Auf jeden Fall erschien an diesem Tag ein Marco Kistler bei mir, der ganz offensichtlich Angst hatte, und zwar nackte Angst.»

«Wovor?»

Der Diplomat legte die Mango auf den Tisch zurück und faltete seine Hände. «Ich weiß es nicht. Er hat es mir nicht gesagt.»

Varga sah kopfschüttelnd in den Garten hinaus. «Haben Sie ihn denn nach dem Grund gefragt?»

«Selbstverständlich. Er meinte allerdings nur, dass er sich mir unmöglich voll anvertrauen könne.»

«Worüber haben Sie mit ihm an dem Tag denn gesprochen?»

«Im Wesentlichen ging's um sein erstes und meines Wissens einziges Habaniño-Projekt, einen Kinder-Computerclub, den er in einem marginalen Viertel namens ‹La Timba› einrichten wollte, und seinen Verkehr mit dem Minvec. Aber er fühlte sich hier in Kuba nicht mehr sicher.»

«Doch nicht etwa, weil ihn eine Computerlehrerin begrapscht hatte?»

Der Botschafter zog leicht irritiert seine Brauen hoch. «Ich denke nicht. Ich hab ohnehin nicht das Gefühl, dass seine Angst im Zusammenhang mit der Arbeit für Habaniño stand.»

«Mmmh, möglich. Dann aber gleich meine nächste Frage an Sie: Wissen Sie, dass Kistler in der Stadt in einem Stasi-Wagen mit ‹bösem› Kennzeichen gesehen wurde und wohl auch eine verdächtig vornehme Adresse in Siboney besucht hatte?»

Der Botschafter nahm die Mango wieder auf. «Ja, ich hab davon gehört.»

Varga war überrascht. «Was genau haben Sie gehört?»

«Gerüchte. Havanna ist wie ein Dorf, müssen Sie wissen. Hier spielt sich das Leben auf der Straße ab, und Kubaner haben die Gabe, so ziemlich alles zu registrieren, was dort tagein, tagaus an Theater gegeben wird. Und einige Stücke werden dann auch an uns Diplomaten weitergetragen.»

Jetzt wird's langsam spannend, dachte Varga und bat Botschafter Gallati, ihm zu sagen, was er alles erfahren hatte.

«Mein Chauffeur, ein Habanero, hat mich noch vor meinem letzten Mittagessen mit Kistler ins Bild gesetzt – dass einige seiner Fahrerkollegen Kistler, dessen Gesicht man hier übrigens aus den Medien kennt, in einem weißen Lada mit Minint-Kennzeichen gesehen hätten.»

«Minint?»

«Die Abkürzung für das mächtige Ministerio del Interior. Die Staatssicherheit ist ein Teil des Minint», erklärte der Botschafter.

«Moment», sagte Varga, «Kistler könnte also auch in einem ganz normalen Wagen des Ministeriums unterwegs gewesen sein?»

Der Botschafter nickte. «Kistler hat sich, wie's aussieht, in jedem Fall in einem Minint-Wagen bewegt. Gemäß den mir vorliegenden Informationen soll es sich dabei um einen Lada aus dem Fuhrpark der Seguridad del Estado, also der Staatssicherheit, gehandelt haben. Mein Fahrer meinte sogar, dass der Wagen gewöhnlich für die Quinta Dirección fährt.»

«Was ist das denn?»

Gallati warf Varga einen schnellen Blick zu. «Eine spezielle Einheit der Stasi, angeblich direkt dem Comandante und seinem Innenminister unterstellt. Wir wissen praktisch nichts über die Organisation und Aufgaben der Einheit, aber unter Kubanern zirkuliert der Vergleich, wonach James Bond im Verhältnis zu den Agenten ihrer Quinta Dirección ein Chorknabe sei.»

Varga lachte. «Die Speerspitze der kubanischen Sicherheit bietet Touristen Spazierfahrten in schrottreifen Sowjetkähnen, die auch noch jeder auf der Straße als Dienstwagen erkennt?»

Botschafter Gallati nahm einen Schluck Fruchtsaft, bevor er antwortete. «Ganz so einfach ist es nicht. Vielmehr ist es wahrscheinlich so, dass mein Fahrer ab und zu mit einem Typen aus seinem Barrio Domino spielt, dessen Sohn mit einer Freundin bumst, deren Cousin beim Minint für das Ersatzteil-Management des Fuhrparks verantwortlich ist.»

«Okay. Und wie zuverlässig sind dann Ihre Quellen?»

«Schwer zu sagen. Vieles von dem, was sich die Kubaner auf den Straßen erzählen, gehört ins Reich der urbanen Legenden. Ich müsste drum mit meinem Fahrer reden und herausfinden, von wem er seine Informationen hat. Allerdings schätze ich mal, dass wir davon ausgehen können, dass Kistler irgendeinen Kontakt mit dem Minint hatte – was für sich allein schon beunruhigend genug sein kann.»

«Inwiefern?»

«Nun, mal angenommen, der rechte Kistler hat sich hier unter dem Deckmäntelchen des Entwicklungshelfers mit Dissidenten getroffen und sie mit Informationen oder Geld versorgt. Oder er hatte was mit Drogen am Hut. Oder mit Frauenhandel. Oder er hat ganz einfach ein «Abajo Fidel» in ein Hotelklo gekritzelt. In all diesen Fällen erscheint die Stasi für gewöhnlich relativ rasch auf der Bildfläche, befasst sich mit dem Problem und schafft es dann meist unzimperlich aus dem Weg.»

Varga nickte. «Was der Grund gewesen sein könnte, dass Kistler in einem Minint-Lada saß, wissen Sie also nicht?»

Der Botschafter griff sich ein weiteres Brötchen und ein Glas mit Hagebuttengelee. «Nein. Aber auch dazu stellen die Kubaner jetzt wilde Spekulationen an.»

Varga sah ihn an und forderte ihn mit einem Nicken auf, weiterzusprechen.

«Kistler soll in Siboney gesehen worden sein. Siboney ist, das wissen Sie vielleicht bereits, ganz ähnlich wie Cubanacán, wo wir uns gerade befinden, ein besonderes Villenviertel, in dem neben einigen ausländischen Botschaften auch zahlreiche Kader sowie staatliche Firmen und Joint Ventures domiziliert sind. Aufgrund dieser Tatsache brachten die Kubaner Kistlers Erscheinen in Siboney sehr schnell mit irgendwelchen klandestinen Geschäften in Verbindung, die der Stasi aufgefallen sind und die sie mal unter die Lupe nehmen wollte.»

Forster und Siboney – passte das zusammen? Und wie passte das zusammen?

«Wissen Sie, wer Kistler in Siboney gesehen hat?», fragte Varga.

«Nein. Aber rund um Siboney ist an jeder größeren Kreuzung ein Polizist postiert. Außerdem dürfte es in diesem Viertel von Minint-Leuten wimmeln. Unter all denen ist bestimmt einer dabei, der einen Ausländer wie Kistler der Stasi meldet.»

Wieder nickte Varga. «Und was wissen Sie über Geschäfte, die Kistler hier aufgegleist oder getätigt hat?»

Gallati zögerte, bevor er antwortete. «Nichts Konkretes. Aber ich sag's mal so: Ich würde diesen Punkt klären, wenn ich an Ihrer Stelle wäre.»

«Haben Sie's denn versucht?»

Jetzt schwieg Gallati länger. Er studierte das Etikett des Gelees und es sah so aus, als würde er den Text auswendig lernen. «Leider nicht energisch genug, fürchte ich», brach er das Schweigen, «und das werfe ich mir heute vor. Ich hätte den Gerüchten nachgehen und Kistler zur Rede stellen sollen.»

«Machen Sie sich nichts draus. Ich glaub nicht, dass Sie von ihm eine Antwort bekommen hätten.»

«Schon möglich. Aber vielleicht könnte ich heute besser schlafen.»

«Welche Art von Geschäften könnte er Ihrer Ansicht nach denn gemacht haben?», fragte Varga nach einer Pause weiter.

Gallati dachte einen Moment lang nach. «Das ist ein weites Feld. Ich denke, Sie sehen und wissen ja selbst, woran es den Kubanern mangelt – an fast allem. Klar, dass sich angesichts einer solchen Nachfrage auch Chancen für allerlei Geschäfte bieten.»

Immer wenn Varga nach Budapest reiste, um seine Tante zu besuchen, wechselte er vor dem Westbahnhof Schweizer Franken gegen ungarische Forint. Vor allen Bahnhöfen der Stadt standen Frauen, die auf Reisende aus dem Westen warteten, um mit ihnen Geld zu wechseln. Geld gegen Geld, Geld gegen Jeans, Geld gegen Marlboros, und ab und zu, vor allem gegen Abend, auch Geld gegen Liebe. Varga blieb nach dem Wechseln oft auf den großen Plätzen stehen und beobachtete die Frauen. Wie sie sich ihre Opfer aussuchten. Wie sie sich aufreizend durch die Haare fuhren. Wie sie mit Westlern zu den Gleisen liefen und mit ihnen hinter ein paar alten Waggons verschwanden, die dort abgestellt waren. Der Scheißsozialismus funktioniert nicht anders als der Scheißkapitalismus, dachte Varga.

«Wissen Sie von anderen Schweizern, die hier in Kuba Geschäfte machen wollten?», fragte Varga den Botschafter.

«Selbstverständlich. Es gibt immer wieder welche, die hier auftauchen und sich auf dieses Abenteuer einlassen. Ich kann sie allerdings an meinen zehn Fingern abzählen – die wirtschaftlichen Rahmenbedingungen auf dieser Insel sind schlicht zu garstig.»

Botschafter Gallati nahm einen weiteren Biss von seinem Brötchen und fuhr dann fort: «Auf der Botschaft unterscheiden wir grundsätzlich zwei Gruppen von Schweizern, die hier unten was unternehmen: Die Seriösen und die weniger Seriösen. Zu den Seriösen zählen vereinzelte Vertreter von Großunternehmen, regelmäßig aber auch von mutigen KMUs, die meist in einem der wenigen Wirtschaftsbereiche tätig sind, die der kubanische Staat speziell fördert. Unter den weniger Seriösen sehen wir dagegen viele Einzelmasken, die oft mit abenteuerlichen Geschäftsideen, verqueren Vorstellungen und völlig ungenügenden finanziellen Mitteln herkommen. Ein Großteil von ihnen erleidet mit seinen Ideen denn auch Schiffbruch und verschwindet dann meist ziemlich rasch wieder.»

«Zu welcher Sorte haben Sie Kistler denn gezählt?»

Der Diplomat wischte sich einige Brosamen von den Lippen und sah dann in den Himmel. Keine Wolken. «Zu den weniger Seriösen, pas de question.»

«Du willst mir doch jetzt nicht etwa von meiner Schippe springen?», fragte der Tod, und Varga schoss ein Gedanke durch den Kopf: Kann der ewige Verderber so schlimm sein, wenn er Zigarre raucht und Späße macht?

Vargas Gedanken kreisten in der Dunkelheit um die Frage, ob er damals, als er beim Schweizer Botschafter in Havanna zu Besuch gewesen war, eine mögliche Verbindung zwischen Forster und Siboney wirklich ernsthaft in Erwägung gezogen und untersucht hatte. Er konnte sich daran erinnern, wie Forster ihm plötzlich in den Sinn gekommen war, als von Siboney die Rede gewesen war, mehr war da aber nicht gewesen. Mühsam stemmte er sich gegen die Bilderflut seines letzten Filmes und konzentrierte sich noch einmal, versuchte, seiner Erinnerung nachzuhelfen, aber es war aussichtslos, das Einzige, was er klar vor sich sah, war der scharfe Gegensatz zwischen den Lichtern des nächtlichen Havanna und dem Schwarz des Meeres und der Nacht. Dann sah er nur noch die heilige Nacht, ein tanzendes Paar und die Ballerina mit dem Gesicht, das immer in seinem Kopf war. Und kurz darauf verschwanden alle seine Bilder in der Dunkelheit.

Wie aus dem Nichts fiel dem Tod das Lächeln von seinem Gesicht wie ein dreckig gewordener Lappen. «Du weißt, dass du ganz weit oben auf meiner Liste stehst, Varga, nicht wahr?»

Varga starrte ihm ins Gesicht, bis nach einem langen Moment das Lächeln zurückkam.

«Time to say goodbye, my dear.»

«Stand Kistler in Kontakt mit anderen Schweizern?»

Botschafter Gallati zog seine Augenbrauen zusammen. «Wieso fragen Sie?»

«Weil uns zu Ohren gekommen ist, dass er unmittelbar vor seiner Rückreise am Flughafen Havanna ein paar Helvetier getroffen haben soll. Und ich würde nun gern wissen, ob das echte Urschweizer oder kubanische Schweizer gewesen waren.»

«Darüber weiß ich nichts. Aber ich werde dem nachgehen.»

«Bestens, Herr Gallati. Ich glaube, ich werde unser nettes frühmorgendliches Treffen am Ende glatt als ergiebig bezeichnen können», sagte Varga. «Nur noch ein paar letzte Fragen und Sie sind mich mindestens für heute wieder los. Wissen Sie zufällig, wo Kistler während seines zweiten Aufenthaltes gewohnt hat?»

Der Botschafter nickte. «In einer casa particular. Ich müsste die Adresse noch in meinem Büro haben und lasse Sie Ihnen zukommen.»

«Sehr gut. Und können Sie mir auch gleich mit Ansprechpersonen bei Kistlers Kinder-Computerclub-Projekt, beim Minvec und allenfalls sogar bei der Stasi dienen?»

«Beim Kinder-Computerclub und dem Minvec kann ich Ihnen jemanden angeben, bei der Stasi nicht. Ich würde Ihnen auch nicht unbedingt empfehlen, den Kontakt zur Stasi zu suchen. Darf ich Sie in diesem Zusammenhang übrigens fragen, ob Sie hier in offizieller Mission unterwegs sind und über alle notwendigen Papiere verfügen?»

«Ehrensache, Exzellenz. Einen offiziellen Touristen als mich gibt's auf dieser Insel nicht. Und meinen Pass trage ich permanent auf Mann. Aber zu meiner letzten Frage: Sagt Ihnen der Name Dariel Alvarez was? Ein Typ vom Außenministerium.»

Der Botschafter dachte kurz nach und schüttelte dann den Kopf. «Nein, nie gehört. Wenn dieser Alvarez aber beim Außenministerium tätig ist, kann ich das für Sie ebenfalls rausfinden.»

«Herr Gallati, für Sie drücke ich gern Steuern ab.»

Nach dem Mittagessen im Gundel sagte Vargas Vater: «Komm, es ist Sommer, lass uns zum Donauufer spazieren.»

Varga freute sich, denn am Uferweg würden sie in sein Lieblingstram, die Nummer 2, klettern, und mit ihm dem Fluss entlang, am Parlament und an der Kettenbrücke vorbei, bis zur alten Markthalle fahren. Dort würden sie aussteigen und über die Freiheitsbrücke bis nach Hause gehen. An der Donau unten windete es, und sie schauten Ruderern zu und später einem rostigen bulgarischen Schlepper. Vargas Vater sagte, der fahre nach Orjachowo. Als Varga seinen Vater fragte, woher er wisse, dass der nach Orjachowo fahre, schüttelte er sich vor Lachen und sagte: «Papa weiß doch immer alles, mein kleiner Kacker.»

Zurück im «Saint John's» erwartete ihn ein weiteres Fax von Oswald. Varga nahm es mit an die Hotelbar, wo er sich eine Vanille-Glacé bestellte.

> *1. Einvernahme unseres ersten Tatzeugen abgeschlossen. Ein Fahrender, der in der Nähe unter der Brücke nach Wallisel-len in einem Wohnwagen lebt, hat sich bei uns gemeldet und ausgesagt. Jeden Morgen pisse er neben seinem Wagen in die Glatt. Dabei habe er am 23. Oktober einen Knall gehört – möglicherweise unseren tödlichen Schuss. Kurz darauf sei ihm auf dem Spazierweg am gegenüberliegenden Ufer ein Mann aufgefallen. Ein brauchbares Signalement konnte er uns aber leider nicht geben. Den*

> Verdächtigen beschreibt er als groß und nicht mehr ganz jung, eher dunkelhaarig als blond, eher dunkle Hautfarbe und unauffällig gekleidet – Herr Jedermann also.
> 2. Resultate Internet-Recherche: Das sind die Koordinaten vom Personal der kubanischen Botschaft in Bern, von Kubanern und von SD-Leuten, die sich im fraglichen Zeitraum auf der Habaniño-Seite vertan haben. Was interessiert dich noch? Du hast mal nach US-Kontakten gefragt – brauchst du die noch?
> 3. Wie weiter mit Pauline Joho? Sollen wir die Amis um Unterstützung bitten?
> 4. Hatte heute ein Gespräch mit Plüss. Er will eure Resultate abwarten, bevor er etwas unternimmt.
> 5. Hier regnet's immer noch. Seht ihr wenigstens die Sonne? Und wie kommt ihr voran? Gibt's Neues?
> Oswald

Auf der Insel, an heißen Sommernachmittagen, wenn Varga auf seine Streifzüge ging, hatte er sich immer gut gefühlt, frei wie ein Pirat, Kolonialherr eines einsamen Inselreiches, Herrscher über ein gefährliches Banditengebiet, der allein wusste, wo der Geheimgang hinter Tante Kláris Gurkenbeet hinführte, wo er seine Sammlung von vergammelten Schmetterlingen und zerbrochenen Vogeleiern vergraben hatte, wo er ein sonderbares wildes Tier gesichtet hatte, eine Art sprechender Gorilla, der sich im Schilf versteckte, oder wo nachts das Schmugglerboot des alten Vass anlandete. Varga liebte diese Freiheit und kostete sie aus, bis seine Haut so braun war wie das morsche Holz des Steges, auf dem er sich sein Hauptquartier eingerichtet hatte.

Als Nowak durch die Tür kam, hatte Varga eben seinen dritten Eisbecher ausgelöffelt. Er lächelte, und sie lächelte zurück.

«Chef, ich hab was für dich», sagte sie und legte eine zerknitterte Plastiktasche auf die Theke.

«Ein Mörder hat da drin keinen Platz.»

«Es ist was Besseres.»

Dann zog sie eine rot-weiße Alu-Dose aus dem Sack und stellte sie vor Varga hin. «Tropicola.»

Varga strahlte und bat den Barmann sofort um zwei Gläser und Eis. Gleichzeitig schob er Nowak das Fax rüber. «Von Oswald. Keine brauchbare Zeugenaussage, keine Beschreibung unseres Killers. Ich glaub ehrlich gesagt nicht, dass der Typ, den unser launiger Roma oder Sinti gesehen haben will, was mit der Tat zu tun hat.»

Nowak überflog das Fax und nickte. «Nicht unser Mann, wie?»

«Der Schuss wurde mit einer ‹Lautlosen› abgegeben, erinnerst du dich?»

«Wär auch zu schön gewesen. Und du hattest mal wieder den richtigen Riecher.»

«Du schaust entschieden zu viel Derrick. Aber sag, kommst du grad von der Vedado-Adresse zurück?»

«Ja. Ich hatte allerdings auch keinen Erfolg. Das ist ein riesiges Haus, in dem es Dutzende von Wohnungen gibt. Und wir haben ja keine Ahnung, wen Kistler da besucht hat.»

«Dann schicken wir morgen früh Noa hin, er soll da mal Klinken putzen.»

«Genau.»

In diesem Moment stellte der Barmann, ein Faktotum, Mitte sechzig oder auch siebzig, mit grauem Schnurrbart und leuchtenden Vogelaugen, die Colas vor sie hin. Er krächzte «Salud», Varga und Nowak lachten, prosteten sich zu, als hätten sie Cocktails in den Händen, und tranken ihre Colas, über ihnen rotierten Ventilatoren.

Von Katalin, Jutka und Nowak, den drei wichtigsten Frauen in seinem Leben, war Nowak die einzige, in die er sich nicht augenblicklich, von einer Sekunde auf die andere, verliebt hatte. Katalin hatte er vor der Revolution in Budapest gesehen, an einer Tramstation, und er hatte sich sofort in sie verliebt. Jutka hatte er Jahre später auf dem Flughafen von Budapest getroffen und wegen ihr beinahe seinen Flug nach Zürich verpasst. Nur mit Nowak, mit der er seit Jahren zusammenarbeitete, war alles anders.

«Wie war's beim Botschafter?», fragte Nowak.

«Zu meinem Erstaunen gibt's mindestens einen Schweizer Diplomaten, der weder ein naiver Bürokrat noch ein arroganter Arsch zu sein scheint», sagte Varga und fasste sein Gespräch mit Botschafter Gallati für sie zusammen.

Und was hat uns das gebracht?», fragte sie weiter.

«Nun, zumindest wissen wir jetzt, dass Kistler von der Stasi durch Havanna gekarrt wurde und er vor irgendwas oder irgendwem Angst hatte.»

«Schön. Aber sind das wirklich neue Erkenntnisse?»

Varga zuckte mit den Schultern. «Nur die Ruhe, wir sind ja noch keine 24 Stunden im Land.»

Nowak nickte.

«Aber lass uns jetzt Oswald auf Trab halten.»

1. *Vergesst den Fahrenden, er bringt uns mit seiner Aussage nicht weiter.*
2. *Haben die Resultate eurer Internet-Recherche noch nicht durchsehen können. Wir müssen aber unbedingt wissen, ob sich US-Amerikaner auf der Habaniño-Seite umgesehen haben. Bitte schickt uns die Adressen.*
3. *Zu Pauline Joho: Lasst die Kavallerie bitte noch einen Moment lang aus dem Spiel.*

Nowak und Varga

«Sag mal, hast du eigentlich keine Bedenken, per Fax mit unserer Zentrale zu kommunizieren?», fragte Nowak.

Varga zuckte mit den Achseln. «Wegen der großen Ohren der Kubaner, meinst du? Doch, natürlich. Aber ich setze darauf, dass das Übersetzen und Auswerten unserer Gespräche aufgrund ihrer bürokratischen Organisation eher länger dauert und wir immer mit einem kleinen Vorsprung rechnen können.»

Nowak nickte. «Und zu Plüss, dem Wetter und unseren Fortschritten willst du gar nichts schreiben?», fragte sie weiter.

«Dass alles gut kommt und die Sonne ewig scheinen wird?», fragte Varga sarkastisch und bestellte zwei weitere Eisbecher. «Zu meiner Überraschung muss ich feststellen, dass dieses simple sozialistische Eis unserer lieblosen Massenware absolut ebenbürtig, wenn nicht sogar überlegen ist.»

Der Tod war verschwunden und Varga hatte das Gefühl, dass es um ihn herum wieder ein bisschen dunkler geworden war. Noch immer kauerte er auf dem staubigen Weg, blickte auf das düstere Land hinaus, müde und erschöpft. Hatte er Angst? Ja, hatte er.

Über ihnen erstrahlte der kubanische Himmel im tiefsten Blau, unmittelbar hinter ihnen bretterte ein unablässiger Strom von Oldtimern über den buckligen Belag der Uferstraße. Es war kurz vor Mittag, als Nowak und Varga das «Saint John's» verlassen hatten, um auf dem Malecón eine Pause einzulegen. Dort angekommen, setzten sie sich auf die Mauer und schauten abwechselnd auf den Ozean und auf die malerisch verfallenen Häuser, welche die vierspurige Straße säumten, als plötzlich ein bekanntes Gesicht auftauchte.

«Hola suizos.»

«Noa», sagte Nowak verwundert und schob ihre Sonnenbrille ein Stück höher auf die Nase, «Havanna scheint klein zu sein.»

«Touristen zieht es immer zum Meer hinunter», entgegnete Noa mit einem flüchtigen Grinsen.

Varga sah ihn genauer an. Noa wirkte übernächtigt und nervös, sein Hemd war feucht.

«Alles klar bei dir?», fragte Varga. Er war schon neugierig auf das, was der Kubaner über Nacht ermittelt hatte, aber seine leicht ramponierte Erscheinung irritierte ihn.

«Okay», sagte Noa mit einem schnellen Blick zu Varga.

«Aber lasst uns doch was essen gehen.» Er sah sich auf der Straße um. «Hier kann uns zwar niemand abhören, dafür sind wir ausgestellt wie Puppen in einem Schaufenster.»

«Ist denn jemand hinter dir her?», fragte Varga, aber Noa beantwortete die Frage nicht und zeigte stattdessen aufs Meer hinaus. «Irgendwo da drüben im Dunst liegt übrigens die große Freiheit.» Nach dem Zoll, nach der üblichen Schererei mit den zwei Dutzend Paprikawürsten, die er eingekauft hatte, ging Varga nicht an die Bar, sondern direkt in den trostlosen Warteraum am Gate, wo er sich in einen himmelblauen Schalensessel setzte. Nach drei Tagen hatte er mal wieder genug vom Sozialismus, auch wenn's ein Gulasch-Sozialismus war. Noch zwanzig Minuten bis zum Boarding, Varga schwitzte, schaute aus dem Panoramafenster, über das ausgestorbene Flugfeld, Richtung Westen. Dann betrachtete er seine Hände, weiß wie Wachs, beziehungsweise gräulich-weiß mit violetten Adern darin, während im Hintergrund ein Lautsprecher hustete. Die Sozialisten kriegen nicht mal anständige Lautsprecher hin, dachte Varga, als sich eine Frau zu ihm hinunterbeugte, eine Hostess der Malév, die er vorher nicht bemerkt hatte, jetzt war sie aber in nächster Nähe, jung und hübsch und überhaupt nicht nach billigem russischen Parfum duftend.

«Wir tragen denselben Namen», sagte sie lächelnd und Varga verliebte sich auf der Stelle in sie.

Das «La Julia» war ein paladar in der O'Reilly, einer Parallelstraße der Obispo, zehn Minuten Fahrt mit dem Taxi. Ein stämmiger Schwarzer in glänzenden Shorts und fabrikneuen Nikes stand in der Tür und schlug in Zeitlupe Uppercuts in die Luft, hinter ihm saß eine junge Frau in einem Hauskleid auf einem Metallstuhl und sortierte Bohnen. Im einzigen kleinen Raum gab es drei Tische mit je vier Stühlen, einen leeren Vogelkäfig, einige vergilbte Ansichten von kubanischen Stränden, Schweinefleisch, Reis mit Bohnen, Bier und Tropicola. Zwei rosa Schweden in Safarishorts brachen auf, als Nowak, Varga und Noa sich an den hintersten Tisch setzten, zwei Bier, Vargas Cola und dreimal Moros y Cristianos bestellten. Dann schaute Noa kurz am Schwarzen vorbei auf die Straße hinaus und gab ihm ein kaum wahrnehmbares Handzeichen.

«Hier sind wir ungestört, ich kenne die Inhaber», erklärte er.

«Na bestens», sagte Varga, «dann bräuchte ich jetzt nur ganz schnell meine Dose Tropicola. Aber du darfst ruhig schon loslegen, Noa.»

Der Kubaner verschränkte seine Arme und beugte sich dann leicht nach vorne über den Tisch. «Bueno. Gestern Abend, nach unserem Treffen auf dem Dach, hab ich das Foto von Kistler gleich mal ein bisschen im Hotel rumgezeigt und bin auch prompt auf zwei Angestellte gestoßen, die ihn erkannten. Der eine arbeitet an der Bar, der andere an der Rezeption. Der Typ von der Bar hat mir allerdings nichts Interessantes über Kistler erzählen können und mich an den Mann vom Empfang verwiesen.»

«Moment», unterbrach ihn Nowak, «was heißt, er hat nichts Interessantes über ihn erzählen können?»

«Barmann-Gelaber», sagte Noa, als wäre das offensichtlich, «Kistler sei ein angenehmer Gast gewesen, mit dem man einfach ins Gespräch kommen konnte, der anständige Trinkgelder verteilt hätte und der ...»

«Was hatte der Rezeptionist für uns?», unterbrach ihn Varga.

Noa wartete einen Moment, bis ein Junge mit einer weißen Baseballkappe die Getränke auf den Tisch gestellt hatte und wieder in der Küche verschwunden war. «Kistler habe sich in den ersten Tagen vor allem für Frauen interessiert, für Frauen, Clubs und die Playas del Este. Der Rezeptionist will ihm auch zwei oder drei jineteras organisiert haben.»

«Drogen?», fragte Nowak.

«Nutten», grinste Noa. «Junge Frauen, die es für Dollars mit Touristen treiben, nennen wir sinnigerweise jineteras, Reiterinnen.»

«Namen, Adressen?», fragte Varga.

Noa nickte. «Sollten wir noch heute kriegen, mindestens von der einen. Ich knöpfe sie mir dann auch gleich vor.»

«Fein. Was hat er noch gesagt?»

«Dass ihm Kistler gegen Ende seines Aufenthaltes von einer Geschäftsidee erzählt habe.»

«Habaniño?»

Noa schüttelte den Kopf. «Nein. Ein Kinderhilfswerk plante er angeblich nur aufzuziehen, weil er dann unter der kubanischen Sonne sitzen konnte und keiner geregelten Arbeit mehr nachzugehen brauchte. Um aber auch noch gewisse Sicherheiten zu haben und sich vor allem einen Lebenswandel wie Hemingway selig leisten zu können, wollte er zusätzlich mit ‹hohen Tieren› eine größere Sache aufziehen.»

«Woran er dabei im Detail gedacht hatte, hat er aber nicht zufällig mitverraten, oder?», fragte Varga.

«Nein, leider nicht.»

«Und zu den ‹hohen Tieren› hat er auch nichts weiter gesagt?»

«Nein.»

Varga nickte und nach einer Pause fragte ihn Noa, ob er den Rezeptionisten noch persönlich befragen wollte.

«Kann sein. Das muss ich mir noch überlegen.»

«Du kommst auf mich zu?»

Wieder nickte Varga. «Noa?»

«Hm?»

«Unter der Telefonnummer, die ich dir bei unserem ersten Treffen gegeben hab, ging vergangene Nacht jemand ran. Lässt sich vielleicht ohne größeren Aufwand und innerhalb nützlicher Frist herausfinden, wem die Nummer gehört und wer der Mann am anderen Ende der Leitung gewesen sein könnte?»

Noas Augen wurden schmal. «Schwierig, sehr schwierig. Das ganze Telefonsystem wird von der Stasi kontrolliert.»

«Hab ich mir gedacht. Dann lassen wir das lieber mal.»

12

Forster interessierte sich sehr für Kuba, weshalb Varga auch davon ausging, dass er den Revolutionshelden Frank País kannte, Forster hatte das Geld und den Geschmack, um in einem Viertel wie Siboney zu residieren und war als Industrieller und Parteipräsident zudem auch das, was man als ein hohes Tier bezeichnete. Außerdem erinnerte er Varga stark an die Figur von Gastmann, den Bösewicht aus Dürrenmatts Richter und sein Henker. Und Gastmann war von Anfang an schuldig gewesen.

«Was ist mit Siboney?», fragte Varga und musterte dabei erwartungsvoll ihren kubanischen Assistenten.

«Nach Siboney hab ich's leider noch nicht geschafft, ein Ausflug in ein solches Viertel braucht in diesem Land etwas Organisation und vor allem Zeit und Nerven. Aber ich habe bereits mit einem Angestellten des Grundbuchamtes gesprochen und weiß, wem das Grundstück gehört.»

«Na?»

«Dem kubanischen Staat.»

Varga wandte sich mit einem Lächeln im Gesicht Nowak zu. «Darauf hätten wir eigentlich wetten sollen.»

Noa lachte. «Das wäre, mit Verlaub, nur eine mittelgute Idee. Denn wie fast immer in Kuba ist die Sache komplizierter, als sie auf den ersten Blick aussieht.»

«Spann uns jetzt bloß nicht auf die Folter, hombre», sagte Nowak in Kojak-Manier und lehnte sich wie ihr Gegenüber über den Tisch, während Varga seine Tropicola in einem Zug leerte.

«Lasst mich ein bisschen ausholen: Während in anderen Weltgegenden die Dinosaurier längst ausgestorben sind, hat auf dieser Insel die gute alte sozialistische Planwirtschaft überlebt. Weil wir nun aber kaum je wirklich orthodoxe Sozialisten waren, sondern viel eher unorthodoxe Tropen-Sozialisten, haben wir die Planwirtschaft da und dort etwas frisiert. Wie das im Detail aussieht, erspare ich euch, Fakt ist, dass wir heute nicht mehr von irgendwelchen Kombinaten, sondern von einer Reihe von sauber aufgesetzten Staatsunternehmen leben, die wiederum einigen Fachministerien unterstehen sowie rund zweihundert Joint Ventures mit ausländischen Unternehmen. Der Rest unserer Wirtschaft ist allerdings mehr oder weniger vernachlässigbar, den muss man mehr als eine Art größeres Beschäftigungsprogramm sehen.»

Varga nickte.

«Geld, das uns am Leben erhält, kriegen wir seit einigen Jahren vor allem über den Tourismus und unsere reichen Tanten und Onkels in Miami ins Land, daneben gibt's ein paar Exportschlager, neben Nickel vor allem medizinischen und biotechnologischen Kram aller Art, die Klassiker Tabak und Zucker sowie Derivate.»

In diesem Moment balancierte der Junge mit der Baseballkappe ein Tablett mit dem Essen an ihren Tisch.

«In Ungarn haben wir ständig Bohnen gegessen und dann Furzwettbewerbe veranstaltet. Indoor-Veranstaltungen waren dabei natürlich streng verboten», erklärte Varga, als der Junge zwei Schüsseln Bohnen und Reis vor ihn hinstellte. Noa lachte und nickte: «Im sozialistischen Lager machen doch immer alle den gleichen Mist.»

Soweit Varga wusste, hatte Forster sein Vermögen mit einem eigenen kleinen Stahltechnologie-Konzern gemacht. War es möglich, dass zwischen ihm und einem kubanischen Biotech-Unternehmen eine Verbindung bestand?

«Das Grundstück in Siboney gehört einer Firma namens Cibex», fuhr Noa fort. «Ein Staatsunternehmen, von dem ich noch nie was gehört hab und über das ich auf die Schnelle auch kaum was hab rausfinden können. Im Grundbuchamt steckte mir einer, dass es angeblich dem Minint unterstellt sei und sich mit der Entwicklung von Biotechnologie befassen soll. Die Biotechnologie, müsst ihr wissen, ist seit kurzem eine der wirtschaftlichen Prioritäten unseres Landes. Entsprechend wichtig könnte diese Cibex sein.»

Nowak hörte Noa aufmerksam zu, während Varga geräuschvoll seinen Reis mit Bohnen löffelte. Trotzdem war er es, der den Redefluss des Kubaners mit einer Frage unterbrach: «Sag mal, hat deine

Frage nach dem Besitzer unseres Grundstücks im Grundbuchamt irgendwas ausgelöst?»

«Jede Frage nach Villen in Vierteln wie Siboney löst hier auf staatlichen Stellen was aus», erwiderte Noa.

«Was hast du denn konkret erlebt?»

Noa wischte sich den Mund ab. «Mein Kontakt wollte mir erst in seinem Kabuff auf meine Frage antworten. Außerdem ...»

«Ja?»

«Außerdem hatte ich auf dem Rückweg zwischenzeitlich mal das dumpfe Gefühl, beschattet zu werden.»

«Hast du jemanden gesehen?»

«Nein. Ich glaube, es war nur so ein Gefühl. Und ich bin mir auch sicher, dass uns niemand hierher gefolgt ist.»

«Mmh. Nowak, was schließen wir aus dem Ganzen?», fragte Varga kauend.

«Dass die ganze Geschichte immer rätselhafter wird.»

Varga grübelte einige Sekunden und nickte dann. «Stimmt. Dass wir uns aber auch dringend überlegen sollten, wie wir mehr über diese Cibex erfahren können, ohne den ganzen kubanischen Sicherheitsapparat oder andere Monster aufzuscheuchen.»

«Das wird nicht einfach werden», wandte Noa ein.

«Batista aus dem Land zu scheuchen soll auch nicht gerade ein Zuckerschlecken gewesen sein, compañero.»

Noa hielt seine Hände hoch und Nowak lachte.

«Hey, du verschlingst das Zeug ja wie eine Boa», sagte sie nach einer Pause zu Varga.

«Diese Bohnen sind ein Gedicht», antwortete Varga mit vollem Mund und ohne aufzusehen.

«Und was ist mit dem Fotograf, diesem Luiz Rodriguez?», fragte Varga.

Noa nickte und schob seinen leeren Teller von sich.

«Gibt es diesen Typen noch irgendwo? Und wie kommt es eigentlich, dass du den gleichen Namen trägst? Purer Zufall oder heißen alle Kubaner außer Fidel so?»

Noa wollte eben zu einer Antwort ansetzen, als ihnen der Junge mit der Baseballkappe drei flan de leche hinstellte und dann die leergeputzten Teller abräumte.

«Hier gibt's tatsächlich in jeder Straße mindestens einen Luiz Rodriguez. Ausgerechnet unseren Mann scheint es nun aber nicht mehr zu geben, der gute Luizito soll nämlich vor ungefähr einem Jahr verschwunden sein.»

«Verschwunden?», fragte Nowak nach.

«Vom Erdboden verschluckt, wie man in der guten alten DDR zu sagen pflegte.»

Varga stand an der Donau, der Morgen graute und ein kühler Wind rüttelte an ihm. Er blickte auf den Fluss hinaus und schaute zu, wie sich in Ufernähe eine große, elegante Yacht langsam auf die Seite legte und dann mit einem leisen Seufzer bugüber in der braunen Kabbelung versank. Von all den bärtigen Männern, die das Schiff in seiner Erinnerung bevölkert hatten, war nichts mehr zu sehen, es schien, als wären sie von Bord geweht worden.

«Die paar Nachbarn, die ich befragt habe, haben mir gegenüber alle ausgesagt, dass Luiz Rodriguez von einem Tag auf den anderen spurlos verschwunden sei. Einer meinte, er sei wohl noch immer irgendwo auf Reportage, ein anderer, er sei nach Florida abgehauen, ein dritter vermutete, er sei zurück nach Baracoa, wo er herkommt.»

«Wie haben ihn die Nachbarn denn beschrieben?», fragte Varga.

«Ruhig. Ein besessener Fotograf. Vielleicht etwas zu angefressen von seinem Beruf. Aber ein anständiger Kerl.»

«Haben wir ein Foto oder wenigstens eine brauchbare Beschreibung von ihm?»

«Nein. Wir haben gar nichts mehr von ihm, keine Bilder, keine Papiere, keine persönlichen Dinge, nichts. Und in Luiz Rodriguez' Wohnung soll jetzt ein Hafenarbeiter hausen, der ständig seine Frau verprügelt.»

Varga dachte über Luiz Rodriguez' Verschwinden nach. Wenn der Fotograf tatsächlich vor einem knappen Jahr von der Bildfläche verschwunden war, erschien es ihm eigenartig, dass er vor kurzem ausgerechnet mit Kistler zusammengetroffen war. Nur: Wieso fand sich Rodriguez' Nummer in Kistlers Agenda? Hatte ihn Kistler schon vor seinen Kuba-Reisen irgendwo kennengelernt? Und wenn ja, wo? Hatte sich Luiz Rodriguez nach Europa abgesetzt? Vielleicht hatte sich dieser Fotograf aber auch nie ganz in Luft aufgelöst – immerhin hatte unter seiner Nummer jemand abgenommen, als Varga sie in der ersten Nacht gewählt hatte – und Kistler hatte vom ersten Reisetag an Kontakt zu ihm gehabt. Und vielleicht hatte er ja nicht nur die Bilder in Siboney gemacht, sondern auch diejenigen, die in den Fotorahmen fehlten, die sie in Kistlers Wohnung sichergestellt hatten.

Nachdem sich Varga einen zweiten Flan und eine weitere Tropicola gegönnt hatte, schlüpften sie hinaus in das helle Licht der O'Reilly. Über ihnen am Himmel hatte die Sonne den Zenit längst überschritten, doch ließ sie die Schatten auf der Straße nach wie vor zu kleinen Tintenklecksen schrumpfen.

«Noa?»

«Ja?»

«Noch zwei Dinge: Ich bin mir nicht ganz sicher, aber es könnte sein, dass uns gestern Abend bereits jemand beschattet hat. Señor Jemand muss allerdings gewusst haben, dass wir im ‹Saint John's› abgestiegen sind.»

«Wie kommst du darauf?»

«Er hat sich im gegenüberliegenden Haus auf einem Balkon rumgedrückt.»

Noa nickte. «Wir müssen vorsichtig sein.»

«Noa, verschon mich bitte mit solchen Plattitüden. Sag mir lieber, wer hinter uns her sein könnte.»

Der Kubaner nickte und überlegte einen Moment lang. «Die Stasi, schätz ich.»

«Könnte es sonst noch wer sein?»

«Vielleicht war's ja auch nur ein ganz normaler Nachbar.»
«Natürlich.»
«Gut, ich hör mich mal um. Was war denn das Zweite?»
«Was verbindest du mit Frank País?»
Noa blieb kurz stehen und fixierte seine Schuhspitzen. «Erstmal einen Helden, dann eine Überbauung, eine Schule, eine Fabrik, einen Flughafen – eine Menge Dinge …»
Varga nickte. «Könntest die nicht alle über Nacht mitsamt Ortsangaben auf einem Stück Papier zusammenstellen?»
Der Kubaner schien von dieser Aufgabe sichtlich wenig begeistert. «Kann ich machen, Vollständigkeit allerdings unmöglich garantieren.»
«In Ordnung, danke. Dann bis morgen früh.»

«Flight 0564 to Zurich is ready for boarding.»
Viel Zeit blieb Jutka und Varga nicht. Jutka setzte sich zu ihm, legte ihren Arm um ihn, und sie redeten miteinander, als ob in Budapest nie mehr ein Flugzeug starten würde. Der Lautsprecher knarrte ohne Pause, aber sie hörten nicht hin, bis eine Arbeitskollegin Jutka einen Autoschlüssel zuwarf. Kurz darauf fuhren sie in einem klapprigen Malév-Lada zu Vargas Maschine, eine Tupolev 154, sie stand zum Start bereit, die drei Triebwerke heulten und oben an der Gangway gestikulierte ein dicker Navigator. Jutka sagte irgendwas, Varga verstand nur ihren Blick, ihm war schwindlig und er hatte keine Lust nach Hause zu fliegen, wollte viel lieber zurück in den Lada und mit ihr aufs Land hinaus. Und als Jutka ihn zum Abschied küsste, wurde ihm schwarz vor den Augen und er dachte, Scheiße, hier gehöre ich doch hin.

Nowak und Varga liefen den Prado hinunter ans Meer, wo sie an der Straßenecke auf ein Plakat mit einem riesigen Comandante in Uniform trafen, der, in der Bewegung erstarrt, in die gleiche Richtung marschierte wie sie.
«Wie gefällt's dir hier eigentlich?», fragte Nowak.
Varga spürte, dass seine Assistentin ihn beobachtete.

«Ich ziehe den Sozialismus dem Tod vor, keine Frage», sagte er und bewunderte die strahlend blaue Dünung, die sich unter dem «Morro» mit seinem Leuchtturm bewegte.

«Ich auch», sagte Nowak und Varga nahm wahr, dass sie ihm so nahe gekommen war, dass sich ihre Arme einen Moment lang berührten.

«Übrigens habe ich eine Theorie entwickelt, die mir ganz gut gefällt», sagte Nowak kurz darauf, als sie auf den Malecón einbogen. Varga blieb stehen, lehnte sich an die Mauer und schaute aufs Meer hinaus. «Na, dann lass mal hören», ermutigte er seine Assistentin.

«Kistler hat als Reaktion auf die Tatsache, dass ihm eine Gruppe von Parteileuten wegen seiner Art oder auch wegen seines sexuellen Übergriffs das Leben schwermachte, in einer Kurzschlusshandlung die Kasse der Schweizer Demokraten geplündert und sich mit der Kohle nach Kuba abgesetzt. Hier in Havanna kam ihm dann die gloriose Idee, seine Partei zu erpressen. Für den Fall, dass sie nicht auf seine Forderung eingehen würde, hätte er genug Geld zur Verfügung gehabt, um sich in Kuba ein angenehmes Leben finanzieren zu können. Außerdem wäre er vor einer Strafverfolgung geschützt gewesen, denn zwischen der Schweiz und Kuba existiert noch kein Auslieferungsabkommen. Als die SD aber auf die Erpressung einging und er in die Schweiz zurückreiste, um mit ihr einen Deal zu machen – er gibt die Parteikasse zurück und erhält zum Beispiel wieder einen prestigeträchtigen Posten –, also um gleichsam eine Bombe platzen zu lassen, ließ ihn die Parteiführung oder eine Gruppe von Parteibonzen abknipsen. Und weil Kistler seine rechte Hand eingeweiht hatte, musste die bedauernswerte Nicole Mayer als Mitwisserin auch gleich dran glauben.»

Varga wandte sich seiner Assistentin zu. Er lächelte. «Nicht schlecht, Watson», sagte er und schwang sich schwerfällig auf die Mauerkrone, wo er sich hinsetzte. «Interessant finde ich vor allem die Beziehung, die du zur Partei herstellst. Kistlers abrupter Abgang passt zwar durchaus zu ihm, erscheint aber trotzdem eigenartig überhastet – wie übrigens auch seine Kuba-Reise und die

Gründung eines Kinderhilfswerks irgendwie unstimmig erscheinen. Und dann müssen wir tatsächlich den Grund für die leeren Parteikonten klären. Was mir in deiner Theorie allerdings noch fehlt, das sind die Makarov, das ist Frank País, Luiz Rodriguez, das Minvec, die Stasi, Siboney und die Cibex. Also der Bezug zu Kuba.»

«Was, wenn er hierbleiben und sich ein Leben aufbauen wollte?»

Varga schüttelte den Kopf. «All diese Dinge, Personen und Organisationen deuten für mich nicht darauf hin, dass er plante, sich hier ein geruhsames Leben einzurichten.»

«Sondern?»

«Ich weiß es noch nicht. Möglicherweise konnte er sich hier tatsächlich eine Existenz als Entwicklungshelfer vorstellen. Gleichzeitig hat er aber, und da bin ich mir ziemlich sicher, irgendwas eingefädelt, das ihn letztlich das Leben gekostet hat.»

«Glaubst du denn, wir finden hier unten raus, was das genau war?»

«Wir müssen ja, sonst beißt Plüss mir den Kopf ab», sagte Varga und ließ sich von der Mauer gleiten. «Im Ernst: Ich glaub, Kistler ist, wie schon das eine oder andere Mal in seinem Leben, auf irgendwas gestoßen, das ihn so sehr fasziniert hat, dass er sich blind in was reingesteigert hat. Übernommen hat er sich auch bei seiner letzten verzweifelten Suche nach Anerkennung und Bewunderung, nur waren die Folgen für ihn dieses Mal tödlich.»

Varga klopfte sich die Hosen ab.

«Was war Kistlers ominöse Geschäftsidee, was seine Bombe?», fragte Nowak.

Varga nickte. «Meiner Meinung nach die Kernfrage, die wir lösen müssen. Und hier in Havanna sind wir nah an der Lösung dran. So nah, dass es für uns gefährlich werden könnte. Immerhin wurden im Zusammenhang mit Kistlers Bombe schon mindestens zwei Leben ausgelöscht. Außerdem scheint sich bereits jemand für uns und unsere Arbeit zu interessieren.»

«Du meinst den Typen auf dem Balkon?»

«Ja. Und auch unser guter Noa hatte ja das Gefühl, einen Schatten zu haben. Aber lass uns jetzt ins Hotel zurückgehen.»

Als Varga sein Zimmer im «Saint John's» aufschloss, fand er hinter der Tür einen Umschlag. Allein das Papier sagte ihm, dass er unmöglich kubanischen Ursprungs sein konnte. Er setzte sich mit ihm auf den Bettrand, riss ihn auf und las den Brief aufmerksam durch.

Geschätzter Kommissar Varga
Wie heute früh mit Ihnen abgesprochen, lasse ich Ihnen mit diesem Schreiben die von Ihnen erwünschten Informationen zukommen.
1. *Wie Sie mir erklärt haben, habe Kistler erst nach der Zollabfertigung Schweizer Bekannte getroffen. In diesem spezifischen Bereich des Flughafens könnte er an seinem Rückreisetag zehn Schweizer Bürgern begegnet sein, die mit dem Iberia-Flug aus Madrid in Havanna gelandet waren. Von diesen Eidgenossen hat eine einzige Person eine engere Beziehung zu Kuba – Herr Laurenz Brunner lebt hier, seine Adresse und Telefonnummer finden Sie umseitig.*
2. *Kistler hat während seines zweiten Aufenthaltes in Havanna in einer «casa particular», also einer privaten Unterkunft, logiert. Die Adresse: Hornos #63, entre Vapor y Principe, Centro Habana. Wenden Sie sich bitte an Señora Gladys Portela, sie spricht Englisch.*
3. *Ansprechperson bei Kistlers Kinder-Computerclub-Projekt in der «Timba» ist für Sie eine gewisse Yanet, genaue Koordinaten unbekannt, im Minvec ein Señor Alfredo Morales. Beide sprechen ausschließlich Spanisch.*
4. *Señor Dariel Alvarez ist seit einem Jahr beim Außenministerium der Republik Kuba als Sekretär tätig. Er spricht unter anderem auch Deutsch.*

Ich hoffe, Ihnen mit diesen Angaben gedient zu haben und verbleibe mit den besten Wünschen für ein gutes Gelingen Ihrer Mission.
lic. iur. Roger Gallati Schweizerischer Botschafter

Varga war froh, dass er weder Schmerz noch Kälte spürte. Angst flackerte immer wieder auf, schreckliche Angst, aber auch sie fiel, wie ihm schien, zunehmend von ihm ab. So kauerte er mal auf einem schwarzen Weg in düsterer Landschaft, mal in seinem Knochenpalast, und erlebte, darauf wartend, dass der Tod zurückkam und ihn holte, seinen eigenen Untergang.

Helle Lichtstreifen fielen durch die Jalousien auf die Wand von Vargas Zimmer. Varga selbst lag auf dem Bett, verfolgte die Reflexe, die der Widerschein der tiefstehenden Sonne auf dem Wasser an die Decke zauberte und dachte nach. Irgendwann schloss er die Augen, lauschte nur noch dem Lärm von unten, der ihn daran erinnerte, dass dort irgendwo ein Killer unterwegs sein musste, den er festnehmen wollte. Als der Lärm später nachließ, stellte er fest, dass es in seinem nur mit Fensterläden verschlossenen Zimmer klang wie in einer Meeresmuschel. Das kaum hörbare Rauschen der Autos, das Anrollen der Wellen gegen die Mauer des Malecón, das Pochen seines Herzens. Varga drückte mit einem Finger eine Dose Tropicola auf und rief Nowak in ihrem Zimmer an. Schon nach dem ersten Klingeln nahm seine Assistentin ab.

«Hallo?»

«Nowak, ich bin's. Sag mal, könntest du bitte rausfinden, ob und wie gut Kistler Spanisch sprach?»

«Klar.»

«Und noch was: Wollen wir später im Quartier irgendwo was trinken gehen?»

Nowak schien überrascht, ihr Zögern war deutlich zu spüren. «Ja klar, wunderbar. In einer halben Stunde in der Lobby unten?»

«Bis dann.»

Als Varga auflegte, war das Pochen seines Herzens stärker geworden.

Varga ignorierte den schwitzenden und fluchenden Navigator, drehte unter der Tür nach rechts und ließ sich auf den ersten freien Fensterplatz fallen. Er schämte sich nicht, der Letzte zu sein, das Einzige, was ihn interessierte, war Jutka. Er wollte sie noch einmal sehen, wie sie auf dem Rollfeld stand, vor dem Lada, mit flatterndem Halstuch, wie sie winkte, bis der Kapitän Schub gab und die Tupolev mit einem ohrenbetäubenden Donnern anrollte und sie viel zu schnell unter dem Flügel verschwand. Als sie starteten, öffnete er den Gurt und wechselte auf die andere Seite, und tatsächlich sah er sie noch einmal, kurz bevor sich das Fahrgestell von der grauen Piste hob, ein kleiner blauer Punkt am Pistenrand.

Bevor Varga mit Nowak in die karibische Nacht eintauchen würde, wollte er die Zeit nutzen. Er griff sich den Brief des Botschafters, ging zum Telefon und wählte die Nummer von Laurenz Brunner. Beim dritten Versuch klappte es.

«Digame», sagte eine Stimme.

«Guten Abend, Herr Brunner. Sie kennen mich nicht. Mein Name ist Varga. Ich bin Kriminalkommissar und ermittle in einer Strafsache, die, wie's aussieht, schwer was mit Kuba zu tun hat.»

Brunner ließ seinen Atem auf eine Weise entweichen, aus der Varga schloss, dass er über den Anruf nicht begeistert war.

«Ein waschechter Schweizer Bulle – hier?»

«Wir wollen auch mal an die Sonne. Aber kommt mein Anruf grad irgendwie ungelegen?»

«Das kann man so sagen. Ich hatte grad vor, es meiner Kleinen mal wieder zu besorgen. Kubanerinnen haben im Vergleich zu unseren bieder-braven ‹Mädis› ja doch etwas andere Bedürfnisse und ... und ehrlich gesagt, weiß ich auch nicht, was ich Ihnen noch über Kistler erzählen könnte. Ihr von der Polizei wisst doch sicher schon alles.»

«Kistler? Wie kommen Sie auf Kistler?», spielte Varga den Unwissenden.

Wieder hörte Varga seinen Atem entweichen, dann kämpfte sich Schweigen durch die Leitung.

«Na?», fragte Varga nach.

«Erstens: Wir paar Eidgenossen hier unten sind ein höchst überschaubares Häuflein von Alkoholikern und Gestrandeten, in der ein Spinner wie Kistler auffällt wie Fidel am Sechseläuten. Und zweitens: Ich kippe auch gern mal ein paar Anejos, aber gaga bin ich noch nicht.»

«Ich schau gleich morgen früh um acht bei Ihnen vorbei, wenns Ihnen recht ist.»

«Na schön, ich werd sehen, was ich für Sie tun kann.»

«Dann mal viel Spaß noch.»

13

Kistler schien in der hiesigen Schweizer Kolonie also bekannt gewesen zu sein, dachte Varga. Wie hatte er das wohl geschafft? Immerhin hatte er nur einige wenige Wochen in Kuba verbracht. Oder hatte er vielleicht ganz bewusst und mit aller Energie in den Aufbau von Kontakten zu den Schweizern investiert? Wenn ja, wozu? Was hätten ihm diese Leute bieten können? Übersetzungsdienste? Kontakte zu Kubanern? Oder vielmehr zu Kubanerinnen? Varga malte einen kleinen Totenkopf neben Brunners Adresse und schaute dann auf die Uhr. Er hatte noch einige Minuten Zeit und ging darum ins Bad. Während er sich die Hände wusch, betrachtete er sich im Spiegel: Schweiß rann über sein alabasterfarbenes Gesicht, aber trotz seiner Hautfarbe und den violetten Adern in seinen Augen fühlte er sich besser als zuhause. Er trocknete sein Gesicht mit WC-Papier, kämmte sich und rieb dann seine Wangen, um auf der Straße unten nicht durch seine Blässe aufzufallen. Als ihn das aber nur rosig werden ließ, fluchte er über das «Scheiß-Neonlicht». Und als er sein Zimmer verließ, hoffte er, dass Kistler seine Pläne an einen Schweizer ausgeplaudert hatte, der sich im nüchternen Zustand noch an sie erinnern konnte.

Havanna war im Schatten des Abends versunken, als Nowak und Varga die Rampa erreichten. Nicht weit von ihnen brandete das

Meer schwarz gegen den Malecón, auf der Ausgehmeile wogte der Verkehr, über ihnen schossen Schwalben durch die Nacht. Sie setzten sich in das Café an der Ecke und beobachteten bei Cuba Libres und Chips das Treiben auf der Straße. Als Varga einer jungen mulata nachschaute, die in einem kirschroten rückenfreien Top und ausgefransten Jeans-Shorts mit einem Minnie-Mouse-Aufnäher auf der Gesäßtasche an ihnen vorbeistolzierte, lachte Nowak: «Da behaupte noch einer, es sei der Rum, der die Männer verrückt macht.»

«Nicht einmal der heilige Hieronymus wäre vor diesen Wundern der Schöpfung gefeit.»

«Und Kommissar Varga wohl schon gar nicht, wie?»

Varga schüttelte den Kopf und bestellte bei einem Mädchen, das mit Feuerzeugen, Nagelclips und Kondomen von Tisch zu Tisch ging, die zweite und dritte Runde.

«Sag mal, traust du Gummis sowjetischer Provenienz etwa nicht?», fragte Nowak, als sie die Bestellung aufgegeben hatten.

«In Ungarn ging immer das Gerücht, dass die Sowjet-Überzieher in einem Gummikombinat aus alten Lastwagenpneus gegossen wurden. Und ich bin doch einer, der seinem Luxuskörper nur das Allerfeinste gönnt.»

«Die schönsten Frauen, genossen mit mundgeblasenen Schweizer Qualitätskondomen?»

«Wenn ich ehrlich bin – das mit den Kondomen krieg ich nicht immer hin», antwortete Varga und leerte sein Glas.

Jutka war eine kleine, dunkle, rundliche Frau in einer blauen Malév-Uniform. Sie war keine «Miss Hungary», aber Varga mochte alles an ihr, ihren Namen, ihre Lachfalten, die Art, wie sie ihn anschaute und ihren Kopf an seine Schulter legte, sie passte ganz einfach, hatte vom ersten Moment an gepasst.

Gäste kamen und gingen, schwarze Männer mit faltigen Gesichtern spielten am Nebentisch Domino, exotische Schönheiten in glänzenden Shorts steuerten schmerbäuchige Touristen aus dem Lokal wie kleine Schlepper und auf der Rampa strömten die Kubaner vorbei, die meisten mit erwartungsvollen Gesichtern. Nowak und Varga redeten und tranken, bis sie etwas Bewegung zur Erholung brauchten und das Café verließen, an einer Handvoll stämmiger Typen vorbei und dann mit dem Strom der Nachtvögel langsam die Calle 23 hinauf. Sie beobachteten die Menschen, schauten einem Artisten zu, der mit fünf Macheten jonglierte, und verteilten Kleingeld an alte Frauen und Männer, die ihnen an jeder Straßenecke geröstete Erdnüsse anboten. Vor einem hell erleuchteten, aber leeren Cubatur-Büro im legendären Hotelkomplex Habana Libre blieben sie kurz stehen und suchten das Meer. Varga meinte, dass ihn diese Ecke der Stadt weniger an ein Palmenparadies, sondern vielmehr an eine amerikanische Provinzstadt erinnere. Dann wechselten sie die Straßenseite und liefen weiter bis zur «Coppelia», einem Pavillon aus Beton, wo sie sich für zwei Eis eine Stunde lang in eine Reihe stellten.

«Werden wir verfolgt?», fragte Nowak.

Varga zog die Brauen hoch. «Keine Ahnung. Wieso fragst du?»

«Weil du dich heute Abend ständig umschaust.»

«Überrascht dich das? Hier ist ja auch ein bisschen mehr los als in Schwamendingen.»

Jutka redete nicht viel, dafür lachte sie oft ihr typisches weites Lachen. Jeden Morgen trank sie eine heiße Schokolade, ihre Zehen lackierte sie sich nur zum Spaß, sie trug gerne Kniesocken und Vargas Jacken, besonders seine dicke Winterjacke, mochte Fußball und immer kümmerte sie sich auch um kleine Dinge, die anderen nicht mal auffielen. Varga kannte keine Frau, die war wie sie, und nicht nur weil er früh ahnte, dass es für ihn kein Alter geben würde, wollte er am liebsten jede freie Minute mit ihr zusammen sein.

Der ganze «Tikoa Club» schien auf dem fließenden Licht dutzender künstlicher Kerzen zu schweben, die auf einer schier endlos langen Theke standen, und die Musik, die Dunkelheit und der Geruch von Rauch, Rum und Schweiß waren für Nowak und Varga überwältigend. Die Trommeln spielten atemlos, es schien, als würden in jeder Ecke Kürbisflaschen geschüttelt, irgendwo mitten im Getümmel spielte ein Sänger mit einer dunklen Brille und einer vulkantiefen Stimme ein kryptisches Frage-und-Antwort-Spiel mit der wild zuckenden Menge. Alles war Rhythmus und der Rhythmus breitete sich aus, verzweigte sich, floss in jeden Winkel des Raums, wie strömende Lava. Nowak und Varga tranken ein paar kalte Biere und später, als Nowak mit einem Schwarzen tanzte und Varga auf einem kleinen Plastikhocker saß, Cuba Libre. Noch etwas später, nach einem letzten Cristal im «Pico Blanco» auf dem Dach ihres Hotels, lehnte sich Nowak im Lift nach unten an ihren Chef an.

«Kommst du noch auf ein Kägi-fret zu mir?»

Varga überlegte keine Sekunde lang und ließ die Kontrolle der Situation in die Hände seiner Assistentin übergehen, Enthaltsamkeit war noch nie eine ungarische Tugend gewesen.

Es war eine Woche nach Vargas Abreise aus Budapest, am Himmel keine Wolke, als er wieder in Ferihegy landete. Jeden Tag hatte er Jutka angerufen, stundenlang hatten sie miteinander telefoniert, und jetzt saßen sie an der Donau unter dem Reiterdenkmal und Varga erzählte ihr, dass er den Fluss schon in allen möglichen Farben, aber noch nie in diesem hellen Blau gesehen hatte. Jutka trug einen Kapuzenmantel und einen Pferdeschwanz, lehnte sich an ihn, blinzelte in die Sonne und irgendwann lachten sie darüber, dass Varga schon mit Katalin und Jutka mit einem gewissen János an dieser Stelle gesessen hatte.

Saß Jutka jetzt, in diesem Moment, in dem er an sie dachte, neben ihm? Vielleicht hatte sie sich ja über die Spitalordnung hinweggesetzt, sich zu ihm ins Bett gelegt und schmiegte sich eng zusammengerollt unter dem Laken an ihn ran. Varga konnte sie weder sehen noch hören oder fühlen, nicht einmal spüren konnte er sie. Aber in diesem Moment erinnerte er sich daran, wie sie ihm im Bett einmal gesagt hatte, dass er so stark sei, dass man ihn eines Tages noch totschlagen müsse.

Varga schlief wenig und war vor Sonnenaufgang wieder auf den Beinen. Der Sex mit Nowak war gut gewesen, er spürte jeden Knochen und jeden Muskel, sie hatten beide alles gegeben und heftig geschwitzt, das Laken war noch feucht. Nachdem er seine Assistentin eine zeitlang betrachtet hatte, versuchte er, wieder einzuschlafen. Ohne Erfolg. Noch immer rann Schweiß über seinen Körper, und die ganze Zeit musste er an seinen Fall und an Forster denken. Als das Licht des Morgengrauens ins Zimmer drang, gab er auf und erhob sich. Er machte sich auf die Suche nach einer Cola, doch Nowaks Minibar enthielt nur einen Saft, der laut Etikett zwölf exotische Fruchtsorten enthielt. So was glauben auch nur Volltrottel, dachte Varga und rührte die Flasche nicht an. Dann ging er ans Fenster und beobachtete, wie die Stadt langsam erwachte. Die Luft war noch kühl und frisch, und der süße Duft von irgendwelchen fremdländischen Pflanzen stieg in seine Nase. Varga schaute fast eine Stunde lang zu, wie der Tag anbrach – fasziniert von dem Schauspiel, das sich ihm von einem einfachen Hotelzimmer aus bot. Kurz nach sieben kleidete er sich an, schrieb für Nowak einen Zettel, auf dem er sie bat, in Zürich Informationen über Brunner einzuholen und Noa ins Hotel zu bestellen. Dann gab er ihr einen Kuss auf die Stirn und verließ ihr Zimmer.

Als vor Jahren in Wollishofen ein junger Polizist bei einem Banküberfall erschossen wurde, hatte er sich nach der Beerdigung mit Nowak über das Sterben und den Tod unterhalten. Varga versuchte, sich an das zu erinnern, was Nowak ihm damals gesagt hatte. Dass sie ein Jenseits nie ausschließen würde, weil schließlich niemand wissen konnte, wie es weitergeht. Und dass sie daran glaubte, dass jedes Leben nach dem Tod in etwas Umfassendes zurückkehren würde, losgelöst von der konkreten Person. Varga dachte eine Weile über diesen Gedanken nach und stellte fest, dass auch er ihn in diesem Moment als tröstlich empfand.

Das Taxi raste über den Malecón, während Varga aus dem Fens-ter schaute, seine Haut klebte an den warmen Plastikpolstern. Vor dem

Hotel Deauville blickte sich der Fahrer um und fragte irgendwas, aber Varga verstand kein Wort und leierte einfach nochmal Brunners Adresse runter. Zehn Minuten später bog der Lada in die Auffahrt eines unscheinbaren kleinen Mehrfamilienhauses und hielt. Varga gab dem Fahrer genug Dollars und stieg aus. Er fand sich zwischen riesigen Farnen wieder, in denen er einen leeren, mit Seepferdchen dekorierten Brunnen, einen ausrangierten Kühlschrank und einen verrosteten Moskwitsch ohne Räder entdeckte. Vor ihm bellten und knurrten ein halbes Dutzend Hunde ohne Unterbruch, unter dem Dach einer kranken Zeder wartete Laurenz Brunner, eine riesige Wampe im blauen Trainingsanzug, ein Grinsen im roten Gesicht. Ohne Spiegel sieht der seinen Pimmel nicht mehr, dachte Varga und ging auf ihn zu.

«Ich hab hier schon alle möglichen Arschlöcher begrüßt, aber noch nie einen Zürcher Kriminalkommissar», dröhnte Brunner zur Begrüßung und streckte Varga seine Hand hin.

«Für alles gibt's bekanntlich ein erstes Mal», entgegnete Varga und folgte ihm in einen Innenhof, wo sie sich an einen Tisch unter einem zerschlissenen «Cerveza Hatuey»-Sonnenschirm setzten. «Richtig romantisch haben Sie's hier.»

Brunner gab ein Geräusch von sich, das Varga als ein Lachen deutete, fischte zwei «Malta» aus einem Cooler, knallte sie auf den Tisch und musterte Varga von oben bis unten. «Ich hab Ihnen schon gesagt, dass ich Ihnen einen Furz sagen kann.»

«Wir haben in unserem wissenschaftlichen Dienst einen alten Juden, der selbst den Fürzen Geheimnisse entlockt.»

Wieder dieses eigentümliche Geräusch. «Na dann mal adelante, ich will schließlich auch heute dem Herrgott den Tag abstehlen.»

Varga nahm einen Schluck von dem zuckersüßen Getränk, zückte einen Stift aus seiner Hemdtasche und zog einen fleckigen Bierdeckel heran, der auf dem Tisch lag. «Woher kommen Sie?»

«Ursprünglich aus Altdorf.»

«Und …»

«Wie ich hier gelandet bin? Mit dem Flugzeug.»

«Sehr witzig.»

«Ich hab im Restaurant Schächental gewirtet, bis mir ein Edelstahlbräter einen Fuß gespalten hat. Dann haben ein paar Götter in Weiß gepfuscht, und meine Alte stand wohl nicht auf Krüppel. Oder die Invalidenrente hat ihr nicht gereicht, was weiß ich. Auf jeden Fall ist sie abgehauen. Das hatte aber auch sein Gutes, denn es hat mich ebenfalls zu einem Abgang inspiriert.»

«Wieso …»

«… ausgerechnet Kuba? Wegen den zwei ‹S› – Sonne und Sex tun mir ausgesprochen gut. Außerdem gibt's hier den besten Rum der Welt und mit meiner IV kann ich mir eine Menge von dem Zeug leisten.»

Varga nickte. «Gut, dann …»

«Zu Kistler. Ihm bin ich früher im Jahr auf einem privaten Strandfest zum ersten Mal über den Weg gelaufen. Da hat er schon jede Menge Stuss rumerzählt. Aber als er spätabends der guten Yemayá sturzhagelvoll unsere Bratwürste aus der alten Heimat zum Fraß vorwarf, mussten wir ihm dann doch mal zeigen, was ein rechter Hosenlupf ist.»

«Wir?»

«Ich und die paar anderen Schweizer ‹Tubel›, die hier unten das Leben genießen.»

«Haben Sie eine Liste …?»

«Ach, das ist doch nur eine Handvoll armer Irrer, die alle schon zu viel Sonne und viel zu viel Rum erwischt haben. Wenn Sie unbedingt wollen, such ich Ihnen nachher ein paar Namen und Adressen zusammen. Aber erwarten Sie nichts, wenn Sie bei denen einfahren.»

Varga zeigte ihm seine Handflächen. «Lassen Sie mal.»

Brunner grinste breit. «Guter Mann. Was müssen Sie sonst noch wissen? Dass Kistler mit den Chicas seinen Spaß hatte? Dass er ständig mit irgendwelchen schleimigen Funktionären in guayaberas rumhing? Dass er die ganze Zeit von seinem Comeback schwadronierte? Dass ich ihn vor seiner Abreise noch auf dem Flughafen getroffen, und ihm die neusten Gerüchte und Witze weitergegeben habe? Viel mehr gibt's nicht über ihn zu berichten – er war das, was für die señores imperialistas ‹a pain in the ass› ist.»

«Sie scheinen keine sehr hohe Meinung von unserem jungen Mann zu haben», sagte Varga nach einem weiteren Schluck Malta.

Brunner gluckste und spuckte dann in Richtung eines Hundes, der sich mit eingezogenem Schwanz dem Tisch näherte. «Verstehen Sie mich richtig: Der Vogel war nicht dumm, er konnte durchaus witzig und charmant sein, wenn er denn wollte. Aber er war halt einfach link, durch und durch link.»

«Haben Sie ein Müsterchen?»

Brunner verdrehte die Augen und massierte sich ausgiebig zwischen den Beinen. «Kann mich grad an keins erinnern. Aber wenn nur die Hälfte der Geschichten gestimmt hätte, die er so von sich gegeben hat, dann ...»

«Dann was?»

«Dann hätte man meinen können, er sei die rechte und linke Hand Fidels.»

«Hat er denn mit den Kubanern was angeleiert?»

«Würde mich nicht wundern. Aber die Jungs hier sind hellwach. Und vor allem so hart im Geben wie im Nehmen.»

«Hat es Sie da überrascht, dass er ermordet wurde?»

Brunner schüttelte den Kopf. «Bis vor einigen Wochen lebte hier ein Spaghettifresser, der die Angewohnheit hatte, die falschen Weiber zu vögeln. Eines Morgens fanden wir ihn am Strand unten, seinen Schwanz hatte er im Mund.»

Varga nickte. «Ich verstehe.»

«So wird das hier geregelt.»

«Die Kubaner könnten's also gewesen sein?»

«Keine Frage.»

«Irgendeinen bestimmten cubano im Kopf?»

«Im Kopf vielleicht schon, aber ganz sicher nicht auf meiner Zunge – das könnte mich hier nämlich sehr rasch um mein paradiesisches Leben bringen.»

Wieder nickte Varga. «Aber Sie denken an die Figuren in den guayaberas, die Sie erwähnt haben?»

«Figuren in guayaberas sind doch immer ‹lusch›.»

«Na gut. Dann haben Sie schon gesagt, dass Sie Kistler einige Male begegnet sind ...»

«An dem kam man eine Zeitlang gar nicht vorbei. Kistler tauchte überall auf, meist zusammen mit seiner jinetera.»

«Name?»

Brunner überlegte einen Moment. «Beatriz, glaub ich.»

Varga notierte sich den Namen auf dem Bierdeckel und steckte ihn ein. «Noch was: Sprach Kistler Spanisch?»

«So wie Sie Yoruba.»

«In dem Fall übersetzte die Nutte für ihn?»

«Nehm ich schwer an, ja. Jede zweite Nutte hat hier einen Hochschulabschluss. Ich hab's sogar mal mit einer getrieben, die Nuklearmedizin studiert hatte.»

«Und die hat Sie dann wohl zum Strahlen gebracht, wie?», sagte Varga und erhob sich. «Danke, fürs erste keine weiteren Fragen mehr.»

Vargas Vater parkte den Pontiac hinter dem Leuchtturm von Montauk, sie blieben im Wagen sitzen, machten das Radio an und wischten die Scheiben frei, um beobachten zu können, wie der Wind Gischt von den Wellen abhob und sie über den Strand und die Dünen wehte. Die Sonne schien, aber der Atlantik war mit Schaumkronen gesprenkelt, ein Krabbenfischer kämpfte sich Richtung Ufer, mal oben auf den grauen Wellenbergen, dann unten in den Wellentälern. Varga fragte seinen Vater, wann er zurück nach Europa komme.

«Ich komm nicht zurück, Junge. Ich lebe jetzt zwanzig Jahre hier, ich bin Amerikaner geworden.»

«Bullshit», erwiderte Varga und schüttelte den Kopf. «Wir können weder Amerikaner noch Schweizer noch sonst was werden. Wir sind Ungarn und werden das auch immer bleiben.»

Eine Stunde später fuhren sie schweigend heimwärts, auf fast leeren Straßen, zurück nach Queens, New York City.

Varga drehte den Bierdeckel in seiner rechten Hand und schaute auf die Uhr, als er an Nowaks Tür klopfte. Es war 9.50 Uhr, und er war aufgedreht, fühlte sich gut nach der kurzen heißen Nacht und dem Ausflug zu Brunner. «Nowak, bist du da?»

«Komm rein», antwortete seine Assistentin. Sie saß in dem Sessel am Fenster und blickte irgendwie geistesabwesend zu ihm herüber, als er eintrat. «Gute Nacht gehabt?»

Varga setzte sich aufs Bett und lehnte sich zurück. «Was hast du?»

Nowak nahm ihre Unterlippe zwischen die Zähne und hielt sie dort einen Augenblick fest, als ob sie überlegen würde, was sie Varga antworten sollte.

«Zürich hat mir eben durchgegeben, dass Kistler kaum ein Wort Spanisch gesprochen haben soll.»

Varga nickte. «Ich weiß.»

«Von Brunner?»

«Ja.»

«Ganz hat auch kein Spanisch drauf. Das bedeutet, dass Kistler mit jemandem rumgezogen sein muss, der für ihn den Dolmetscher gespielt hat.»

«Sehr wahrscheinlich eine Nutte namens Beatriz.»

«Ganz sicher eine Nutte namens Beatriz.»

Varga runzelte die Stirn. «Weißt du das von Noa?»

«Ja.»

«Hat er sie aufgestöbert?»

«Sie sind an der Bar, oben auf dem Dach.»

«Das hört man gern.»

«Ich hab aber noch was.» Nowak spannte ihn einige Momente auf die Folter und lächelte dabei.

«Was zuhause aus uns werden soll?»

Sie reckte sich und schaute ihn fest an. Ihr Gesicht hatte dabei einen halb träumerischen, halb schicksalsergebenen Ausdruck. «Laurenz Brunner war ein hohes Tier bei den Schweizer Demokraten», sagte sie endlich.

Varga zeigte keine Regung.

«Er hat die Urner Kantonalpartei aufgebaut und war bis vor rund zwei Jahren, als er Altdorf hinter sich ließ, Mitglied der

Strategiekommission der nationalen SD. Eine Maxi-Kommission, 17 Mann. Und weißt du, wer da unter all den anderen mit dabei war?»

«Forster?»

«Bingo.»

«Du wärst ein guter Botschafter in Budapest, da könntest du deinem Land helfen», sagte sein Vater.

Wieder schüttelte Varga den Kopf. «Unmöglich.»

«Wieso soll das nicht gehen?»

«Amerika ist offener als die Schweiz. Außerdem träume ich nach all den Jahren immer noch von unserer großen Ebene und nicht von Scheißbergen.»

Im Lift hinauf aufs Dach, wo Noa mit der Nutte Beatriz auf sie wartete, knisterte die abgestandene Luft, war die Spannung fast greifbar. Bevor Nowak hinter Varga durch die Tür zur Bar ging, hielt sie ihn am Arm zurück: «Sag mal, Chef, bedeutet dir die letzte Nacht etwas oder bist du nur mit mir ausgegangen, weil du wissen wolltest, ob uns jemand folgt und wer das sein könnte?»

Varga überlegte keine Sekunde: «Ganz einfach: Natürlich bedeutet sie mir was. Und nein, ausgegangen sind wir nicht nur, um allfälligen Verfolgern zu zeigen, wie schlecht wir tanzen.»

Dann dachte er an den Totenkopf, den er gestern Abend hinter Brunners Adresse gemalt hatte, und trat hinaus aufs Dach, das im grellen Licht der Sonne dalag wie eine beleuchtete Bühne.

Auch wenn er noch immer auf der langen schwarzen Straße unterwegs war, so hatte Varga doch das Gefühl, dass der Punkt, an dem ihn der Tod zum Fährmann führte, wieder ein Stück weiter entfernt war. Allerdings traute er diesem Gefühl nicht wirklich.

Noa und Beatriz, eine junge, hübsche mulata, saßen etwas abseits an einem Tisch, aßen Bananenbrot und tranken Bier. Vor Beatriz flatterten die Seiten eines illustrierten Liebesromans. Nowak und

Varga gaben beiden die Hand, bestellten zwei Tropicolas und setzten sich zu ihnen.

«Schön, dass wir uns hier zu viert treffen können. Beatriz, kannst du uns bitte grad mal einen kurzen Überblick über deine Beziehung mit Marco Kistler geben?», fragte Nowak.

Die Mulattin taxierte erst sie, dann Varga von oben bis unten, setzte einen perfekten Schmollmund auf, schob ihre breite Gucci-Sonnenbrille ins Haar und verschränkte schließlich ihre Arme vor ihrem weißen Oberteil.

«Das war vielleicht kein optimaler Einstieg», sagte Noa leise zu Varga, und der Kommissar nickte.

«Beatriz, du sprichst Deutsch?»

Beatriz Augen funkelten, aber sie entspannte sich. «Ein bisschen.»

«Wo hast du das gelernt?»

«In Holguín. Ich hab dort in einem Hotel gearbeitet.»

«Du stammst aus Holguín?»

«Aus Ciego de Avila – ein Kaff, in dem nie ein Touristenbus hält.»

«Marco Kistler hast du aber hier in Havanna kennen gelernt?»

«Ja. Hier gibt's mehr Touristen und entsprechend mehr Geld zu verdienen. Und ich brauche Geld.»

«Das teure Leben in der Hauptstadt?»

«Ich habe ein Kind. Und meine Mutter ist krank, sie benötigt Medikamente.»

Varga nickte. «Wo genau hast du Kistler denn getroffen?»

«In einem Café an der Rampa. Es war an einem Abend, er saß mit Heiner da, seinem Freund, ich war mit einer Freundin unterwegs.»

«Erste Reise», warf Nowak ein.

«Marco gefiel mir, er sah gut aus, machte einen sauberen Eindruck, lachte viel und hatte Geld, war auch großzügig, hat uns viele Drinks spendiert, uns zum Essen und hinterher in Clubs eingeladen. Und wenn ich die Wahl hab zwischen fetten, alten Spaghettifressern, die auf perverses Zeugs stehen, und einem jungen, gutaussehenden und sauberen Schweizer, der sich auch noch in mich verliebt und mich verwöhnt, dann gehe ich mit dem Schweizer mit.»

«So ist die kubanische Frau, klug, stolz und frei», lachte Noa, aber Varga warf ihm einen missbilligenden Blick zu.

Varga dachte daran, wie er mit Forster in dessen Villa hoch über Zürich zusammengesessen und ihn zu Kistlers Tod befragt hatte. Und jetzt, nur wenige Tage nach ihrem Treffen, stolperte er fern der Heimat über einen Schweizer Demokraten, der nicht nur Kistler bewirtet, sondern auch eng mit diesem Forster zusammengearbeitet hatte. Varga war klar, dass dies Zufall sein konnte. Aber war es auch wirklich Zufall?

«Beatriz, du warst einige Wochen lang mit Kistler zusammen. Kannst du uns etwas über eure Beziehung sagen?», fragte Varga.

Beatriz schaute auf ihre Hände herab. «Ja, klar. Marco hatte sich noch am ersten Abend in mich verliebt und wollte mich dann ständig um sich haben. Bei mir ist es dagegen nie Liebe gewesen. Ich mochte ihn, aber ich liebte ihn nicht. Wir jineteras sind uns ja, wenn wir mit Ausländern zusammen sind, letztlich wohl nie sicher, ob wir nicht wegen der Aussicht, eines Tages mit ihnen aus Kuba ausreisen zu können, Gefühle für sie entwickeln. Wie auch immer – ich glaube, dass Marco und ich uns gut ergänzt haben. Wir hatten beide jemanden, mit dem wir die Tage verbringen konnten – ich führte ihn durch die Stadt, an all die Orte, die er besuchen wollte, übersetzte für ihn, klärte Dinge für ihn ab, machte Besorgungen. Und er lenkte mich von den alltäglichen Problemen ab, mit denen wir hier zu kämpfen haben, gab mir Geld, ließ mich von einem besseren Leben träumen.»

Varga nickte. «Was habt ihr beide denn so alles zusammen unternommen, mit wem hattet ihr Kontakt?»

Sie ließ sich die Frage durch den Kopf gehen und fingerte sich eine Zigarette aus ihrem Mini-Rucksack. «Wie viel Zeit haben Sie?»

«Biet uns doch mal eine Kurzversion. Ich stell mir vor, du weißt, was uns interessiert. Nowak hört sich später aber gerne die ganze Story an.»

Sie zögerte. «Was ich hier sage, bleibt unter uns, nicht?» Sie zog ihre Augenbrauen zusammen. «Marco hat meines Wissens nichts Illegales getan ... Nur, dass Sie bitte niemandem berichten, was ich Ihnen hier erzähle. Niemand wird davon erfahren, oder?»
«Nein. Was du uns sagst, bleibt unter uns. Ohne Ausnahme.»
Sie nickte, zögerte noch einmal und entschloss sich dann. Sie würde es ihnen erzählen.

Varga hatte sich nie entscheiden können, Jutka in die Schweiz einzuladen, sie zu heiraten und mit ihr zu leben. Er war oft nah dran gewesen, vor allem, wenn er nach einem langen Dienst nach Hause gekommen war und nicht gewusst hatte, was er mit sich anstellen sollte, mit diesen Gedanken, die ihm gekommen waren, und mit dieser Angst, nachdem eine innere Stimme zu ihm gesagt hatte, Varga, was bist du nur für ein Idiot, denk doch an die Tage mit Katalin, pack dein Glück und schick Jutka ein Flugticket. Aber irgendwann hatte er sich ganz einfach gesagt, er wolle nicht mehr länger über ihre Beziehung nachdenken, er wolle auch mal an einem anderen Ort Ferien verbringen als in Ungarn, vielleicht auch mal mit einer anderen Frau.

«Nun, wir haben natürlich all das getan, was ein extranjero und eine jinetera für gewöhnlich so tun – Deal ist Deal. Zudem haben wir einige Male seine Schweizer Freunde besucht, mit ihnen gegessen und getrunken. Dann hat mich Marco auch mal zu meiner Mutter ins Spital begleitet. Beschäftigt hat er sich die meiste Zeit über aber vor allem mit irgendeiner Geschäftsidee, auf die er hier unten gestoßen war. In die hat er sich irgendwie richtiggehend verbissen.»
Sie machte eine kurze Pause und schaute über die Dächer von Vedado und aufs Meer.
«Leider kann ich Ihnen nicht sagen, was genau er vorhatte. Immer dann, wenn ich das Gefühl hatte, dass er zu wichtigen Treffen ging, hat er mich in ein Café gesetzt und mich gebeten, auf ihn zu warten. Gut, einige Male hab ich ihn ins Minvec begleitet, wo ich dann für

ihn übersetzt habe. Aber da hat er mit einem Kotzbrocken namens Morales immer nur das übliche Blabla-Programm abgespult.»

«Blabla-Programm?», fragte Nowak dazwischen.

«Ein hoffnungsvoller Ausländer erkundigt sich nach den Chancen für eine Niederlassungsbewilligung sowie den Arbeits- und Investitionsmöglichkeiten auf dieser unseligen Insel, ein Dinosaurier in einer guayabera schwärmt ihm daraufhin in epischer Länge von Rahmenbedingungen vor, bei denen selbst einem Rockefeller das Augenwasser kommen würde – immer mit dem Hintergedanken, ihm möglichst bald einen Gebührenkatalog vorlegen zu können, der ungefähr so lang ist wie eine Rede des Comandante.»

Varga überlegte kurz, ob es sich für ihn überhaupt lohnen würde, ins Minvec zu fahren und mit Morales zu reden. Er hatte weder das Gefühl, dass er von ihm etwas Wichtiges erfahren würde, noch verspürte er Lust auf eine Unterhaltung mit einem verknöcherten Funktionär. Diese Typen hatte er schon bei seinen Besuchen in Ungarn gemieden.

«Lassen wir doch das Blabla. Was ist es denn, was du lieber für dich behalten wolltest, wovor du Angst hast?», kam er auf den Punkt.

Beatriz saß einen Moment schweigend da, dann sah sie zu ihm auf. «Marco hatte ständig Frauengeschichten am Laufen. Ich hab ihn sicher mit einer Handvoll anderer Mädchen gesehen – mit Nutten wie mir, aber eben auch mit der schönen Tochter aus einer sehr einflussreichen Familie. Und weil sich mit dieser Tochter was Ernsteres zu entwickeln schien, haben wir uns gestritten, einmal, zweimal, viele Male. Irgendwann hab ich Marco dann in einem Wagen der Stasi gesehen.»

«Willst du damit sagen, dass Kistler an die falsche Frau geraten ist?»

Beatriz nickte. «Natürlich. Diese Frau war nichts für Marco. Sie gehört einer Familie an, die ihre Töchter mit Söhnen aus ähnlichen Familien verheiratet, aber sicher nicht mit Ausländern.»

«Gut. Lassen wir das mal. Hast du sonst noch was, das du uns sagen kannst?»

Wieder nickte Beatriz.

«Ich hab mitbekommen, dass Marco immer wieder in Siboney unterwegs gewesen war, wo er, wie man hört, nicht Mädchen, sondern mächtige Männer getroffen haben soll. Über diese Treffen weiß ich aber leider nichts, keine Ahnung, worum's bei ihnen ging. Ich weiß nur, dass ich viele Nächte neben Marco gelegen habe und miterlebt habe, wie er von Albträumen geschüttelt wurde, wie er im Schlaf geschrien hat, wie es mit ihm konstant bergab gegangen ist, wie ihm sein eigenes Land Hilfe versagt hat, wie ihm am Ende nur noch die Flucht blieb ... eine Flucht in den Tod, wie sich herausstellte.»

Varga hielt die Hand hoch und überlegte, bevor er noch einmal auf Kistlers Beziehungen zurückkam. «Versteh ich also richtig, dass du die Beziehung zwischen Kistler und einer Dame aus bestem Hause als ein mögliches Motiv für das Verbrechen ansiehst?»

«Ich bin mir nicht sicher. Ich meine, ich weiß nur sehr wenig über diese Beziehung. Aber ich weiß mit Sicherheit, dass in der kubanischen Gesellschaft längst nicht alle gleichgestellt sind. Auf dieser Insel gibt es einige sehr mächtige Familien, die viel Einfluss haben und mit ihren Geschäften, die mit Garantie an unserer stolzen revolutionären Planwirtschaft vorbeilaufen, auch viel Geld verdienen sollen.»

«Hört man das auf der Straße?»

«Ja. Und wenn Sie das nicht so recht glauben mögen, dann fahren Sie einfach mal raus nach Miramar, Playa, Siboney, Cubanacán und wie diese vornehmen Viertel alle heißen.»

Varga nickte. «Du meinst, gewissen Familien würde es gar nicht passen, wenn sich ihre schönen Töchter auf einen reaktionären Ausländer einlassen würden?»

«Ganz bestimmt nicht.»

«Und sie würden so weit gehen, einen wie Kistler aus dem Verkehr zu ziehen?»

«Das kann ich mir sehr gut vorstellen, ja. Sie müssen wissen, dass die Familie hier noch einen sehr viel höheren Stellenwert hat als anderswo. Dazu kommt, dass wir Kubaner stolze und heißblütige

Menschen sind, die nichts auf die Familie kommen lassen. Außerdem dürfte es bei den Mächtigen ja immer auch um den Schutz ihrer ..., wie sagt man?»

«Sie meinen Pfründe?»

«Genau ... um den Schutz ihrer Pfründe gehen.»

«Ich verstehe.»

Beatriz steckte sich eine weitere Zigarette an.

«Kannst du uns denn Namen nennen?»

Die Kubanerin lachte nervös und zog dann an der Glut. «Hab ich eine Wahl?»

«Dieses Gespräch ist rein informell», erklärte Nowak.

«Ach, Sie haben ja keine Ahnung», sagte Beatriz bitter, «Sie müssen nicht hier leben, können nach Ihren informellen Gesprächen und Ihren Cuba Libres wieder in Ihren Flieger steigen und in Ihr sorgenfreies Leben in Freiheit zurückkehren. Können Sie mir denn garantieren, dass ich keinen Ärger mit der Polizei, der Stasi oder sonstwem kriege?»

«Beatriz, ich habe dir zugesagt, dass wir dich schützen. Vom Inhalt dieses Gesprächs erfährt niemand was», sagte Varga. «Nennst du uns aber keine Namen, sind unsere Chancen, dass wir an Kistlers Mörder rankommen ganz offen gesagt, nicht sehr groß. Was bedeuten würde, dass irgendein Drecksack ohne seine verdiente Strafe davonkommt.»

«Schon klar.» Während sie sprach, hielt sie den Kopf gesenkt. «Na schön, dann versuchen Sie's bei den Betancourts.»

«Kistler war mit einer von denen zusammen?»

«Ja. Halten Sie sich an Alexis Betancourt, den Patron.»

«Danke, Beatriz.» Und zu Nowak gewandt: «Bitte schau doch, ob du von ihr sonst noch was Brauchbares erfahren kannst. Wer weiß zum Beispiel noch von der Beziehung zwischen Kistler und der Betancourt-Tochter? Ich rede in der Zwischenzeit mit Noa.»

14

Varga hatte nie in seinem Leben zu Gott geredet, deshalb wusste er nicht recht, wie er sich an ihn wenden sollte. Wie immer, wenn er an Gott dachte, erinnerte er sich an seine heilige Kommunion, eines der wenigen Male, an denen er mit seinem Vater sonntags eine Messe besucht hatte. Halbe Ewigkeiten hatten sie in einer harten Holzbank knien müssen, neben ihnen die meisten der Barbaren, und irgendwann hatten sie, halb betäubt von Schmerz und Weihrauch, angefangen, so laut zu singen, dass ihnen der Pfarrer androhte, sie aus der Kirche zu weisen. Varga fragte sich, ob dies der Grund war, weshalb er sich nur schwer vorstellen konnte, dass Gott ihn jetzt in seinem gütigen Auge hatte.

«Kennst du die Betancourts?», fragte Varga.

Er lehnte neben Noa an der Bar und schaute an ihm vorbei zu Nowak, die mit Beatriz an einem Tisch saß. Noa nahm einen Schluck von seinem Bier. «Jeder hier kennt die Betancourts.»

«Na dann erzähl mal.»

«Eine große, alte, reiche und mächtige Familie, so bekannt wie die Castros, Cienfuegos oder auch die País. Alexis Betancourt, der Patron, ist ein hohes Tier in der Politik, sitzt im Staatsrat, wenn ich mich nicht irre.»

«Schon verrückt, wie es kommt, dass es in einem Staat, in dem alle Menschen gleich sein sollen, Leute gibt, die sehr viel mehr haben als andere.»

Noa runzelte die Stirn. «Stimmt. Einige von denen hatten wohl schon vor der Revolution viel, andere haben sich um sie verdient gemacht und von ihr profitiert. Allen ist auf jeden Fall gemein, dass es weiße, also spanischstämmige Familien sind. Wie auch immer – die Betancourts gehören zum revolutionären Establishment, keine Frage.»

«Weißt du von Töchtern?»

«Nein. Aber das kann ich rausfinden.»

«Tu das, bitte.»
«Gut.»
«Und kommst du an diesen Alexis ran?»
Noa zögerte. «Schwierig. Aber ich kann's versuchen.»
«Okay. Dann gleich zur nächsten Familie, den País.»
«Ja. Ich hab dir wie gewünscht eine Liste mit Institutionen zusammengestellt, die den Namen von Frank País tragen», sagte Noa. Dabei legte er ein dicht beschriebenes Papier auf den Tisch. «Die Bekannteste dürfte der Flughafen sein. Aber wie du siehst, gibt's vom Kindergarten bis zur Kaserne eine Menge Dinge, die nach ihm benannt sind, auch in Havanna.»
«Liegt der Flughafen in Havanna?» fragte Varga.
«Nein, der Aeropuerto Internacional Frank País liegt in der Nähe von Holguín.»
Varga sah ihn an. «Die beiden Hs in Kistlers Agenda: H wie Havanna. Und H wie Holguín. Danke Noa, das könnte schon mal passen.»

Wo steckte dieser verdammte Herr der Finsternis? Wieso konnte er's ihm nicht leicht machen und ihn noch den Typen finden lassen, der ihn in dieses Elend gestürzt hatte?

Varga ließ sich noch eine Tropicola geben und bestellte Bier und Huhn mit Reis für Noa. Die Dachbar des «Saint John's» füllte sich mit Leuten, die Mittagspause machten. Angestellte in Anzügen und Kleidern. Darunter eine Reihe älterer Männer, die von jüngeren Frauen begleitet wurden. Einer dieser Männer blickte zu ihnen herüber, und für einen Moment hatte Varga das Gefühl, dass sich sein Mund zu einem hinterhältigen Lächeln verzog. Varga wandte sich wieder Noa zu. «Kannst du dir eine Verbindung zwischen Betancourt und der Cibex vorstellen?»

Varga wollte unbedingt mehr über Betancourt hören, gleichzeitig passte er aber auch auf, Noa mit seinen Fragen nicht allzu sehr zu bedrängen.

«Klar. Erstens dürfte ein Mitglied des Staatsrates sehr viel näher an der wichtigen kubanischen Biotech-Industrie dran sein als der gemeine Genosse Arbeiter, und zweitens war Betancourt früher lange für das Minint tätig.»

«Und das Minint führt die Cibex?»

«Ganz genau weiß das bei solchen Unternehmen wohl nur ein kleiner Kreis um den Bärtigen. Aber wir können davon ausgehen, ja.»

Varga nickte. «Hast du Kontakte ins Minint? Kannst du herausfinden, was Betancourt da für Projekte betreut hat?»

Es folgte ein längeres Schweigen, während dessen Noa sich den Tischen zuwandte. «Das müsste sich machen lassen», sagte er abwesend.

«Sag mal, kennst du jemanden von den Gästen hier auf dem Dach?», fragte Varga. Noa schüttelte den Kopf. «Nein, ich glaube nicht.»

«Gut. Dann noch zu was anderem: In Kistlers Agenda finden sich zwei Kürzel, die meiner Meinung nach für Personen stehen könnten: ‹AB› und ‹E›. Fällt dir dazu spontan was ein?»

«AB für Alexis Betancourt?»

«Möglich. Und wer ist E?»

Wieder schüttelte Noa den Kopf.

«Könnte das zum Beispiel die Tochter von Betancourt sein? Oder sein Sekretär? Oder jemand, der bei der Cibex arbeitet?»

«Oder ein Haufen anderer Leute», sagte Noa.

Varga betrachtete ihn lange und lächelte dann.

Varga wollte sich nicht über seinen aktuellen Zustand beklagen, aber um zwei Dinge wollte er den Tod bitten: Erstens wünschte er sich von ihm, dass er weiterhin schmerzfrei blieb. Und wenn er ihm zweitens noch etwas Zeit auf Erden schenken könnte … wie er mitkriegte, schloss er gerade sein Leben ab, und da gehörte die Lösung seines letzten Falles ja irgendwie dazu, nicht? Es müsste doch ganz in seinem Interesse sein, einen schlechten Menschen zu ermitteln und ihn für die Fahrt in die Hölle vorzumerken …

«Hast du noch was für mich?», fragte Noa.

Varga nahm Noas Liste vom Tisch und steckte sie ein. «Ja, eines noch: Könntest du im Viertel Timba mit einer gewissen Yanet reden? Sie ist, oder war vielmehr, die Ansprechperson bei Kistlers Kinder-Computerclub-Projekt.»

«Kein Problem. Was versprichst du dir denn von ihr?»

«Ganz einfach: Ich möchte auch von ihr wissen, was Kistler vorgehabt und was er hier effektiv gemacht hat.»

«Die Timba liegt auf meinem Heimweg. Ich schau da gleich heute Abend vorbei.»

Varga nickte, bedankte sich bei Noa und zahlte. Dann wandte er sich um und suchte Nowak, aber sie war verschwunden – genau wie der Typ mit dem fiesen Lächeln.

Wenn der Tod wirklich so mächtig war, wie er ihn sich zeit-lebens immer vorgestellt hatte, dann wusste er, worum's ihm ging, und er würde ihn nicht in der Scheiße hocken lassen. Oder doch?

Es war kurz nach eins, als Varga sein Zimmer aufschloss. Von der Réception hatte er das dritte Fax aus Zürich mitgenommen:

1. *Der Blick soll gestern ein Team nach Havanna in Marsch gesetzt haben – passt also auf.*
2. *Der FC Zürich machte das Spiel, schoss in der 87. Minute aber noch ein Eigentor und verlor unglücklich 0 : 1.*
Oswald

Varga zerknüllte das Fax, setzte sich an den Tisch und sah die vier rosa Zettel mit Telefonnachrichten für ihn durch. Drei kamen von Egloff, eine von Oswald. Wahrscheinlich hatte Oswald angerufen, um ihm die Details der Heimniederlage zu schildern. Als er Egloffs Nummer wählte, klopfte es an der Tür und Nowak trat ein, einen dicken Packen Papier in den Händen. Varga legte wieder auf.

«Fälle löst man mit Gesprächen», sagte sie noch im Türrahmen, warf den Packen aufs Bett und sah ihn an.

«Derricks Meinung?»

Nowak lachte. «Nein, Varga von der Kripo Zürich pflegt das zu sagen.»

«Sorry, aber der ist eine unbekannte Größe für mich.»

«Sehr schade, dabei gehört er zu meinen Lieblingen.»

Varga hob die Hände. «Los, sag schon, was willst du?»

«Mit dir endlich mal über diesen gottverdammten Fall reden.»

«Gottverdammten Fall? Von wem ist das denn wieder? Rockford? Magnum?»

Nowak lächelte und setzte sich auf die Bettkante. «Also, wie siehst du das alles?» Varga sah sie lange an, drückte sich dann aus dem Stuhl, ging ans Fenster und dachte nach. Er hatte Nowak bis jetzt tatsächlich kaum in seine Überlegungen eingeweiht. Aber er konnte auch noch keine überzeugenden Theorien vorlegen, tatsächlich hatte er sich in den vergangenen Tagen fast nur mit Ideen und Spekulationen beschäftigt. «Kistler wurde ermordet, weil er in der Schweiz irgendwas verbockt hat. Oder weil er hier irgendwas verbockt hat, das mit der Schweiz in Verbindung stand.»

«Okay. Und wer ist dann unser Verdächtiger? Elena? Joho? Forster? Ein Unbekannter?»

«Keine Ahnung, ich hab noch keinen Verdächtigen.»

Nowak verdrehte die Augen.

«Na gut, ich hab schon an Luiz Rodriguez gedacht.»

«Der Fotograf?»

«Genau der. Gut möglich, dass Kistler ihm begegnet ist, möglicherweise war der Kubaner sogar auf dem gleichen Flug zurück in die Schweiz, seither ist er wie vom Erdboden verschwunden und niemand scheint was über ihn zu wissen ...»

«Aber jetzt haben wir doch eben gehört, dass Kistler mit dem Töchterchen eines hohen kubanischen Funktionärs rumgemacht hat.»

«Ja, und?»

«Ach, ich hab einfach das Gefühl, dass ...»

«Was?»

«Ich weiß nicht ...ich sehe Kistler einfach als ein typisches verklemmtes Schweizer Jüngelchen, das gern den Macker markiert, sich aber dann, wenn niemand hinschaut, entweder an Minderjährigen vergeht oder in einem Zweit- oder Drittweltland die Not der Frauen ausnützt. Die Brüder kennen wir doch.»

«Die Betancourts sollen alles andere als arm sein.»

«Beatriz ist es.»

«Was hat dieser Fall deiner Meinung nach denn mit Beatriz zu tun?»

«Wer weiß, vielleicht fährt ihr heißblütiger Bruder ja für die Stasi.»

Varga nickte langsam. «Vielleicht. Aber dann klär's doch ab.»

Nowak schüttelte den Kopf und verschränkte ihre Arme.

«Nowak, ich bin so, wie die Dinge liegen, einfach nicht überzeugt davon, dass wir es hier mit einem klassischen Beziehungsdelikt zu tun haben, auch wenn Elena, Joho, Mayer, Betancourt und wohl noch einige andere Frauen mehr im Spiel sind, denen Kistler einen Grund geliefert haben könnte.»

«Setzt du denn darauf, dass Kistler diese mysteriöse Biotech-Bude überfallen hat und ihm dabei irgendeine geheime Zauberformel in die Hände gefallen ist, für die er letztlich sterben musste?»

Varga sah sie nur an. «Nochmals: Die Tötung von Kistler kann in einer Beziehungsgeschichte begründet liegen, die in der Schweiz oder auch in Kuba begann. Sie kann aber auch das traurige Ende einer Vergeltungsaktion bedeuten, für welche die Johos verantwortlich zeichnen – die Johos oder auch gewisse Schweizer Demokraten, die nach Kistlers Übergriff auf die kleine Joho die Nase voll von ihm hatten. Oder aber Kistler hat sich hier unten in Kuba in was reingeritten, von dem wir erst eine sehr vage Ahnung haben, was genau es war. Und diese Sache könnte ja eigentlich auch wieder mit der Schweiz in einer Verbindung stehen, nicht wahr?»

Nowak schwieg ein paar Sekunden. «Ein Haufen Möglichkeiten, und wir sind noch keinen Schritt weiter gekommen.»

Varga widersprach. «Das sehe ich anders. Aber lass uns doch jetzt einfach weitermachen und mit allen Gespräche führen, die in letzter Zeit mit Kistler zu tun gehabt haben. Denn das, was dieser Varga sagt, stimmt schon: Fälle löst man mit Gesprächen. Du kannst von mir aus übrigens ruhig einen Fokus auf die Beziehungsgeschichte legen.»

Nowak nickte demütig. «In Ordnung, Chef.»

«Was hast du da noch?», fragte Varga sie dann.

«Die Resultate der Internet-Recherche.»

«Bist du die Seiten schon durchgegangen?»

«Bin ich.»

«Und?»

«In dem Packen sind so ziemlich alle mit dabei, denen wir im Verlauf unserer Ermittlungen schon begegnet sind. Kistlers aus aller Welt, darunter seine Eltern und sein Bruder, dann sein ehemaliger Geschäftspartner, Ganz, Mayer, Forster, ein Haufen SD-Leute, you name it. Aber dich haben ja vor allem Kontakte aus den USA interessiert. Wieso eigentlich, wenn ich fragen darf?»

«Wegen den Johos.»

Nowak nahm den Packen Papier in die Hand, blätterte ihn durch und fand, wonach sie suchte: «family@joho.org».

«Noch mehr Johos?»

«Nein.»

«Na schön, dann lass doch diese Adresse bitte von Zürich checken – wir müssen wissen, wem die gehört. Wenn es nämlich unsere Johos sind, dann sollten wir uns dringend mit ihnen unterhalten.»

Als Nowak gegangen war, konnte Varga seinen Blick eine Weile nicht von den Unterlagen zur Internet-Recherche lösen. Er gehörte nicht der großen Fraktion von Zürcher Ermittlern an, die nicht an Zufälle glaubte, aber er fragte sich doch, wieso die Schatten von so vielen Personen auftauchten. Seine Uhr zeigte ihm an, dass er in dieser Minute entweder mit Nowak zu Kistlers privater Unterkunft in Havanna oder allein zu Alvarez im Außenministerium aufbrechen sollte. Aber alles, was ihm im Moment durch den Kopf ging, ließ die innere Stimme nicht verstummen, die ihm sagte, dass die Tötung Kistlers weder ein simpler Raubüberfall noch ein klassisches Beziehungsdelikt war. Er setzte sich mit einer Tropicola, die er aus der Bar mitgenommen hatte, aufs Bett, nahm die Unterlagen in die

Hand und begann, die Liste mit den vielen hundert Mail-Adressen durchzugehen. Nowak hatte die Adressen sämtlicher Personen, die bereits aktenkundig waren, mit einem gelben Marker gekennzeichnet. Varga konzentrierte sich aber nicht auf sie, sondern schaute sich jede einzelne Adresse einen Moment lang an. Und während er sie durchging, schrieb er all jene heraus, die ihn besonders interessierten.

> *walter@forster.ch und w.forster@biocen.com*
> *family@joho.org*
> *alvarez@cubaminrex.cu (cubaminrex steht für «Ministerio de Relaciones Exteriores de Cuba»)*
> *ab@cubalse.cu*
> *elena@infomed.sld.cu*
> *belosheykin@cubanet.cu*

Forster war für Varga gesetzt, die Johos hatten wegen des möglichen Missbrauchs ihrer Tochter durch Kistler ein denkbares Motiv für die Tat, Alvarez, der kubanische Diplomat, war immerhin auf Kistlers Rückflug aus Havanna gewesen und kurz darauf wieder aus der Schweiz verschwunden, «ab» aus der mächtigen kubanischen Staatsfirma Cubalse war möglicherweise der gesuchte «AB» – Alexis Betancourt? – aus Kistlers Agenda und die zweite, kubanische Elena das «E» aus derselben Quelle. Und bei der letzten Adresse fragte er sich, aus welchen Gründen sich ein Russe, der offensichtlich auf Kuba lebte, für Habaniño und Kistler interessieren mochte. Die großen Abwesenden auf der Liste? Luiz Rodriguez und Laurenz Brunner, die er beide erwartet hatte, und die eine oder andere Adresse, die den Namen Cibex enthielt.

Varga hoffte, dass sein kleiner Deal mit dem Tod zustande kam. Er würde ihm noch etwas Zeit auf Erden lassen und umgekehrt würde er Kistlers Mörder finden. Ihm war klar, dass dieser in seiner Allwissenheit den Schuldigen wohl schon kannte, aber er brauchte in dieser Sache dafür nicht mehr weiter aktiv zu werden und konnte sich um anderes kümmern – was zwischendurch vielleicht ja auch für einen wie den Tod mal ganz angenehm sein konnte.

Wie hieß Forsters Firma noch? Varga sah aus dem Fenster und überlegte. In seinen Händen und Armen begann es zu kribbeln. Er bemühte sich erfolglos, den Namen aus seinem Gedächtnis zu kramen, doch Biocen hieß sie ganz bestimmt nicht.

Varga horchte, aber da war nichts. Er hörte keine Geräusche, keine Stimmen, da war nur Stille. Sein Monolog an Gott hatte ihm keine Zuversicht verschafft, und als er spürte, dass die Schatten länger wurden und die Dunkelheit wieder zunahm, konzentrierte er sich noch stärker auf seinen Fall, beklommen, die Hände an seinem klopfenden Herz. Hab ich irgendwo was übersehen, einen Fehler gemacht? Hab ich in Havanna unten Mist gebaut? Muss ja wohl so sein, denn irgendwer hat mich erwischt, bevor ich ihn mir schnappen konnte. Oder heißt das vielmehr, dass ich die richtige Spur verfolgt habe und dem Mörder am Ende vielleicht zu nahe gekommen bin? Dann hätte ich in Havanna unten alles richtig gemacht und kurz davor gestanden, Kistlers und Mayers Mörder zu überführen …

Vargas Vater saß wieder neben ihm auf dem Bett, nicht in New York, sondern in ihrer kleinen Wohnung in der Vörösváry utca, mit einer Hand stützte er sich ab, schaute auf seine Füße oder vielmehr das Glas Schnaps, das er zwischen ihnen abgestellt hatte, strich seinem Sohn mit einer Hand über den Kopf und sagte wie jeden Abend ein Schlafgedicht von József Attila für ihn auf.

> *Der Himmel macht sein blaues Auge zu, auch das Haus schließt seine vielen Augen, der Garten liegt in stummer Ruh, jetzt schlaf auch du, mein kleiner Varga.*
> *Der Käfer legt den Kopf aufs Bein, die Biene streckt zum Schlaf sich aus, und mit ihr schläft das Summen ein, jetzt schlaf auch du, mein kleiner Varga.*
> *Es schläft auch schon die Straßenbahn, kein Bimmeln mehr und kein Gebraus, sie tippt nur leicht die Klingel an, jetzt schlaf auch du, mein kleiner Varga.*

Varga hörte, wie sein Vater die Strophe mit der Straßenbahn wiederholte, immer wieder, bis ihm die Augen zufielen, bis er still war und leise atmete, bis er tief und fest schlief.

Alles war still, bis auf ein leises Ächzen, das Varga entfernt an Wind erinnerte, aber es wehte kein Wind, nicht einmal ein müdes Lüftchen ging. Varga kauerte reglos in der dunkelgrauen Dämmerung und schaute auf den Weg, der vor ihm einfach aufhörte. Der Tod würde ihn holen kommen, und zwar schon bald.

Señora Gladys Portela stand in einem coca-cola-farbenen Body im Hauseingang von Hornos #63, direkt unter einem selbstgemalten Pappschild mit der Aufschrift «casa particular», und musterte die beiden Schweizer Ermittler. Sie war nicht direkt ein Fettkloß, aber viel fehlte nicht.

«Sie kommen bestimmt wegen dem toten extranjero», sagte sie und kratzte sich den Bauch.

«Sie war seine Freundin», sagte Varga und deutete auf Nowak.

Señora Portela wandte sich Nowak zu, betrachtete sie noch einmal ausgiebig und nickte dann nur.

«Hätten Sie Zeit für ein paar Fragen?», fragte Varga.

«Also wenn ich was habe, dann ist es Zeit.»

Sie führte sie durch einen verspiegelten Flur in eine kleine Küche. Dort sorgte eine Neonröhre für grelles Licht, es roch nach gedünsteten Zwiebeln und ranzigem Fett. Nowak und Varga setzten sich an den wackligen Tisch und sahen Señora Portela zu, wie sie Kaffee aufsetzte. «Fangen Sie nur an.»

«Wie war denn ihr Kontakt zu Marco Kistler?», fragte Varga.

«Ich habe ihn gemocht. Er war ein schöner Junge, der gerne lachte und das Leben genoss.»

«Mit Mädchen?»

Señora Portela lachte laut auf. «Kennen Sie etwas Besseres, um das Leben zu genießen?»

Varga stand auf. «Hat er's denn genossen, hatte er keinen Stress?»

«Mit Mädchen hat man doch immer Stress.»

Jetzt schüttelte sie sich vor Lachen, ihr gefiel der Witz.

«Sie wissen nicht wirklich, worauf wir hinauswollen, oder?», fragte Nowak dazwischen.

Die Señora wischte sich die Tränen aus dem Gesicht, verzog den Mund und bearbeitete ihre riesigen Hängebrüste. «Doch, das weiß ich schon. Aber ich bin mir nicht sicher, ob ich mit Ihnen darüber reden sollte», murmelte sie. Dann verschränkte sie die Arme und fixierte den Fußboden. «Ganz zuletzt hatte Marco sicher Stress. Aber wo Sie von ihm reden ... da fällt mir grad was ein ... Sie sind nicht zufällig Nicole, oder?» Wieder musterte sie Nowak. Doch bevor Nowak etwas sagen konnte, kam ihr Varga zuvor: «Hat Ihnen Kistler von ihr erzählt?»

«Ja. Und ... er hat mir einen Brief an Sie hinterlassen.»

Liebe Nicole
Ich glaube nicht, dass wir beide gemeinsam hier in Kuba sein werden, wenn Du diesen Brief liest. Aber falls Du es nach Havanna geschafft haben solltest, dann wünsche ich Dir auf jeden Fall ähnlich schöne Erfahrungen, wie ich sie hier habe machen dürfen. Du wirst sehen, dieses Land ist etwas Besonderes. Seit Jahrzehnten geht Kuba seinen ganz eigenen Weg, und auch wenn auf dieser Insel längst nicht alles stimmt und klappt, so strahlen viele der Menschen, denen ich während meiner beiden Aufenthalte begegnet bin, einen Stolz und eine Würde, aber auch eine Herzlichkeit und Lebensfreude aus, die man in unserer guten alten Eidgenossenschaft lange suchen kann.

Ich habe auf Kuba aber leider auch finstere Stunden erleben müssen. Ich habe die üblichen kleinen Dummheiten und einen großen Fehler gemacht. Den Fehler bereue ich, kann ihn aber nicht mehr ungeschehen machen. Und weil ich in Bern oben jahrelang erklärt habe, wie wichtig es sei, Verantwortung zu übernehmen, muss ich jetzt, wohl oder übel, auch entsprechend bereit sein, für ihn einzustehen.

Wie auch immer – weil wir zwar nur kurz, aber immer bestens zusammen gearbeitet haben, erlaube ich mir, Dich zu bitten, ein paar Dinge für mich zu tun, für deren Erledigung mir keine Zeit mehr bleibt:

1. Falls Du zufällig auf Elena treffen solltest, richte ihr doch bitte aus, dass ich sie geliebt habe und zutiefst bedaure, was zwischenzeitlich wohl passiert sein dürfte. Ich hätte niemals tun dürfen, was ich getan habe, aber gegen die Macht der Liebe bin ich nicht angekommen.

2. Sag Papa, dass Frank País für uns die falsche Leitfigur gewesen ist – sie ist ja auch in der Geschichte gescheitert, bevor es überhaupt richtig zur Sache ging.

3. Sag ihm auch, dass ich die Unterlagen über die Revolution leider nie aus H. herausgebracht habe – die Sache ist mir schlicht zu heiß geworden. Er findet sie in der Garage der Familie Ibarra, bei der ich übernachtet habe.

4. In meinen Unterlagen findest Du irgendwo noch ein Foto, das während meiner ersten Reise entstanden ist. Es zeigt mich zusammen mit einem Mann am Meer. Du hast mal gesagt, der Typ erinnere Dich an den jungen Che, erinnerst Du Dich? Bitte sorge dafür, dass dieses Bild verschwindet.

5. Ich glaube an Habaniño – venceremos!

Vielen Dank und liebe Grüße,
Marco

PS: Dass das Foto verschwindet, ist mir sehr wichtig – bitte kümmere Dich darum, ja?

Varga träumte in wilden Farben, und es war ihm, als zuckten seine Augen hinter den fest verschlossenen Lidern. Wieder stand er in kurzen Hosen in der Landschaft und ein durchgegangenes Rind donnerte an ihm vorbei, ein riesiges graues Tier, das durch die Steppe galoppierte, unter einem Himmel von derselben Farbe wie seine nassglänzenden Flanken. Onkel Jenö hatte Varga gesagt, dass die Bauern in solchen Rindern Boten des Unheils sahen, aber er war so damit beschäftigt, auf dem bebenden Boden nicht aus seinen Schuhen zu kippen, dass er es nicht mit der Angst zu tun bekommen konnte. Er sah zu, wie die Hufe des Tieres große Klumpen schwarzer Erde in die Luft schleuderten und wusste nur, dass es sein Ende bedeutete, wenn er ihm zu nahe kam.

15

«Ein Abschiedsbrief.»

Varga wandte sich zu Nowak um und schaute sie an, sagte aber nichts.

«Kistler spürte oder wusste sogar, dass er nicht mehr lange leben würde.»

Varga deutete mit dem Kinn auf den Brief in Nowaks Hand. «Wissen wir schon, ob Betancourts Tochter Elena heißt?»

Nowak schüttelte den Kopf. «Noa ist an den Betancourts dran.»

«Der Mann kriegt ja richtig was zu tun. Nächstens wird er für uns nämlich auch noch nach Holguín müssen.»

«Um die Garage der Ibarras auf den Kopf zu stellen?»

Varga betrachtete seine Assistentin. Sie schien wieder die Alte zu sein, nichts erinnerte mehr an das Tief, in das sie nach Nicole Mayers Tod geraten war. «Genau. Aber schau doch jetzt bitte, dass du Noa erreichst. Wir müssen ihn so schnell wie möglich sehen», sagte er. «Und lass die Zentrale abklären, ob es in der

Heimat jemanden gibt, dem der schöne Übername Papa bekannt vorkommt.»

«Wurde nicht Hemingway so genannt?»

Varga lachte. «Doch, aber den hat Kistler nicht gemeint.»

Varga war klar, dass er erwischt worden war, dass er der Gefahr zu nahe gekommen, dass er gefallen war. Während er einmal mehr fieberhaft versuchte, den Fehler zu finden, den er gemacht haben musste, irgendwo in Havanna unten, ergriff ein beängstigendes Gefühl der Desorientierung und der Verlorenheit von ihm Besitz. Noch immer glaubte er, besonders wachsam gewesen zu sein und permanent alle Möglichkeiten in Betracht gezogen zu haben. Wo nur war ihm ein Fehler unterlaufen? Wo hatte er einen falschen Schluss gezogen? Was hatte er übersehen, vielleicht ein kleines, aber entscheidendes Detail nur?

«Und jetzt?», fragte Nowak, als sie aus dem Hauseingang traten.

«Happy Hour, würde ich meinen», sagte Varga und manövrierte Nowak durch das Gewusel auf der Straße in Richtung eines blaugelben Lada-Taxis.

«Wart mal eine Sekunde, hier gibt es Nestlé-Glacé», meinte Nowak, entzog ihm ihre Hand und verschwand in einem kleinen, finsteren Eckladen.

Varga stand mit dem Rücken zum Laden, beobachtete die Straße und drehte sich nach einer Minute um, weil Nowak nicht sofort wieder auftauchte. In diesem Moment sah er ihn – den Typen vom Hoteldach! Er lehnte neben Nowak am Tresen, sah aus wie Norman Bates und fixierte ihn. Dunkle Augen, dunkle, kurzgeschorene Haare, ein junges, knochiges Gesicht und wieder dieses eigenartig fiese Lächeln. Ein Bulle oder ein Stasi-Fritze, dachte Varga und betrat rasch den Laden. Die Verkäuferin war irgendwo hinter einem Berg Kartonschachteln verschwunden. «Du hast bei mir einen Bananensplit gut», sagte Varga zu Nowak, packte sie am Arm und zog sie aus dem Laden. Dort hielt er Ausschau nach dem Lada – er stand noch da. Ohne sich umzusehen, bugsierte er Nowak über die Straße, riss den Schlag auf, drückte sie in den Wagen, öffnete selber die Beifahrertür und ließ sich auf den Sitz fallen, während der Fahrer losfuhr, nicht mit quietschenden Reifen wie im Film, dafür mit einer Fehlzündung und dann doch ziemlich flott, und seine Stimme klang aufreizend ruhig, als er auf Englisch fragte: «Wohin soll's denn gehen?»

Varga wandte sich noch einmal um und sah eine dicke Schwarze, die mitten auf der Straße stand, wenn er sich nicht täuschte, war das die Verkäuferin, die sich gerade etwas auf einem Stück Papier notierte.

«Zum Parque Central», sagte Varga, ließ das Taxi dann aber schon an einer der nächsten Ecken anhalten.

«Hab ich da grad was verpasst?», fragte Nowak beim Aussteigen.

Varga nickte. «Da ist jemand an uns dran.»

«Und du meinst, dass das Taxi unseren Verfolgern gehört?»

«Wer weiß? Ich vermute aber einfach mal, dass unser Fahrer sonst wohl kaum so cool geblieben wäre. Auf jeden Fall kriegen sie die Nummer des Wagens. Aber hast du alles?»

«Ja.»

«Gut, dann lass uns losgehen.»

«Wohin denn?»

«Zurück ins Hotel, würde ich vorschlagen.»

«Dort werden sie doch auf uns warten.»

«Wo willst du denn sonst hin? Ins «Tropicana»? Oder zu Noa vielleicht? Wir wissen ja nicht mal, wo er wohnt.»

Nowak nickte. «Scheiße, wir können froh sein, wenn wir heil von dieser Insel kommen.» Ihre Stimme schwankte. Varga war noch nicht beunruhigt, aber er nahm sie trotzdem kurz in den Arm, drückte sie an sich, ließ ihren leisen Widerstand nicht gelten, denn wenn sie jetzt die Nerven verlor, konnten sie gleich in die Stasi-Zentrale einrücken.

Varga war hellwach und er konnte buchstäblich spüren, wie ihm die verzweifelte Suche nach seinem Fehler die Brust zusammenschnürte. Hatte er am Ende die Kubaner doch unterschätzt? Oder hätte er sich vielmehr intensiver mit ihnen befassen sollen? Hatte er sich in Havanna vielleicht allzu sehr auf seinen Instinkt verlassen, oder hätte er die Ermittlungen in den Tropen ganz bleibenlassen sollen?

«Wie hast du sie erkannt?», fragte Nowak, als sie in die San Lorenzo einbogen, eine Parallelstraße zum Malecón.

«Der Typ, der im Laden neben dir stand, war heute Mittag schon auf dem Dach unseres Hotels.»

Nowak nickte und versuchte vergeblich, sich an ihn zu erinnern. «Und du bist dir ganz sicher, oder?», fragte sie weiter, bekam aber keine Antwort. Varga lief hinter ihr und nahm das Meer auf, die Hitze, den Geruch nach Salz und Fisch, nach Öl und Benzin, Salsaklänge und das Schaufenster einer joyería, in dem nichts anderes ausgestellt war als eine staubige Dose Mückenspray.

«Waren's Kubaner?»

«Ja, der Typ, den ich gesehen hab, hatte kleine Füße und einen großen Kopf – bei den Blick-Journis ist es umgekehrt.»

Nowak lachte, aber Varga nahm das feine Zittern in ihrer Stimme wahr – sie hatte Angst.

Plötzlich war der Tod wieder da. Er stand in der Distanz, wie ein Strich in der Landschaft, rührte sich nicht und hatte auch kein Lächeln mehr auf dem Gesicht. Er stand nur da und schaute Varga aus seinen tiefliegenden Augen heraus an. Und dann hob er die rechte Hand und winkte ihm.

Wenn ich nur etwas spüren würde, irgendein Ziehen im Bein, einen verspannten Muskel, ein Jucken unter einer Kompresse oder meinetwegen auch eine Schwester, die ruhig und professionell zwischen die Beine greift und einen Katheter setzt, dachte Varga und versuchte, den Hals zu drehen – vergeblich.

Die Ärztin, die sich über Varga beugte, um ihm mit einem Stethoskop das Herz abzuhören, war eine große Blondine mit vollen Lippen, ihr Laborkittel bedeckte gerade mal knapp ihren Hintern, ihre langen Beine steckten in weißen Lackstiefeln. Auf die Brusttasche war eine Umrissdarstellung des männlichen Genitalbereichs gestickt, ihr Spezialgebiet als Medizinerin. Während sie Varga untersuchte, war sie nüchtern und sachlich. Dabei strahlte sie sowohl Freude an der Arbeit als auch Mitgefühl aus, eine Mischung, die Varga sehr faszinierte. Er vertraute ihr auf Anhieb und gab sich ihr hin. Kurz darauf war ihr lächelndes Gesicht das Letzte, was er sah, bevor sie ihm eine überdimensionierte Spritze verpasste – dann ging plötzlich das Licht im Saal an und Varga sah in die lachenden Gesichter der Barbaren, die ihn zu seinem 16. Geburtstag zum ersten Mal in das Sexkino in der Vaskapu utca eingeschleust hatten.

Nach Sonnenuntergang verwandelte sich die Bar des «Saint John's» in ein schwarzes Loch mit einer krummen Theke und einer Handvoll Tische. Es war keine der Bars, in der die Touristen Mojitos soffen, sangen und auf den Tischen tanzten. Hier saßen einige Zimmermädchen nach Dienstschluss noch in einer Nische zusammen, schwatzten, kicherten und rauchten, und am Tresen hielt sich ein uniformierter Busfahrer an einem Malta fest. Varga saß regungslos am Eingang, seine Augen hatten sich rasch auf das schummrige Licht eingestellt, und er hatte die beiden Stasis sofort entdeckt, die auffällig unauffällig vor der Rezeption Posten bezogen hatten und mit einem Schlüsselbund spielten. Als Nowak mit Noa auftauchte, setzte Varga gerade seine zweite Tropicola an und betrachtete dabei einen dünnen, roten Neonstrang an der Decke, der die Flaschen in ein unheimliches Licht tauchte. «Können wir hier reden, compañero?», fragte Varga und gab Noa die Hand.

«Kein Problem, die Jungs da vorne hat mein großer Bruder zu unserem Schutz abgestellt.»

«Zu unserem Schutz?»

Noa lachte. «Ein paar Leute zeigen erhöhte Aktivität, wie's scheint.»

«Weißt du was Näheres darüber oder können wir mal mit deinem Bruder reden?»

Wieder lachte der Kubaner. «Vielleicht hab ich mich etwas zu forsch an die Betancourts rangemacht ...»

Varga sah ihn an und fragte sich, ob noch alles gut lief. Er konnte es nicht sagen. «Bleiben wir bei Habaniño – hast du schon mit Yanet von Kistlers Kinder-Computerclub-Projekt reden können?»

Noa schaute auf seine Hände herab. «Ja», sagte er und sah wieder auf.

«Und?»

«Ein Konzeptpapier scheint's gegeben zu haben, mehr allerdings war und ist da nicht.»

«In der Timba gibt's also keinen Kinder-Computerclub?»

«Nicht wirklich.»

«Bitte?»

«Gemäß den Aussagen einer Bewohnerin soll Kistler mal einen alten Lagerraum ausgeräumt haben. Ich hab mir den aber kurz angeschaut: Computer stehen in dem keine rum.»

«Ist denn schon Geld geflossen?»

«Nein.»

«Wusste Yanet von anderen Habaniño-Projekten?»

«Nein.»

Varga dachte einen Moment nach. «Es deutet also nichts darauf hin, dass Habaniño vor der Umsetzung auch nur eines einzigen Projektes stand, richtig?»

«Richtig.»

Varga nickte. «Sonst noch was?»

«Yanet war mit Kistler im Bett.»

«Na bestens, das rundet's doch ab.»

Varga starrte den Sensemann an, aber irgendwie konnte er trotzdem nicht recht glauben, dass es ihn wirklich gab.

«Zu den Betancourts – was ist mit denen?», fragte Varga.

Noa gab einen Laut von sich, der sich wie «hmmph» anhörte, sagte aber weiter nichts.

«Na was?», fragte Nowak.

«Das habe ich wohl verbockt. Die haben eine Villa in Kohly oben, ziemlich gute Lage, Swimmingpool, Doppelgarage, Kameras, das volle Programm, und ich bin zu ihnen rausgefahren, um mal ein bisschen auf den Busch zu klopfen.»

«Aber die Türen der Villa Betancourt blieben verschlossen, kein Nachbar wollte oder konnte Auskunft geben und auf dem Rückweg hat sich ein Lada mit zwei Mann und einer Antenne an dein Taxi gehängt?»

Nach kurzem Zögern bestätigte Noa Vargas Vermutung. Scheiße, dachte Varga. Er hätte wissen müssen, dass Noa nicht an einen Staatsrat der Sozialistischen Republik Kuba herankam.

«Zwei Dinge habe ich immerhin über mein Kontaktnetz erfahren: Der alte Betancourt sitzt heute im Direktorium der mächtigen Cubalse und seine drei Töchter sollen alle im Ausland studieren. Und ratet mal, wo.»

«Hoch über dem schönen Zugersee?»

Noa runzelte erst die Stirn, dann lächelte er und wandte sich Nowak zu. «Und ich Esel dachte immer, es gäbe keinen besseren Polizisten als meinen Bruder.»

Nowak sah ihm nach, als er aufstand und sie verließ, aber Varga hob nur die Schultern, als wollte er sagen, es wäre Glück gewesen. «Die Elite jeder Diktatur, die was hermacht, schickt doch ihr Blutgeld und ihre Sprösslinge in die Schweiz, ist doch nichts Neues.»

«Hat was. Aber sag, wie machen wir denn jetzt mit den Betancourts weiter?», fragte sie.

«Ehrlich gesagt glaube ich nicht, dass wir als brave Touristen an eine Familie rankommen, die in der lokalen Hackordnung so weit oben steht wie die. Aber ich bin mir auch nicht sicher, wie weit sie in die ganze Sache verstrickt ist.»

Sie sah ihn bloß an, aber er konnte Missbilligung in ihren Augen lesen.

«Nowak, ich weiß schon, dass du eher auf ein Beziehungsdrama setzt. Aber dann mach doch einfach die Töchter ausfindig und red mit ihnen, mindestens eine von denen müsste ja eigentlich mehr wissen.»

«Das werde ich sicher tun. Und wie geht's sonst weiter?»

«Noa versucht rauszufinden, ob eine der Töchter Elena heißt und ob die kürzlich hier im Land war oder nach wie vor ist. Aber auch das dürfte nicht einfach werden. Außerdem organisiert er ein Treffen für morgen früh mit Dariel Alvarez, dem Diplomaten.»

Sie nickte. «Was wirst du denn als Nächstes tun?», fragte Nowak.

«Mich kurz aufs Ohr legen.»

Aus irgendeinem Grund brachte sie das zum Lachen. «Dürfte ich mich dazulegen?»

Jetzt lachte auch Varga. «Wenn du unbedingt willst, sicher.»

Varga durchquerte mit den drei Tigern, die ihm alles andere als traurig zu sein schienen, die Kolonnade des Centro Gallego, zog vorbei an den nächtlichen Plauderern und den unermüdlichen Kaffeetrinkern im Café an der Ecke, eingehüllt in den Duft von Fritten und heißen Würstchen und Fleischbrötchen, begleitet vom Gelächter der Mulatinnen, dem Gezischel der Nutten und dem Brüllen des MGM-Löwen, bevor sie im Cha-cha-cha-Schritt ein Stückchen über Prado, Neptuno und San Miguel in Richtung Santa Fe promenierten, wo Abenteuer, Freiheit und eine ganze Traumwelt sie erwartete – zumindest die Tiger, Varga kippte auf der pulsierenden, lauten, stinkenden, glitzernden Kreuzung noch eine letzte Cola und dann ging's für ihn ab in eine leergefegte Straße ohne Versuchungen, eine dürstende Wüste, auf Nimmerwiedersehen, so long.

Als das Telefon klingelte, wusste Varga instinktiv, dass es Egloff war.

«Hallo Varga. Du bist ganz schön schwer zu erreichen. Oder hat dir die Tropensonne die Vorwahl der Schweiz schon aus dem Hirn gedampft?»

Varga sagte erstmal nichts. Dass ein Kollege von der Staatsanwaltschaft ihm gegenüber eine solche Bemerkung machte, ärgerte ihn. «Was willst du?»

«Hey, bitte nicht so impulsiv, Varga. Ich will dich ja nur warnen.»

«Wovor?»

«Journis. Ein Zweier-Team vom Blick ist unterwegs zu euch. Und zwar will Plüss von denen eine knackige Geschichte über schwarze Schafe im Polizeidienst lesen, um dich nach deiner Rückkehr umgehend zu entsorgen und sich so als starken Mann zu profilieren.»

«Schon kapiert.»

«Was hast du kapiert?»

«Ab sofort rasier ich mich wieder, bind mir einen Schlips um, lass mir für meine Bananenmilch eine Quittung geben und mach am Hotelpool nicht mehr auf Staatskosten mit Nutten rum, okay?»

«Hör mal, ich geb das an dich weiter in deinem besten Interesse und ...»

«Schon klar. Aber erstens ist die Neuigkeit nur noch lauwarm und zweitens kannst du dir, glaube ich, lebhaft vorstellen, dass sie mich herzlich wenig interessiert. Ich arbeite nicht für die Presse, sondern für die Polizei – und zwar so, wie ich's für richtig halte. Alles unklar?»

«Okay, Varga, vergiss es! Du weißt Bescheid, und damit hat sich's. Aber lass dir einfach noch sagen, dass du ein weit erfolgreicherer Polizist sein könntest, wenn du ab und zu mal einen gut gemeinten Ratschlag annehmen würdest.»

«Gute Nacht, Egloff.»

Nach einem einstündigen Schlaf, während dem er von längst vergangenen Zeiten geträumt hatte, fühlte sich Varga wieder wesentlich frischer. Er bestellte sich zwei Käsetoasts und vier Dosen Tropicola aufs Zimmer und lehnte sich dann aus dem Fenster, um die kühle Nachtluft zu genießen. Sein Blick ging über die Hotelfassade nach unten und kreiste um einen weißen Lada der Polizei, der hinter einem Touristenbus abgestellt war. Dann schaute er zum Malecón hinunter und beobachtete, wie die Menschen auf dem Trottoir flanierten oder auf der Ufermauer saßen. Er wunderte sich, dass auf dem Malecón ständig Betrieb herrschte – ganz egal, wie spät es war. Varga überlegte, ob er sich eine Tschaikowsky-CD anhören sollte, er hatte einen Player eingepackt. Aber stattdessen setzte er sich im Dunkeln in den Sessel und schaute zu Nowak hinüber. Eine Weile lang dachte er über all die verschiedenen Fäden nach, die sich durch den Fall zogen. Dann ging er zurück ins Bett und weckte seine Assistentin mit einem Kuss auf den Bauch.

«Wie spät ist es?», fragte Nowak und blinzelte in den Raum.
«Wir haben noch mehr als die halbe Nacht vor uns», sagte Varga, drückte ihr einen zweiten Kuss auf die Stirn und reichte ihr eine Tropicola.
«Genug Zeit also, um unstrukturiert wie immer die Ungereimtheiten unseres Falls durchzugehen?»
Nowak berührte seinen Arm, sehr sanft, und er lächelte und nickte.
«Fein. Dann grad meine erste Frage: Wieso hat die kubanische Polizei Beamte zu unserem Schutz abgestellt, behelligt uns aber nicht?»
«Na, was meinst du?»
«Ich meine, es geht ihr nur um Elena Betancourt. Würden wir den Betancourts zu nahe kommen, würden wir sofort auf einem Posten landen.»
«Oder aber sie wollen uns schützen.»
«Vor wem?»
Varga schaute sie lange an. «Vor Kistlers Mördern, schätze ich.»
«Willst du damit sagen, dass das Kubaner sind?»
«Nein. Aber der Policía Nacional Revolucionaria ist sicher bewusst, dass ein Verbrechen hier seinen Ursprung hatte.»
Als Nowak nichts sagte, fuhr er fort: «Die zweite Frage: Hast du schon mal von einer Firma namens Biocen gehört?»
«Nein, wie kommst du auf die?»
«Ich bin in den Unterlagen zur Internet-Recherche auf sie gestoßen. Möglicherweise ist Forster für sie tätig.»
Sie sah zu ihm auf. «Ich lass das von Zürich abklären. Dritte Frage: Was hat es mit diesem Frank País auf sich?»
«Frank País hat die kubanische Revolution vorbereitet. Mir hat schon Damaris Zellers Einschätzung gepasst, aber nach Kistlers

letztem Brief kann ich mir noch besser vorstellen, dass auch er auf dieser Insel als Vorbereiter unterwegs gewesen ist.»

«Was genau soll Kistler denn vorbereitet haben? Die große rechte Konterrevolution?»

Varga grinste. «Ich setze darauf, dass wir diese Frage klären können, wenn Noa aus Holguín zurück ist.»

Nowak nickte. «Du meinst, Frank País ist für ihn ein Leitbild gewesen, das letztlich aber nicht funktioniert hat.»

«So was in der Art, ja.»

«Hat Kistler País und dessen Leben und Sterben denn ge- kannt?»

«Gute Frage, liebe Nowak. Aber im Grunde fragst du dich wohl, wer für Kistler das Leitbild País gezimmert hat. Und ich glaube wie du, dass dies ein Mister Jemand und nicht Kistler gewesen ist, gar nicht gewesen sein kann.»

«Ein Mister Jemand?»

«Auf jeden Fall jemand, der sich in der jüngeren kubanischen Geschichte auskennt.»

«Forster?»

Varga lächelte sie an. «Wie kommst du auf Forster?»

«Forster ist immerhin ein kaltblütiger reicher Machtmensch, gescheit und belesen, und hätte als Rechter sicher auch ein Interesse daran, dem Sozialismus auf dieser Insel zu schaden. Außerdem hast du ihn kürzlich in Zürich besucht und interessierst dich jetzt für eine Firma, für die er möglicherweise arbeitet …»

Wieder lächelte er sie an. «Sauber kombiniert.»

«Frage vier: Meinst du nicht, es wäre einfacher, wenn wir rasch den Fragenkatalog durchgehen würden, den du dir auf deiner NZZ notiert hast?»

«Okay. Aber wo hast du den her?»

Nowak verdrehte die Augen. «Steve Heller hätte sich die doch auch organisiert.»

«Bitte?»

«Inspektor Steve Heller, der Assistent von Lieutenant Mike Stone aus Die Straßen von San Francisco. Aber egal, lass uns mit deiner Liste weitermachen.»

– Schweizer Botschafter: Was weiß er?

«Ich glaube nicht, dass er sehr viel mehr weiß als das, was er mir gesagt hat.»
«Triffst du ihn noch mal?»
«Weiß nicht, mal sehen. Da ist etwas, das ich ihn noch ganz gern fragen würde.»

– Infos über Kistler: Aufenthaltsort(e), Reiseprogramm, Bekanntschaften?

«Sollten wir eigentlich beisammen haben, oder?»
«Seh ich auch so.»

– Adressen in Siboney und Vedado besuchen

«Siboney?»
«Die Loge schauen wir uns noch an. Über die Cibex müssen wir dringend mehr wissen.»
«Vedado?»
«Da stellt sich die Frage, wie wir in dem Haus die Wohnung finden sollen, um die es sich dreht.»
«Was tun?»
«Auf Siboney konzentrieren.»

– Minvec

«Könnten die was für uns haben?»
Varga zog die Schultern hoch. «Ich würde nur zum guten Señor Morales rausfahren, wenn uns nichts anderes mehr einfällt.»

– Habaniño-Projektideen (Homepage): Wurde in Havanna bereits etwas umgesetzt?

«Schall und Rauch.»

«Das bedeutet, dass das Kinderhilfswerk kaum die Bombe war, die Kistler platzen lassen wollte.»
«Genau.»

– Telefonnummer, Fotograf Luiz Rodriguez (Noa?)

«Deiner Meinung nach der Mörder, Varga.»
«Ich bleibe dabei, bis du mir einen anderen Namen präsentierst.»

– Wer sind «AB» und «E»?

«Alexis Betancourt und allenfalls seine Tochter Elena, Geliebte des Kistler Marco.»

– Frank País

«Held der Revolution und möglicherweise das von einem Unbekannten gefundene Leitbild für Kistlers Aufgabe in Kuba.»

- Stasi

«Dieses Monster können wir vergessen, oder?»
«Ich denk schon.»

– Wen hat Kistler beim Abflug am Flughafen getroffen?

«Laurenz Brunner, einen Ex-Kadermann der Schweizer Demokraten. Finden wir das interessant?»
«Ja, definitiv.»

– Diplomat Dariel Alvarez

«Mein Mordverdächtiger.»
«Ja, Nowak, und den knöpfen wir uns morgen grad nach dem Frühstück vor.»

«Morgen?»

«Pardon, später am Tag.»

Varga zog einen Hefter aus Nowaks Reisetasche, öffnete ihn und überflog seinen Inhalt. «Wir haben noch mehr.»

Nowak nickte. «Ja. Die Liebesbeziehung zu Elena, die Johos und deinen Russen.»

«Wie hieß der gleich nochmals?»

«Müsste da drin stehen», sagte Nowak und deutete auf den Hefter.

Varga ging die letzten beiden Seiten durch und fand, wonach er suchte: «Tut es. Belosheykin heißt der Typ. Können wir den hier ausfindig machen? Kann uns Noa helfen, den aufzuspüren?»

Wenn er einen Fehler gemacht hatte, so musste der ihm noch in Kuba unterlaufen sein, dachte Varga. Auf dem Rückflug war er sich nämlich bereits über seine nächsten Schritte klar gewesen.

Nowak stand auf, ging ins Bad und machte sich frisch. Ihre Augen sahen immer noch müde aus, als sie ins Zimmer zurückkam. Sie trug ein blaues T-Shirt, ihre Haare hatte sie hinten zu einem kleinen Pferdeschwanz zusammengebunden.

«Was mir in den Tropen echt Mühe macht, ist die Hitze in der Nacht. Ich könnte schon wieder unter die Dusche.»

«Wir sind ja bald zurück in der unterkühlten Schweiz», sagte Varga.

Nowak hockte sich wieder aufs Bett. «Was mich allerdings grad noch mehr nervt, ist die Tatsache, dass uns nun die Zeit davonläuft. Wir sind nur noch knapp drei Tage im Land und Plüss haut uns in die Pfanne, wenn wir überziehen. Außerdem war unser kleiner Ausflug noch nicht wirklich ergiebig.»

«Nur die Ruhe: Morgen fährt Noa nach Holguín, übermorgen ist er zurück. In der Zwischenzeit reden wir mit Alvarez, fahren nach Siboney raus und – wer weiß – vielleicht stöbern wir auch noch diesen Sputnik auf. Und Luiz Rodriguez, die eine oder andere

Figur aus dem Betancourt-Clan und den Geist von Che Guevara noch dazu.»

«Sag mal, meinst du wirklich, dass der Russe mit unserem Fall was zu tun hat?»

Doch Varga hörte ihre Frage nicht mehr, er lehnte sich aus dem Fenster. Und als er sah, wie unten auf der Straße eine Lada-Streife gerade die andere ablöste, spürte er plötzlich wieder diese eigentümliche Unruhe in sich.

Der Tod sah Varga immer noch an. Varga bemerkte, dass sich sein Blick jetzt verändert hatte, irgendwie sonderbar war. Nein, nicht sonderbar, eher gereizt.

«Du gehörst zu denen, die nicht bereit sind, hab ich recht?», fragte er, und seine Stimme war kalt, erloschen, stumpf.

Varga dachte nicht lange nach. «Genau. Und zwar hab ich da noch einen Fall und ...»

Der Tod seufzte, als ob er diese Ausflucht schon tausende von Malen gehört hätte. «Typen wie du haben immer noch irgendwas zu erledigen, wenn sie mir begegnen, aber dir ist ja sicher bewusst, dass ich nicht auf jeden Einzelnen warten kann, bis er denn endlich bereit ist, oder?»

Herren Doktoren, können Sie mir vielleicht sagen, ob ich tatsächlich den Leibhaftigen persönlich getroffen habe? Er ist vor mir in einem Schaukelstuhl gesessen, eine Havanna im Mund, wir haben geplaudert, aber ich bin am Ende nicht mit ihm mitgegangen, noch nicht. Wissen Sie, ob Begegnungen dieser Art ein bekanntes medizinisches Phänomen sind?

«Kistler vergreift sich in der Parteizentrale an einer Bürohilfe, ein paar anständige Rechte machen deshalb Druck auf ihn, bis er die Nase voll hat, aus seinem Amt kippt und nach Kuba abhaut. Dort verliebt er sich in Elena, eine der Töchter der mächtigen Familie Betancourt, handelt sich mit der aber sehr schnell Ärger ein, weil er die lokale Kultur nicht kapiert und nebenbei auch ganz gern mal eine Nutte bumst. Am Ende lassen ihn die Betancourts killen

– möglicherweise mit Unterstützung durch den kubanischen Staat, mindestens mit seiner Billigung», erklärte Nowak, doch Varga wiegte nur den Kopf.

«Schwer vorstellbar, dass die Republik Kuba jemanden um die Ecke bringen lässt, nur weil diese Person mit ein paar jineteras rumgemacht hat.»

«Stimmt schon. Da muss wohl noch mehr gewesen sein, ein Streit, eine Drohung, ein Erpressungsversuch vielleicht. Aber ich bleib dabei: Für mich sieht's immer noch ganz nach Liebesdrama aus.»

Varga stöhnte leise und schaute dann wieder zum Fenster hinaus. «Kistler ist wegen seines Übergriffs an der kleinen Joho tatsächlich nicht mehr zu halten. Deshalb gibt Parteichef Forster dem internen Druck nach, nimmt seinen Ziehsohn aus der Schusslinie und schickt ihn zum Abkühlen nach Kuba. Wieso aber ausgerechnet nach Kuba und nicht ins Engadin oder in die Toskana, wo er ja auch die eine oder andere Liegenschaft besitzt? Ganz einfach: Weil Kistler für ihn auf Kuba irgendein lukratives Geschäft abwickeln soll, mit dem er sich nicht nur dankbar zeigen und sich aufs Neue beweisen, sondern mit dessen Erlös auch gleich die leere Parteikasse wieder aufgefüllt werden kann. Bei diesem Deal, Codename Revolution, läuft aber etwas genauso schief, wie einige Dinge während der Frühphase der kubanischen Revolution schiefliefen. Und weil Kistler Mist baut, wird er entweder von den Kubanern oder jemandem aus Forsters Dunstkreis abgeräumt. Ein mögliches denkbares Motiv wäre in diesem Fall also die Vertuschung.»

Nowak zeigte keine Reaktion. «Was für ein Deal könnte das denn gewesen sein? Doch nicht zufällig was aus der Biotech-Welt?»

Vargas Augenbrauen gingen nach oben. «Biotech ist heiß, Nowak, Biotech ist möglicherweise sogar sehr heiß.»

«Du denkst an die Cibex. Kistler könnte was mit der Cibex gedealt haben, nicht wahr?»

Varga nickte. «Ich find's zumindest interessant, dass ein Zweitwelt-Land wie Kuba der Biotech-Industrie eine so hohe Priorität einräumt. Eigentlich macht das aber auch Sinn: Kuba hat gut ausgebildete Akademiker im Überfluss, und die Wertschöpfung in der Biotech-Branche kann extrem hoch sein.»

«Kuba braucht Devisen ...»

«Genau. Allerdings muss das Land, um mit Biotech erfolgreich zu sein, zuerst mal auf ein gewisses Niveau kommen. Und wie schaffen die Kubaner das?»

Ein paar Augenblicke dachte Nowak nach. «Indem sie Knowhow einkaufen.»

«Richtig. Und wo tun sie das?»

«In einem anderen Land, einem westlichen Land, einem in der Forschung führenden westlichen Land, das sicher nicht USA heißt ...»

«Sondern?»

«Sondern ... zum Beispiel Schweiz.»

«Sehr gut, meine liebe Nowak», lobte Varga und seine Hände ballten sich zu Fäusten. «Der kubanische Staat kauft Biotech-Know-how in der Schweiz ein. Das könnte für mich durchaus Sinn machen.»

Nowak nickte. «Dazu hast du noch eine Frage an unseren Botschafter, nicht wahr?»

«Sí, compañera.»

War ihm der Fehler unterlaufen, als er mit Nowak nachts in ihrem Hotelzimmer in Havanna den Fall besprochen hatte? Gut möglich, dort hatten sie schließlich die eine oder andere Weiche gestellt. Aber hatten sie sich auch für eine falsche Richtung entschieden? Und wenn ja, wo denn?

«Varga?»

«Hm?»

«Noch was: Du hast früher am Abend eine Firma namens Biocen erwähnt.»

«Mhm.»

«Forster soll für die arbeiten.»

«Was ist mit der?»

«Könnte es nicht sein, dass die Biocen mit Biotech zu tun hat?»

Varga blinzelte träge. «Das bist du doch am Abklären, nicht?»

«Zürich ist da dran.»

«Wunderbar, dann lass uns doch mal ganz enspannt abwarten, was uns Zürich liefert.»

Varga lag neben Laci auf dem Bauch, auf seine Ellbogen gestützt, schaute durch das aufgebrochene Fenster hinunter ins Dunkel, ins Innere ihres Gymnasiums, schaute wieder über das Dach auf die Lichter von Budapest, und spürte eine bohrende Unruhe in sich. Roby, Sándor und der kleine Antal waren eben losgegangen, durch das Fenster geklettert und hatten sich abgeseilt, hinunter in die dunklen Säle der zoologischen Sammlung, um für die Barbaren Ehre einzulegen und die Nachbildung des Schädels eines Säbelzahntigers zu klauen. Varga war so unruhig, wie er es noch nie bei einer ihrer Unternehmungen gewesen war, und er wollte nicht, dass Laci es merkte, er versuchte, still zu bleiben und wenig und leise zu atmen. Eine Stunde später, als Roby und Sándor mit dem Schädel wieder durch das Fenster kamen, realisierte er, dass er ein sicheres Gespür für unbestimmte Gefahren haben musste – der kleine Antal war in der Dunkelheit in das große Aquarium gefallen und hatte es nicht mehr aus dem Becken geschafft, seine beiden Freunde hatten ihn verloren und der kleine Antal war zwischen den Wasserpflanzen verschwunden.

Nicht ein Mal, gleich mehrere Male hatte Varga im Verlauf der Ermittlungen im Kistler-Fall diese Unruhe in sich gespürt. Und immer wieder hatte er wegen ihr nachts nicht schlafen können, hatte im Bett oder auf dem Sofa gesessen, in seinem FCZ-Shirt, hatte auf den Bildschirm des Fernsehers gestarrt, in das flackernde Blau, das seine Augen immer kleiner werden ließ, oder durch das Fenster hinaus in die Nacht, und hatte ein Aspirin nach dem anderen gegen sein Kopfweh eingeworfen. «Aber nie hab ich Idiot meine Verfassung bewusst als ein Warnzeichen wahrgenommen, wahrnehmen wollen», sagte er zu sich selbst.

Mattes zinnfarbenes Licht fiel ins Zimmer, als Varga im Morgengrauen erwachte. Er blieb lange auf einer kaputten Sprung-feder liegen, die ihn in den Rücken piekste, starrte an die fleckige Decke und dachte an den übergroßen Comandante auf dem Straßenplakat, an die jungen Elfen, die in den offenen Fenstern des Gran Teatro de La Habana schwebten, an die Fledermaus, die vom Dach des Bacardi-Hauses hing, an die Cadillacs, De Sotos und Ladas, die wie große Käfer über die löchrigen Straßen krochen, an die schwarze jinetera, die ihm auf dem Prado die Zunge zeigte, an die Hitze, die Musik, den Malecón, die Sonnenuntergänge, das Rauschen des Meeres, an das Leuchtfeuer auf dem Morro und die Schlaflosigkeit der kubanischen Nacht. Ein gutes Land, fand er, ein lächerliches Chaos im Vergleich zur Schweiz, aber in jeder Beziehung wärmer, fast ein bisschen wie das Ungarn seiner Kindheit.

«Na komm, mein Kommissarchen, setz dich brav auf meinen Schoß oder tanz mit mir, tanz mit mir Rumba die ganze Nacht», sagte die schöne schokofarbene, tabakfarbene, rohrzuckerfarbene, zimt- oder auch kaffeefarbene mulata, und alle lachten, sie, der schwarze Hüne mit dem gelben Hut, Nowak, Jutka, Damaris, Noa, seine Exzellenz, der außerordentliche und bevollmächtigte Botschafter der Schweiz in den Tropen, aber auch Kistler, Brunner, Forster, Egloff, Plüss, der Comandante, alle Nutten Havannas und drei heiße Tiger, die auf dem Blechdach einer Yacht saßen, Zigarren rauchten und gar nicht traurig schienen. Also packte Varga die schweißglänzende Schönheit, zog sie an sich heran, streckte ein Bein vor, warf seinen Kopf zurück, nach vorn, zur einen Seite, dann zur anderen, nach links und rechts, wieder nach vorn, bis er in ihren unglaublich leuchtenden Augen versank, bis er ihre unglaublich heiße Haut spürte und ihre unglaublich straffen, erotischen, sinnlichen Brüste. Die Musikbox hustete, aber sie drehten sich, bis Varga nicht mehr wusste, wo sie waren, in Kuba oder Afrika, vielleicht auch zuhinterst im Klöntal, wo die Sonne nie hinkam, oder in Forsters Folterkeller, im Innern eines Sowjetpanzers oder in einem verdammten Spitalbett, in dem er langsam verreckte.

16

Es war kurz vor acht Uhr, aber schon über zwanzig Grad Celsius, als Varga aus dem Hoteleingang trat. Auf dem Weg ins Café an der Rampa, wo er sich mit Nowak verabredet hatte, fühlte er, wie die Hitze seine Energie aufzusaugen begann. Nachdem er auf der Straße eine müde Nutte verscheucht hatte, setzte er sich an einen Tisch, bestellte eine Tropicola und musterte die anderen Gäste. Dabei fielen ihm am Eingang zwei Männer auf, die er vor wenigen Minuten bereits in der Lobby des «Saint John's» gesehen hatte. Er erinnerte sich, wie sie am einzigen Tisch gegenüber der Rezeption gesessen hatten, und an ihre Computertaschen. Er erinnerte sich außerdem, dass er sich gefragt hatte, ob sie wohl Schweizer waren. Einen Augenblick später tauchte Nowak auf. «Morgen, Chef. Ich hab News aus Zürich.»

Varga bestellte ihr einen café con leche und ein fettiges Hörnchen, dann nickte er ihr zu. «Dann lass uns doch gleich unser Tageswerk beginnen.»

Nowak schaute auf das Fax. «Ich muss sagen: Die Jungs haben für einmal echt Gas gegeben. Aber gehen wir Punkt für Punkt durch. Erstens: Zwei Typen vom Blick müssten gestern Abend in der Stadt gelandet sein. Zweitens: Die Johos sind nach Kistlers Übergriff auf ihre Tochter in die USA ausgewandert und leben heute in San Diego, California. Oswald hatte Papa Joho an der Strippe – den hat Kistlers Abgang aus naheliegenden Gründen nicht besonders bewegt. Aber die Johos haben sowieso ein Alibi – die waren um den 23. Oktober herum auf Hawaii und haben das gemäß Oswald auch bereits belegen können. Drittens: Auch wenn wir noch keine exakten Angaben zu den Bewegungen auf den Konten der SD haben, wissen wir, dass auf diesen bis vor kurzem tatsächlich Ebbe herrschte. Im Moment hat die Partei aber wieder Zugriff auf Mittel in Höhe von rund fünf Millionen Franken.»

«Wann kam dieses Geld rein?», unterbrach sie Varga.

«Rate mal.»

«Das muss in den letzten paar Tagen, nach unserer Abreise, passiert sein.»

«So ist es.»

Varga nickte und Nowak fuhr fort. «Viertens: Die drei Betancourt-Töchter sind tatsächlich an einer privaten Internatsschule am Zugerberg eingeschrieben, sollen sich im Moment aber ferienhalber in Paris respektive hier in Kuba aufhalten.»

«Wissen wir, welche von den dreien Kistlers Freundin war?»

«Elena, die Älteste.»

«Und woher wissen wir das?»

«Die beiden anderen sind zu jung. Außerdem haben wir eine gute Beschreibung von Elena.»

«Von wem?»

«Von Beatriz.»

«Ah ja. Ist Elena hier?»

«Gemäß Schulleitung soll sie zurzeit im Land sein.»

Varga nickte und Nowak fuhr fort. «Fünftens: Biocen ist ein kleines Unternehmen in Regensdorf, das sich hauptsächlich mit der Entwicklung von Impfstoffen beschäftigt.» Varga runzelte die Stirn. «Impfstoffe ... Wem gehört denn der Laden? Und wer leitet ihn?»

Nowak lächelte. «Gehören tut er mehrheitlich einem Briefkasten auf den Bahamas. Aber Achtung: Unser guter Herr Doktor Forster war bis vor kurzem als ‹Counsellor› für die Biocen tätig.»

«Bis wann genau?»

«Exakt bis am Montag, 26. Oktober.»

Varga pfiff leise durch die Zähne. «Der erste Arbeitstag nach Kistlers Tod.»

«So ist es.»

Wieder hatte sich der Tod davongemacht. Varga kauerte noch am selben Ort, wo er ihn verlassen hatte, so müde war er, als plötzlich die Dunkelheit hereinbrach. Mühsam stand er auf, klopfte sich die Hosen ab, schaute um sich und stolperte dann los, in Richtung Fluss. Als er am Fluss anlangte und sich zum Ufer hinuntertastete, herrschte kaum noch Licht. Er setzte sich auf das Kiesbett und suchte die Umgebung ab, suchte den Tod, denn er wusste, dass er am Ende seines Weges angekommen war.

«Wirklich nicht ohne, was uns Zürich da angeliefert hat», sagte Varga und bestellte sich eine zweite Tropicola.
«Du würdest nie Heimat sagen, nicht wahr?», fragte ihn Nowak.
Varga schaute ihr in die Augen und verneinte nach kurzem Nachdenken.
«Wieso nicht?»
Wieder trat eine Pause ein.
«Weil die Schweiz nie wirklich zu meiner Heimat geworden ist. Ich bin zwar vor vielen Jahren in dieses Land gekommen und bin seitdem in Zürich zuhause, aber es ist, als wär meine Seele in Ungarn geblieben.»
Nowak nickte. «Magst du denn die Schweiz und die Schweizer?»
Varga lächelte und schüttelte den Kopf. «Dürrenmatt mag ich, der die Schweiz mal als ein Gefängnis bezeichnet hat. Die Schweizer, die gleichzeitig Gefangene und Wärter sind – das ist auf den Punkt gebracht, find ich. Aber lass uns weitermachen».

Ich hab Angst, dachte Varga. Jetzt bin ich erfüllt, vollkommen erfüllt von Angst.

«Wir haben noch was», sagte Nowak. «Die Biocen ist vor drei Jahren mal ins Visier der Bundesanwaltschaft geraten. Interessanterweise ist die angelegte Akte verschwunden, aber ein älterer Beamter hat sich bei uns gemeldet, nachdem wir unsere Routineanfrage in Bern platziert hatten.»
«Wusste der noch, worums damals ging?», fragte Varga.
«Ja. Es soll der Verdacht bestanden haben, dass das Unternehmen Ausfuhrbestimmungen verletzt hatte.»
«Mit welchem Land soll denn gehandelt worden sein?»
«Chile.»
Varga nickte. «Ebenfalls Lateinamerika, rechter Militärdiktator, starker Führer, traditionell gute Beziehungen zur Schweiz – das

könnte Forster als eine Art Testlauf aufgesetzt haben. Die Untersuchung wurde irgendwann ergebnislos eingestellt, nehme ich an?»
«So ist es.»

Varga war es mittlerweile völlig egal, wo er war, ob in einem Panzer oder in einem Spitalbett, in seinem Viertel in Budapest, in dem die Leute ständig kochten, sich laut stritten oder liebten, in einem muffigen Kriminalistenbüro am Ufer der Sihl, auf dem Dach des Hotels «Saint John's» in Havanna oder in einer von flackerndem Blaulicht beleuchteten Garage in Zürich, wo er, am Boden liegend, im Autolack das Spiegelbild seines abgewrackten, gealterten Gesichts sah, ausgelaugt von seinem letzten Fall – er stand ohnehin kurz vor dem Exitus.

«Forster verlässt die Biocen unmittelbar nach Kistlers Tod. Was kann das bedeuten?», fragte Nowak und beantwortete ihre Frage gleich selbst: «Zuerst doch mal, dass die Biocen irgendwas mit Kuba und über Kuba vielleicht sogar was mit Kistlers Tötung zu tun hatte. Und durch seinen Abgang wollte Forster eine Spur zur Biocen kappen.» Varga schwieg einen Moment. Er wusste nicht, ob er sich nach einer weiteren Tropicola sehnte, weil eben ein roter Getränkelieferwagen vorfuhr, oder weil ihn ein Schauder überfiel.
«Vielleicht hat Forster seinen Ziehsohn gar nicht im Auftrag der Partei, sondern im Auftrag der Biocen nach Havanna geschickt.»
«Wie ich sehe, funktionieren deine Sensoren, liebe Nowak. Aber lass mich im Hotel kurz einen Anruf machen. Ich bin in einer halben Stunde zurück.»
«Okay», sagte Nowak und fragte ihn, ob sie in der Zwischenzeit versuchen sollte, Noa zu kontaktieren.
«Ja, tu das doch bitte», sagte Varga, legte einige Euros auf den Tisch und ging.
Forster, immer wieder Forster …
Varga saß auf dem Hotelbett, das altertümliche Telefon auf dem Schoß und wählte die Nummer des MKIH. Roby Molnár nahm sofort ab. «Mein Lieber, du weißt, dass ich überhaupt

nichts gegen eine dicke Zigarre oder eine gute Flasche Rum einzuwenden habe, aber eine eurer Riesen-Toblerones wär mir echt lieber.»

Varga lachte. «Sag mal», sprach er den Barbaren auf Ungarisch an, «könntest du für mich nicht ein paar Dinge über ein kleines Schweizer Unternehmen herausfinden, das irgendwas mit Impfstoffen zu schaffen haben soll?»

«Ich kann doch fast alles. Name?»

«Biocen. Sitz in Regensdorf bei Zürich, Eigentümerschaft unbekannt, ebenso die Mittel, die sie entwickeln und produzieren.»

«Sind die auf der Insel der glückseligen Bärtigen tätig?», fragte Molnár. Varga fiel auf, dass er den Begriff Kuba vermied.

«Wissen wir noch nicht. Wieso fragst du?»

«Nur ein Gedanke: Ami-Propaganda oder nicht, aber es gibt immer wieder Gerüchte, die besagen, dass die Bärtigen aus Angst vor einer Invasion ein verstecktes Biowaffen-Programm am Laufen haben sollen. Und weil Forschung an potenziellen Biowaffen fast immer auch eine zivile Komponente hat ...»

«Impfstoffe», platzte Varga heraus.

«Impfstoffe sind rund um die Welt ein äußerst beliebtes Deckmäntelchen für diese Art von Waffen. Sagt dir die Dual-use-Problematik etwas?» Und ohne Vargas Antwort abzuwarten: «In der Medizin finden bekanntlich ein Haufen Toxine Anwendung, die Erforschung und Herstellung genetisch veränderter Mikroorganismen ist in der Forschung fast schon Alltag. Bewegt man sich nun in solchen Feldern, kommt man nicht selten mal in die Versuchung, mit bestimmten, oft auch rein zufällig entwickelten Produkten das Kerngeschäft etwas auszuweiten ...»

«...um mit Biowaffen sehr viel mehr Geld zu verdienen als mit simplen Impfstoffen.»

«Die Produktion von Biowaffen kann günstig sein, mit dem ganzen Know-how lässt sich aber richtig Kohle machen, ja.»

«Das könnte zu einem Forster passen.»

«Wie?»

«Nada.»

«Gut. Dann schau ich doch mal, was sich machen lässt. Wenn ich mich nicht irre, haben wir in unserem ehemaligen Bruderland noch eine Botschaft in der Hitze brüten. Wenn von deren Besatzung einer brauchbar sein sollte, kommt er mit meinen Erkenntnissen auf dich zu.»
«Sehr gut. Und Roby?»
«Ja?»
«Es muss schnell gehen.»
«Also wie immer.»

Aus einem der Zimmer hörte Varga ein Radio plärren, eines der fossilen Mitglieder des Buena Vista Social Club schmachtete «Amor», und er dachte nicht zum ersten Mal, dass sogar die Schweizer Älpler abwechslungsreichere Musik machten, geschweige denn die Zigeuner. Dann schaute er aus dem Fens-ter, ließ seinen Blick über das Häusermeer von Havanna schweifen, blieb kurz an einigen Kindern hängen, die Autoreifen über ein Dach jagten, bevor er unter ihm auf der Straße drei dicke Frauen in Overalls entdeckte, die im gleichmäßigen Rhythmus von zwei Besenstrichen pro Minute die Straße fegten. Als auch sie ihn bemerkten, lachten sie, steckten ihre Besen in eine Tonne und wackelten mit ihren Ärschen. Verdammt, hierher hätte uns 1956 das Rote Kreuz schicken sollen, dachte Varga, die letzten Jahre unter Batista und das ganze Salsa-Gedudel hätten wir locker weggesteckt, die Revolution sowieso, und vielleicht hätte er die vergangenen Jahrzehnte nie unter Kopfweh gelitten.

«Noa ist vor Tagesanbruch mit der ersten Cubana-Maschine nach Holguín geflogen und im Moment auf dem Weg zu den Ibarras», sagte Nowak, nachdem sie ohne anzuklopfen in sein Zimmer gekommen war. «Und vor seiner Abreise hat er uns noch eine Nachricht hinterlassen.»
«Sind Kubaner eigentlich nachtaktiv?», entgegnete Varga und öffnete das Couvert, das Nowak ihm hinstreckte.

1. AB hat innerhalb des Minint offenbar bei einer Vielzahl von Projekten mitgewirkt: Zuerst soll er in einer Arbeitsgruppe tätig gewesen sein, die sich mit der Bekämpfung des Drogenhandels beschäftigte, dann war er verantwortlich für die Übernahme sowjetischer Abhöranlagen, bevor er sich zuletzt, das heißt bis vor etwa einem Jahr, in einer Spitzenposition um die Beschaffung strategisch wichtiger Güter gekümmert haben soll. Heute ist AB Mitglied des Staatsrates und hat außerdem ein Beratungsmandat bei Cubalse.
2. Anatoly Belosheykin wohnt in Havanna an folgender Adresse: Calle 21, e/Calle N y Calle O. Über Belosheykin hab ich in der kurzen Zeit leider kaum was rausfinden können. Er soll ein älterer, alleinstehender Russe sein, von Beruf möglicherweise Ingenieur, der nach dem Abzug der Sowjets im Land geblieben ist.
3. Dariel Alvarez vom Außenministerium könnt ihr heute Vormittag am Pool des Hotel Nacional antreffen.
4. Ihr seid im Visier meines Bruders.

Noa

Varga legte die Nachricht auf den Sessel und schaute Nowak an. Im schäbigen Raum schien absolute Stille zu herrschen. Er massierte sich ausgiebig den Nasenrücken. «Diesen Noa würde ich sofort gegen Hess und Hüppi eintauschen.»

«Und seinen Bruder kennen wir noch nicht einmal. Der Mann muss so gut sein wie wir alle zusammen.»

Varga grinste. «Also, Nowak, wir gehen jetzt einfach mal davon aus, dass zu den strategisch wichtigen Gütern, die der alte Betancourt ins marode Land geholt hat, auch Impfstoffe und möglicherweise sogar Biowaffen gezählt haben.»

«Was bedeutet, dass Alexis Betancourt mit Forster Geschäfte gemacht haben könnte.»

«Könnte ... genau.»

Vargas Gedanken kreisten um diese Möglichkeit, er fühlte sich ungeduldig, unwohl rutschte er auf dem Fensterbrett herum, stand schließlich auf und begann im Zimmer umherzugehen. «Wie aber passt Belosheykin in dieses Puzzle?», fragte er.

Nowak zog die Schultern hoch und nahm Vargas Platz auf dem Fensterbrett ein. «Vielleicht ein Mittelsmann? Aber woher wissen wir eigentlich, dass er mit der Sache überhaupt etwas zu tun hat?»

Varga blieb stehen und schaute sie an. «Nicht aufgefallen? Belosheykins Wohnadresse ist identisch mit derjenigen, die in Kistlers Agenda steht – Calle 21. In einer Zweimillionenmetropole dürfte das ja wohl kaum ein Zufall sein.»

Nowak zuckte zusammen. «Himmel! Und ich stand sogar schon mal vor seinem Haus.»

Der Comandante und Che standen am Flipperkasten und spielten eine Partie, die drei Tiger übertönten mit ihrem Geschrei das Geklimper, fluchten, wenn Che einen Tilt verursachte, während Plüss, Oswald, Hess und Hüppi mit den Nutten rosa Meringues aßen und lachten, Varga war fasziniert von ihren Mona-Lisa-Lächeln, von ihren roten Mündern, weißen, glänzenden Backenknochen, langen, falschen Wimpern, spitzen Brüs-ten, schwarzen Bikinioberteilen, Miedern, Beinen und violetten Stiefeletten, er musste an Lipizzanerstuten denken, ausgerechnet an diese Gäule, die er nie gemocht hatte. Neben dem Flipperkas-ten stand Kommissär Bärlach, eine Gardenie im Knopfloch, ein Glas Twanner in der Hand, und schaute ihn nachdenklich an. «Varga, Heilandsack, wer ist denn nun hier der Richter, wer der Henker?»

«Roby, ich bin's nochmal. Ich hab noch was: Kannst du für mich was über einen gewissen Belosheykin rausfinden? Anatoly Belosheykin, Russe, wohnhaft in Havanna.»

«Waffenschieber? Drogenhändler? Vermögensverwalter?»

«Keine Ahnung. Von Haus auf soll er irgendwas Studiertes sein. Und es sieht so aus, als wäre er in unsere Geschichte verstrickt.»

«Ich schau mal, was ich für dich tun kann.»

Unter den Bäumen am Pool des Hotel Nacional saß ein Schwarzer mittleren Alters und starrte schweigend in seine Kaffeetasse. Auf dem Tischchen lag ein beiger Umschlag, den Varga gleich bemerkte, als sie sich zu ihm setzten.

«Guten Morgen, wir sind Nowak und Varga, Kriminalpolizei Zürich.»

«Dariel Alvarez, kubanisches Außenministerium», sagte der Schwarze und streckte seine Hand aus. «Hier gibt's gute Langusten», erklärte er.

Varga nickte bloß und betrachtete den Umschlag. Auf dem Etikett stand sein Name neben dem Wappen von Kuba. Alvarez schob den Umschlag zu ihm hinüber.

«Was ist denn da drin?», wollte Varga wissen. Er fasste ihn noch nicht an.

«Unterlagen über die Gründe meiner kurzen Reise nach Genf», antwortete Alvarez. «Ich war als diplomatischer Kurier unterwegs und habe unserer UNO-Vertretung vertrauliche Dokumente überbracht.»

«Betreffend das kubanische Biowaffenprogramm?»

Alvarez verneinte, aber Varga fiel auf, dass seine direkte Frage bei ihm eine Art inneren Alarm auslöste, sein Gesichtsausdruck veränderte sich, seine Züge wurden eine Spur härter.

«Haben Sie Marco Kistler gekannt?», fragte Nowak weiter.

Alvarez entspannte sich wieder etwas, blieb aber auf der Hut. «Nur aus den Medien. Und im Flugzeug habe ich ihn gesehen.»

«Sie hatten aber keinen Kontakt mit ihm?»

«Nein.»

«Was haben Sie denn in Zürich gemacht?»

«Nicht viel. Ich habe einen Kaffee getrunken und Schokolade gekauft, bin aufs Klo und dann mit dem nächsten Swissair-Flug nach Genf weiter.»

«Auch in Zürich keinen Kontakt mit Kistler?»

«Nein.»

«Darf ich fragen, wo Sie gearbeitet haben, bevor Sie beim Außenamt angefangen haben?»

Alvarez zögerte nur den Bruchteil einer Sekunde, aber es war zu lange, um von Varga nicht registriert zu werden.

«Ich war Sportfunktionär.»

«Wo?»

«An der nationalen Boxschule in Havanna.»

«Haben Sie selber geboxt?»

«Ja.»

«Und der Grund Ihres Wechsels?»

«Meine Sprachkenntnisse. Ich spreche neben Spanisch auch perfekt Russisch, Englisch und Deutsch.»

«Deutsch haben Sie in der DDR gelernt?»

«Ja.»

Nowak nickte.

«Luiz Rodriguez», fuhr Varga fort, «sagt Ihnen der Name etwas?»

Wieder verneinte der Diplomat, aber Varga nahm das Flackern in seinen Augen wahr. Alvarez kannte einen Luiz Rodriguez, Varga war sich dessen sicher.

Als Che im Morgengrauen vom Spiel genug hatte, hieb er mit der Faust auf den Flipperkasten: «Schluss jetzt. Ende der Vorstellung. Vorhang!» Alle lachten und legten sich zum Schlafen auf den Boden, nur Varga war aschfahl, ihn traf der Satz des Che, er nahm ihn persönlich, ein Kommando für den Tod, ihn endlich abzuholen. Varga sah sich um, wo war der Tod bloß hin und wo blieb er, wie viel Zeit gab er ihm denn noch?

Nowak und Varga standen neben dem Pool des «Nacional» an einer Glasscheibe und sahen hinunter auf den Malecón und das Meer. Auf der rechten Seite versperrte ihnen das trutzige Gebäude die Sicht, aber links waren die Straße und die Auffahrt zum Hotel zu sehen – beide waren fast ausgestorben, nur auf dem Parkplatz unter ihnen saß ein Schwarzer auf dem Kotflügel eines Schulbusses, dem ein Vorderrad fehlte. Irgendwo spielte eine Band «Besame mucho», vom Pool-Restaurant wurde der Geruch von ranzigem

Fett herübergeweht und der Himmel über der Stadt glühte längst wieder.

«Nichts, womit wir was anfangen könnten», sagte Nowak.

Varga zog die Brauen hoch.

«Im Umschlag von Alvarez», ergänzte sie.

«Das haben wir auch nicht erwarten können», antwortete Varga leise. «Bei Typen mit Diplomatenpässen ist doch immer Endstation. Aber du hast vermutlich recht – Alvarez könnte tatsächlich Kistlers Mörder gewesen sein.»

«Auf jeden Fall würde einiges passen: Alvarez flog mit Kistler in die Schweiz, konnte sich in Zürich mit seinen Deutschkenntnissen einigermaßen unauffällig bewegen, dann reiste er sofort nach der Tat via Genf wieder nach Kuba zurück, ein Land, mit dem wir notabene kein Rechtshilfeabkommen haben, und wurde erst noch durch einen Diplomatenpass geschützt. Weiter erscheint es zumindest ungewöhnlich, dass einer von der nationalen Boxschule in den diplomatischen Dienst wechselt. Außerdem wirken die Unterlagen, die er auf den Tisch gelegt hat, auf mich etwas zu perfekt.»

Varga nickte. «Bitte ruf gleich Damaris Zeller an und frag sie, ob sie über ihre Kontakte nicht rausfinden könnte, wer dieser Alvarez ist. Möglicherweise ist er nämlich sogar ein anderer.»

Nowak schaute ihn gespannt an. «Luiz Rodriguez zum Beispiel.»

«Alvarez alias Rodriguez der Henker?», sinnierte Nowak nach einer Weile.

Und wieder nickte Varga.

Auf dem Platz vor dem Parlament paradierten die Sterne, am Himmel donnerten Tupolevs und Varga lauschte inmitten von Arbeitern, Studenten, müden Nachtschwärmern und verschwitzten Nutten dem Bärtigen auf dem Balkon: «Es gibt eine Zeit zum Leben und eine Zeit zum Sterben!» Und auch wenn es Varga unter seiner Hirnrinde juckte, klatschte er mit den Massen wie ein Irrer, grölte, johlte, klatschte und stampfte.

Als Varga sein Hotelzimmer betrat, klingelte das Telefon.

«Varga, hier alte Heimat.»

«Sag bloß, du hast schon was für mich, Roby.»

«Wir Barbaren waren doch schon immer schnell.»

Varga pfiff ins Telefon.

«Deine Biocen ist ein kleiner, hochspezialisierter chemischer Betrieb in privatem Besitz, der sich auf dem Papier mit der Entwicklung von Impfstoffen für verschiedenste Krankheiten beschäftigt, vor allem im Auftrag großer Pharmakonzerne. Seinen Sitz hat er in Nassau, Bahamas, geforscht wird in Regensdorf bei Zürich, und wo effektiv produziert wird, erscheint einigermaßen unklar, möglicherweise in einigen Betrieben im Baltikum. Bei uns taucht der Laden auf keiner schwarzen Liste auf, aber das will nichts heißen, wir schrecken für gewöhnlich erst auf, wenn finstere Schlitzaugen unsere Trockenwürste fälschen. Die Schweiz hat dagegen vor Jahren mal eine Ermittlung gegen Biocen angehoben und – Achtung – die Amis haben den Betrieb auf einer Liste verdächtiger Unternehmen, während er den Russen zumindest nicht unbekannt ist.»

«Sie mauern aber?»

«Mehr oder weniger.»

«Was bedeutet, dass ...»

«...dass sie wissen könnten, was da wirklich läuft.»

«Was denn?»

«Unter uns Brüdern: Biowaffen dürften tatsächlich das Thema sein, vor allem Milzbranderreger und Pestkeime.»

«Das hast du ihnen entlocken können?»

«Viel mehr haben sie nicht rausgerückt.»

Varga teilte ihm mit, dass er sich mit der Biocen in der Schweiz näher beschäftigen werde.

«Noch zwei Dinge, Varga: Der Laden dürfte Kontakte auf der Insel haben, insbesondere zu einem Unternehmen namens Cibex. Und Belosheykin ist ein in Moskau geborener, unverheirateter Biologe und pensionierter Oberst der Roten Armee – viel mehr haben wir nicht über diesen Mann, was ich, offen gestanden, seltsam finde. Sei also bitte auf der Hut, wenn du ihn zum Rum treffen solltest.»

«Feine Arbeit. Danke, Roby.»

Varga legte auf, ging ans Fenster und schaute auf Havanna. Er sog die heiße Luft ein, er hatte das Gefühl, dass sie seinen Willen stählte und seine Entschlossenheit verstärkte. Zum ersten Mal seit Monaten fühlte er sich belebt, seine chronischen Kopfschmerzen waren genauso weg wie die Bilder vom russischen Panzerfahrer, nur sein leises Unbehagen war noch da. Er würde Kistlers Tötung aufklären und Forster festnageln, überführen, einbuchten, aus dem Verkehr ziehen. In seinem Kopf ließ er alle Fakten Revue passieren und stellte eine Liste auf, was er vor ihrer Heimreise noch tun musste.

Varga lag in völliger Dunkelheit, und trotzdem hatte er das Gefühl, dass sein Lebenslicht plötzlich zu flackern begann wie die Notbeleuchtung in einem U-Boot, das auf dem Meeresgrund gestrandet war. Seine Gedanken wurden zunehmend wirrer, der Tod war um die Ecke. Er fragte sich, ob der Moment gekommen war, um eine Beichte abzulegen, aber weil er in seinem Leben nur ein einziges Mal gebeichtet hatte und in seiner Situation auch nicht auf die Knie fallen konnte wie ein reuiger Sünder, verscheuchte er den Gedanken sofort wieder.

Wenn Dariel Alvarez, der Diplomat, oder Luiz Rodriguez, der Fotograf, auch Henker war, wer war dann der Richter?

Varga drehte sich um sich selbst, und die Welt, die eine trostlose Wüstennacht war, drehte sich, bis er torkelte.

Gab es überhaupt einen Richter?

Varga suchte die Sonne, aber da war keine Sonne, ringsum nur tiefe Dunkelheit.

Forster? Betancourt? Brunner? Eine Frau? Wer zum Himmel war der Scheißrichter?

In der Dunkelheit explodierte ein Stern.

Nachdem Varga seine Liste durchgesehen hatte, nahm er eine Dusche, rasierte sich und zog sich ein sauberes Hemd an. Dann fühlte er sich erfrischt genug und bereit, sich wieder der Tropenhitze auszusetzen. Er rief Nowak in ihrem Zimmer an und gab ihr durch, dass sie Belosheykin in einer Viertelstunde einen Besuch abstatten würden.

Varga hockte am Ufer des Flusses, umfangen von klammem Dunst, schlang die Arme um seine Brust und wippte langsam hin und her. Er horchte ins Dunkel, wartete.

Im dunklen Hotelgang hing der saure Geruch von Erbrochenem, und Varga blieb an einem offenen Fenster stehen, um frische Luft einzuatmen. Nach einer Weile kam schwach der Geruch des Meeres. Einige Augenblicke lang schaute er auf einen Parkplatz hinunter und beobachtete, wie die Parkwächter im Schatten ihres Häuschens irgendwelche krummen Geschäfte abwickelten.

Auf dem Fluss war nichts zu erkennen, keine Fähre weit und breit, da war nur die stumpf und bedrohlich spiegelnde Wasserfläche.

«Sagen sie mal, Varga, haben Sie eigentlich auch einen Vornamen?»

Varga musterte den hageren Mann, der in einem karierten Kurzarmhemd, Jeans und Turnschuhen neben den Lifttüren in einem alten Sessel saß und ihn angesprochen hatte, bevor er antwortete. «Fidel», sagte er dann.

Der Mann lächelte, stellte die Füße auf die Erde und rieb sich den Nacken. Dann stand er auf und streckte Varga seine große Hand entgegen. «Esteban Rodriguez.»

«Noas großer Bruder von der Kripo Havanna, sehr erfreut.»

Rodriguez fingerte eine Zigarette aus seiner Hemdtasche hervor und steckte sie an. «Das verstößt zwar gegen die Dienstvorschriften, aber ich hab mir deswegen noch nie Sorgen gemacht.»

«Was eindeutig für Sie spricht.»

Wieder lächelte Rodriguez. «Ich mag Sie auch, Herr Kommissar, wahrscheinlich sind wir uns ziemlich ähnlich.» Dann wechselte er das Thema. «Zwei Dinge: Welcher Affe hat Sie gebissen, als Sie die Idee hatten, höhere Beamte der stolzen Republik Kuba im Hof unseres besten Hotels mit dem Vorwurf zu konfrontieren, dass wir an Biowaffen basteln sollen?»

Als Varga nur mit den Achseln zuckte, kam er zu Punkt zwei. «Vergessen Sie die kubanische Seite des Verbrechens an Kistler.»

Varga runzelte die Stirn. «Wieso sollte ich das tun?»

«Weil Sie längst wissen, dass Sie damit nicht weiterkommen.»

«Sie haben aber gerade bestätigt, dass es sie gibt. Da wär ich doch ein himmeltrauriger Kriminalist, wenn ich meine Ermittlungen nicht weiterführen würde.»

Rodriguez ging nicht auf seine Bemerkung ein. «Kein Mensch weiß, dass wir uns hier treffen und austauschen. Aber lassen Sie sich sagen, dass nicht nur ich ein Auge darauf habe, was Sie, Ihre Assistentin und mein kleiner Bruder auf dieser Insel treiben. Und wie ich die anderen Beobachter einschätze, könnten sie schon sehr bald zur Auffassung kommen, dass Sie bis zu Ihrer Abreise diese traumhafte Absteige, in deren Gängen es so herrlich nach Pisse stinkt, nicht mehr verlassen sollten.»

«In diesem Fall haben wir bis jetzt so schlecht wohl nicht gearbeitet.»

Rodriguez nahm einen Zug und Varga wartete einen Moment, bevor er nachsetzte. «Wenn's um Biowaffen geht, wird euch das Pflaster zu heiß, wie?»

Der Kubaner schlenderte zurück zum Sessel und setzte sich. «Varga, ehrlich, ich hab keinen Schimmer, worum's bei der Sache mit Kistler genau ging. Da haben sich andere ihre Finger schmutzig gemacht. Ich sag Ihnen einfach nur: Konzentrieren Sie sich auf Ihre Landsleute.»

«Okay», sagte Varga. «Welche Rolle spielt Betancourt?»

Rodriguez schüttelte den Kopf. «Der Fisch ist zu groß für einfache Beamte wie uns. Wahrscheinlich weiß nur der Alte, was Betancourt in den letzten Jahren so alles für ihn, unsere Revolution und wohl vor allem für sich und seine Familie beschafft hat.»

«Was ist mit Dariel Alvarez? Luiz Rodriguez? Dem Russen Belosheykin?»

«Ganz einfach: Auch an die kommen Sie nicht ran, die sind alle tabu, Punkt, Aus, Ende.»

«Und wer hat Ihnen das durchgegeben?»

«Raten Sie mal.»

Varga nickte und schaute weg.

«Kistler, Forster, Brunner – da bleiben doch genug Typen, um die Sie sich kümmern können. Und bei denen dürfte am Ende ja auch was für Sie hängen bleiben, mit dem Sie zuhause Ihre Drinks und Chicas rechtfertigen können.»

Varga nickte, wusste aber nicht recht, wieso. «Noch einige letzte Fragen, Rodriguez.»

«Bitte.»

«Hatten Sie von Anfang an Männer auf uns angesetzt?»

«Ich? Nein.»

«Sie hatten nie einen Mann auf einem Balkon?»

«Ich weiß von keinem.»

«Aber Sie haben von einem gehört?»

«Ich schätze, dass es auf diesem Planeten keinen Ort gibt, an dem man ähnlich viel zu hören bekommt wie in dieser Stadt.»

«Wer könnte das Ihrer Meinung nach denn gewesen sein?»

Rodriguez schnippte seine Kippe aus dem Fenster und zuckte mit den Achseln. «Die Stasi. Oder einer aus dem Dunstkreis Ihrer properen Landsleute.»

Varga nickte. «Gut. Und was, wenn der Henker ein Kubaner war? Dann muss ich ihn eines Tages holen kommen.»

Rodriguez erhob sich wieder aus dem Sessel, ging ein paar Schritte und drückte auf den Liftknopf. «Der Richter soll ein Schweizer gewesen sein, hört man in den Gassen von Havanna. Aber dazu werde ich Ihnen noch was zukommen lassen.» Dann wandte sich Rodriguez noch einmal um, griff sich eine Aktentasche, die er neben dem Sessel abgestellt hatte, und ging in den Lift. «Sagen Sie mal, Varga, fischen Sie?»

«In der Donau hab ich gefischt, früher.»

Rodriguez pfiff. «Welse?»

«Einen hatten wir mal dran.» Seine Stimme klang schwach und brüchig.

Der Kubaner nickte und drückte auf «Lobby». «Kommen Sie wieder her, wenn Sie mit dem Fall fertig sind. Dann gehen wir hier Barsche fischen.» Und als sich die Tür langsam schloss: «Viel Glück noch, Varga.»

17

Der Schwarze mit dem gelben Hut machte einen Witz über Vargas Hautfarbe, drehte sich dabei splitternackt vor ihm und Che und die Nutten amüsierten sich köstlich, während der Comandante den Dichter Hemingway unter einem Türbogen hindurch ins Freie schob, wo die Sonne fürchterlich brannte, aber der Anblick der beiden riss die Fotografen zu Begeisterungsstürmen hin.

Am Himmel explodierte ein weiterer Stern.

Was war es wohl, was Noas Bruder ihm noch zukommen lassen wollte?

Hemingway trug ein grelles Hawaiihemd, saß mit einem Schwertfisch am Tisch und spielte mit ihm Schach, während sich vor dem Haus, im tropischen Garten, Männer in roten Jerseys, weißen Hosen und grünen Socken unter einem blühenden Flamboyant einen Fußball zuspielten.

Im besten Fall konnte Rodriguez der Ältere ihnen etwas liefern, das ihnen weiterhalf.

Nowak wartete schon in der Lobby auf ihn und deutete zur Telefonkabine, als Varga auf sie zusteuerte.

«Noa aus Holguín.»

«Gut. Nimm dir Zeit, der Besuch bei Belosheykin fällt ins Wasser.»

Nowak machte ein Fragezeichen in die Luft, und Varga brummte nur «Stasi».

Varga schwebte über dem eleganten schwarzen Gefährt des städtischen Bestattungsamtes und sah zu, wie es ihn durch das Tor die Auffahrt zum Friedhof Nordheim hochfuhr. Eine Abteilung Polizeikadetten in Uniform stand vor der großen Halle, eine Abordnung des Stadtrats, Plüss, Oswald, Hess, Hüppi und all die anderen waren da, auch seine Frauen, alle mit traurigen, farblosen Gesichtern und dunklen Sonnenbrillen, Jutka sah auf ihre Hände, die in schwarzen Handschuhen steckten, die sie vor dem Kleid ineinander verschränkt hatte.

Immer mehr Sterne explodierten wie Seifenblasen, immer schneller und schneller, bald würde der Himmel über ihm so schwarz sein wie der Arsch eines Negers nachts in einem Tunnel.

«Varga?»

«Nowak am Apparat, hallo Noa.»

«Nowak, ist Varga in der Nähe?»

«Erfahrung kommt bei dir wohl vor Schönheit …»

«Bitte, gib ihn mir. Hier ist die Kacke am Dampfen.»

Nowak winkte Varga heran und drückte ihm den Hörer in die Hand.

«Noa, was ist los?»

Der Kubaner atmete hörbar auf. «Ich bin bei Nachbarn der Ibarras. Kistlers Material hab ich im Moment noch bei mir. Aber ich glaube nicht, dass ich's damit von Holguín nach Havanna schaffe.»

«Wieso nicht?»

«Eben haben sie die Ibarras abgeführt.»

«Die Stasi?»

«Auf jeden Fall Zivile mit Funkgeräten, die in Ladas mit Antennen durch das Quartier kurven.»

Varga überlegte, was er als nächstes tun sollte. Noa konnte er aus der Distanz kaum schützen, deshalb konzentrierte er sich auf ihre Mission. «Noa, hast du dir das Material durchsehen können?»

«Nur kurz. Es war tatsächlich in der Garage der Ibarras versteckt, unter einem Pneustapel.»

«Und?»

«So weit ich's versteh, ist es ziemlich heiß: Kubaner gehen mit einer namenlosen Firma mit Sitz auf den Bahamas einen Deal ein, der die Lieferung von Tonnen chemischer Stoffe, ganzen Laborausrüstungen, Beratungsleistungen und anderem mehr umfasst. Das Ganze bewegt sich im zweistelligen Millionenbereich.»

«Das macht die Geschichte aber noch nicht wirklich heiß, oder?»

«Milzbranderreger und Pestkeime schon.»

Varga bejahte, Roby hatte mit seinen Informationen also richtig gelegen.

«Was mir außerdem noch aufgefallen ist: Die Ansprechpartner auf kubanischer Seite sind in den Papieren geschwärzt worden, auf der Gegenseite wird mit Decknamen gearbeitet. Notier dir doch mal ... Moment ... die Begriffe Papa, Presidente, Franky, Químico, Dueño und Sputnik. Das scheinen im Wesentlichen die Beteiligten an einer Operation zu sein, die einen ganz besonders schönen Codenamen trägt.»

Doch Varga kannte den Namen schon: «Revolution», ergänzte er.

«Du weißt davon?», fragte Noa überrascht.

«Ein bisschen was konnten wir uns zur jüngsten kubanischen Revolution bereits zusammenreimen, ja. Aber sag, siehst du eine Möglichkeit, uns die Unterlagen irgendwie zukommen zu lassen? Wir haben noch kaum was Schriftliches in unseren Händen.»

«Ich überlasse sie erst mal den Leuten hier. Sie sind bereit, uns zu helfen und haben Verwandte in Spanien. Über Madrid sollten sie dich in den nächsten Wochen in Zürich erreichen.»

«Gut. Können wir dir irgendwie helfen?»

Noa lachte, aber das Lachen klang gepresst. «Ich komme schon durch, keine Sorge. Euren Farewell-Drink in der ‹Floridita› werde ich allerdings verpassen, wie's aussieht.»

Plötzlich fiel Varga noch etwas ein: «Sag mal, Noa, fischst du?»
«Ein paar Male war ich mit meinem Bruder fischen, früher.»
Varga pfiff. «Barsche?»
«Ja, Riesenviecher.»
«Dann komme ich wieder her, wenn ich mit dem Fall fertig bin und wir gehen fischen.» Und als es am anderen Ende der Leitung ruhig blieb: «Vielen Dank, Noa. Und viel Glück.»

War das nicht Puskás unter dem Flamboyant? Puskás und mit ihm die ganze goldene Mannschaft, all die Idole seiner Kindheit, beim Trainieren in Hemingways Garten?

Lautlos verschwanden die letzten Sterne vom Firmament.

Als der Himmel leer war und das Dunkel alle Dunkelheit überstieg, wurde Varga bewusst, dass sein Leben nun wohl endgültig in die letzte Kurve einbog.

Katalin, Jutka und Nowak nahmen ihre Sonnenbrillen ab. Ihre Augen waren verweint und hatten rote Ränder. Und auch jetzt, als sie in die Zürcher Wintersonne blinzelten, welche die Trauergäste kein bisschen wärmen konnte, rannen Tränen über ihre Wangen, so dass sie ihre Brillen rasch wieder aufsetzten.

Himmel, meine Gedanken werden immer wirrer, dachte Varga, aber wenigstens scheine ich endlich meinen Frieden mit dem Panzerfahrer geschlossen zu haben.

«Ich wusste gar nicht, dass du fischst», sagte Nowak.
Varga lächelte schwach: «Hat der gute Kojak nie gefischt?»
Sie sah ihn an, sagte aber nichts. Vargas Blick war nach innen gewandt. «Lass uns gleich mal versuchen, Noas Deckna-

men unseren paar Verdächtigen zuzuordnen. Was ist zum Beispiel mit Papa? Auf den Namen sind wir doch schon in Kistlers Abschiedsbrief gestoßen ... könnte Forster sein, oder wie siehst du das?»

«Ganz deiner Meinung. Presidente allenfalls Kistler selber ...»

«... und Sputnik Belosheykin, unser Russe. Wer aber sind Franky und der Chemiker? Und was bedeutet eigentlich Dueño?»

Nowak zog ein kleines Wörterbuch aus ihrer Tasche und schlug den Begriff nach. «El dueño – der Wirt.»

Varga nickte. «Der Wirt könnte auf Brunner passen. Brunner wirtete doch mal im Schächental, außerdem ist seine Verbindung zu Forster irritierend eng.»

Nowak nickte und überlegte kurz. «Varga, sind wir im Verlauf der Ermittlungen nicht irgendwann auf einen Chemiker gestoßen? Ich bin mir fast sicher, dass da mal einer war ...»

Varga nickte und schaute hinaus auf die Straße, offensichtlich, um sein Gedächtnis aufzufrischen. Nach einer Minute blickte er auf. «Wartmann hieß der. War mit Kistler auf dem Rückflug.»

Wieder nickte Nowak. «Ganz genau.»

«Fein, dann überprüfe den bitte gleich mal. Aber wir müssen uns ranhalten, rede am besten direkt mit Oswald.»

«Mach ich. Bleibt Franky.»

Varga stand einen Moment lang da und nickte, seine Finger trommelten gegen eine Tropicola-Dose. «Mindestens ein Franky bevölkert ja unsere Geschichte ...»

«Franky País.»

«Richtig. Nur haben wir den bereits Kistler zugeordnet.»

«Vielleicht gibt's ja noch einen Kistler», sagte Nowak scherzhaft.

«Oder Kistler ist Franky und der Presidente ein anderer», dachte Varga laut.

«Aber wer könnte das sein?»

«Keine Ahnung», brummte Varga, schob seinen Stuhl zurück, stand auf und wandte sich dem Mann zu, der an ihren Tisch getreten war.

All die Jahre in der Schweiz hatten ihn die Bilder des sterbenden sowjetischen Panzerfahrers verfolgt, fast jeden Tag, jede Nacht. Auch das Bild von Antal, dem Barbaren, hatte er immer wieder vor Augen, wie er sich durch die Dachluke ins Innere ihrer Schule sinken ließ, um nie wieder aufzutauchen. Und dazu hatten ihn ständig Kopfschmerzen gequält. Überrascht stellte Varga fest, dass all dies mit der Landung auf Kuba verschwunden war.

Oder waren Bilder und Schmerzen erst jetzt, wo er in einem Spitalbett seinem Ende entgegendämmerte, verschwunden?

«Herr Kommissar Varga, mein Name ist Boller, ich bin vom Blick», sagte der Mann. Boller war ein großer, hagerer, dunkel gebräunter Mann von vierzig Jahren, der Chinos und ein verwaschenes, graues Lacoste-Shirt trug und außerdem ziemlich fruchtig roch. Aufgrund seiner knappen Begrüßung schätzte Varga, dass er schon länger für das Boulevardblatt tätig war, allerdings sagte ihm sein Name nichts. Sie schüttelten sich kurz die Hände und Boller leierte seine Ansprache herunter: «Herr Kommissar, mein Chef, Ihr Chef und nicht zuletzt unsere Heerscharen von sensationshungrigen Lesern brennen darauf zu erfahren, ob Ihr Aufenthalt hier erfreulich und produktiv verläuft. Wenn Sie mir also etwas über den Fall Kistler erzählen würden, ist das sicher für alle Beteiligten der einfachere Weg, als wenn ich in dieser Mordshitze eigene Recherchen anstellen muss. Aber das Spielchen kennen Sie ja. Erzählen Sie mir also am besten, wo Sie mit Ihren Ermittlungen stehen und wie und wann Sie sie zu einem erfolgreichen Abschluss zu führen gedenken.»

Varga beschrieb in groben Zügen den Fall, allerdings ohne Namen zu nennen. Boller machte sich Notizen und stellte dann einige Anschlussfragen. «Der Hauptverdächtige ist also ein Schweizer?»

«So sieht's aus.»

«Nationalrat Forster?»

Varga schüttelte den Kopf. «Keine Namen.»

«Glauben Sie, dass Forster seinen Ziehsohn nach dessen abruptem Abgang loswerden wollte?»

«Wie kommen Sie auf Forster?»

«Man hat schließlich so seine Drähte zur Polizei.»

Varga merkte, wie eine leise Wut in ihm aufstieg. «Plüss?»

Boller lächelte. «Keine Namen.»

Vargas Wut wuchs. «Na schön. In diesem Fall macht unsere Unterhaltung keinen Sinn mehr.»

«Moment noch», sagte Boller, «was könnte denn ein Motiv für diese abscheuliche Tat gewesen sein? Oder muss man nicht vielmehr von Taten sprechen? Die bedauernswerte Nicole Mayer wollen wir ja nicht ganz vergessen, auch wenn sie zeitlebens nicht am ganz großen Rad gedreht haben dürfte.»

Varga hatte von Nowak gehört, dass viele Schweizer Medien in ihrer Berichterstattung der Verbindung zwischen Kistler und Mayer viel Gewicht beigemessen hatten. «Sie können mich mal, Boller», sagte er und ging, ohne sich zu verabschieden. Er würde sich überlegen müssen, wie er nach seiner Rückkehr gegen Plüss vorgehen sollte. Denn dass er gegen seinen Chef vorgehen würde, war für ihn in diesem Moment klar geworden.

«Oder hatte sich Kistler in einem Spiel, das für ihn eine Nummer zu groß war, möglicherweise zu viel zugemutet?»

Varga blieb stehen und wandte sich um. «Was meinen Sie damit?»

Boller zeigte ihm seine Handflächen und lächelte wieder. «Setzen Sie sich doch noch einmal hin, Herr Kommissar.»

«Ich bleib stehen und Sie packen auf den Tisch, was Sie alles über Kistlers Aktivitäten auf dieser Insel wissen.»

Boller schüttelte den Kopf. «Nur, dass er die lokale Nuttenszene ordentlich aufgemischt haben soll.»

Varga entschloss sich, einen Versuchsballon zu starten. «Dann sind Sie über das Stahlgeschäft nicht im Bild?»

«Stahlgeschäft?» Boller lächelte. «Ich bitte Sie, Herr Kommissar. Was könnte einer wie Kistler denn mit Stahlgeschäften am Hut gehabt haben? Außerdem frage ich mich, wozu dieses Land heute ausgerechnet Stahl gebrauchen könnte. Vielleicht, um all den Ladas hier zeitgemäßere Karrosserien zu verpassen? Oder in Havanna einen neuen Superluxus-Wolkenkratzer aufzupflanzen?» Boller lachte jetzt.

«Wie wär's denn mit Hochsicherheitslabors außerhalb Havannas?», hielt Varga dagegen.

Boller wischte sich die Augen und blinzelte zu ihm hoch. «Auf jeden Fall eine wesentlich interessantere Anwendung, finde ich.»

Ferenc Puskás war immer Vargas Lieblingsspieler gewesen. Nicht, weil er schon als junger Spieler zu den größten gehört hatte, sondern weil sein Vater ihn immer mit ihm verglichen hatte: «Du spielst wie Puskás, Sohn. Du bist klein, hast keine Ahnung vom Kopfballspiel und schießt nur mit einem Fuß – aber wie.»

«Wie kommen Sie denn ausgerechnet auf Hochsicherheits-labors, Herr Kommissar?», fragte Boller, nachdem Varga den Stuhl eines Nachbartisches herangezogen und sich umgekehrt auf ihn gesetzt hatte.

Varga überlegte, wie er herausfinden konnte, wie viel Boller von Zürich erfahren hatte. Wieder beschloss er, etwas zu riskieren. «Wir sind bei Kistler auf ein Foto gestoßen, das ihn zusammen mit einem Mann zeigt, der mit einem einigermaßen brisanten Projekt in der Region Holguín in Verbindung gebracht wird.»

Boller sagte nichts, und Varga fuhr fort. «In diesem Projekt, in das Kubaner, Schweizer und sogar ein Russe involviert sind, liegt für uns der Schlüssel zu den Verbrechen.»

«Welcher Natur ist denn dieses Projekt?»

Varga machte eine kurze Pause und studierte sein Gegenüber. «Sie verstehen sicher, dass ich Ihnen dazu im Moment noch nichts sagen kann. Nur so viel: Es hat unserer Meinung nach eine Dimension, die weit über ein kommunes Strafdelikt hinausgeht. Entsprechend haben wir den Kontakt mit höchsten kubanischen Stellen gesucht, die uns auch sehr wirkungsvoll unterstützen.»

«Ich verstehe. Dann sind Sie, wie's scheint, ja nah an einer Aufklärung dran.»

«Richtig», log Varga.

«Forster wird zittern in seiner Villa.»

«Wer auch immer», sagte Varga und fragte Boller nach einer Visitenkarte. «Ausgeschossen, sorry», meinte Boller, nannte ihm aber das Hotel Inglaterra, in dem er mit einem Fotografen abgestiegen war.

«War das eben der Mensch vom Blick?»

«Sagt er zumindest.»

«Wie meinst du das?»

Varga winkte eine Kellnerin herbei und bestellte ein Bier und zwei Tropicolas. Nowak saß ihm gegenüber an einem Tisch in der Cafeteria an der Rampa. Auf ihrem aufgeschlagenen Notizblock lag ein Fax, aber sie hielt ihre Hände gefaltet vor sich, als bemühe sie sich, alles zu vermeiden, was ihre Besprechung gefährden könnte.

«Fang nur an», sagte Varga, ohne auf die Frage seiner Assistentin einzugehen und schnappte sich eine seiner Dosen vom Serviertablett.

«Die Indizien gegen Forster wiegen immer schwerer: Erstens hat Zürich über den Zoll nachweisen können, dass sein Unternehmen schon mal Geschäfte mit Kuba gemacht hatte. Ist zwar ein Weilchen her, aber immerhin ...»

«Export von Stahl?»

«Zwei Lieferungen Formstahlrohre, beide Male relativ große Volumen.»

«Wissen wir, wer damals sein Partner auf kubanischer Seite war?»

«Ich bitte dich, wir sind doch keine Anfänger mehr. Der oberste Verantwortliche hieß Alexis Betancourt. Das haben wir schriftlich.»

Varga nickte.

«Zweitens wissen wir, dass Forster die Töchter von Betancourt im vergangenen Winter für ein Wochenende ins Suvretta House nach St. Moritz eingeladen hatte. Und drittens haben wir rausgekriegt, dass Forster nach Kistlers Abgang in Bern oben noch einige Male mit ihm telefoniert hatte.»

«Wann war das? Als Kistler bereits in Kuba war?»

«Nein, alle Telefonate zwischen Forster und Kistler fanden in der Zeit zwischen Kistlers Rücktritt und seinem Abflug nach Kuba statt. In Kuba hat Kistler unseres Wissens nur zwei Telefonate über sein Schweizer Mobiltelefon geführt.»

«Ach ja? Mit wem denn?»

«Eines mit Luiz Rodriguez, eines mit seinem Bruder.»

«Wann?»

«Wann was?»

«Wann hat er mit seinem Bruder gesprochen?»

Nowak blätterte in ihren Unterlagen. «Das war am 21. Oktober.»

«Zwei Tage vor seinem Exitus ... Was hatte Kistler da wohl mit seinem Bruder zu bereden? Zu diesem Zeitpunkt stand er wohl schon ziemlich unter Druck ... Oder brauchte er einfach nur Geld?»

Während Nowak versuchte, Andreas Kistler via Mobiltelefon in Portugal zu erreichen, lehnte sich Varga gegen die Mauer am Malecón und wimmelte die Jungen ab, die ihn um Chiclets anbettelten, und die Männer, die ihm Mulatinnen anboten. «Keiner zu Hause», sagte Nowak schließlich und drückte sich an ihn.

«Bleib bitte an ihm dran, ich würde ganz gern den Inhalt des Gesprächs zwischen den beiden Brüder erfahren.»

Nowak nickte. «Sag mal, findest du's nicht eigenartig, dass Kistler hier kaum telefonierte?», fragte sie nach einem Weilchen.

«Irgendwann war wohl einfach ihre supergeheime Operation angelaufen, nehm ich mal an. Aber zu was anderem: Kennst du einen Reporter namens Boller?»

«Nein.»

«Kannst du in diesem Fall nicht schnell beim Blick nachfragen, was Boller für einer ist?»

Nowak nickte, wandte sich dem Meer zu und machte einige Anrufe.

Eine gelbe Straßenbahn bimmelte und Puskás und die ganze Mannschaft kletterten in den Triebwagen, im Führerstand winkte der Comandante mit seiner Kappe und schon zockelte die Bahn durch den Garten, im Kreis unter dem Dach der Palmen, dann hinaus in die Sonne und immer dem Ufer der Donau entlang, am glitzernden

Parlament mit seinen Spitzen vorbei, und im Anhänger tanzten Schwertfische mit Nutten in Polizeiuniformen, die fröhlich ihre Gummiknüppel schwangen.

«Boller sei seit vielen Jahren beim Blick, Typ stiller Schaffer.»

«Von wem hast du das?»

«Von seinem Chef.»

«Dem Chefredaktor?»

«Na ja, ich glaube zumindest, dass er's war.»

«Glauben kannst du an Gott.»

«Ich hab die Nummer vom Blick gewählt, Bollers Chef verlangt und mich dann mit dem Mann unterhalten. Und wenn Boller Reporter ist, dann muss sein Chef der Chefredaktor sein.»

«Was, wenn Boller kein Reporter ist?»

Varga verfolgte kurz ein vorbeitreibendes Styroporstück mit einem Algenbart und wandte sich dann wieder Nowak zu. «Ruf da bei Gelegenheit bitte nochmals an und hake nach, ja?»

Neugierig zog Nowak ihre Augenbrauen zusammen. «Sag mal, was interessiert dich denn jetzt plötzlich dieser Schreiberling?»

Varga schaute sie an. «Du kennst ihn nicht, ich kenne ihn nicht und er scheint über den Fall mehr zu wissen, als uns lieb sein kann. Der Typ hat mich echt irritiert.»

Nowak nickte. «Gut, ich hake nach. Ich hab aber noch mehr, das gegen Forster spricht ...»

Im Tor stand Grosics ...

«Was denn?»

... vor ihm spielten Buzánszky, Lantos, Bozsik, Lóránt, Zakariás, Budai, Kocsis ...

«Forster hat in den vergangenen fünf Jahren zahlreiche geschäftliche Reisen in den Iran, nach Libyen und Syrien unternommen.»

«Um Stahl zu verkaufen», vermutete Varga, doch Nowak schüttelte den Kopf.

«Diese drei Staaten plus Kuba wurden von der amerikanischen Regierung im vergangenen Jahr aufgefordert, den internationalen Verbotsvertrag für biologische Waffen aus dem Jahr 1972 einzuhalten. Das Pikante an diesen Reisen ist aber die Tatsache, dass wir nachweisen können, dass Forster auf den meisten seiner Reisen in diese Länder von einem gewissen Martin Wartmann begleitet wurde.»

… und dann waren da noch Hidegkuti, Czibor und Puskás, der Größte von allen.

«Und dieser Martin Wartmann ist kein Geringerer als der Forschungsleiter unserer launigen Biocen.»
Varga schwieg einen Moment, dann berührte er Nowaks Hand. Sie legte ihre Hand über seine.
«Forster finanziert mit den Schweizer Demokraten eine ganze Rechtspartei praktisch im Alleingang aus seinem Privatvermögen, das er sich im Stahlgeschäft erwirtschaftet hat. Als dann vor ein paar Jahren die Stahlpreise in den Keller rutschten und seine Finanzquelle zu versiegen sowie seine Partei in Schwierigkeiten zu kommen drohte, erschloss er sich eine neue und stieg bei der Biocen ein. Vielleicht hatte ihn sogar Alexis Betancourt, den er ja bereits aus dem Stahlhandel kannte, zu diesem Schritt ermuntert – Betancourt dürfte nicht nur über das kubanische Biowaffenprogramm im Bild gewesen sein, sondern auch über die nötigen Kompetenzen und finanziellen Mittel verfügt haben.»
Nowak nickte und nahm den Faden auf. «Alles deutet darauf hin, dass die Biocen ihr Geld unter anderem mit der Entwicklung von Biowaffen verdient. Um wie viel Geld es geht, bleibt allerdings noch unklar – Egloff meint, dass es eine größere Übung werden dürfte, auf den Bahamas den Lauf der Geldströme zu verfolgen.»
«Keine Sorge, so viel Geld hinterlässt Spuren, sogar auf den Bahamas.»
Nowak nickte und Varga fuhr fort. «Nachdem sein Ziehsohn in der Politik stolpert, hat Forster eine andere Verwendung für ihn

– er schickt Kistler zur Umsetzung seines Biowaffen-Deals mit den Kubanern, der unter dem Decknamen ‹Revolution› läuft, nach Havanna und Holguín. Hier lernt Kistler auch die Tochter von Betancourt kennen, mit der er eine Affäre hat – möglicherweise der Grund dafür, dass er wieder Mist baut und Forster respektive das Gespann Forster/Betancourt endgültig die Geduld mit ihm verliert.»

«Moment», sagte Nowak, «Kistler könnte die Betancourt-Tochter schon im Suvretta House, in Zug oder Zürich kennengelernt haben.»

«Stimmt. Die junge Liebe hat's aber auf jeden Fall schwer, weil Forster/Betancourt Kistler wohl erst unter Druck setzt, um schließlich den durch seinen Diplomatenpass geschützten Dariel Alvarez, der eigentlich Luiz Rodriguez, der Ex-Major der Sondertruppen, ist, von der Leine zu lassen. Rodriguez beseitigt Kistler in ihrem Auftrag in Zürich.»

«Und weil die beiden nicht sicher sein können, dass Kistlers Assistentin nicht über die Operation Bescheid weiß, bekommt auch sie Besuch von Killer Rodriguez.»

Puskás, der kleine Kanonier, der ein bisschen spielte wie er, als ob sein linkes Bein in einem Glacéhandschuh stecken würde ...

«Das alles würde auch die Schatten erklären, die uns durch Havanna verfolgen», sagte Nowak.

«Forster und Betancourt sind nervös, weil sie als alte Füchse wissen, dass für uns noch Spuren wie zum Beispiel Kistlers Unterlagen bei den Ibarras zu finden sind.»

Varga sah sich um und entdeckte den Tod, der unmittelbar hinter ihm aufgetaucht war. Varga geriet in Panik, als er das eisige Lächeln auf seinem Gesicht sah. Er wollte ihn ansprechen, aber er brachte kein Wort über seine Lippen. Hinter ihm leuchtete der Himmel blutrot und pulsierte wie ein schlagendes Herz.

«Was für ein Ort, nicht?»

«Ja, verrückt.»

Varga wandte sich vom Meer ab, deutete in Richtung ihres Hotels und sie liefen über den Malecón zurück. «Unsere Story ist für mich plausibel, aber haben wir die nötigen Beweise beisammen, um die Richter zu überzeugen und Forster hinter Gitter zu bringen?»

Nowak blieb kurz stehen, kniff die Augen zusammen und schaute noch einmal hinaus aufs Meer. «Was sicher noch nötig sein wird, sind Hausdurchsungen bei Forster und der Biocen, Befragungen der Betancourt-Töchter und dann natürlich die ganzen Ermittlungen auf den Bahamas.»

«Gleis das bitte gleich mit Oswald auf. Er soll auch den Strafantrag gegen Forster schon mal vorbereiten und Egloff vorinformieren.»

«Was ist mit Betancourt und Luiz Rodriguez?»

Varga zögerte. «An die werden wir wohl kaum rankommen. Aber nimm sie der Vollständigkeit halber mal mit dazu.»

Nowak nickte und wollte sich wieder dem Telefon widmen, als ihr noch etwas in den Sinn kam: «Wir haben noch eine Nacht auf Kuba. Das heißt, uns läuft, je nachdem, was wir hier unten noch alles tun können und wollen, die Zeit davon.»

Varga nickte.

«Du wolltest noch mal mit dem Botschafter sprechen, und die Besuche bei Alfredo Morales im Minvec, bei Belosheykin und in Siboney standen auch mal auf unserer Agenda …»

Varga dachte eine Weile darüber nach. «Von Morales und Belosheykin können wir uns nicht wirklich was erhoffen, denke ich», sagte er schließlich. «Vom Botschafter schon eher.»

«Bald kannst du mit deinem Puskás kicken», sagte der Tod, und sein Grinsen verzog sich zu einem grotesken Strich.

«Puskás ist im Himmel», antwortete Varga trotzig, doch der Tod schüttelte nur traurig seinen Kopf.

«Immer das Gleiche mit euch Ungarn – Puskás war nichts Besonderes, nur weil er besser gegen einen Ball treten konnte als andere.»

In der Lobby des «Saint John's» blieb Nowak stehen und sah auf ihre Uhr.

«Varga, in meinem Zimmer hab ich noch Kägi-frets und eine Überraschung für dich.»

«Hast du ein paar von diesen bulgarischen Kondomen aufgetrieben?»

«Besser: Ich hab uns zwei Karten für die Premiere von Giselle heute Abend im Nationalballett organisiert, Alicia Alonso wird im Publikum sitzen, vielleicht sogar Fidel.»

Varga schaute sie an, ging dann langsam auf sie zu und küsste sie auf die Wange. «Danke. Aber ich muss heute Abend noch raus nach Siboney.»

Schweigen.

«Pflichterfüllung ist eben eine typisch schweizerische Tugend. Ich bin dann natürlich auch dabei. Und die Kägi-frets nehm ich mit.»

Varga lachte und bugsierte sie in Richtung Lift.

Alicia Alonso war der Name der kubanischen Primaballerina mit dem Hexengesicht, und Varga freute sich darüber, dass er ihren Namen wieder präsent hatte.

Einen Moment lang hatte Varga das Gefühl, dass ihn von hinten Hände ergriffen und ihn auf den Fluss zuschoben. Er wehrte sich, schlug wild um sich und stemmte sich mit seinen Hacken dagegen. Wieder versuchte er zu sprechen, um Hilfe zu rufen, aber er brachte nichts heraus. Hinter ihm schimmerte die graue Schlangenlinie des Flusses. Dann waren die Hände plötzlich wieder verschwunden.

Varga nahm sich vor, den Besuch im Ballet Nacional de Cuba nachzuholen, wenn er zum Fischen zurück nach Kuba kommen würde. Alicia Alonso tanzte seit Jahren nicht mehr, war fast blind, aber er wollte sie trotzdem sehen, einmal nur.

«Jefe, sag mal, wenn Nicole Mayer umgebracht worden ist, weil sie von Kistler oder Dritten möglicherweise etwas über die Operation ‹Revolution› erfahren hatte, sind dann jetzt nicht auch noch andere in Gefahr?», fragte Nowak.

«Guter Punkt. Wen haben wir denn da so alles auf dem Radar? Helfershelfer Brunner?»

«Brunner sicher, aber auch Kistlers Bruder. Und Belosheykin. Im schlimmsten Fall ist sogar unser Noa bedroht.»

Varga nickte. «Lassen wir die Kubaner mal aus dem Spiel. Vergessen wir dafür uns beide nicht, schließlich wissen wir doch schon so einiges über die geplante ‹Revolution›.»

Sah er schlimm aus? Varga stellte sich sein Spitalzimmer am Ende eines Ganges vor, Glaswände, zwanzig Quadratmeter Wachsboden, ein schmales Bett, über ihm ein Bildschirm an der Wand, daneben ein Swissair-Kalender, eine Luftaufnahme irgendwelcher Steinhaufen der Inkas oder Mayas, vor das Bett hatte man Stühle gestellt, auf denen seine Frauen saßen, still dasaßen. Am Fenster waren die Rollläden heruntergelassen, die Luft war schlecht, es roch nach Putzmittel. Er lag auf dem Rücken, Schläuche führten in seine Arme, in den Hals und die Nase, irgendwo piepste eine Maschine, drückte ein Verband – wo hatte ihn die Kugel seines Mörders eigentlich erwischt? In der Brust? Oder vielleicht sogar im Kopf?

Wie die Mulattin mit ihrem Schwarzen tanzte Primaballerina Alonso mit Kanonier Puskás, beide mit glänzenden Gesichtern, eng umschlungen, er mit dem linken Bein in einem strahlend weißen Handschuh, Runde um Runde um Runde drehend, ewig den Prado hinauf und hinunter, wie zwei Gespenster.

«Varga, es ist Zeit», sagte der Tod, «lass uns Kurs nehmen auf eine bessere Welt.»

18

Sobald sie in Vargas Zimmer waren, duschte Nowak, und Varga ließ sich mit dem «Inglaterra» verbinden. Während er auf die Verbindung wartete, beobachtete er seine Assistentin im Badezimmerspiegel.

«Hotel Inglaterra, digame», sagte eine Stimme.

Varga fragte auf Englisch nach einem Gast namens Boller.

«Un momentito».

In ein Handtuch gewickelt, kam Nowak aus dem Bad und lächelte ihn an.

«Señor Boller is no longer with us.»

«Boller ist tot?»

«No, no, Señor, he has just left the hotel one hour ago.»

«Wissen Sie denn, wohin er wollte?»

«Al aeropuerto, Señor.»

Varga wollte noch nach der Destination fragen, aber der Hotelangestellte hatte schon aufgelegt. Wahrscheinlich, dass Boller den Abendflug der Air France oder Iberia zurück nach Paris oder Madrid und weiter in die Schweiz nahm. Hatte er denn schon genug Stoff für eine Geschichte über ihn und seine Ermittlungen? Varga konnte es sich nicht vorstellen.

Weil er in der Minibar keine Tropicola mehr fand, nahm Varga widerwillig eine Flasche gekühltes Wasser mit auf den Balkon, wo er sie auf den Boden stellte und sich gegen die Brüstung lehnte. Eine leichte Brise wehte, und er studierte fasziniert die pastellfarbenen Stadthäuser, die ihn an ältere Damen erinnerten, die trotz ihrer zerschlissenen Kleider eine gewisse Würde ausstrahlten. Dahinter am Horizont ragten schmuddelige Hochhäuser mit schrägen Fensterreihen auf, über ihren Dächern löste sich die Sonne gerade in Licht und Farben auf. Über Zürich würde sich jetzt, im November, wohl keine Sonne zeigen, und auch in Budapest dürfte der Himmel die Farbe von Reispapier haben. Hier war alles anders und Varga wurde klar, wie sehr ihn diese alte Stadt mit ihren bröckelnden Häusern, den Autowracks am Straßenrand und den Schlangen von Menschen, die auf einen Bus warteten oder für ein Glacé anstanden, faszinierte.

Der Mond stand als feine Sichel hoch am Himmel über Havanna. Es war kurz vor Mitternacht, und Nowak und Varga fuhren in einem Lada Niva, den ihnen Noa vor seiner Abreise nach Holguín vermittelt hatte, Richtung Siboney. Varga hatte keine Ahnung, wie weit die Cibex wirklich mit ihrem Fall zu tun hatte. Aber sein Instinkt riet ihm, dem Firmensitz einen Besuch abzustatten. Auf dem Malecón waren kaum mehr Autos unterwegs, ab und zu überholten sie einen müden Moskwitsch, einmal einen riesigen Sattelschlepper, der schnaufte wie eine Dampflok. Varga hatte auf seiner Seite das Fenster hinuntergekurbelt und der Fahrtwind trug ihnen den Geruch von Algen, gebratenem Schweinefleisch und Benzin zu. Am Ende des Malecóns durchquerten sie den Tunnel nach Miramar, fuhren die Quinta Avenida hinunter und bogen dann an einem Kreisel nach Süden ab. Auf einer schmalen, dunk-len Straße ging es einen sanften Hügel hinauf, vorbei an modernistischen Villen, die auf riesigen Grundstücken lagen. Von den meisten war allerdings nur wenig zu sehen, da sie sich entweder hinter Palmen oder Mauern duckten.

«Kannst du mir sagen, ob wir noch in Kuba sind?», fragte Varga und Nowak lachte leise.

«Bieg da vorne rechts ab, am Ende der Straße müsste der Sitz der Cibex liegen.» Varga nickte, löschte nach dem Abbiegen die Lichter des Wagens und ließ ihn im Leerlauf unter einen mächtigen Baum rollen, wo er auch den Motor abstellte.

«Das da ist es.»

Eine zwei Meter hohe Mauer versperrte die Sicht auf das Haus, allein das Dach war noch zu sehen. Nur durch ein schmiedeisernes Tor konnte man etwas mehr überschauen.

«Und da willst du jetzt wohl rein und dich mal etwas umschauen, nicht?», fragte Nowak.

«Ganz so, wie uns das die gute alte Miss Marple gelehrt hat.»

Sie schüttelte den Kopf. «Du hast echt einen Knall. Hast du dir den Ärger ausgemalt, den wir kriegen, wenn sie dich erwischen?»

«Mich erwischt niemand, schon gar nicht, wenn du hier brav Schmiere stehst. Du pfeifst oder gibst ein Käuzchen, im Notfall drückst du auf die Hupe, okay?»

Und bevor Nowak etwas sagen konnte, glitt Varga aus dem Wagen und in die Dunkelheit, die den Baumstamm umgab. Dort wartete er ein paar Minuten. Keine Autos, keine Wächter. Als er sicher war, dass sich niemand in der Nähe befand, überquerte er rasch das Sträßchen und winkte Nowak dabei zu. Dann, am Tor, erkannte er durch das Gitter das Haus von Kistlers Fotos sofort. Gleichzeitig fiel ihm auf, dass die kreisförmige Auffahrt vor der Villa leer war – auf einem der Fotos war ihm dort ein dunkler Volvo aufgefallen. Die Läden vor den Fenstern waren alle geschlossen. Keine Hunde, kein Stacheldraht, kein Elektrozaun. An der Mauer neben dem Tor ein Schild mit der Aufschrift «Cibex» und eine Sprechanlage, nichts weiter. Erst als er die Sicherheitsmaßnahmen des Unternehmens schon als kubanisch-lässig abtun wollte, entdeckte er unter dem Dach des Hauses, gekonnt kaschiert, eine einzelne Überwachungskamera.

Varga erinnerte sich daran, wie er mit den Barbaren auf das Dach ihres Gymnasiums geklettert war, sie hatten gewusst, in dieser Nacht würden sie den Schädel des Säbelzahntigers in ihren Besitz bringen, Laci und Varga hatten Roby, Sándor und dem kleinen Antal die Hand gegeben, sie hatten sich Glück gewünscht, und als die drei aufgestanden waren, um durch das Fenster in das Gebäude einzusteigen und nach unten in die Sammlung zu klettern, hatte es Varga fast nicht mehr ausgehalten. Er hatte losbrüllen wollen, bleibt hier oben, es ist zu gefährlich, die Sache geht schlecht aus, aber er hatte nichts gesagt, war still geblieben, hatte nur dagelegen, wenig und leise geatmet und die Lichter am Rand der Stadt fixiert.

In dieser Nacht war Varga vollkommen ruhig, nichts signalisierte ihm Gefahr. Also ging er zum Wagen zurück und bat Nowak, ihm ein Paar Arbeitshandschuhe, eine sowjetische Taschenlampe und sein Schweizer Offiziersmesser aus dem Handschuhfach zu reichen. Fünf Minuten später hatte er die Mauer überwunden und ließ sich hinter ihr ins Gras des Gartens fallen. Sein Atem ging jetzt schnell und Adrenalin jagte durch seine Adern, außerdem stellte er fest, dass er schwitzte, obwohl es etwas abgekühlt hatte. Nachdem er einige Minuten regungslos hinter einem Busch verharrt hatte, lief er rasch einmal rund ums Gebäude und vergewisserte sich zuletzt, dass auf der Straße immer noch alles ruhig war. Dann kehrte er zum einzigen Fenster zurück, das keine Läden hatte. Er untersuchte es genau und überprüfte, ob tatsächlich keine Alarmvorrichtung montiert war. Mit der Taschenlampe leuchtete er die Seiten des Fensters ab, konnte jedoch keine Drähte, Metallstreifen oder Detektoren entdecken. Er öffnete eine Klinge an seinem Messer, lockerte damit lautlos die Metallhalterung der untersten Glaslamelle und zog das Glas vorsichtig heraus. Mit der Lampe leuchtete er durch die Öffnung in den dunklen Raum. Es war eine kleine Abstellkammer, in der, wie es schien, vor allem ausrangierte Möbel, Putz- und Büromaterial gelagert wurden. Nachdem er fünf weitere Glaslamellen herausgenommen und sie sorgfältig an die Hauswand gelehnt hatte, war die Öffnung groß genug, um einzusteigen.

«Wenn du mir noch ein wenig Zeit gibst, ein paar Stunden nur, kann ich meinen letzten Fall lösen und einen Doppelmörder ermitteln, den du dir nach Belieben holen kannst», versprach Varga dem Tod.

Vorsichtig drückte Varga die Tür der Abstellkammer auf und öffnete sie ins Schwarze. Auf der Türschwelle blieb er einen Moment lang stehen, lauschte in die schwüle Nachtluft und trat dann hinaus in einen Flur. Mit der Taschenlampe leuchtete er umher und sah, dass auf beiden Seiten eine Reihe von Türen abging. Schnell lief er den Flur hinunter, schaute sich jeden einzelnen Raum kurz an und beschloss dann, sich im oberen Geschoss umzusehen, wo er das Büro des Chefs vermutete.

Der Tod lachte wie ein Irrer. «Schön, mein lieber Varga, sehr schön! Ich hab mich zwar noch nie wirklich über mangelnde Kundschaft beklagen können, aber wer die Chuzpe hat, Gevatter Tod einen Deal vorzuschlagen, der hat es verdient, mal einen Gewinn davonzutragen. Alors, à bientôt, mon cher, ein paar Stündchen seien dir noch gewährt!»

Der Tropenholztisch des Chefs war ungefähr so groß wie der Kühler eines Cadillacs. Er war aufgeräumt, nur zwei identische schwarze Monitore und ein Kuba-Fähnchen verloren sich auf ihm, Papiere waren keine zu sehen. Der Lichtstrahl der Taschenlampe fiel auf einen gläsernen Briefbeschwerer, der einen Regenbogen an die Wand warf. Hinter dem Schreibtisch standen ein Ledersessel und ein Metallschrank mit drei Schubladen, über dem das obligate Porträt des Comandante an der Wand hing. Varga versuchte, die Schubladen zu öffnen, fand sie jedoch verschlossen und musste sie mit seinem Messer aufschließen. In der obersten Schublade lagen einige Cibex-Notizblöcke, eine Thermoskanne und ein Röhrchen Aspirin, in der mittleren fand er einen Haufen Kladden, deren Eintragungen sich anscheinend auf Büro- und Laborbedarf zu beziehen schienen. In der untersten Schublade entdeckte er endlich etwas Interessantes: eine Art Kundenkartei, die aus losen Karteikarten bestand, auf denen sich Namen und Adressen fanden. Varga überlegte, was er tun sollte – die Kartei war zu umfangreich, um sie gleich vor Ort im Detail durchsehen zu können, außerdem war ihm bewusst, dass er gerade eine illegale Durchsuchung vornahm, allfällige Erkenntnisse aus der Sichtung der Kartei also wertlos wären. Und darauf, dass ihm die kubanischen Behörden noch eine legale Durchsuchung ermöglichen würden, wollte er nicht setzen. Was also tun? Er entschied sich dafür, sein Glück zu versuchen und begann mit Kistler Marco – Fehlanzeige. Dann Forster Walter – nichts. Schließlich Brunner Laurenz – wieder nichts. Varga lehnte sich kurz an die Wand und überlegte. Schweiß lief ihm den Nacken hinunter und trocknete in der kühlen Luft der Nacht. Nur die Ruhe, wer könnte für euch Bio-Tekkies denn interessant sein?

Die Schweizer Botschaft vielleicht? Über die könntet ihr immerhin Kontakte zu den helvetischen Pharmamultis, zu Universitäten, Laboratorien und anderem mehr herstellen ... Und tatsächlich – unter «Embajadas» fand er neben den Nummern der Botschafter einiger anderer Länder auch die Direktwahl von Roger Gallati. Das muss wohl so sein, dachte Varga. Aber wer könnte denn noch dabei sein? Betancourt? Nichts. Alvarez? Nichts. Luiz Rodriguez? Nichts. Dann suchte Varga noch schnell nach seinem eigenen Namen – vergeblich, wie er erleichtert feststellte. Als er die Schublade schon wieder schließen wollte, ging ihm eine Karte durch den Kopf, die er bei der Suche nach Luiz Rodriguez den Bruchteil einer Sekunde lang in seinen Fingern gehabt hatte. Rasch blätterte er sich noch einmal durch den Buchstaben «L» und fand sie wieder – «Lo Suizo» stand auf der Karte, darunter eine Telefonnummer mit einer unbekannten Vorwahl.

Einmal mehr war der Tod verschwunden und Varga saß wieder allein in der schweigsamen kühlen Totenwelt. Ein zweites Mal komme ich nicht davon, wusste er nun, kniete sich in den schwarzen Flusssand und tunkte seine Finger ins eisige Wasser, aschgrau spiegelte sich sein Ebenbild.

Wieso war «Lo Suizo» unter «L» und nicht unter «S» eingereiht? Hatte das womöglich einfach mit dem kubanischen Sinn für naheliegende Lösungen zu tun? Und vor allem: Wer war «Lo Suizo»?

Nowak weckte Varga am frühen Morgen mit einem Kuss. Eine Stunde später packten sie ihre Taschen, bezahlten die Hotelrechnung und fuhren anschließend mit einem steinalten Taxi-Ungetüm aus der Stadt hinaus.

«So ein halber Tag am Strand ist schon drin, oder?», fragte Nowak, die ein enges rotes Stretchtop, kurze Hosen und eine große Sonnenbrille mit silbernem Glitzerrand trug.

«Der gute Zwingli kriegt's ja nicht mehr mit», antwortete Varga, der gerade die rostigen Pfeiler eines halbfertigen Hotelklotzes studierte, der unmittelbar hinter dem Parkplatz aufragte. Die Playas del Este waren eine endlos erscheinende Einöde aus Sand, Meer, sonnengebleichten Häusern und leeren Bierflaschen. Nowak und Varga setzten sich an einen Tisch unter einem einsamen Neckermann-Sonnenschirm, vor ihnen trug ein junger Kubaner in abgeschnittenen Jeans Bierkästen zum Strandcafé, zwei blondierte jineteras stolperten auf ihren Plateauschuhen hinter einem pummeligen Deutschen her und draußen auf dem türkisfarbenen Meer dümpelte ein Küstenwachtboot von der Größe eines Eisbergs und hielt einen einzigen Schnorchler in Schach.

«Lass uns die zentralen Punkte nochmals kurz durchgehen», begann Nowak. «Wer hatte ein Motiv, um Kistler und Mayer umzubringen?»

Varga kniff die Augen zusammen und beobachtete den Schnorchler dabei, wie er einen Autopneu aus dem Meer barg. «Forster, weil ihn sein Ziehsohn verlassen hat. Forster, weil sein Ziehsohn einen lukrativen Biowaffen-Deal vermasselt hat. Papa Betancourt und Konsorten, kubanische Stasi inklusive, aus dem gleichen Grund. Joho, weil sich Kistler an seinem Töchterchen vergriffen hat. Elena Betancourt, weil Kistler sie sitzengelassen hat. Papa Betancourt, weil er es nicht ertragen konnte, dass Kistler mit seiner Elena rumgemacht hat. Und wenn wir Pech haben, ist diese Liste nicht abschließend.»

«Gegen Forster spricht aber am meisten», wandte Nowak ein.

Varga nickte. «Was aber noch lange nicht heißen muss, dass er der Mörder ist.»

«Nein. Aber als Mörder haben wir ohnehin einen Killer namens Luiz Rodriguez identifiziert.»

Varga blinzelte skeptisch und Nowak beugte sich vor. «Du scheinst nicht sehr überzeugt zu sein von unserer Theorie.»

«Ich fänd's hilfreich, wenn wir etwas mehr Beweise hätten.»

Nowak nickte müde. «Die beschaffen wir uns in Zürich. Die Hausdurchsuchungen sind schon vorbereitet.»

«Hast du mit Oswald telefoniert?»

«Ja, heute früh. Du hast noch geschlafen.»

Varga drehte sich zu seiner Assistentin. «Na gut, dann wollen wir mal hoffen, dass wir noch auf irgendwas stoßen, mit dem wir Egloff und seiner Justitia eine Freude machen können.»

«Du hast Mühe mit der ganzen Biowaffen-Geschichte, stimmt's?», fragte Nowak weiter.

Varga zuckte mit den Achseln. «Mag sein. Gleichzeitig wissen wir alle, dass die hehre Eidgenossenschaft nicht nur dann weit vorne ist, wenns darum geht, das Geld von Schurken aller Art diskret zu horten und zu mehren, sondern auch dann, wenns um die Verbreitung von Rüstungstechnologie und -gütern geht.»

Nowak wiegte den Kopf. «Das ist wohl so. Und vielleicht haben unsere Schweizer ja genau dies auch den Kubanern angeboten.»

Vargas Augen wurden eng. «Was meinst du genau?»

«Forster könnte mit den Kubanern einen Deal abgewickelt haben, bei dem er auch gleich die gesamte Finanzierung übernommen hat.»

«Natürlich.»

«Er oder jemand anders.»

«Nur können wir ihm das nicht beweisen.»

«Noch nicht», lachte Nowak und lief den Strand hinunter in Richtung Meer.

Varga war klar, dass ihn einer von Nowaks Punkten berührt hatte. Einmal mehr nahm er die Reaktion seiner Sensoren wahr, ganz fein nur, aber immerhin. Die Verbindung zwischen Rüstungsdeal und Finanzierung war es wahrscheinlich, die ihn ansprang. Er nahm sich vor, sich nächstens mal eingehend mit den Warn-signalen seines Sensoriums zu beschäftigen.

Sie waren spät dran, als sie in die Auffahrt des Aeropuerto Internacional José Martí einbogen, Varga schwitzte und fluchte innerlich über die Sandkörner zwischen seinen Zehen und den Sonnenbrand, den er sich am letzten Tag in Kuba eingefangen hatte. Über dem Flugfeld ging die Sonne in einer Farbenorgie unter, ein blasser Mond löste sie am Himmel ab. Der Terminal war hell erleuchtet, hunderte von Touristen drängelten sich vor den Schaltern, aus Lautsprechern schepperten abwechslungsweise unverständliche Durchsagen und das unvermeidliche «Guantanamera». Varga überließ Nowak das Einchecken und kaufte sich an einem Stand eine Tafel kubanische Schokolade, die er Roby nach Budapest schicken würde. Dann ging er durch eine defekte Drehtüre wieder ins Freie, stellte sich an die Brüstung der Auffahrt und schaute zu, wie ihr Iberia-Jumbo genau in dem Moment landete, in dem die Sonne hinter einem Hangar versank und den Himmel über Havanna violett aufleuchten ließ. Neben der Schubumkehr konnte er das Singen eines Vogels hören, der in einer der Palmen hockte.

«Unsere Art von Abschiedsgeschenk», sagte plötzlich ein Mann zu Varga, ohne ihn anzusehen. Er lachte. Varga erkannte sofort, wer neben ihm stand – Teniente Esteban Rodriguez. «Plus das hier, of course».

Rodriguez reichte ihm einen kleinen grauen Umschlag. Varga nahm ihn wortlos entgegen und steckte ihn ein, doch als er aufschaute, hatte Rodriguez bereits eine Cubana-Tasche geschultert und sich einer Gruppe fliegendem Personal angeschlossen, die auf einen grauen Minibus zusteuerte.

Immer dann, wenn ihm Gefahr drohte, reagierten seine Sensoren. Varga erinnerte sich, wie ihn schon am Tatort in Schwamendingen ein ungutes Gefühl beschlichen hatte. Damals hatte er sehr deutlich gespürt, dass er es mit einem schwierigen und möglicherweise gefährlichen Fall zu tun bekommen würde.

Iberia-Flug 343 nach Madrid Barajas startete in Havanna mit einstündiger Verspätung. Von den Lichtern der Stadt war schon nach wenigen Minuten nichts mehr zu sehen, nicht einmal ein Leuchtfeuer an der Küste, kein Schimmer, nichts. Varga sah nur das grellweiße Blinklicht an der Tragfläche. Dann spürte er, wie Nowak sich an seine Schulter lehnte. «Ist dir bewusst, dass wir auf Kistlers letztem Flug sind?»

Als er nickte, gab sie ihm einen Kuss und richtete sich dann zum Schlafen ein, es war kurz vor Mitternacht und sie war todmüde. Varga trank noch einen Tomatensaft und zwei Colas, bevor er darauf wartete, dass der Film begann, irgendeine schwachsinnige amerikanische Liebesschnulze.

Señor Muerte, und schon bin ich zum letzten Mal in meinem Leben im Himmel ...

Der Flug war vollkommen ruhig, die Kabine lag im Dunkeln, über die Bildschirme flimmerte das Clowngesicht von Meg Ryan in vielfacher Ausführung, Nowak schnarchte leise. Varga überlegte minutenlang, ob er den Umschlag erst im Labor öffnen sollte, zusammen mit Blumenthal, aber seine Hand wanderte, wie von einer fremden Kraft bewegt, zur Jacke, er griff hinein, nein, nein, dachte er und dann riss er ihn einfach auf, obwohl, vielleicht wäre es besser ... oder doch nicht? Er hatte das Gefühl, Schweiß bedecke seinen ganzen Körper, dabei ging es nur darum, ein zusammengefaltetes Papier und drei Fotos aus einem Umschlag zu ziehen. Auf dem Papier hatte jemand mit einem roten Filzstift eine knappe Botschaft an ihn gerichtet:

Varga. Diese beiden Dokumente hat Elena am 22. Oktober einem meiner Mitarbeiter übergeben. Ich gehe heute davon aus, dass sie Kistler schützen wollte, indem sie uns einschaltete. Leider kam sie zu spät. Rodriguez.

Varga faltete das Papier sorgfältig auseinander. Er erkannte auf einen Blick, dass es sich nicht um ein Originaldokument, sondern nur um eine Kopie handelte, die zu allem auch noch von kubanisch schlechter Qualität war. Auf dem schmucklosen Bogen war eine knappe handschriftliche Absprache festgehalten:

> *250 000 USD von unserem Erlös aus der Revolution, wenn du mir bis Ende Oktober mein Problem mit Franky löst. Er gefährdet uns alle mit seinen Eskapaden.*

Gezeichnet war sie mit einem schlichten «S.». In einer Ecke hatte eine zweite Person den Begriff «Papa» dazugesetzt. Wer löste ein Problem mit so viel Geld? Oder anders gefragt: Wer konnte ein Problem mit so viel Geld lösen?

Varga faltete das Papier wieder zusammen und schaute sich die Fotos an. Das erste Bild zeigte zwei braungebrannte Männer, die am Ende eines Betonanlegers standen und sich gegenseitig die Arme über die Schultern gelegt hatten. Den Hintergrund bildeten ein spiegelglattes tropisches Meer und ein wolkenloser Himmel. Die Oberkörper der Männer waren nackt, beide trugen khakifarbene Shorts und Sandalen. Varga erinnerten sie an Aufnahmen von Fremdenlegionären im Ausgang, die er einmal in einer Bar in Südfrankreich gesehen hatte. Dann kniff er seine Augen zusammen – beim einen handelte es sich um Kistler, das war klar, den anderen erkannte er nicht. Konnte es Forster sein? Nein, Forster war älter und massiger. Brunner vielleicht? Oder ein Kubaner? Weil die Sonne über dem Fotografen stand und grelles Licht die beiden Männer beschien, waren Details unmöglich zu erkennen. Handelte es sich bei diesem Foto vielleicht um das Bild, das Kistler durch seine Assistentin hatte verschwinden lassen wollen? Varga legte es zur Seite und schaute sich das zweite Foto an. Bei ihm handelte es sich um die Vergrößerung eines Automatenporträts, entsprechend besser war seine Qualität. Zu sehen war auf ihm eine junge, hübsche Frau, hinter der ein etwas älterer Mann saß, von dem aber lediglich sein üppiges dunkles Haar zu sehen war, das über einer hohen Stirn straff nach hinten gegelt war, sein Gesicht wurde vom Kopf der Frau verdeckt. Varga kannte weder Frau noch Mann, aber die Umrisse des Mannes erinnerten ihn an den Unbekannten auf dem ersten Foto. Rasch verglich er die Bilder und kam zum Schluss, dass es derselbe Mann sein musste. Auf dem dritten Bild war schließlich Forster in Begleitung von zwei jungen Frauen zu sehen – bei der einen handelte es sich um die Schöne auf dem Automatenbild. Das Porträt des Trios musste in der Schweiz entstanden sein, denn Forster stand, von den beiden Damen eingerahmt, in einer tief verschneiten Winterlandschaft. Varga schätzte, dass das Bild während des Besuchs der Betancourt-Töchter in St. Moritz entstanden war und neben Forster und einer der beiden jüngeren Töchter auch Elena zeigte.

Als der Abspann des Films lief, ging die Stewardess von Reihe zu Reihe und tippte Varga auf die rechte Schulter, sie hatte noch zwei Cola-Dosen für ihn, bevor sie nach hinten in die Küche verschwand, um mit ihren Kolleginnen Pause zu machen.

Gesetzt den Fall, dass es sich bei der unbekannten Frau um Elena handelte – wer war dann der Mann an ihrer Seite? Kistler hatte in Havanna ein Verhältnis mit Elena gehabt ... war er dabei möglicherweise einem anderen Liebhaber in die Quere gekommen?

Der Jumbo flog auf über 10 000 Metern, in der Kabine schliefen jetzt alle und auf den Bildschirmen schien das kleine weiße Flugzeug mitten über dem Atlantik an Ort und Stelle zu schweben. Varga hatte sich Rodriguez' Unterlagen noch einmal durchgesehen und fragte sich, inwiefern sie ihn weiterbrachten. Interessant fand er, dass beim Betrachten der Fotos einmal mehr seine Sensoren reagiert hatten – er fühlte ein fast körperliches Unwohlsein, wenn er sich den knappen Vertrag und die drei Fotos anschaute. Angenommen «Franky» war Kistler, überlegte er, dann hatte ein gewisser «S» ein so gravierendes Problem mit ihm gehabt, dass er eine stolze Summe ausgelobt hatte, um das Problem Kistler aus der Welt zu schaffen. Ein Unbekannter mit dem Decknamen «Papa» hatte diesen Mordauftrag – und Varga ging davon aus, dass die zwei Zeilen auf dem Papier nichts anderes waren – entweder gutgeheißen oder den Vertrag als Gegenpartei bestätigt. Was bedeuten würde, dass «Papa» derjenige sein konnte, der für die Umsetzung des Auftrages verantwortlich gezeichnet hatte. Wer aber war der Auftraggeber, wer war «S»? Wofür stand das «S» überhaupt? Für Forster vielleicht? Forster der Schreckliche? Oder Forster «Lo Suizo»? Und wer war «Papa»? Betancourt? Varga war leicht verwirrt, denn seit sie Kistlers Brief gelesen hatten, war er davon ausgegangen, dass es sich bei «Papa» um Forster handeln musste. Hatte möglicherweise noch jemand seine Finger in diesem undurchsichtigen Spiel? Wer konnte das sein? Der Unbekannte auf den Fotos? Und konnte dies bedeuten, dass Forster am Ende gar nicht Gastmann war?

Im Heck hinten kotzte einer, obwohl die Ryan längst von den Bildschirmen verschwunden war, Varga taten die Stewardessen leid.

Und wieder flackerte Vargas Lebenslicht, heftig wie nie zuvor.

Varga beschloss, das Ganze von einer anderen Seite her anzugehen: Was wollte mir Rodriguez mit seinem Material mitteilen? Dass der Mörder, wie er mir bereits in Havanna unten plausibel zu machen versucht hatte, nicht unter den Kubanern zu suchen ist? In diesem Fall handelte es sich bei dem Unbekannten auf den Fotos kaum um den Killer Luiz Rodriguez, sondern wahrscheinlich um einen Schweizer. War seine Identität Esteban Rodriguez vielleicht sogar bekannt? Und wusste er, in welcher Beziehung dieser unbekannte Schweizer zu Kistler und zu Elena Betancourt – beide kannte er offensichtlich gut – stand? Varga hatte keine Antworten auf diese Fragen, er würde Rodriguez anrufen und bei ihm nachfragen müssen. Weil Forster aber auch im Zusammenhang mit den neuesten Informationen prominent auftauchte, entschied er für sich, dass dieser Schweizer bis auf weiteres ihr Hauptverdächtiger bleiben musste. Dann schaute er kurz aus dem Fenster, presste sein Gesicht an das kühle Plastik und wunderte sich, dass kaum Sterne am Himmel standen.

Forster war aufgrund seiner Beziehung zu Kistler, aber auch infolge seines politischen und geschäftlichen Hintergrundes schon früh auf ihren Radar geraten und dann der diversen Indizien wegen auch dort geblieben, das war klar. Aber war Forster auch wirklich für die drei Morde an Kistler, Mayer und ihm verantwortlich? Varga war sich bewusst, dass er nicht erst auf dem Rückflug von Havanna nach Madrid Zweifel an dieser These gehabt hatte. Aber hatte er diesen Zweifeln auch genug Raum gegeben? Und war er dem, was ihnen zugrunde lag, wirklich konsequent nachgegangen?

Nowak erwachte, als in der Kabine das Licht anging, und blinzelte Varga an. «Du hast keine Minute geschlafen, oder?»
Varga lachte. «Ich hab uns zwischenzeitlich die fehlenden Beweise beschafft.»
«Na, dann kann die Iberia ja ihr Champagnerfrühstück auffahren.»
Nachdem die Stewardess das Übliche – Saft, ein Joghurt und ein schneeweißes Sandwich mit gelbem Käse – verteilt hatte, fragte Varga seine Assistentin, ob für sie nur Forster als Mörder in Frage kam. Nowak sah ihn überrascht an. «Vielleicht hatte Forster ja sogar ein Verhältnis mit einer der beiden Betancourt-Töchter. Oder sogar mit beiden.»
Varga runzelte die Stirn. «Du meinst, Forster wurde ganz einfach eifersüchtig auf seinen Ziehsohn, der sich in Havanna mit seiner schönen Elena vergnügte?»
«Wieso nicht?», fragte Nowak und legte ihr Sandwich wieder in die Plastikschale zurück.
Varga lehnte sich zurück und schloss eine Weile die Augen. Er konnte sich vorstellen, dass Forster auf junge Frauen stand, aber er konnte sich nur schwer vorstellen, dass er der eifersüchtige Typ war. Doch die Frage, welche Rolle die Betancourt-Töchter spielten, stellte sich tatsächlich – denn dass sie eine spielten, das schien das eine Foto zu sagen.

Das Leben führt unweigerlich ins Verderben, las Varga und begleitete die drei traurigen Tiger weiter auf ihrem Streifzug durch den Dschungel aus nächtlichen Straßen, Bars, Nachtclubs, Very-Late-Shows und Absteigen. Dabei stellte er erstaunt und gleichzeitig vergnügt fest, dass ihm dieser Dschungel lebendiger und vertrauter erschien als je zuvor.

Varga überlegte sich, wo und wann ihm seine Sensoren Gefahr angezeigt hatten. Das erste Mal hatte er ein schlechtes Gefühl gehabt, als er den Tatort an der Glatt unten besucht hatte, das war klar. Wie aber hatte er jenes Signal zu deuten? Wahrscheinlich ganz einfach so, dass er schon sehr früh eine Ahnung gehabt hatte, dass dieses Tötungsdelikt nicht zu den alltäglichen Verbrechen zählte. Dann hatte er in Kistlers Wohnung in Schwamendingen ein Signal wahrgenommen, später mehrere Male in Havanna. Varga fiel auf, dass diese Reaktionen nicht unbedingt mit Forster in Verbindung stehen mussten. Er hatte sich zwar auf Forster konzentriert, aber möglicherweise warnte ihn sein Gefühl davor, eine Gefahr zu übersehen, die irgendwo im Dunstkreis des mächtigen Unternehmers und Politikers lauerte. Varga realisierte, dass da immer ein leiser Zweifel an Forsters Täterschaft gewesen war – er hatte ihm einfach nie Beachtung geschenkt.

«Fahren wir direkt ins Büro?», fragte Nowak, und Varga nickte.
«Kümmere dich bitte um Boller und geh mit Hess und Hüppi alles nochmal durch, insbesondere den Ablauf der Hausdurchsuchungen. Ich mache unterdessen unseren Bericht fertig und informiere dann Oswald und Egloff.»
«Und Plüss.»
«Ja, und Judas.»
Nowak lachte kurz. «Und sag, auf wann willst du denn die Hausdurchsuchungen ansetzen? Schlagen wir gleich morgen früh los?»
Varga überlegte einen Moment. «Morgen ist Samstag ... Nein, das hat Zeit bis am Montag. Morgen früh gehe ich bei Forster vorbei.»
«Mit einem Haftbefehl?»
Varga schüttelte den Kopf. «Er wird wissen, was es geschlagen hat, wenn ich nach Havanna wieder bei ihm auftauche.»

Bustrófedon bestellte einen Cointreau, Arsenio Cué Strawberry Shortcake und Kaffee, während Varga sich auf seinem Barhocker drehte und die drei oder vier Gäste studierte, die noch da waren, die mit dem Rücken zu ihnen an der Bar saßen, Katalin, Jutka, Nowak und ein unbekannter Tupolev-Pilot in Uniform, im Vollwichs wie sein Stiefvater selig zu sagen pflegte, im schlimmsten Fall der verkleidete Mörder von Kistler und Mayer und ihm selbst, auf der Bühne oben drehte sich kein Paar, Vorstellung wegen Tropenregen ausgefallen, Varga trank noch einen Daiquirí und rauchte eine Zigarre, die Nacht ist voller Enthüllungen und geheimnisvoller Musik, las er dann, und vermisste dabei Havanna zum ersten Mal so heftig wie seine alte Heimat.

Vor der Landung in Zürich waren Vargas Ohren zu, sein Blick ging zum Fenster hinaus: Unter dem Blinklicht an der Tragfläche rasten Wolkenfetzen vorbei, dann der Rhein, das Kieswerk von Weiach, die paar Hügel vor der Piste und schließlich ein regennasser Parkplatz, auf dem lauter kleine Spielzeugautos standen. Er schloss die Augen, sein Kopfweh war zurück und mit ihm auch wieder der übliche Film.

Der Fernseher lief, ihre Wundermannschaft flackerte ins Zimmer, Varga saß mit seinem Vater auf dem Sofa, sie saßen da in ihren Pyjamas, barfuß, starrten auf den Bildschirm, Rot-Weiß-Grün fegte England vom heiligen Wembley-Rasen. Nach dem Abpfiff trug Vargas Vater seinen Sohn hinaus auf die Straße, wo alle feierten, sein Vater trank einen Schnaps nach dem anderen und Varga schaute in den Mond, der sich über Budapest zeigte und aussah wie ein Pfirsich.

Jäh und ohne Vorwarnung ging Vargas Licht aus, ebenso jäh ging es wieder an.

«Varga?» Der Tod saß plötzlich wieder hinter ihm im Lehnstuhl und schüttelte betrübt den Kopf. Dann packte er die Armlehnen des Stuhls und stemmte sich auf die Füße.

Vor dem Gebäude der Kriminalpolizei spülte der Regen einen Blick, Zigarettenkippen und anderen Müll quer über die Straße, Varga peitschten die Schauer ins Gesicht und er fluchte. Er beschloss, in seinem Büro oben kurz seine Post durchzusehen und sich dann gleich bei Egloff anzumelden. Rasch passierte er die Schleuse, aber als er sah, dass eine Gruppe von Beamtinnen laut tratschend vor den Liften herumlungerte, stieg er die Treppe zu seinem Büro im dritten Stock hoch. «Hola chico!»

Egloff erwartete ihn bereits und rutschte vom Besucherstuhl, um Varga die Hand zu schütteln. «Du bist da unten ja gar nicht braun geworden.»

Varga schniefte.

«Scheißwetter, was?»

«Nächstes Mal komme ich nicht mehr zurück.»

Egloff grinste und setzte sich wieder. «Hast du uns wenigstens Kistlers und Mayers Mörder mitgebracht?»

Varga zog seinen klammen Mantel aus, ging um seinen überladenen Tisch herum, ließ sich in seinen Sessel fallen und stellte mit Genugtuung fest, dass der Stapel mit der Post und den Telefonnotizen nicht übermäßig dick war. Sein nasses Hemd klebte auf seiner Haut. Von irgendwoher zog es, er fröstelte.

«Einiges deutet auf Forster.»

«War das nicht vor eurer Abreise schon so?»

«Der Verdacht gegen ihn hat sich in Kuba verdichtet. Aber uns stehen noch mindestens zwei schwierige Hausdurchsuchungen bevor.»

Staatsanwalt Egloff legte die Stirn in Falten. «Euch fehlen noch die Beweise?»

Varga nickte. «Wasserdicht ist das Ganze auf keinen Fall.»

«Wie gut ist eure Indizienkette denn?»

Varga schaute ihn an. «Lies meinen Bericht, dann weißt du's.»

«Bestens.»

Mit einem Satz war Egloff auf den Beinen, stellte sich hinter Varga und tätschelte ihm die Schulter. «Da gehe ich doch mal in mein wohlverdientes Wochenende und warte auf deinen Bericht. Wann darf ich denn mit ihm rechnen?»

«Morgen.»

«In Ordnung. Und erhol dich, du siehst mir etwas abgekämpft aus.»

Varga war sich bewusst, dass es mit ihm nun rasch zu Ende ging. Noch einmal nahm er all seine verbliebene Kraft zusammen und konzentrierte sich darauf, die letzten Stunden in seinem Leben so präzise wie möglich zu rekonstruieren.

Als Egloff gegangen war, schaute Varga auf die Uhr. Es war kurz nach halb sechs an einem Freitagabend. Regen schlug ans Fenster, auf der Straße quietschte ein Tram, im Innern des Kripo-Gebäudes herrschte aber bereits vollkommene Ruhe. Man hätte meinen können, die Polizei sei bis auf weiteres geschlossen. Varga entschied sich trotzdem, seinen Bericht zuhause zu schreiben und packte die Akte Kistler in zwei Migros-Tüten. Dann nahm er seinen Mantel und lief den blitzblanken Flur hinunter zum Lift. Auf halbem Weg prallte er, als er einer dicken Schwarzen auswich, die an einem Wasserspender hantierte, auf einen dünnen, parfümierten, plattfüßigen Geck – Plüss.

«Na, na», sagte Plüss leise.

Seine dünnen Lippen spielten mit einem Schweizerfähnchen, wie sie in Apéro-Häppchen steckten, und seine Augen musterten Varga neugierig. «Wo will denn unser Starermittler, kaum zurück, schon wieder hin?»

«Darf ich ehrlich sein?»

Plüss nickte gönnerhaft.

«Aufs Klo.»

Plüss lächelte, aber es war ein frostiges Lächeln. «Ich kann Ihnen kaum sagen, wie gespannt ich auf Ihren Bericht bin, Sherlock. Ich hoffe für uns alle, dass da nicht zu viel Mist drin steht.»

«Wir sehen uns, Chef», sagte Varga und schob sich an ihm vorbei, während Plüss das Schweizerfähnchen der verdutzten Schwarzen in die Finger drückte.

Im Stapel mit den gelben Telefonnotizen war Varga die Bestätigung eines Anrufes von Edith, Kistlers Mutter, aufgefallen. Weil ihn der Gedanke an sie und ihre Traurigkeit berührte, nahm er sich vor, sie am Wochenende zurückzurufen und ihr von ihren Ermittlungen auf Kuba zu berichten – auch wenn er ihr nicht sehr viel würde bieten können, das sie tröstete.

Als Varga in seiner Wohnung in der Neugasse war, begann in der Stadt gerade das Wochenende. Er hörte, wie Horden von Jugendlichen lärmend in Richtung Escher-Wyss-Platz zogen, wie auf der Langstraße die Autos hupten, wie irgendwo Sirenen heulten. Nachdem er seine Reisetasche und die beiden Migros-Tüten mit der Akte Kistler ausgepackt hatte, ging er eine Weile ruhelos auf dem Balkon hin und her und beobachtete die vorbeifahrenden Züge. Dann holte er sich eine Cola, was aber den Effekt hatte, dass er noch unruhiger wurde. Schließlich sah er die Post durch und nahm sich die NZZ des Tages. Aber außer einer Kritik des neusten Bond-Filmes gab es nichts, was ihn interessierte. Varga legte die Zeitung wieder beiseite, setzte sich an den Tisch und schloss die Augen.

Die Zeit, die ihm noch blieb, zerrann. Varga musste sich jetzt dringend auf das Wesentliche konzentrieren, sonst lief er Gefahr, dass er mit der Aufarbeitung seines Falles nicht durchkam und er den Fehler, der ihm irgendwo unterlaufen sein musste, nicht mehr finden konnte.

Als Erstes stellte sich Varga kurz unter die Dusche. Dann nahm er zwei Aspirin, vertiefte sich in die Mordakte und machte anschließend seinen Bericht fertig. Kurz vor zehn Uhr las er ihn noch einmal durch und ergänzte ihn um einige Details. Aber auch jetzt hatte er wieder das Gefühl, dass an dem Fall etwas nicht stimmte. Irgendetwas passte nicht. Je länger er darüber nachdachte, desto mehr glaubte er, dass es nicht mit Forster zu tun hatte.

Varga merkte, wie es um ihn herum noch schwärzer und kälter wurde; der Tod würde wohl jede Sekunde wieder auf ihn zukommen.

Was wir gegen Forster in der Hand haben, reicht nicht aus, um ihn festzunageln, dachte Varga. Aber gut, das kann er ja nicht wissen.

Wenn ich ihn also morgen früh aufschrecke und ihm einmal mehr an einem heiligen Wochenende einen Besuch abstatte, dann erhöhe ich bei ihm den Druck. Und provoziere ihn im besten Fall zu einem Fehler.

Das Läuten des Telefons drang wie eine Machete in seinen Halbschlaf. Varga, der sich kurz aufs Bett gelegt hatte, rollte nach rechts und blinzelte zum Wecker: 23.17 Uhr zeigte ihm das Display. Er griff nach dem Telefon auf dem Fußboden.
«Hola», sagte eine weibliche Stimme.
«Moment», antwortete Varga, stellte das Telefon auf das Bett, rieb sich die Augen, hustete und räusperte sich. Dann griff er wieder nach dem Hörer. «Ja?»
«Kommissar Varga?»
«Am Apparat.»
«Ich bin's, Damaris.»
Varga musste einen Moment nachdenken. Damaris Who?
«Ich bin die …»
«Damaris! Alles klar, entschuldige bitte. Was ist los?»
«Ich würde gern von dir wissen, wie's euch in Kuba ergangen ist.»
Varga stellte seine Füße auf den Boden und schaute aus dem Fenster. «Ganz okay. Wir sind ein Stück weitergekommen.»
Sie lachte. «Das weiß ich doch längst.»
«Von Noa?»
«Wir Kubaner sind das neugierigste Volk der Welt.»
Wieder lachte sie, und Varga ließ sich aufs Bett zurückfallen.
«Sitzt euer Mörder denn schon hinter Gittern?»
«Ich informier dich als erste, wenn's soweit ist.»
«Damit es eine Stunde später ganz Habana Vieja weiß.»
Jetzt lachten sie beide.

Varga verfolgte, wie der T-54 vorsichtig die Straße entlangrollte. Er hoffte inständig, er würde stehenbleiben und dann wieder zurücksetzen, ihre Straße verlassen. Er starrte den Fahrer an, der oben aus der Luke lehnte und zurückstarrte, ohne etwas zu sagen, ohne ihn mit seinem Blick loszulassen, und aus irgendeinem Grund flößte ihm das keine Angst ein, vielleicht, weil der Russe kaum älter war als er selbst. Plötzlich kam der Panzer zum Stehen. Verpisst euch, Russkis, dachte Varga, sagte aber kein Wort und reckte den Hals, um den Fahrer besser zu sehen, sie ließen sich nicht aus den Augen, der junge Russe und er, bis der Turm drehte, der Motor aufheulte und der Panzer langsam an Ort und Stelle wendete. Varga schaute ihm nach, bis er aus ihrer Straße verschwunden war und nur noch eine dunkle Abgaswolke zwischen den Häusern stand.

«Was hast du sonst noch aus Havanna vernommen?», fragte Varga.

Damaris überlegte einen Moment lang. «Dass Dariel Alvarez an der nationalen Boxschule zwar einen Job als Ausbildner hatte, aber eigentlich vor allem im Dienst der Armee stand.»

«Weißt du zufällig auch, in welcher Position?»

«Alvarez soll ein Mitglied der Sondertruppen, der sogenannten tropas especiales, gewesen sein, und im Rang eines Majors gestanden haben.»

Varga nickte.

«Ja, und außerdem hab ich vernommen, dass unser Staat mal wieder ordentlich was verbockt haben soll. Im Moment sollen Köpfe rollen, weil irgendeine Stelle Mist gebaut hat, zu wenig gut aufgeräumt wurde und ihr Ausländer über viel zu viele Spuren gestolpert seid.»

«Nicht schlecht, deine Kontakte», sagte Varga erstaunt. «Weißt du denn Näheres über die Rolle der Kubaner?»

Damaris lachte. «Hey, ich zapf im ‹Oliver Twist› Bier.»

Varga sagte nichts.

«Bei irgendeinem wichtigen Deal soll kürzlich irgendwas gründlich in die Hosen gegangen sein, wie man hier so schön sagt, und der arme Kistler hat dran glauben müssen.»

«Das klingt fast so, als hätte Kistler mit der Geschichte nichts zu tun gehabt.»

«Na ja, in meinem Viertel fragt man sich halt, ob einer, der sich mit jeder Nutte einlässt, bei einem wirklich wichtigen Projekt überhaupt eine entsprechend wichtige Rolle spielen konnte.»
«Kistler wird als Bauernopfer gesehen?»
«Auf den Straßen Havannas kannst du jede Theorie hören.»
«Und für ein paar Dollars wohl auch das Gegenteil zu jeder einzelnen von ihnen», sagte Varga.
Wieder lachte Damaris. «Hey, du bist ja schon ein halber Kubaner.»

Über eine abgenutzte Marmortreppe, die von einem verlotterten gusseisernen Geländer eingefasst war, tanzten Varga, die Mulattin und der Schwarze mit dem gelben Hut zusammen mit einer Handvoll Bärtigen in Uniform hinauf in den Himmel, wo ein Kronleuchter den Fußboden in ein goldenes Licht tauchte, wo ältere Schwarze in blauen Hauskitteln sich gegenseitig die Nägel oder die Haare machten, wo leise die hellen Töne eines Klaviers zu vernehmen waren, Tschaikowsky, dachte Varga, mit Puskás zusammen einer seiner Größten. Sie folgten den Klängen, aber als sich vor ihnen die schwere Türe wie von Geisterhand öffnete, fiel im dunklen Saal der Vorhang.

Am Samstagmorgen hatte der Regen aufgehört, graues Licht leckte über die Fensterscheibe. Nichts war zu hören, bis auf das leise Plätschern von Wassertropfen in der Dachrinne. Varga hatte unruhig geschlafen, hatte von Onkel Jenö und Tante Klári geträumt, jetzt dachte er an die Sonnenuntergänge in der Puszta und stellte fest, dass sie in der Erinnerung richtig kitschig geworden waren. Zwei Stunden später parkte er seinen Polo gegenüber von Forsters Garageneinfahrt. Von hier aus waren keine Lichter, war kein Lebenszeichen zu sehen. Er schaute auf die Uhr und fragte sich, ob er Verstärkung anfordern sollte. Aber wieso auch? Also stieg er aus und schloss die Wagentür.

Es klingelte, als er auf das Tor von Forsters Garage zuging. Varga blieb stehen und fingerte sein Handy aus der Jacke. «Nowak?»

«Morgen Chef, sitzt du?»

«Nein.»

«Auch egal. Hör mal, wie findest du Folgendes? Ich hab gestern Abend noch beim Blick angerufen und nach Boller gefragt.»

«Und?»

«Es gibt da einen Boller.»

Varga sagte nichts.

«Aber dieser Boller leitet das Fotoarchiv. Er hat noch nie in seinem Leben irgendwas geschrieben und war auch noch nie auf Kuba.»

Vargas Licht ging aus – und gleich wieder an.

«Weiter geht's: Wir haben eine Ahnung, wer im vergangenen Winter in St. Moritz oben das Foto von Forster und den beiden Betancourt-Töchtern gemacht haben könnte.»

«Wer denn?»

«Kistler.»

«Kistler?»

Kistler hatte zu der Zeit im «Palace» eine Suite gebucht und hat gemäß Auskunft des Suvretta House die Rechnung der Betancourts übernommen.»

«Wofür wir Belege haben, nehm ich an?»

Nowak bejahte.

Vargas Licht flackerte.

«Und ich hab noch mehr für uns: Am 20. Oktober landete gegen 16 Uhr ein Privatjet auf der Luftwaffenbasis von Playa Baracoa, westlich von Havanna.»

«Nowak, woher hast du das? Von Noa? Hast du mit Noa telefoniert? Oder mit seinem Bruder?»

«Rat mal, woher der Flieger kam.»

Varga überlegte. Seine Assistentin musste auf irgendwas gestoßen sein, ihre Stimme erschien ihm einen Tick höher als sonst.

«Aus Zürich?»
«Zweiter Versuch.»
«Sag schon.»
«Aus Faro, Portugal.»

Plötzlich hörte Varga wieder – seinen eigenen Herzschlag und das Pulsieren des Blutes im Gehirn.

«Von wem hast du diese Informationen?», fragte Varga.
«Moment, Chef, das ist noch nicht alles. Die Maschine wurde nach der Landung unmittelbar hinter dem Hangar abgestellt, in dem normalerweise die persönliche Antonov des Comandante steht – das sei absolut außergewöhnlich. Von dort aus wurde der Passagier kurz darauf in einem Konvoi – ein Volvo, zwei Ladas und ein UAZ – weggefahren. Rat mal, wohin es ging.»
«Nowak, wer hat dir das alles weitergegeben?»
«Wohin ging's?»
«Scheiße, Nowak.»
«Wohin?»
«Siboney.»
«Richtig.»
«Zur Cibex?»
«Genau, der Volvo wurde an jenem Abend erst vor der Cibex gesehen, später vor der Schweizer Botschaft.»
Varga nickte. «Du sprichst von einem Passagier …»
«Die Dassault Falcon mit der Schweizer Immatrikulation HB-IGZ gehört einer Gesellschaft namens Crystal Aviation Services, die vordergründig in Zug domiziliert ist.»
«Sekunde», unterbrach sie Varga hastig. «Wieso vordergründig?»
«Weil ihr Sitz in einem Streitfall wohl eher auf den British Virgin Islands liegen dürfte – dort soll nämlich an einem Beachhaus ein goldenes Schildchen von denen in der Meeresbrise schaukeln.»
Varga sagte nichts und Nowak sprach weiter: «Geflogen wurde die Maschine auf dem Flug von Faro nach Kuba gemäß den Auskünften, die wir heute in aller Herrgottsfrühe vom Diensthabenden

auf dem Aeroporto de Faro bekommen haben, von zwei Piloten mit südafrikanischen Pässen. Die beiden haben wir zwischenzeitlich in London festsetzen lassen.»

«Und der einzige Passagier war ...»

Immer lauter schlug sein Herz.

«Varga? Was hast du gesagt? Varga, bist du noch dran?»
«Ja, ich bin dran. Von wem du das alles hast, war meine Frage.»
«Darauf würdest du nie kommen. Oder vielleicht doch?»
«Sag schon», drängte Varga.
«Eine Kuriersendung hat uns heute früh erreicht – aus der Botschaft der Republik Ungarn in Bern. Und weil ich wusste, dass du zu Forster fährst, hab ich sie mir vorgenommen. Alles ist sauber dokumentiert, irgendwer hat da einen ziemlich guten Job gemacht.»

Varga nickte, dankte Nowak und beendete das Gespräch.

Obwohl sie im Verlauf ihrer Ermittlungen auf eine ganze Reihe von Indizien gestoßen waren, die auf Forster als Täter hindeuteten, musste Varga realisieren, dass sie sich zu sehr auf ihn eingeschossen hatten. Das war der Fehler, den er gemacht hatte. Forster war nicht Gastmann. Aber dass Forster etwas über die Gründe, die zu Kistlers Tod führten, wissen musste, stand für Varga nach wie vor fest. Deshalb entschied er sich, an seinem Plan festzuhalten, Forster mit seinem Besuch zu überraschen und mal zu schauen, ob er nicht noch etwas aus ihm herauskriegen konnte.

Varga schaute die Straße hinunter und sah niemanden. Er wandte sich wieder um und hörte, wie sich der Motor des Ga-ragentors in Betrieb setzte. Er bewegte sich, als sich das Tor öffnete. Kalte Luft strömte ihm entgegen, in der Garage herrschte Stille, das einzige Geräusch war das schrille Piepsen einer Marderschreckanlage. Varga bewegte sich langsam und registrierte sein ungutes Gefühl, als er auf der Höhe von Forsters Bentley einen Hauch von Zitrone wahrnahm.

Forster roch nicht nach Zitrone. Aber wann und wo bin ich diesem Duft schon mal begegnet? Varga blieb stehen und überlegte. Sicher zweimal in Schwamendingen, in Kistlers Wohnung. Und in Havanna, vor dem Hotel Saint John's.

Vargas Herz dröhnte.

Varga fühlte sich so schlecht wie nie zuvor. Irgendwas stimmte hier nicht.

«Forster?»

Er schaute nicht direkt in den Mündungsblitz, aber er nahm ihn aus seinem Augenwinkel wahr, schräg vor ihm, leicht rechts von ihm, irgendwo dort, wo er den Aufgang ins Haus vermutete. Als er den Knall des Schusses hörte, war er bereits im Fallen, über ihm tanzte eine Neonröhre. Wo war der Schütze? Wo der Schmerz? Er drehte den Kopf, aber er sah nur einen Schatten, der sich bewegte. Scheiße, der Mistkerl hat mich erwischt.

19

Ihm war tatsächlich ein Fehler unterlaufen. Nicht Forster hatte Kistler töten lassen, sondern der Mann, der den ganzen Biowaffen-Deal unter dem Decknamen «Lo Suizo» oder schlicht «S.» zusammen mit Forster und dem Kubaner Betancourt alias Papa aufgesetzt und wahrscheinlich auch in erster Linie finanziert hatte. Es war der Mann, der aus Faro eingeflogen war, als Marco Kistler mit Elena mal wieder ein Problem machte, als Marco diese Elena möglicherweise sogar seinem Bruder ausgespannt hatte, und der sich Varga gegenüber als Journalist ausgegeben hatte, um direkt von ihm zu erfahren, ob er den heißen Atem der Ermittler schon im Nacken hatte oder ob er von ihnen nichts zu befürchten hatte. Andreas Kistler war der ominöse Mann auf den Fotos, die ihm Esteban Rodriguez mitgegeben hatte, er war der Mann, der dieses fruchtige Aftershave trug, der immer leicht nach Zitronen roch, er war der eigentliche Mörder, er war es, der in Absprache mit seinen kubanischen Geschäftspartnern einen gedungenen Killer anheuern ließ, um seinen eigenen Bruder und dessen Assis-tentin aus dieser Welt zu befördern. Und er war es, der selbst vor der Tötung eines Kommissars der Zürcher Kriminalpolizei nicht zurückschreckte, als er realisierte, dass seine gescheiterte Revolution zu viele Spuren hinterlassen hatte, die den Ermittlern genug Chancen boten, ihm und seiner Gruppe auf die Spur zu kommen. Und nachdem er in Havanna persönlich gesehen, gespürt und gemerkt hatte, dass Varga sich auf Kuba gut zurechtfand und höchstwahrscheinlich verwertbare Ergebnisse von der Insel mitnehmen würde, hatte er ihm aufgelauert. Allerdings hatte er ihn nicht in Kuba umbringen lassen, was vermutlich einfacher gewesen wäre, nein, er hatte ihn in Forsters Garage erwischt – um so den Tatverdacht, unter dem Forster ja bereits stand, noch weiter zu erhärten. Gut denkbar, dass er oder Luiz Rodriguez, sein Killer, gerade eine Kugel aus einer Waffe abgegeben hatte, die nicht Andreas Kistler gehörte, sondern die Blumenthal Forster würde zuordnen können.

Varga lag da und lauschte. Neben ihm tauchten Sanitäter in riesigen Jacken mit Leuchtstreifen auf, dann ein Arzt und Kollegen. Über ihm zuckte ein blaues Licht, irgendwo hörte er Wasser tropfen, Varga wähnte sich in einer Höhle, ihm war kalt. Er dachte an Edith Kistler, die er noch nicht angerufen hatte, sie tat ihm leid, und auch ihr Sohn tat ihm leid, Elena tat ihm leid, Katalin, Jutka, Nowak, sogar er selbst tat sich in diesem Moment ein bisschen leid, was war das doch für ein Scheißfall, für ein verdammter Scheißfall …

Der Tod kam aus dem Nichts, er stand plötzlich hinter Varga und tippte ihm auf die Schulter. Varga nickte und lief neben ihm in aller

Stille und ohne Angst durch das Dunkel an das Ufer des Flusses, wo ein Fährmann einsam in einem langen Kahn stand, sich die Hände rieb und in den Fluss spuckte. Varga fixierte die Ringe, das Wasser sah aus wie dunkles Glas. Dann half der Tod Varga ins Boot, gleich hast du's hinter dir, bist drüben im Jenseits, bald fressen dich die Würmer, zischelte der Tod, tänzelte um Varga herum wie ein Boxer und sah dabei ein bisschen aus wie Alicia Alonso, die berühmte Primaballerina aus Havanna, Kuba. Irgendwo in der Düsternis tippte eine Straßenbahn leicht die Klingel an, Varga dachte an seinen Vater und an seinen letzten Fall, er hatte ihn am Ende doch noch ins Licht geführt, auch wenn sein eigenes jetzt erlosch, aber das war nicht das schlechteste Ende und ließ ihn zufrieden sein, mit sich im Reinen, wie Herr und Frau Schweizer zu sagen pflegten, vielleicht hatte er in diesem Moment sogar ein feines Lächeln auf seinem Gesicht, das den Frauen an seinem Bett noch einmal die Herzen wärmte. Dann brummte der Fährmann etwas Unverständliches und stieß ab, die Bacardi-Fledermaus flatterte an ihnen vorbei in die Schwärze, Varga setzte noch ein Komma, ein letztes Komma, und auf ging's ins Licht.

Glossar

aufgleisen: Im Schweizerdeutschen gebräuchlich für «ein Projekt anstoßen, etwas ins Rollen bringen».

Aushebung: Schweizerdeutsch für «Musterung» (für den Wehrdienst).

barrio: Spanisch für einen Stadtteil oder ein Stadtviertel. Spanischsprachige Metropolen sind in barrios eingeteilt. In Lateinamerika geht die Bedeutung des Begriffs allerdings über den Stadtteil hinaus – er steht dort für ein ganz besonderes Lebensgefühl, ein eigenes soziales Gefüge, spezielle Musik und Kultur, die sich von barrio zu barrio erheblich unterscheiden kann.

Beizenfasnacht: Eine vor allem in der Ostschweiz verbreitete Fastnachtstradition, bei der in dekorierten Restaurants und Bars leicht bekleidetes weibliches Servierpersonal das vorwiegend männliche Publikum unterhält.

Blendrakete: In der Schweiz gebräuchliche Bezeichnung für einen Angeber, einen Menschen, der andere blendet.

Blick: Eine große, täglich erscheinende Schweizer Boulevardzeitung.

Bundesordner: Ordner mit grauschwarz marmoriertem Überzug und Leinenrücken, die seit 1908 von der Schweizer Papierwarenfabrikation Biella hergestellt werden. Im Volksmund werden sie «Bundesordner» genannt, weil sie hauptsächlich in öffentlichen Verwaltungen verwendet werden.

Bünzli: Schweizerdeutsch für «Spießer».

casa particular: So werden auf Kuba preiswerte Pensionen bezeichnet. Es handelt sich um Privathaushalte, die Zimmer vermieten. Mit in anglophonen Ländern üblichen Bed-and-Breakfast-Unterkünften vergleichbar.

chiclets: Kubanisch für «Kaugummi».

Coppelia: Ein bei Kubanern wie Touristen sehr beliebtes Eiscafé in Havanna. Hier sind – meist – verschiedene Geschmacksrichtungen aus kubanischer Eisproduktion erhältlich, oft muss der Becher aber durch Anstehen in langen Warteschlangen verdient werden.

courant normal: In der Schweiz gebräuchliches französisches Lehnwort für «üblicher Ablauf»; Begriff aus der Diplomatensprache, der so viel besagt wie «alles läuft so, wie es soll».

Cuba Libre: Ein alkoholhaltiger Cocktail auf Rum-Basis, der um 1900 in Havanna erfunden wurde.

Egli: Eine in der Schweiz gebräuchliche Bezeichnung für den Flussbarsch (Perca fluviatilis).

extranjero: Spanisch für «Ausländer».

FC Zürich: Einer der beiden großen Fußballclubs der Stadt Zürich. Der FCZ wurde 1896 gegründet und ist einer der ältesten und traditionsreichsten Sportvereine der Schweiz. Und für den Autor der beste Club der Welt.

Glacé: Ein im Schweizerdeutschen verwendetes französisches Lehnwort für «Eis».

Glencheck: Eine traditionelle Musterung für Hemden und Oberbekleidung sowie Anzüge. Dabei verläuft über einem feinen Karomuster ein weiteres, kontrastfarbenes Überkaro.

Grosics, Buzánszky, Lantos, Bozsik, Lóránt, Zakariás, Budai, Kocsis, Hidegkuti, Czibor und Puskás: Die ungarische «Wundermannschaft», die in den fünziger Jahren des 20. Jahrhunderts für einige Zeit den Weltfußball dominierte.

guayabera: Ein Leinenhemd, das in Mittelamerika, in der Karibik und im Norden Südamerikas getragen wird. Auf Kuba gilt es als korrekte Businessbekleidung – anstelle von Anzug und Krawatte – und wird insbesondere von staatlichen Funktionären gerne getragen. Das leicht faltige, meist weiße, beige oder hellblaue Hemd hat an der Vorderseite vier aufgesetzte Taschen und wird nicht in die Hose gesteckt.

Gundel Restaurant: Ein Restaurant in Budapest, das in der ersten Hälfte des 20. Jahrhunderts zu den exklusivsten in Europa zählte.

Habana Libre: Das im Stadtteil Vedado gelegene Hotel Habana Libre ist das größte Hotel Kubas. Bis 1959 war es als Havana Hilton bekannt, da es von der Hilton-Hotelgruppe betrieben wurde. Von Fidel Castros neuer Regierung wurde es direkt nach der Revolution als Hauptquartier genutzt und verstaatlicht.

Hosenlupf: Eine Schweizer Bezeichnung für den traditionellen Ringkampf der Sennen.

Hotel Gellért: Ein berühmtes Erstklassehotel in Budapest, zwischen 1916 und 1918 im Sezessionsstil am Fuß des Gellért-Hügels an der Donau errichtet.

IV: In der Schweiz gebräuchliche Abkürzung für «Invalidenversicherung».

jefe: Spanisch für «Chef», «Boss».

jinetera: Spanisch für «Reiterin»; kubanische Bezeichnung für eine Gelegenheitsprostituierte.

joyería: Spanisch für «Juweliergeschäft».

József Attila: Ein 1905 in Budapest geborener und 1937 durch eigene Hand aus dem Leben geschiedener ungarischer Lyriker, der zu den bedeutendsten des Landes zählt.

Kägi-fret: Eine Schweizer Waffelspezialität – seit Jahrzehnten im Toggenburg hergestellt, nach einem traditionellem Rezept aus edlen Zutaten und hausgemachter Milchschokolade.

Krumme: Weit verbreitete, bei der Landbevölkerung beliebte, einfache und günstige Zigarre.

Locked-in-Syndrom: Es bezeichnet einen Zustand, in dem ein Mensch bei erhaltenem Bewusstsein fast vollständig gelähmt und unfähig ist, sich sprachlich oder durch Bewegungen verständlich zu machen. Die Kommunikationsmöglichkeiten nach außen ergeben sich meist nur durch die erhaltene vertikale Augenbeweglichkeit. Wenn auch diese verloren gegangen ist, ist die Verwendung eines Brain-Computer-Interfaces die letzte verbleibende Möglichkeit, dem Betroffenen die Kommunikation mit der Außenwelt zu ermöglichen.

lusch: im Schweizerdeutschen gebräuchlich für «zweifelhaft» (vgl. frz. louche, «fragwürdig», «zweifelhaft»).

Makarow: Die Pistole Makarow ist eine sogenannte Selbstladepistole (Rückstoßlader ohne starre Laufverriegelung). Sie wird komplett aus Stahl gefräst und hat einen einfachen Feder-Masse-Verschluss. Die Makarow Pistole PM wird seit 1949 hergestellt und verschießt eine speziell dafür geschaffene Patrone (Makarow 9,2 x 18 mm). Ab 1951 war sie Ordonnanzwaffe der Sowjetarmee. Noch heute wird sie bei der russischen Armee geführt. In sehr vielen Ländern war oder ist sie Standardwaffe der Polizei und des Militärs. Sie gilt im Allgemeinen als zuverlässige, aber recht ungenaue

Handfeuerwaffe. Die Pistole wurde nach ihrem sowjetischen Konstrukteur Nikolai Fjodorowitsch Makarow (1914–1988) benannt. Es existiert eine Variante mit eingebautem Schalldämpfer, die PB – pistolet bes'schumnyj – oder «die Lautlose» genannt wird.

Malecón: Das spanische Wort malecón bezeichnet eine Ufermauer aus Stein. Der Malecón von Havanna zieht sich von der Festung Castillo de San Salvador de la Punta fast acht Kilometer am Atlantik entlang Richtung Westen und verbindet die Altstadt von Havanna mit dem modernen Regierungs- und Vergnügungsviertel Vedado. Er ist eine der spektakulärsten städtischen Uferstraßen der Welt.

MKIH: Abkürzung für Magyar Köztársaság Információs Hivatala, den Auslandsnachrichtendienst der Republik Ungarn.

Moros y Cristianos: Der Name dieser kubanischen Spezialität erinnert an den Einfall der Mauren (moros) aus Afrika ins christliche Spanien. Die schwarzen Bohnen stehen dabei für die dunkelhäutigen moros, der weiße Reis für die hellhäutigen Christen. Zutaten: schwarze Bohnen, Reis, Zwiebeln, Knoblauch, Tomatenpüree und Gewürze.

Morro: Castillo de los Tres Reyes Magos del Morro lautet der vollständige Name des Forts am Eingang der Bucht von Havanna. Es wurde 1589 erbaut, als sich Kuba unter spanischer Herrschaft befand, und wird heute kurz «El Morro» genannt.

mulata: Spanisch für «Mulattin»; Bezeichnung für eine kaffeebraune kubanische Schönheit.

Müsterchen: Schweizerdeutsch für «Beispiel, Vorgeschmack».

paladar: Spanisch für «Gaumen». Bezeichnung für private, oft von Familien betriebene Restaurants, die meist nur über ein paar Tische verfügen. Kubaner, die es sich leisten können, das Mehrfache eines

landesüblichen Gehalts für ein Essen auszugeben, verkehren wie
Touristen gerne in sogenannten paladares. Sie sind bekannt und
beliebt wegen ihrer einfachen, authentischen und qualitativ hochwertigen Gerichte.

Perron: im Schweizerdeutschen gebräuchliches französisches Lehnwort für Bahnsteig.

Pola: Kurz für Polaroidfoto.

pollo frito: Spanisch für «gebackenes Hühnchen».

santería: Dieser auf Kuba weitverbreitete Kult gehört zu den afroamerikanischen Religionen und ist ein Produkt verschiedenster Einflüsse: Neben Elementen der afrikanischen Yoruba-Religion – Angehörige der aus dem heutigen Nigeria stammenden Yoruba gelangten auf Sklavenschiffen auf die Insel – finden sich in dieser Religion Elemente des Katholizismus, des Spiritismus und anderer theosophischer und esoterischer Weltanschauungen.

Schweizerische Bankgesellschaft: Eine 1912 durch Verschmelzung der Bank in Winterthur (gegründet 1862) und der Toggenburger Bank (gegründet 1863) entstandene schweizerische Großbank. 1998 fusionierte sie mit dem Schweizerischen Bankverein zur UBS AG.

Sechseläuten: Ein Frühlingsfest in Zürich, das jeweils am dritten Montag im April stattfindet. Im Mittelpunkt des Festes steht die Figur des Böögg (Zürichdeutsch für «verkleidete, vermummte Gestalt»), ein künstlicher Schneemann, der den Winter symbolisiert und auf einem Scheiterhaufen verbrannt wird.

Simca: Die Société Industrielle de Mécanique et Carosserie Automobile (SIMCA) war ein französischer Automobilhersteller. 1978 wurde Simca an die Peugeot S. A. verkauft und die Marke verschwand vom Markt.

«Stadt Luzern» (Schiff): Einmalig in der Bauart, gilt die 1928 in Betrieb genommene «Stadt Luzern», das Flaggschiff der Vierwaldstättersee-Flotte, noch heute als imposantestes Dampfschiff der Schweiz. Am 25. Juli 1940 führte das Schiff General Henri Guisan mit allen Truppenkommandanten der Armee zum historischen Rütlirapport.

Torenbub: Ein abwertender Ausdruck im Schweizerdeutschen, der dem deutschen «dummer Junge» entspricht.

Tagwache: Der morgendliche Weckruf beim Militär. Vor allem Schweizer Männer verwenden den Ausdruck gerne zur Bezeichnung des morgendlichen Aufstehens.

Teniente: Spanisch für «Oberleutnant».

Tropicola: Nach der Revolution als Coca-Cola-Ersatz eingeführt, war Tropicola infolge des US-Embargos jahrzehntelang eine der wenigen erhältlichen Cola-Marken in Kuba. Die berühmte Tropicola war in nahezu allen Devisenrestaurants und -geschäften sowie Hotels erhältlich.

Tubel: Ein schweizerischer Ausdruck für einen einfältigen, ungeschickten Menschen, der nicht bemerkt, was um ihn herum passiert.

Twanner: Wein aus der Gegend von Twann am Bielersee.

UAZ: Uljanowski Awtomobilny Sawod (Uljanowsker Automobil-Fabrik, oft gemäß englischer Transkriptionsregel abgekürzt als UAZ) ist eine russische Automobilfabrik mit Sitz in Uljanowsk. Das Unternehmen ist vor allem für seine jeep-ähnlichen Geländewagen bekannt, die auch auf Kuba anzutreffen sind.

Uppercut: Ein aus dem Englischen stammender Begriff, der im Boxsport einen Aufwärtshaken bezeichnet. Der Uppercut ist ein

Schlag, der meist auf das Kinn des Gegners zielt und daher im Volksmund auch als Kinnhaken bekannt ist.

Vedado: Der Stadtteil Vedado ist das moderne Zentrum von Havanna. Im Gegensatz zur historischen Altstadt findet sich hier eine bunte Mischung verschiedenster Baustile, vom Neoklassizismus über Art déco bis zur klassischen Moderne. In Vedado befindet sich eine Reihe von Regierungs- und Botschaftsgebäuden, darunter auch die US-Interessenvertretung. Im Osten grenzt Vedado an den Stadtteil Centro Habana, im Westen an Miramar. Die Nordgrenze bildet die berühmte Uferstraße Malecón. Viele der bekanntesten Treffpunkte Havannas befinden sich an der «La Rampa» genannten Calle 23, etwa das Eiscafé Coppelia. In der Nähe befinden sich auch die berühmten Hotels Nacional und Habana Libre.

Yemayá: in der Religion der Yoruba und im santería-Kult die Gottheit (Orisha) des Meeres und der Mutterschaft. Sie ist Mutter der gesamten Menschheit, Hüterin des Heimes und Schutzpatronin der Seefahrer. Die wörtliche Übersetzung ihres Namens lautet «Mutter der Fische». Yemayá gilt als eine der wichtigsten Orishas in Kuba.

Yoruba: Volk in Südwest-Nigeria; afrikanische Sprache, die zu den Kwa-Sprachen (südl. Teile von Liberia, Elfenbeinküste, Ghana, Togo, Benin, Nigeria) gehört. Als liturgische Sprache der santería spielt Yoruba in Kuba eine wichtige Rolle.

Zigermannli: «Heid-er oder weid-er, altä, guatä, hertä Glarner Schabziger? Mä chanä usä ni, mä chanä i d'Hand ni, mä chanä a alli Wänd hanä khiiä: er tuät eim nüd verhiiä»! – mit diesem Spruch zogen die «Zigermannli» früher durch die Schweiz, um ihre Schabzigerstöckli (Käse zum Reiben, Streichen und Würzen, der portionenweise abgepackt wird) auf den großen Märkten oder direkt von Tür zu Tür zu verkaufen. Und sie waren damit sehr erfolgreich:

Rund die Hälfte der gesamten Schabzigerproduktion wurde auf diesem Weg verkauft. 1940 zogen fast 300 Zigermannen durchs Land, die letzten Zigermannli sah man im Jahre 1970.